VINCENT
B.LEITCH

Contemporary Literary
Criticism:
A Leitch Reader

当代文学批评
里奇文论精选

［美］文森特·里奇（Vincent B. Leitch）著

王顺珠（Shunzhu Wang）主编

北京大学出版社
PEKING UNIVERSITY PRESS

图书在版编目（CIP）数据

当代文学批评：里奇文论精选/王顺珠主编.—北京：北京大学出版社，2014.7
ISBN 978-7-301-23247-7

I. ①当⋯ II. ①王⋯ III. ①文学理论－世界－现代－文集 IV. ①I0-53

中国版本图书馆 CIP 数据核字（2013）第 225920 号

书　　　名：当代文学批评：里奇文论精选
著作责任者：王顺珠　主编
责 任 编 辑：于海冰
标 准 书 号：ISBN 978-7-301-23247-7/I·2676
出 版 发 行：北京大学出版社
地　　　址：北京市海淀区成府路 205 号　100871
网　　　址：http://www.pup.cn　新浪官方微博：@北京大学出版社　@培文图书
电 子 信 箱：pw@pup.pku.edu.cn
电　　　话：邮购部 62752015　发行部 62750672　编辑部 62750883
　　　　　　出版部 62754962
印 刷 者：北京市松源印刷有限公司
经 销 者：新华书店
　　　　　　720 毫米×1020 毫米　16 开本　16.25 印张　250 千字
　　　　　　2014 年 7 月第 1 版　2014 年 7 月第 1 次印刷
定　　　价：38.00 元

未经许可，不得以任何方式复制或抄袭本书之部分或全部内容。
版权所有，侵权必究
举报电话：010-62752024　电子信箱：fd@pup.pku.edu.cn

目 录

编者序　死亡兮，复兴兮？：当代西方批评理论的衍变与走向 …………… 王顺珠　3

第一部分　后现代性与历史学

第一章　后现代文化：矛盾的弗雷德里克·詹姆逊 …………… 顾宝桐 译　3
第二章　书写文化历史：后现代主义案析 …………… 顾宝桐 译　19
第三章　后现代时期的跨学科研究 …………… 顾 洪 译　26

第二部分　批评性阅读

第四章　"阅读"文本 …………… 李文新 译　37
第五章　读者反应批评 …………… 王顺珠 译　57
第六章　应用理论：世俗阅读 …………… 谢作伟 译　86

第三部分　当下诗论与文学

第七章　英美与法国女性主义的团结与分歧 … 李翠恩（Jessica Tsui Yan Li） 译　105
第八章　当代晚期美国诗歌 …………… 陶丽君（Tao Lijun） 译　114
第九章　诗论多元化 …………… 欧阳慧宁 译　135

第四部分　解构主义批评

第十章　填补空白：解构主义、伦理与主体性 …………… 谢作伟 译　155
第十一章　晚期德里达：主权政治学 …………… 帅慧芳 译　166
第十二章　理论回顾 …………… 傅玢玢 译　192

第五部分　文学理论与文化研究

第十三章　理论的终结 …………… 傅玢玢 译　209
第十四章　理论，文学，与当今文化研究访谈 …………… Chao-Mei 译　217
第十五章　文学的全球化 …………… 王顺珠 译　236

CONTENTS

Editor's Introduction: Death or Renaissance?:
　　Mapping Contemporary Western Critical Theories
　　　　.. Shunzhu Wang (Rider University)　3

PART 1: POSTMODERNITY AND HISTORIOGRAPHY

　　Chapter 1: Postmodern Culture: The Ambivalence of Fredric Jameson　3

　　Chapter 2: Writing Cultural History: The Case of Postmodernism　19

　　Chapter 3: Postmodern Interdisciplinarity　26

PART 2: CRITICAL READING

　　Chapter 4: "Reading" Texts　37

　　Chapter 5: Reader-Response Criticism　57

　　Chapter 6: Applied Theory: Vernacular Reading　86

PART 3: POETICS AND LITERATURE NOW

　　Chapter 7: Anglo-American and French Feminists (Dis) United　105

　　Chapter 8: Late Contemporary US Poetry　114

　　Chapter 9: Pluralizing Poetics　135

PART 4: DECONSTRUCTIVE THEORIES

　　Chapter 10: Filing the Blanks: Deconstruction, Ethics, and Subjectivity　155

　　Chapter 11: Late Derrida: The Politics of Sovereignty　166

　　Chapter 12: Theory Retrospective　192

PART 5: THEORY AND CULTURAL STUDIES

　　Chapter 13: Theory Ends　209

　　Chapter 14: Theory, Literature, and Cultural Studies　217

　　Chapter 15: Globalization of Literatures　236

编者序

死亡兮，复兴兮？：
当代西方批评理论的衍变与走向

20世纪六七十年代至新世纪之交，美国各门各派的"后现代主义"理论迅速发展，空前活跃，纷纷跻身于本来就已经十分拥挤的理论空间。从形式主义、神话批评和纽约知识分子社会批评的成熟到马克思主义、现象学与存在主义批评、精神分析和阐释学的新发展，再到读者反应批评、结构主义与语义学、后结构主义、女权主义和种族批评理论的崛起与扩展，还有后殖民理论、新历史主义、文化研究、酷儿理论和个人批评的出现，一时间，纷呈庞杂的众家理论互相争鸣、众声喧哗。对于理论界这种空前的盛况，却是有人欢喜、有人忧愁。欢喜者为理论的繁荣发展欢呼，忧愁者为理论的纯洁担忧，为理论空间的被"污染"与"裂变"哀叹。

到了世纪之交，从各后现代学派衍生出来的许多新兴学派、分支纷纷自愿集结在"文化研究"这杆大旗之下。与此前居于主导地位的"后结构主义"这杆旗帜相比，"文化研究"有着显著的包容广泛、容纳百川的"宽松"特征。在"文化研究"这个极其宽松的语境下，这些新兴学派、分支呈现为一种日益疏散和前沿形式，具有近百种显著的次/亚领域特征，例如：全球化研究、华语语系研究（Sinophone Studies）、边地研究（Border Studies）、后殖民研究、身体研究、抗拒研究（Resistance Studies）、休闲研究（Leisure Studies）、残障研究（Disability Studies）、记忆研究、大屠杀研究（Holocaust Studies）、创伤研究（Trauma Studies）、白人研究、族裔研究、新媒体研究、社会传媒研究、原住民研究、叙事研究、新历史小说研究、电子文学研究、色情研究、表演研究、工人阶级研究、新经济批评（New Economic

Criticism)、债务研究、数码化人文研究（Digital Humanities）、流行文化研究、亚文化研究（Subculture Studies）、公众空间研究、游戏研究（Gaming Studies）、男性研究（Masculinity Studies）、同性恋研究、酷儿研究（Queer Studies）、视觉文化研究（Visual Cultural Studies）、生态研究、新纯文学主义（New Belletrism）、文档研究、出版史研究、学术劳动研究（Academic Labor Studies）等。面对批评理论的这种令人眼花缭乱的扩散、繁衍与裂变，有人不仅为理论的"纯洁"担心，而且发出了理论的"死亡"的叹息。

理论真的死亡了吗？自20世纪90年代开始，我们就经常听到宣告理论死亡的消息。特别是在经历了20世纪晚期到世纪之交各种理论思潮空前繁荣的鼎盛时期之后，似乎越来越多的人在面对和思考这个问题。理论是否真的已经枯竭、消亡？还有没有未来？将向何处去？编者的初宗正是想通过本书与广大读者、学者与专家共同梳理、探讨、回答这些问题。

文森特·里奇（Vincent B. Leitch）教授是当下美国最活跃、最权威的文学批评理论家之一。他是一位多产的作家，著述宏富，不仅发表了无数的论文，更有大量的专著，其中包括《解构主义批评：高级介绍》（Deconstructive Criticism: An Advanced Introduction）、《20世纪30年代至80年代的美国文学批评》（American Literary Criticism from the Thirties to the Eighties）、《后现代主义：地方效应，全球流动》（Postmodernism—Local Effects, Global Flows）、《文化批评，文学理论与后结构主义》（Cultural Criticism, Literary Theory, Poststructuralism）、《理论问题至关重要》（Theory Matters）、《与理论共存》（Living with Theory）、《诺顿理论批评文选》（Norton Anthology of Theory and Criticism）、《20世纪30年代以来的美国文学批评》（American Literary Criticism Since the 1930s）。最近一段时间，里奇教授正在潜心于另一部力作的撰写，对广大专家学者共同关心的问题——21世纪文学批评理论的衍变与走向——进行进一步描述与论证。在与笔者的交谈中，他向笔者透露，目前他已经完成了初稿。我们期待着这部力作早日与读者见面。

里奇教授的论著充分显示出一个理论权威的厚实功底、渊博知识与睿智的洞察力，对美国后现代时期以来的各种理论流派，都有独到的见解。他的理论广为国内外专家学者引用、研究与推崇，学术声誉、影响远远超越北美，遍及欧亚大陆各国及世界各地。本书由从里奇教授的专著与论文中收集的15篇文章汇编而成，分为五个部分，分别从"后现代性与历史学""批评性阅读""当下诗学与文学""解构主义批评""文学批评与文化研究"五个不同的视角切入，向广大读者介绍里奇的理论。同时，对 20 世纪后期至今——西方后现代理论的兴盛、发展、衍变与走向进行了梳理、描述与辩护，从而对"理论死亡"的疑问进行了合理、权威性的解答。

通过回顾、梳理 20 世纪后期至今——美国"后现代"理论的发展轨迹，我们不难看出，理论没有死亡，也不会死亡，它一直在持续着，一直在衍变着、繁衍着。其实，从古至今，理论的发展历来如此。它的过去与今天都告诉我们，理论没有死亡，也不会死亡。它是有未来的，而且它的前景应该是光明的。不可否认的是，在当下后现代文化研究与全球研究的语境下，理论的研究对象与范围越来越广，在到处渗透，几乎已经是无所不及、无所不在。只不过，它的繁衍、裂变彻底颠覆了以往都有某个宏大理论在某个时期占据主导地位、其他理论不是众声附和就是被压制排挤至边缘的这样一种主次分明、排列有序的格局。与以往不同的是，后现代文化研究与全球研究的话语打破了中心与边缘的定位，为以往被压制、处于边缘地位的理论的发展创造了氛围与机遇，呈现的是一片众声喧哗的可喜景象。所以说，我们在过去几十年里所经历的"宏大理论"一枝独秀现象的一去不返并不意味着理论的死亡，恰恰相反，我们面临的是众家理论，特别是那些"边缘理论""次理论""亚理论"的百花齐放、百家争鸣。换句话说，我们应该把这一现象看成理论的复兴，或者理论复兴的前奏，为此欢欣鼓舞。据里奇教授在他即将出版的新作中统计，这样的次/亚理论目前就有 94 种之多，而它们又分别在 12 种不同的理论主题周围漂浮、游离，并随时有发生变化或者熔合的可能。因此，用里奇教授的话说，它们既是"可知的"（knowable），又是"不可掌控的"（unmasterable）。

本书出现了大量的人名、地名、术语，绝大多数情况下，我们都尽量与国内比较通用的译法保持一致，并在第一次出现时加括英文原文。

本书的编辑过程中，得到了我的恩师里奇教授的鼓励、指点与支持，他不仅出让了自己的版权，还帮助与相关出版社联系，商议版权授权事宜。对他的提携与帮助，我感激不尽。清华大学的王宁教授对本书的编辑与出版也一直非常关心与支持，并在百忙中抽时间帮助阅稿，提出了宝贵意见，我谨此对他表示由衷的敬意与感谢。另外，得克萨斯大学的 Ming Dong Gu 教授为本书书名的定夺提出了自己的看法,并且热心地帮助联系寻找合格的翻译,南京大学的朱刚教授也曾对本书的出版表示过关心,在此,我一并表示感谢。

本书收集的 15 篇论文最初分别发表于以下各学术刊物与出版单位:布莱克维尔出版公司 (Blackwell Publishing)、哥伦比亚大学出版社 (Columbia University Press)、《大学文学研究》(*College Literature*)、威力-布莱克维尔出版社 (Wiley-Blackwell)、《比较文学学刊》(*Comparative Literature*)、《批评研究期刊》(*Critical Inquiry*)、现代语言协会 (Modern Language Association)、泰勒与弗兰西斯出版集团 (Taylor & Francis Group)、《麻省评论》(*Massachusetts Review*) 以及《文化研究》(*Kulttuurintutkimus*)。对于以上单位给予的版权支持,编者表示衷心感谢。

参加本书翻译的,包括编者,共十一位学者。其中,七位是编者普渡大学 (Purdue University) 的校友,都曾是里奇教授门下的博士生。六位在美国高校任教,一位在中国台湾高校任教。另外三位,一位在加拿大高校任教,另两位来自中国大陆,一位是大学教师,一位是一家文艺杂志的编辑。他们都是在工作之余应编者之邀,完成了翻译,我也在此表示感谢。收到他们的译稿之后,编者进行了认真的校对与修改,但是由于时间与水平的关系,定然还有不尽如人意之处,责任在我,请专家读者斧正。

王顺珠 (Shunzhu Wang)

2013 年 3 月 31 日于美国瑞德大学 (Rider University)

第一部分

后现代性与历史学

第一章
后现代文化：矛盾的弗雷德里克·詹姆逊

顾宝桐 译

很多文学评论家（包括我自己在内）都认为，后现代主义代表了西方文化乃至世界文化发展中一个独特的新时期。弗雷德里克·詹姆逊在划时代的论著《后现代主义，或曰晚期资本主义的文化逻辑》一书中提到，西方社会在资本主义时代经历了几次变迁。这些变迁经历了几个不同的时期：第一个时期是 19 世纪 40 年代至 19 世纪 90 年代蒸汽能源时代的早期市场资本体系；第二个时期是 19 世纪 90 年代至 20 世纪 40 年代电器能源时期的垄断资本主义及帝国主义的现代体系；第三个时期是 20 世纪 50 年代至今电子与核能时代的国际及消费资本主义的后现代体系。后现代主义具有很多新颖的特征，尤其体现在其对表现、空间、文化、身份、风格，及传统等的表现模式及理论观点上。詹姆逊雄心勃勃，双管齐下，一是通过从历史角度对后现代主义的分析来阐明这些特征，二是从理论上缜密地思考与史学研究方法有关的问题，特别是辩证分析、认知分析、讽喻阐释、生产方式理论、基础与上层建筑模式、霸权文化残余文化及新生文化的概念，以及一体化运作等一系列问题。我认为，詹姆逊的观点源于两种立场，一方面他是那种超越了资本主义的三个阶段的国际社会主义的自觉拥护者，另一方面他又是一个本人基本上没意识到的现代主义派，是 20 世纪早期的产物，同时又沉溺于他所敬仰的导师捷尔吉·卢卡奇 (György Lukács / 格奥尔格·卢卡奇 Georg

Lukács)、西奥多·阿多诺(Theodor Adorno)及让·保罗·萨特(Jean-Paul Sartre)所生活的那个时代。就如他的矛盾立场一样,詹姆逊个人对后现代文化的态度也是欣赏与沮丧的矛盾体。但是,他的作品不管有多大局限也依然是研究后现代主义方面涉猎广泛、不可或缺的论著,值得我们继续细究。

本章我将特别阐述后现代主义的一些显著特征以及詹姆逊描述的历史学研究法方面的一些规则,并对他的理论长处与不足做一点评。容我先概括一下。跟詹姆逊一样,我也认为后现代主义是一个独特的历史产物,其中包含了其他时期的残余及新生成分。但是我不同意詹姆逊关于后现代主义的主导成分之相对较为顽固的说法。在我看来,后现代主义从整体上来说没有詹姆逊想象的那样坚如磐石,它比詹姆逊所想的要更具渗透性和多重意义性。换句话说,詹姆逊对于世界资本主义体系的霸权属性的那种悲剧性的卡夫卡式偏执具有显而易见的现代主义者的色彩。相比之下,我自己对于世界市场社会的多样性的那种浪漫的后结构主义式的歇斯底里具有明显的后现代主义色彩。在方法问题上,詹姆逊的一些立场让我困惑,特别是那些机制分析、政治伦理批评(ethicopolitical)及误读的悖论(paradoxes of misreading)等方面的立场,这些我在结论中会作说明。不过,在其他方法论问题上,特别是符码转换说(transcoding)、认知图绘说(mapping)及整体论(totalizing),詹姆逊的观点很有价值,促成了马克思主义史学研究法之创造性的后现代主义化。我认为詹姆逊在乌托邦式思维方面的观点引人入胜,而在宗教及媒体方面却乏善可陈。值得一提的是,詹姆逊对自己的定位并不受制于后现代主义的领域,有时似乎是处于一种超然性的境地,这一点,我认为,是源于他对社会历史及制度研究的忽略。在社会主义为了顺应新的社会运动(其中很多是中产阶层的运动)而经历变革的这样一种时代,詹姆逊却仍然把对社会主义的希望寄托在工人阶级的身上。我要概括的最后一点是,我同意詹姆逊的以下观点,即关于后现代文化的立场实际上是政治立场,尽管这种立场并不总是与后期资本主义有关。

后现代主义的特征

就像让·波德里亚(Jean Baudrilliad)及其他一些人一样,詹姆逊认为后现代主义时代是一沉溺于图像、陈规、假事、奇观的时代。这里事情的本质不在于舍弃现实而选择再现,而是将"现实"转变成再现:没有独立的现实,只有关于现实的论述。指涉对象(referents)这一概念消失了,而同时却诞生了关于"文本"的后结构主义理论。在这一理论中,"文本"是脱离了确定的所指(signifieds)的一种能指(signifiers)的自由游戏,这一消一长标志了生产与使用的重要脱节,因为它注重的只是消费与交换。詹姆逊把生产的消失这一普遍现象看成是物化(reification)的新时期,而把常见的联系之断裂看成是一种新的唯名论(nominalism)。这两种趋势揭示了后现代主义与资本主义的一致性,因为资本的规则前提是原子化、去历史化、商品化、及去神圣化。詹姆逊指出,幻象的逻辑"不仅仅只是复制了资本主义的逻辑,它使其更巩固而鲜明。"[1] 在这样的条件下,文学的特殊作用不是对现实以事物或社会实践的形式进行记录,而是记录那些表现了后现代社会生活的矛盾的东西。就当代理论崇尚文本性、读者消费以及极端差异而言,文学参与并提出了后期资本主义的逻辑,这一点引起了詹姆逊的注意,既引起他的不安又让他赞叹不已。在詹姆逊看来,像解构主义这种理论的可取之处是它有力地揭示了后期资本主义时代模仿行为的方方面面。而令他不安的是这种理论对市场的盲从和推崇。这一话题连雅克·德里达(Jacques Derrida)本人也直到1933年才在他的《马克思的幽灵》一书中论及。

在后现代时期,空间蜕变成了"超空间"。早期的自然景象、村落场景、自然社区、城市街区,以及殖民前沿让位于无法表达、令人困惑的空间,这些空间又使得自然体验及生活世界无法得以再现。在詹姆逊看来,后现代建筑空间的典范包括洛杉矶的威斯汀酒店、亚特兰大的苹果树中心,以及巴黎的蓬皮杜中

---

[1] Fredric Jameson, *Postmodernism, or, the Cultural Logic of Late Capitalism* (Durham: Duke UP, 1991), p.46.

心。这些建筑促发他断言:"我们还不具备与这一新的超空间匹配的感官机制"(见第 38 页)。詹姆逊所关心的倒不是这种后现代空间的心理与美学,而是其认知及社会政治上的意义。像国际连锁酒店、购物中心,及机场等这样的后现代建筑既抽象又令人无所适从,他们将我们包围起来,置我们于无限的分隔开来然而又类同的区域内,这些区域与在全球范围运作的不知名的公司网络连在一起。在这样的空间内我们感受到的既有令人愉悦的敬畏又有极端的晕眩。方向的迷失极具刺激,因为它揭示了后现代文化的大力延伸及兼容。超空间鼓励无所顾忌的消费,消化了抗拒。

詹姆逊指出,后现代主义的另一大特征是文化的延伸已经超越了其影响范围:不仅包括了资本向全球最远地区的渗透,同时也包括了它向自然及无意识范围的渗透。詹姆逊认为,"后现代主义是现代化过程结束、自然永远消失时的产物"(第 ix 页)。现实的文化移入(acculturation)意味着"我们社会生活中从经济价值及国家权力到文化习俗再到心灵本身的结构这一切都可以被认为已具有'文化性'……"(第 48 页)。任何东西都无法超越文化或资本。阻力与对抗取决于关键性的距离及超领域范围,它们被解除了武装并被同化了。詹姆逊指出,"反抗、革命,甚至负面批评这些观念远不仅仅只是被体制同化了,它们变成了体制自身策略的不可分割的有机组成部分"(第 203 页)。因此,后现代主义的定义恰恰就是,多国资本主义文化的渗透已经使得全球性的抵制无法实现,抵制只是在局部才有可能。左翼对后现代主义的批评主要针对的就是这一政治危机,尤其是政治同盟的式微和微观政治的兴起。詹姆逊的解决办法是采用超领域激进者的立场,把他自己与全球范围的社会主义出路联系在一起,因为他相信多国资本无法在区域性范围内或文化本身范围内成功受到挑战。在詹姆逊看来,伴随着后现代文化的胜利而来的是左翼全球政治的衰弱。

人类主观性在后现代主义时代的独特地位在有关主体的死亡及自我的精神分裂等理论中得到充分的阐述。内导的个人主义(inner-directed individualism)中那种处于中心地位的旧式封闭的主体及自足的自我已经让位于一种新的非主体及其分裂的自我(fragmented self)。前者与早期资本主义的核心家庭有关,后者则是组织官僚与机构霸权世界的产物。詹姆逊认为,自我的构成取决于某些特定的社会安排。近期的伟大人物、艺术天才、存在主义反英雄、孤独的叛逆者、与社会格格不入的可怜者，以及社会颓废者们的文化话语的消亡标志了现代时期的终结。取这些人物而代之的是隶属于多个团体的处于非中心的主体，这一主体在特定的团体内以社会角色的形式占据了多重主体位置。对于后现代主义特有的半自主团体及小团体的激增，詹姆逊心情矛盾：一方面，团体这一概念有效地揭示了主体生成的社会历史方面的共同基础；另一方面，后现代思想取代了阶级及阶级意识。而后一点是他所无法接受的。与阶级不同的是，"团体"往往不会忘记他们痛苦的过去并很少挑战市场。后现代主义里"团体"这一多元概念作为历史变革的动力推翻了那些有关无产阶级的"历史主体"的宏大叙事（master narrative）及即将到来的革命。团体的出现使得"统治阶级"这一概念的意义发生了变化，同时也使生产这一概念发生了变化。多元的"机制"取代了生产，许多的微观政治斗争取代了革命。

对詹姆逊来说，后现代主义的另外两大显著特征（这两大特征都与主体的死亡相关）是对于文学风格与传统的重新考量。在一段有名的文章里，他指出，"个人主体及其形式影响的消失，加上个体风格越来越少见，造就了今天几乎是无所不及的所谓拼凑模仿（pastiche）"（第16页）。没有了独特的自我，也就没有了"个人"风格，有的只是混合了以前规则和体裁的大杂烩，没有固定的标准或层次。在互文本的王国里，一个文化的风格和习语库取代了"真正"具体的历史、有序的规范传统，以及独创性的概念。与讽喻性的模仿作品不同的是，后现代主义的拼凑模仿并不追求取消或讽刺。重要的是，后现代主义拼凑模仿的（互）文本不遵循旧的美学范围与范畴；它将大众文化与上层文化结合在一起，把多种话语混杂起来，"对过时的风格与风气有一种不分青红皂白的青睐"（第286页）。

对后现代文化这些及其他一些特征，詹姆逊摇摆于憎恨与欣赏之间。考虑到城市里越来越多的无家可归者，他愤怒地指出，"后现代主义充斥于精品店与时髦小餐厅……"（第376页）。总体来说，他相信后现代文化已"完全颓废"，不过他也意识到"这样说有点陈腐"（第377页）。他谴责团体与机制而不是阶级与经济因素影响文化势力这一说法。他一贯反对崇尚消费主义价值观、日益扩散的唯名论、大众反抗的瓦解，以及左翼的全球性思维的丧失。不过，他认为，在越来越陈腐的晚期现代主义的尾声，后现代主义的诞生有助于创造新的形式。他注意到"我们的社会秩序信息更加丰富，文化程度更高，而且至少在社会意义上由于工资制劳动的普遍化而更加'民主'……"（第306页）。这是一个不同寻常的见解。对后现代艺术，詹姆逊的态度同样是欣赏与批评兼而有之。他指出：

> 对于后现代主义，至少其某些方面，我是相当赞成的：我喜欢建筑及很多较新的视像作品，特别是较新的摄影作品。音乐值得一听，诗歌也值得一读。小说是这些新的文化领域中最弱的一项，远不及影视故事（至少那些高深的文学性小说是如此；不过，亚体裁的记叙文非常精彩，当然这一点在第三世界又很不同）。饮食与时尚也有了长足的进步，整个生活领域都有了普遍的提高。我觉得当今文化是一个视觉文化，也是个听觉文化——但是这个文化中语言成分却很松散，没有独创、大胆和强大的动力是无法让其引人入胜的。
>
> 这些是个人品味，表达的是个人看法。它们与对这个文化的功能及其历史的分析没有什么关系。（第298—299页）

后现代饮食与时尚精品店内消费的东西无疑是好东西，有些新的视觉艺术、建筑、音乐，及大众小说也是如此。但是，重要的是，对后现代时代的文化分析不是一个品味、看法，或评判的问题。正确的历史研究不应掺杂个人对詹姆逊的好恶，这也是詹姆逊本人一个极其重要的批评法则，尽管这一法则值得商榷，这一点容我稍后详述。这里，值得注意的是，关于第三世界的问题——比如中国的后现代主义——被詹姆逊加了括号。

研究方法

詹姆逊的《后现代主义》一书中有关方法论上最引人注目的举措是避开伦理批评、文化分析与评论，以及意识形态批评。在他看来，道德愤慨不仅是一种不合时宜的奢侈，而且是对历史构成的恰当的辩证分析中的一个范畴错误。他所追求的是掌握一种思想中复杂的正负成分，而不是妄发议论。因此，要理解后现代主义的文化逻辑——也即整个历史时期的逻辑——需要放弃表面的褒贬，就必需退一步去研究造就晚期资本主义非常时期的历史条件。在他避免从事批评与谴责的努力中，我觉得他成败参半。

比如关于这里辩证分析所需要的严格性，詹姆逊在19世纪80年代的那著名但粗略的"认知图绘"（cognitive mapping）这一雄心勃勃的研究项目中要求我们专注于现代体制的全球性社会历史框架，尽管他力图将对主体的局部定位也考虑进去。正如预计的那样，认知图绘寻求找到现象观测与结构状况之间的差距，因为"至少目前我们的大脑还无法勾勒出我们个人主体所处的这一全球性的、多国的、去中心的传播网络"（第44页）。要建立认知图意味着在庞大的结构及阶级现实群中找到个人主体及集体主体的定位，这样才能促成行动和展开斗争，而这种行动与斗争目前由于迷惑而被消除了。即使认知图绘失败，这定位行为本身也很可能使看不见的局限和障碍显示出来，从而有益地彰显意识形态。而图绘，詹姆逊指出，是一种可以自由使用的比喻。跟路易·阿尔都塞（Louis Althusser）及雅克·拉康（Jacques Lacan）一样，詹姆逊把"意识形态"定义为个人主体与其实际生存状态之间的那种臆想关系的再现，这种状态通常没有被再现出来但是大致可知的。[2] 而生存状态不可知这一表象也许是后现代主义所特有的。因此，对詹姆逊来说，认知图绘是未来的课题："后现代主义的政治形式，如果真的存在的话，其职责将是发明和规划认知图……"（第54页）

詹姆逊推崇的有效的分析方法之一是"符码转换"（transcoding）。[3] 符码转换是与讽喻类似的一种方法。在此让我简单地演示一下詹姆逊提到的几个例子。让·波德里亚（Jean Baudrillard）在将马克思有关交换与使用价值的公式与费

---

[2] Louis Althusser, "Ideology and Ideological State Apparatuses", *Lenin and Philosophy and Other Essays*, trans. Ben Brewster (New York: Monthly Review Press, 1971), pp.127—186, esp. 158 ff.

[3] 试比较"符号转换"与其前身"谬误推理"（paralogy），见 Jean-Francois Lyotard, *The Postmodern Condition: A Report on Knowledge*, trans Geoff Bennington and Brian Massumi (Minneapolis: U of Minnesota P, 1984), pp.60—67。on "paralogy", a precursor to "transcoding".

迪南·德·索绪尔（Ferdinand de Saussure）著名的符号再现说（能指／所指）联系在一起时，实际上是将两个不同的阐述体系糅合在一起，从而创造了一个对交换价值与能指的全新的解释。[4]这样的"改写"大刀阔斧、简洁明了。比如，当保罗·德·曼（Paul de Man）和 J. 希利斯·米勒将修辞性与形形色色的其他现象（哲学、文学、心理学）联系在一起，将比喻的特性转移到其他异质性语域时，符码转换就产生了。[5]当詹姆逊本人将自我定位这一行为定义为"认知图绘"时，他是在将一种符码与另一种符码联系在一起，为我们认识主体与社会之间的关系提供了新的可能。符码转换就是综合两种（或两种以上）系统或符码的能量而无需发明一种超符码、合成码，或新的特权系统。詹姆逊觉得符码转换的价值倒不在于新的认知方法所产生的震撼，而在于对旧的认知方法的否定。而且，符码转换为那些以前没有被描述过的现象提供了描述的途径，比如像资本交换及语言符号的特征，个性与拟人之间的关系，或多重主体位置与电视频道转换之间的联系。符码转换作为一种方法程序，将本没有关系的领域结合在一起，对社会存在的某些方面作出了解释，从而在一定程度上克服了后现代生存及后现代思想分裂成许许多多互不相关的区域及子系统这一问题。在这一点上，辩证分析、认知图绘，及符码转换都有一个共同的目标，即通过以不同的方式将互不相关的"事件、言语、分类，及现实"联系起来从而克服一些具体的断层和不连续性（见第 372 页）。

毫无疑问，詹姆逊应用的主要方法是生产方式理论。后现代主义既不是某个特定时期的风格，也不是一个时代性的世界观或精神力量，而是一个具体的多面性的历史综合物，是资本主义发展中的一个变体。18 世纪以来一个常见的理论是，那些致力于研究人类社会发展的文化历史阶段（如狩猎采集、游牧主义、农耕，及商业等循序渐进的社会经济基础）的理论开拓了以下论点，即资本主义是人类史上的一个独特的生产模式，而且晚期资本主义是资本主义历

---

[4]　Jean Baudrillard, *For a Critique of the Political Economy of the Sign*, trans. Charles Levis (St. Louis：Telos, 1981).

[5]　Paul de Man, *Allegories of Reading：Figural Language in Rousseau, Nietzsche, Rilke, and Proust* (New Haven：Yale UP, 1979).

史中一个独立的构成。詹姆逊提到的种种现象，如幻象、虚拟空间、多重主体、混合体，以及对自然的改造，实际上描述了后现代主义或晚期资本主义（两者是一个概念）的显著特征，所有这些特征都有别于早期现代主义的再现、空间、主体、风格和文化等的模式与经验，不过现代主义与后现代主义的文化模式都源于资本主义的生产模式。

与雷蒙德·威廉姆斯（Raymond Williams）、路易·阿尔都塞，及其他一些人一样，詹姆逊将生产模式定义为一种霸权模式（hegemonic formation），这个霸权模式中充满新旧成分、敌对势力、发展不平衡的半自足的支系统和层次。[6] 我们能很容易地证实不同历史现实的同步存在，比如，"手工作坊与大生产集团共存，农田与远处的克房伯（Krupp）工厂或福特（Ford）厂房遥相呼应"（第307页）。然而，不管生产方式有多模式化或多松散，它都需要一种经济的一统性与阶级构成上的统一性。晚期资本主义有自己的"逻辑"。詹姆逊是这样描述的："整个全球性然而又是美国特色的后现代主义文化是美国军事和经济在全球的新一轮的主宰地位的一种内在的与上层建筑的体现：从这个意义上讲，文化的背面是血腥、折磨、死亡及恐怖，整个阶级历史都是如此。"（第5页）后现代社会秩序并非是崭新的东西，它"只是资本主义本身又一次系统改造的反映及附随物"（第xii页）。而且，不管后现代主义的各个版本在不同的国家有多不同，"每一个有关后现代文化的立场——不管为其辩护还是对其攻击诋毁——同时必定也是对当今的多国资本主义的一种或明或暗的政治立场"（见第3页）。詹姆逊之所以担心后现代主义对左派思想的蚕食，其原因就在于这一让位意味着经济层面的寿终正寝。而他不喜欢有关体制方面的新理论，正是因为这些理论往往取代了关于生产及经济基础结构的理论，其结果是统治阶级这一概念的瓦解。

考虑到詹姆逊研究使用的各种方法，他将"幻象社会"、"世界体系"、"后现代主义"及"晚期资本主义"等概念等同起来也就不足为奇了。晚期资本主义体

---

[6] Raymond Williams, "Base and Superstructure in Marxist Cultural Theory", *Problems in Materialism and Culture: Selected Essays* (London: New Left, 1980), pp.31—49.

系的特征在厄内斯特·曼德尔（Ernest Mandel）20 世纪 70 年代出版的经济研究著作《晚期资本主义》一书中有详述，詹姆逊承认该书启发了他本人关于"后现代主义"的理论（第 400 页）。詹姆逊提及的晚期资本主义的显著特征包括新的国际商业、新的国际劳动分工、国际金融及证券交易的新因素（包括巨额债务）、新型媒体关系及交通模式、计算机化及自动化、生产活动向第三世界的转移、劳工组织的危机、全球性的城市改造、（相对于资本流动而言的）国家这一概念的退化、对现存的旧式地域的市场渗透，以及消费伦理的广泛延伸。这一系列显著特征中并没有包括从前一段历史时期，如现代大规模生产及"国家资本主义"（即政府与企业的"合作"）中幸存下来的东西。晚期资本主义的这些经济因素构成了一个基础，与后现代主义的种种文化现象，如幻象、虚拟空间、拼凑模仿相适应。有关基础与上层建筑模式这一重要问题，詹姆逊提出了以下非常有意思的论点："'基础与上层建筑'并非一种实实在在的模式，而只是研究的出发点和问题，一种与探索式方法一样非教条性的东西，它既以理解文化（及理论）本身为目的，同时又与外界、本质、环境及干预空间和有效性有关。而如何实现这一点又从来没有事先定好的……"（第 409 页）只有陋习或鄙视才会使人将这一改进的方法看作机械或粗俗，因为詹姆逊不动声色而又果断地转换了基础与上层建筑这一陈旧的纵向因果模式，将它与衍生于现代计算机科学的横向探索艺术联系在一起。经济与文化就像一枚硬币的正反两面：市场的出现注定了文化的发展，而两者的具体联系和调定仍有待解决。

　　人们常说后现代主义阻碍了传统意义上的历史性，唆使终结正统历史，从而自由地改写历史，把传统看成一堆供人随时使用的被削弱了的范例。因此，后现代历史学家只能写反传统历史、另类历史，他们认为不可能有包罗万象的正统历史，只有各种各样的微型历史与叙述。"历史死亡"这一说法让詹姆逊感到愕然，他呼吁复兴历史分析，尽管他承认这种理论统一的举措有违后现代主义的理念。在构筑历史学方法时，詹姆逊在生产模式理论上又加上了安东尼奥·格兰姆（Antonio Gramsci）的垄断理论和雷蒙德·威廉姆斯关于不平衡发展的著名学说。[7] 在他本人有关后现代主义的述说中，他力求"建立一种新的系统性文化标准及其再生产的理论，以更全面地反映当今世界最有效的激进文化政治"（第 6 页）。在詹姆逊看来，任何对当代文化的描述如果缺乏标准和系统性的成分就会让人迷惑而遭到抵制。他坚持认为，"如果我们无法就文化主流达成共识，那么我们就会把现在的历史看成是一种纯粹的异质体、无规律的分歧、各种不同因素的共存，而这些因素的有效性是不可确定的"（第 6 页）。所以，不确定一种标准、一种文化主流、一种逻辑、一种系统就会造成缺乏统一性，这种统一性的缺乏在后现代主义的术语中往往就被负面地描述成无规则、异质性、不确定性、混乱共存。"不过，我感到，"詹姆逊宣称，"只有通过某种主导性文化逻辑或霸权性规范才能衡量和评估出真正的区别。我很难认同当今所有的文化生产都是'后现代的'……不过，后现代是各种截然不同的文化脉冲必须通过的角力场，这些文化因素被雷蒙德·威廉姆斯有效地称为'残留'和'新生'的文化生产形式"（第 6 页）。所谓晚期资本主义的逻辑在后现代时期的**霸权性**意味着各种对立的势力、思潮和团体共同存在并永远需要得到"管理"。詹姆逊认为，从方法论和抽象的角度来说，差异不仅存在而且不断蔓延，但这种存在与蔓延总是相对于体制而言的。通过将霸权理论与残留和新生理论补充到生产方式理论中，詹姆逊跟其他当代理论家一样将马克思主义历史学后现代化了。他创立的认知图绘、符码转换及基础/上层建筑等探索方法体系起到了同样的作用。同时，通过将文化标准和主流看成是一种设定、建构的东西和一种不稳定的角力场，詹姆逊有效地将他的历史编纂学"相对化"了。奇怪的是，他并不担心这样将后现代主义挪用到马克思主义文化批评上的后果。

詹姆逊对一统论、对世界体系的文化逻辑，及对全球思维和全球认知图绘的必要性的执着立场与后现代主义话语显得格格不入，显得有老套、过时、帝

---

[7] Antonio Gramsci, *Selections from Prison Notebooks*, trans. and ed. Quintin Hoare and Geoffrey Nowell-Smith (London: Lawrence and Wishart, 1971), pp.57—58, 161, 181—182. 试比较 Ernesto Laclau 与 Chantal Mouffe 的后现代、后马克思主义的霸权理论。见 Ernesto Laclau and Chantal Mouffe, *Hegemony and Socialist Strategy: Towards a Radical Democratic Politics* (London: Verso, 1985)。

国主义、复古之嫌。他料到会受到这样的指责,他与人们进行辩论。萨特发明了"总体化"(totalization)一词,詹姆逊秉承其理论,将总体化运作重新定义为一个从某个角度出发进行概括、找出联系、存在的否定与重新确认,以及进行实践的过程。从詹姆逊的特定观点出发,总体化确保了主体的生存和政治活动的进行。詹姆逊指出,因为"资本主义的逻辑本来就是零散而互不关联的,而且不会形成任何的整体"(第100页),因此,总体化是违背其自然规律的。它是后现代主义的大忌,特别是后结构主义的大忌,这一点在这一背景下尤其显得突出。詹姆逊断然否认其萨特式的总体化理论是为了以控制的目的而统一、或是为了寻求终结和肯定、或是因为迷信中心、或是为了确立理论上稳固的学术体系、或是为了以乌托邦理想和真理的名义散播恐惧。他这一温和的立场在很多方面与后现代主义对"总体化"的批评相一致。詹姆逊提出了以下一套实用方法:"从诊断分析的角度出发,有一个总体的理论要比没有这样的理论要有效。"(第212页)

在他长篇宏论的结尾,詹姆逊承认,"我偶尔也跟其他人一样对'后现代'一词很厌倦,但当我开始后悔喜欢这一术语,准备痛斥其谬用和臭名昭著,并且不情愿地承认它造成的问题多于它解决的问题时,我不禁怀疑还有什么概念能比后现代一词更能有效而经济地使讨论的问题得到人们的关注"(第418页)。在詹姆逊的理论中,后现代主义是一种生产方式(而不仅仅是一个历史时期或风格论),对其理解需要一种既关注社会经济模式又关注文化形式的广泛的文化分析。《后现代主义》一书因此用不同的章节来讨论广义文化、历史学、录像、建筑、小说、艺术、理论、经济及电影。(其中一半章节已经以论文的形式发表过了,所以该书更像是一本论文集。)从方法上来讲,该书所研究的对象——即某一复杂而又扩张的多国体系在某一特定的发展时期的主导文化——显得既清晰独特又奇异无际。正是这一矛盾的时刻使人觉得"总体化"这一概念在强化了詹姆逊的理论体系的同时也使其有所削弱。

评价

  我希望读者能看到，我很欣赏詹姆逊对后现代主义主要特征的具有广泛影响的分析，同时我很喜欢他对历史学研究方法具有独创性的论述（尽管这种喜欢不是毫无保留的）。我既对他遗漏了一些重要概念感到遗憾，同时又很看重他的一些引人深思的见解。不过，詹姆逊的一些晦涩而有问题的立场让我感到困惑，让我在此对这些问题详述一下。

  詹姆逊对大学、教学方法、知识分子、跨学科研究及文化研究的现状只字不提，这很令人失望。这一忽略与他很不幸地排斥体制研究有关，这重要的一点我下面会讨论。而且，女权主义和后殖民主义理论他也几乎没有提到。要全面论述后现代主义怎么可以不考虑性别和种族问题呢？

  被詹姆逊完全回避的一个特别重要的议题是关于误读的解构主义理论。比如，虽然詹姆逊对保罗·德·曼（Paul de Man），包括德·曼的政治学说有独到的见解，但他没有谈到德·曼有关不可读性的诗论。我提到这一点是因为关于误读的解构主义理论为"后现代"解析提供了一个强有力的、影响深远的例证，对任何关于解读、总体化或历史的理论形成了挑战。从某种解构主义的观点出发，生产方式这一概念是一个想象出来的、不真实的、简单化的概念。它把大杂烩视为一个同质体；它看重相同性而不看重差异性；它把多元化的个体和现象转化为神奇的统一体；它是一种强制的集体化。对于这种挑战，有几种理论体系已经做了回应，如后结构主义、马克思主义等，如果能看到詹姆逊有什么最深思熟虑的想法和直接的反驳，那将很有价值。

  詹姆逊还提出了许多引人入胜的其他观点。比如，我发现他对现代主义的描述非常精彩，往往要比他对后现代主义的描述更精彩。同样引人的是他对正在改变的艺术（包括电影、录像和摄影）的等级排序所作的零散的评价。比如，他指出，录像（包括艺术录像和商业电视）现在不仅是当今艺术霸权地位的最有力竞争者，而且也是革新和政治化的文化领军者。关于乌托邦主义在后现代主义时代的命运，詹姆逊也作了很多尖锐的评论。就让我拿他对他所谓的"乌托邦的焦虑"所作的评论来举个例子。乌托邦思想在当今世界受到排斥，其中原因之一就是，人们担心乌托邦社会"会造成自暴自弃、生活简单化、让人激动的城市异象之消失，以及感官刺激之丧失（这里明显地运用了对性压迫和性禁忌的恐惧），最终回到简朴'原始'的村落形式的'农村式的愚昧'……"（第335页）。对詹姆逊来说，乌托邦思想在后现代主义时代的削弱，与微观政治的艰难处境联系起来，构成了一种强有力的非政治化模式，正因为如此，他提出恢复乌托邦思想。尽管乌托邦思想从严格意义上讲是超脱政治的，但这种思想是"我们仅剩的还能想象改革的能力"的一个重要的组成部分（见第xvi页）。人们对乌托邦的看法如果无法超越通过血腥的革命而建立的社团这一形象，这说明了理想的可怕萎缩。不过，詹姆逊指出，"今天我们到处可以看到——特别是在艺术家和作家中——一种未得到公开承认的'乌托邦派'：一种地下团体，他们的人数很难估计，他们的活动不公布于众，甚至也许都缺乏系统性，他们的存在都不为公众和政府所知，但他们的成员却能相互认出来……"（第180页）詹姆逊说得不错，我很赞同他的见解。

在一些重要的问题上，詹姆逊显得晦涩难懂。在此我只简单提一下两个重要的例子。他把原教旨主义宗教的出现与后现代主义联系在一起，然而他却无法解释为什么将两者联系在一起。晚期资本主义时期的宗教，其地位面临重大问题，应受到更好的对待。显然，詹姆逊认为，在真正的后现代主义时期，媒体和市场是紧密联系在一起的；它经常提到市场-媒体这种联系，并经常提到"市场"一词。问题是，詹姆逊从来没有为市场或其与媒体的联系提供解释或实用定义。这倒不是说我不同意詹姆逊的观点，而是我需要更多的解释，特别是对市场这一概念的解释，而市场这一概念在后现代环境中已经发生了重大的改变。我怀疑市场是一种由无数互不相关的成分硬组合起来的一种虚假的统一。

现在还不清楚詹姆逊这一著作本意是作为现代主义、后现代主义，还是乌托邦式的社会主义历史叙事；在这一点上，詹姆逊在不同场合作过不同的解释。他有点模棱两可，也不把其著作与历史背景联系起来。也许这一点可以通过他对现代主义的四阶段划分来解释。这四个时期中的一个是大萧条以后社会现实主义的复苏。（我不知道后现代主义是否或会否有不同的时期。）在我看来，詹姆逊是一个晚期现代主义者（late modernist），一个国际社会主义者，他笔下的悲剧式现实主义使人想起卢卡奇、阿多诺和萨特。詹姆逊提到乌托邦思想的唯一目的是为了指出它们的逐渐消亡，希望它们重新崛起。他的著作里有后现代主义的成分，特别是那些他提出的写作历史的方法。尽管詹姆逊的理论框架是后现代主义，他的作品里有很强的现代主义的遗留成分，并毫无疑问还带有其新生成分。他对后马克思主义（后现代主义时期的现象）所表现出来的沮丧证明了现代主义是他潜意识里的精神家园。

詹姆逊的著作里有很多重大的有问题之处值得一提。令人惊讶的是，他的辩证分析研究中并没有明确考虑个人和集体的偏见、兴趣、盲区或价值。他依然能写出带有局限性的客观历史，这也解释了为什么他会提出摒弃伦理批评、意识形态批评和文化评论，而崇尚"真正的"历史分析。从方法上来讲，詹姆逊相信他可以"栖身"到知识（不是观念）领域内而基本不受利益的影响。他没有解释分析家如何摆脱历史存在和存在主义存在的影响。不过，詹姆逊在思考总体化的运用和生产方式理论（这些是他历史著述中运用的基本框架）的运用时，他清楚地表明了他具有偏袒性的政治倾向。从根本上讲，《后现代主义》从一开始就是一部伦理政治和意识形态的研究。他的写作摆脱不了别人对他的赞扬和指责的影响，也摆脱不了他对未来的希望和他目前的趣味和意见的影响。我这些观点并非是对詹姆逊的价值的谴责或不满，而是为了指出历史写作的一些可能条件。历史写作，不管辩证与否，并不一定要先退到某个虚空的"外围"。

另外一个较大的问题是我所谓的詹姆逊"对机制的排斥"。詹姆逊认为，把注意力放在机制上意味着忽视阶级结构和生产手段。也就是说，机制占据了统治阶级的地位，其结果是，要想取得进步性的改变就成了一件令人生畏的举措（如果不是不可能的话）。詹姆逊的后现代主义历史中对机制的这一不幸排斥其中就表现在他完全忽略了一些重要的文化机制，如博物馆和画廊、学校、电视台、出版社、电影公司、唱片公司，以及其他一些新的赞助和分配制度。詹姆逊在讨论书、电影和录像时用的是一种文献学的方式，这种方式让人想起老式的知识历史。作品本身好像与创作者、发行人、广告商及观众毫无关系。我不妨这样认为：詹姆逊摒弃了社会研究，不重视社会历史。他对当代团体理论（相对于阶级理论）的反对证实了我的看法。我得补充，詹姆逊并不提倡禁止对机制的分析；但是他的历史研究有意避开了这种分析。在他看来，机制只是再生产性的，而不是生产性的。他回避米歇尔·福柯的理论，这让人沮丧，但不令人吃惊。我们需要更令人满意的对后现代主义时期机制的研究。还有，詹姆逊没有认真讨论过下面两个被广泛接受的后现代主义概念：即西方文化中的统治阶级和其他阶级的构成已经经历了一个彻底的变革；旧的生产逻辑和形而上学已被取代。当然，这可能只是一种传闻。不过，当今世界，生产依赖于再生产，而机制是再生产过程中一个不可分割的部分。如果事实真是如此的话，那么机制既是附带现象又是本质现象。

也许，后现代主义快要终结了。也许，用詹姆逊带有戏剧性的话来说，后现代主义"只不过是资本主义两个阶段之间的一个过渡时期，在这个过渡时期内，早期的经济形式正在全球范围内得到调整，包括旧的劳工形式及其传统的组织机制和理论。新的国际无产者（其形式我们还无法想象）将从这一震荡性的剧变中重新诞生，因此我们无需先知就能预测：我们本身还处在这一低潮中，而且谁也不知道我们还要在这低潮中待多久"（第 417 页）。在这一点上，弗雷德里克·詹姆逊展望了后现代主义以后的未来，当了一回远见卓识者，而这一角色对詹姆逊来说显然不是一个自然的角色。他看到的不是乌托邦，而是一场全球性的风暴正在促成国际无产者的重新诞生。后现代主义的消逝不值得惋惜。根据这一冷酷的预测，后现代主义以后是又一个资本主义阶段。任何微渺的希望显然都在全世界的劳动者身上。怪不得，在 1983 年那次著名的"马克思主义与文化演绎"大会上，詹姆逊也许是在没有理会听众的感受的情况下讽刺性地而又感情复杂地口出此言："我常常觉得我是仅存的几个马克思主义者之一。"[8]

---

[8] Fredric Jameson, "Cognitive Mapping", *Marxism and Interpretation of Culture*, ed. Cary Nelson and Lawrence Grossberg (Urbana：U of Illinois P, 1988), p.347.

第二章
书写文化历史：后现代主义案析

顾宝桐 译

20世纪70年代开始，西方文人学者开始对20世纪欧美文化的发展史进行全面的整理编撰与概述；其中一个被很多人接受的历史发展轮廓是：先是绅士时代，紧接着是现代主义动荡，然后是后现代主义变革。现代主义和后现代主义的一个共同特点是一个由其与前面的历史时期之间的关联和脱节组成的错综复杂的网络。总体而言，这些对后现代主义的描述力图把现代主义和后现代主义之间的联系和脱节区分、解释和联系起来。由于现代主义本身的范围就不确定并有争议，由此派生的后现代主义中的异质性更引人注目。比如，埃斯拉·庞德究竟是地地道道的现代主义者还是典型的后现代主义者，美国的文学评论家们就无法达成共识，而且对如何看待二次世界大战后的几十年，他们也意见不一。如果现代主义结束于50年代或60年代而后现代主义开始于60年代或70年代，那么中间交汇的那些年代就无法归属。那些在这一时期成熟的文学艺术家们——比如，索尔·贝娄 (Saul Bellow)、亚瑟·米勒 (Arthur Miller)、希尔多·罗德克 (Theodre Roethke)、理查德·赖特 (Richard Wright)——既不能算现代主义派也不能算后现代主义派。因此，研究后现代主义的历史学家们的一项主要任务是阐明新旧时代之间的关系以便给那些不易归类的人物和现象一个恰当的归属。对现代主义到后现代主义的转变的研究所使用的方法不可避免地源于以下两者：一是完全两分法的思维模式,另一是总体化的历史观念。按照这种方法,对后现代主义的理想论述将力图与众不同,同时又包罗万象且明确肯定。因此,要挑战这样的历史论述就需要指出其矛盾、遗漏和错误。

不管后现代主义有多新颖或激进,用来编撰后现代主义历史的受人欢迎的历史学方法却来源于传统实践。具体来说,对后现代主义世界观的历史研究常常依赖于狄尔泰(Dilthey)和他的追随者提出的"**世界观**"(Weltanschauung,德语)这一概念以及斯宾格勒(Spengler)和他的门徒运用的"**文化底蕴**"(Geistesgeschichte,德语)这一概念。换句话说,我们常常将无奈地使用的历史哲学假设了两点:(1)某个时期的艺术表达了那个时代的精神或反映了那个时代的世界观;(2)这一特定的历史模式(精神或世界观)可以得到描述。有意思的是,很多有影响的后现代主义理论认为,后现代主义的特征是被边缘化的次人群的出现——比如,非白人、非欧裔人、非男性、非异性恋者,以及非中产阶层。用更抽象的话来说,这一版本的后现代主义把"差异的爆发"或"怪异的兴盛"描绘成后现代主义时代的主导性文化特征或力量。从历史学角度来说,这样的主题性研究意味着怪异性拥有的新的中心地位不仅使后现代主义有别于现代主义,同时又构成了后现代主义现象的本质。人们也许会说,"差异"代表了相同,或者说"怪异"代表了主流。不管具体的描绘是怎样的,正是这种把异常变正常代表了后现代主义的典型特征,而且它执着地结合时代艺术并发掘其主题来表现传统历史学方法。

对后现代主义的论述往往缺少一种意识,不去挖掘历史研究的修辞和话语依据。比如,人们往往很少对主题化、具体描绘和把数据联系起来等活动进行反思,也很少考虑那些编造出来的关于当代世界观的模式转移的作品或明或暗地在为什么样的利益服务。历史写作中的政治因素往往没有得到反思,历史创作话语中潜在的说教因素和信息也是如此。同时,也很少看到对现代主义和后现代主义时代特有的破坏因素的批评。现代主义和后现代主义往往被认为是不可能代表没落或危险。这一章里我想详细说明一下我的观点,严肃指出:历史研究的方法及其过程中对有关史实的省略导致了对后现代主义的描述的种种问题;同时,那些后现代主义的成功版本是对全球政治和全球经济视而不见。等一会儿你就会看到，我对后现代主义某些狂热的形式和承诺是持批评态度的。

我举一个著名而且典型的例子。琳达·哈钦（Linda Hutcheon）在其《后现代主义的前中心：无法持久的中心》一文中对20世纪60年代到80年代的先锋派文化作了一个全面、正面、开拓式的概述——作为后现代主义的一部纲要性历史。[1]这部著作在省略史实和缺乏自省方面特别典型。它显而易见地遗漏了关于经济和政治发展的细节，而且也没有提到任何对后现代主义文学文化持保守或激进态度的知名人物。不知是有意还是无意，哈钦研究覆盖的范围是片面的，尽管她力图全面，尽管她包含了一百多篇的参考文献。她在颂扬新事物的同时，却没有去研究那些对后现代主义的尖锐批评，那些指责后现代主义与消费资本主义同流合污的尖锐批评。哈钦不认为后现代主义有什么特别危险的东西。而且，她也不认为文学研究机制可得益于后现代主义文学和批评的崛起。最终，这一后现代主义的著述深深地打上寓言式传奇的烙印：这是一部快乐的话语，营造的是关于没有致命恶行、具有冒险精神、像马戏场一样的世界和时代；令人欣慰的是，这些世界和时代取代了人文主义的压迫时代。显然，这样的对后现代主义的夸大之作几乎是在为后现代主义作辩护和宣传，而这样的著作在论述后现代主义的历史著作中并非是个别现象。

对后现代主义的论述通常很重视20世纪60年代及以后出现的女权主义运动。在这一方面，哈钦的著作很典型。不过，对于那些激进的和保守的立场——这里主要是那些女权主义运动中的激进立场——她的处理同样是轻描淡写。有些激进的女权主义者用"性别"一词"取代"了马克思理论中的"阶级"，而哈钦急忙用后结构主义的"差异"这一概念来取代"性别"。由此，她把女权主义者描绘成代表了差异的一个更边缘化更怪异的团体，这种差异正是后现代主义的最主要特征，是其时代的精神。通过用"差异"来取代"性别"，哈钦将着重点从社会、心理和文化建构上转移开来，而这种社会、心理和文化建构恰恰是"性别"

---

[1] Linda Hutcheon, "The Postmodern Ex-centric: The Center That Will Not Hold", *Feminism and Institutions: Dialogues on Feminsit Theory*, ed. Linda Hutcheon (Cambridge: Blackwell, 1989), pp.141–165. 也见琳达·哈钦的《后现代主义诗论》Hutcheon, *A Poetics of Postmodernism* (New York: Routledge, 1988), 以及 *The Politics of Postmoderninsm* (London: Routledge, 1989)。

这一概念所要强调的东西。这样一来，有关生理差异的这一古老的男权思想就失去了它的具体性，在结构上和象征意义上都成了人文"中心主义"。在哲学和历史学层面上得到的却在批评意义和政治意义上失去了。

研究后现代主义的历史学家们经常借助讽喻和辩护，我自己也抵制不住这两者的诱惑。在后现代主义与现代主义的竞争中，后现代主义这一方代表了好的、新的、有生命力的，以及解放性的东西。哈钦的论述把"人文主义"与"差异"对立起来。作为后现代主义时期的"单位观念"和模式比喻，"差异"有各种各样的表现方式：胜利的谜团、怪异、边缘性、暂时性、视角、多重性、异质性、多元性、怀疑主义、不连续性、语境（contextuality，也译为"互文性"）等等，其背景是由相互关联的概念组成的一个解放性的网络，这一网络的对立面是人文主义一系列显然是负面的概念：压迫性的统一、同质性、总体化、普遍性、先验、中心性等等。而且，哈钦把"**自由**人文主义"作为后现代主义的具体攻击目标，这实际上不仅把后现代主义的出现提高到了划时代的高度，而且也把隐蔽的唯信仰论政治（antinomian politics）运用到了争论中来。尽管她没有公开说过，但哈钦是支持无政府主义的，这里的无政府主义指的是一个没有等级制的社会，其中的社团各自独立，互不干涉。哈钦没有明言她的左倾自由主义观点以及她对后现代主义的积极看法，而她对中心权威的反人文主义和反列宁式的批判成了她最终的象征性姿态，使她乐观地重申了20世纪60年代的一句嬉皮口号——"边缘万岁！"

通常，历史叙述中运用的文学体裁、修辞模式和政治理论构成了话语潜在的网状结构。正如海登·怀特（Haydon White）在其《超历史》（*Metahistory*）一书中描述的那样，浪漫传奇、比喻和无政府状态（这些在哈钦的论著里都得到了陈述）都是一体的。[2] 跟其他一些著名的研究后现代主义的历史学家一样，哈钦很少意识到她本人的话语特征：一副文学新闻式的直截了当与理直气壮。哈钦采用了心有灵犀的编史学家所使用的话语立场，这样她就可以随心所欲，

---

[2] Hayden White, *Metahistory: The Historical Imagination in Nineteenth-Century Europe* (Baltimore: Johns Hopkins UP, 1973).

不用进行因果性分析和批判性分析，从而使她能快速顺利地覆盖当代文化的广阔领域并描出一幅宽阔而多姿的画图。显然，她的文本本身就是前-后现代主义（pre-postmodern）的格调，没有拼凑模仿、没有自觉的问题化、没有差异，而这些正是后现代主义的鲜明特征。

在她文本的结尾处，哈钦出人意料地与后现代主义划清了界线，把这一文化现象描绘成划时代的"剧变"到来之前的一个"过渡期"或者"第一阶段"。这种对后-后现代主义（或后现代主义的终结）出人意料的最终憧憬是对传统历史学方法惯用的"阶段"和"过渡"等比喻语言的情有独钟，表达了坚定的浪漫主义者和无政府主义者的虔诚愿望。

允许我推论一下。也许，对一个时代的历史学家来说，书写历史最有效的方法是设法超越所研究的事件，置身其上或者之外。采取一种"事后式的态度"即使不是必需的，无疑也是很有帮助的：它不仅能设置一个其结局令人满意的情节（哪怕这种结尾是暂时性的），而且也为概述、总结研究创造了有利的条件。要避免这样一个传统的先验性的立场，一个办法是采用身处事件之中的记者和史实记录者（chronicler）使用的方法。这是一个策略性的立场，它的一个重要作用是确保记（录）者的谦卑、自觉报道与记录中不可避免的片面性。史实记录或现场报道是以有限的资源和有限的既定目标这样一种历史体裁呈现出来的。这种写作的主要特征也许是其对历史事件不作公开的阐释。与那些研究某一时代的过于雄心勃勃的历史学家不同的是，史实记录者尽量降低各种风险，包括为争议性的和评价性的立场辩护。从结构上来说，历史学家是一个局外人，通过写作才进入历史；而史实记录者则是局内人，通过即兴报道把内情公布于世。要把"局外与事后"这种传统的历史学研究架构与"局内与即时"结合起来就要求我们身处历史结尾处或其附近的一个时空界域。而且，这样一项工程要求其研究者扮演一个（后现代主义）魔术师的角色，用一种既是辩护性又是完全不偏袒的态度，把"即时"与"事后"糅合在一起，把"局内"与"局外"糅合在一起。这样的摇摆或者迟疑是哈钦（也是伊哈布·哈桑 Ihad Hassan）史学研究立场的特点，这种立场显得既谨慎又聪明。这种小心谨慎，无疑是对那种追求完全的客观性和总体化的雄心壮志的迎头一棒。正因为如此，它实际上是对传统的史学研究为追求不同的世界观和时代精神所采用的浮士德式的华丽风格的一种无言的批判。哈钦采用的这种特异立场值得称赞。

20世纪最后几十年中,与早先的实践背道而驰的新的史学研究模式空前繁荣。这些新的研究模式包括年鉴学派(Annales school)创立的心态史理论、米歇尔·福柯及其追随者提出的考古学/谱系学/新历史主义、卢伯特·佛格尔(Robert Fogel)和斯坦利·英格曼(Stanley Engerman)创导的计量历史学(cliometrics),以及由塔尔科特·帕森斯(Talcot Parsons)和很多新马克思主义者的理论演变而来的体制历史学(institutional history)。体制历史学在论述当代文化历史时考虑到了专业杂志、大学出版社、学术会议、特殊兴趣协会,以及基金机构等在其中起到的作用,这方面的例子包括:理查德·欧曼(Richard Erhmann)的《美洲英语》(*English in America*, 1976)、格兰特·韦伯斯特(Grant Webster)的《文学共和国:战后美国文学观念史》(*The Republic of Letters: A History of Postwar American Literary Opinion*, 1979)、杰拉尔德·格拉夫(Gerald Graff)的《讲授文学》(*Professing English*, 1987),以及詹姆斯·索斯诺斯基(James Sosnoski)的《卖苦力的教书匠与精英批评大师》(*The Token Profeesionals and Master Critics*, 1994)。总而言之,体制历史学家们研究的重点是现代主义和后现代主义西方社会越来越普遍的艺术职业化和商业化的方方面面。这样做的一个好处是把历史看成一种由相互竞争的团体构成的松散的集合,而不是一个由反映了统一的精神或主流世界观的各种事物和事件组成的有机群体。还有一个好处是,某些经济利益和势力得到了认真考虑和仔细研究。另外,因为文化作品、经济利益和专业项目之间的关系需要澄清,所以阐释性劳动也有了结果。

我们不知道,假如我们对后现代主义的理解是基于体制历史研究的话,那会是什么样的后现代主义?由于很少有后现代主义历史学家把体制团体、体制价值、体制项目、体制组织,以及体制矛盾等纳入到他们的研究中去,所以,后现代主义这一现象有时候显得虚无缥缈。现在,"差异"与"人文主义"的对立已经是老生常谈了,但它仍然很能说明问题。与旧式、人文主义想象出来的后现代主义相比,这种娴熟驾驭差异的后现代主义确实突出了历史写作中的非真实性和话语性，然而，它省略了后现代主义历史学中的重要事件的编年史，因此也阻碍了后现代主义历史学的新兴或者蓬勃发展。

后现代主义的一个主要表现形式是各种模式的多元话语——这些模式对后现代主义研究及其历史学有重大的政治意义。老式的单声道录音机已被带有几十种重叠声音的多声道立体声录音机所替代。对话，或者更确切地说多人对白，取代了独白。在这一凯歌嘹亮的后现代主义版本中，没有什么声音必须服从权威、公众舆论，或统一言论。很显然，这种后现代主义的政治不仅与当今的社会秩序、民族主义、跨国主义、集权主义、帝国主义，以及新殖民主义等势力格格不入，而且向这些势力提出了挑战。多国公司和国际银行的经济模式显然也与此后现代主义相左。本质上，任何政治、经济和文化上的集权、大众化或全球化都是反后现代主义的。从思想意识上来讲，这样一种格局使后现代主义相对于目前的政治经济结构来说显得不仅具有批判性和反律法性，而且是反现存社会体制和乌托邦式的。而被有关后现代时期的历史论述所遗漏的，恰恰正是这种凯歌嘹亮的后现代主义的非主题化的政治脉冲；被经常遗漏的还有，后现代主义为什么对现有经济资金和政治控制的中心机构似乎漠不关心，以及后现代主义对媒体的虚拟化过程的分析。这种后现代主义对地方或者区域性的、（半）自足的微观政治有着明显的偏向，它的研究显然不触及全国性和国际性的经济和政治这些更广阔的领域。其结果是，大众政治的未来取决于运气而不是组织。如果后现代主义的众声喧哗能够和谐统一的话，那么大概只能是通过联盟的形式才能实现；但是后现代主义多方对话不屑于宏观政治。因此，对后现代主义的全面历史论述如果忽略这种政治倾向，无论是在国际语境还是机制语境中，那么历史学就背离了它的宗旨，只把注意力局限在互不关联的地方文化上，而忽略了全球化的社会经济和政治力量。"从全球着眼，从地方做起"这一双重告诫用在这里就很贴切了。

第三章
后现代时期的跨学科研究

顾 洪译

在这一章我想指出,作为学术界的知识分子,我们必须清醒地认识以下四点:一、今天的大学教授是"学科的主体";二、大学的跨学科研究工作,包括文化研究,并不改变现存的学科;三、大学是规训社会(disciplinary societies)之中的学科机构;四、跨学科研究的观念眼下正在发生着重大的变化。对当今的学科和从它们当中衍生出来的领域,我在此既不想说鼓励的话,也不想说泄气的话。我的主要目的,是想对跨学科研究在后现代时期的变化动态提出一些新的看法。我要指出的是,跨学科研究的后现代模式与其现代时期的前身是不同的、相对抗的,而它的未来又是不确定的。所有这些对目前的文学理论研究和文化研究两者的位置,以及后现代文化的面貌都有着重要的影响。

教授是学科的主体

我的第一个观点是,大学教授是学科的主体。我想这种说法没有什么可争议的。虽然我们都占有多重的主体位置,但是作为被聘用的职业工作者,我们的主要身份通常是一个或两个特定的领域里的专家。比方说,如果我们在美国大学的英语系工作,尽管我们也许会教非专业学生写作和文学入门等课程,可是我们都以教授专业课来确定我们的职业身份。这些课程通常是在我们读研究生时专修的课程,在博士资格考试,博士论文,也有可能在博士后学习、研究和发表的著作的范围之内。我们通常是某个专业学会的成员,经常参加它的会议,了解这个领域最新研究的情况,定期翻阅这个特殊领域里的主要杂志和书刊。我们还关注特别的学术研究经费和其他的机会,了解最新的教科书和教学材料。假如某天早上,在现代语言协会的年度大会中心的电梯里,有人问起你是做什么工作的,你的回答想必一定简明扼要,其中会有一、两个字提到你所从事的专业研究。如果时间允许的话,你会加上几个简短的细节:比如说,美国现代主义;诗歌;艾略特和庞德(Eliot and Pound);或者英国文艺复兴;莎士比亚;早期喜剧。一般来说,是有关一个国家,一个公认的历史时期,一种文艺作品的类型或者一位主要作家(亦或两者兼而有之),一个主题或命题。(所有这些通用的分类,即民族、时期、主要作家和主题,都存在很大的问题。)当然,在大学执教的人都知道这些。这是我们职业潜意识的一部分。但是,不管它们是多么显而易见,在此我想着重强调两点:高等院校是由不同学科构成的院系所组成的;而各个学科又训练读学分的学生和这些学科未来的教师。[1] 知识以某种形式被分割,也就是说,知识是由反映具体学科历史的社会构建和社会实践所组成的。[2] 社会规范是当今的主流。

---

[1] 见 Julie Thompson Klein, *Crossing Boundaries: Knowledge, Disciplinarities, and Interdisciplinarities*, Charlottesville: University Press of Virginia, 1996。大学的学科和院系是两种不同的概念,它们有可能重叠,也可能不重叠(柯林,第53—54页)。且以美国大学的一个大的英语系为例:在这个系里,不仅有语言学和比较文学,还有文学创作、修辞学、写作、英语作为第二语言教学、英国和美国文学等专业学科。很清楚这个系是专业学科与副专业学科的组合。

[2] 参见 Ellen Messer-Davidow, David R. Shumway, and David J. Sylvan, ed., *Knowledge: Historical and Critical Studies in Disciplinarities*. Charlottesville: University Press of Virginia, 1993, pp.vii—viii。因此,学科需要无时不在的关注,因为它们更像是路易·阿尔都塞的"国家意识形态机构",而不像柏拉图的理想形式。参见《列宁和哲学以及其他文章》中路易·阿尔都塞的《意识形态与意识形态的国家机器》一文(Louis Althusser, "Ideology and Ideological State Apparatuses", *"Lenin and Philosophy" and Other Essays*, trans. Ben Brewster. New York: Monthly Review, 1971, pp.127—186)。也见柏拉图的《理想国》(Plato, *Republic*, trans. Robin Waterfield. New York: Oxford University Press, 1993)。

大学教授是学科的主体，就此我想强调以下几点。首先，无论我们的职业身份和立足点是什么，它们都只是在学科的框架之内才有意义（其中已包涵矛盾）。学科之外没有我们的位置。[3] 还有，我们都在不停地做边界定义的工作，或进行边界巡逻。有时，我们是在无意识地做这些事。比方说，我们经常使用大致严格的学科标准来批准或否定某些研究课题、课程、教程建议和工作申请。[4] 尽管有流言蜚语和右翼的宣传，"什么都行"的态度并不存在。某些课题、方法和科目好像"就是"行不通的。学科既有能动作用，能出成果，而同时又有限制作用，有约束性。毫不奇怪，它们不仅孕育了跨学科（interdisciplinary）的研究项目，也孕育出了超学科（cross-disciplinary）、转型学科（trans-disciplianry）、对立学科（counter-disciplinary）、多学科（multi-disciplinary）和反学科（anti-disciplinary）的研究项目。所有这一切项目的形成往往都是出于对现代学科规划和系科化的抵制。

跨学科研究的终结

我的第二个观点是，目前大多数跨学科研究都是对现存学科的维系或者调整，而并没有改变现存的学科。这一论断来自我几十年来在各种不同语境中从事跨学科研究的实践：其中包括庞大的人文系，小型的、为优秀本科生开办的经典名著教程，中型的研究生比较文学专业，小型的哲学和文学博士生教程以

---

[3] 就此而言，我完全赞同德里达的观点。参见他的《理性的原则：学子眼中的大学》一文（"The Principle of Reason: University in the Eyes of its Pupils", trans. Catherine Porter and Edward P. Morris, *Diacritics* 13.3.1983. 3—20），特别是在第17页，他针对专业学科的传统点出了需要解构的地方。关于这一点，我在《世纪末的专业学科》一书的开篇中也发表了类似看法（*Disciplines at the Fin de Siecle*, ed. Amanda Anderson and Joseph Valente. Princeton: Princeton University Press, 2002）："认识到跨学科性的需求，很多大学已经开创了特殊的人文学科研究机构。不过，这通常是让不同学科的学者们聚集在一起共同研究相类似的问题或主题。但是大学总体的经费分配也告诉我们，对智力、财务和结构的主要投资还是在传统学科的领域里……"（1）

[4] David R. Shumway and Ellen Messer-Davidow, ed. Introduction, *Disciplinarities*, special issue of *Poetics Today* 12.1991: 201—225.

及小型的主攻理论和文化研究的研究生专业。这里的每一个语境都有其复杂的历史，而且每一个又都见证了学科的持久性和后现代跨学科研究的某些脆弱性。只要学科还存在（以我们目前对"学科"的理解而言），就会出现学科范畴之外的所谓旁支领域。而这些领域的前途未卜，将会在结构上显示出成为学术科、系的可能性。因此，学科是跨学科研究的开始和终结。

我可以换一种说法，把这个问题说得更尖锐一点。文化研究，作为一个典型的跨学科研究领域，在美国大约有二十年的历史了。然而，迄今为止，在美国却还没有一个完全成熟的文化研究系存在。当然，现在有无数的项目、中心、机构、专业和方向，但是这些都不能称之为系。无论是文学研究、社会学、传媒，还是影视研究，都不会围绕这个新兴的后现代"学科"来重新组合。我们都知道这是怎么回事。现在很多自称是搞文化研究的人都身不由己，他们在英语系和传媒系任职，教一些系科规定的课程，其中又参入一些零星的文化研究课程。当然，在教授规定课程时，他们会侧重于文化研究领域所关注的一些问题。除非眼下这一代文化研究学者们在行政管理方面获得了足够的影响力，可以把文化研究变成一个系，从而使它摆脱现在的不利环境和低效率的安排，美国文化研究的这种瓶颈状态可能会再延续十几年。在这条路的尽头和通往这个目标的路上，学科还照常存在：还会有一大堆要求、考试和证书；还会有特殊技能的培训，专业词汇的学习，经典、重点问题和各种传统的了解；入学和升学还会依照大致清晰的标准；在制定目标、准则和评级方面还会有相对的独立；研究领域界定的工作还会照常进行。这种学科的界定工作是为了保护内部不受到外部的影响，保证各种学科的独特纯洁性，从而强化知识分工。文化研究需要承担所有这些学科方面的工作，这也证实了我的观点：即，跨学科研究维系或调整，但并不改变现存的现代学科。

规训性机构与社会

到目前为止，我已经强调了两点：大学教授是学科的主体；跨学科研究项目是对学科的维系。作为全国教学制度的一部分，高等院校本身就是处于规训性社会之中的学科机构。这个观点来自米歇尔·福柯（Michel Foucault）的《规训与惩罚》（*Discipline and Punish*）一书，[5] 这也是我的第三个观点。我认为这个观点大致上是无可争议的。在这本书中，我们记得福柯的主要论点是，从1760年至1960年的现代时期，社会愈来愈被各种规范所控制。这些规范的宗旨培养是"驯服的身体"（docile body），是通过一张"学科机构"相互合作的网络被不断地传播开去的。这些机构包括法律、军事、教育、培训、心理治疗、福利、宗教和监狱等部门，而所有这些机构都采用同样的插入、分配、监督和惩罚等措施来强化规范，纠正过失。与监狱相似，大学"对那些交给它教育的人继续进行一项在其他地方已经开始的工作，那就是整个社会通过无数的纪律机构对每个个体所做的工作"（《规训与惩罚》，第302—303页）。在把学校描述为"纪律机构"的时候，福柯的脑子里具体所指的是几十个所谓的学科[6]，即登记、组织、观察、管教和控制等微观技术，被最大限度地协同起来。在这些无所不在的小纪律当中，我们可以略举十几个例子：考试、案例研究、记录、隔离、关牢房、禁闭、评级、物化、监视系统、评估、等级、规范、图表（例如，时间表）和特别处理。启蒙运动所创立的这些学科促使了身体的驯服，从这些驯服的身体中榨取出各种有用的能量。这些小型、日常的驯服身体的机制，是在现有的人人平等的法律和理想之下运作的，从而也产生了一种限制、驯化种种互逆反应（reciprocities）的反法律。在谈到教学时，福柯说："一种定义明确、规范化的监视关系是教学实践的中心所在。这种监视关系并不是教学的一个额外或相关的部分，而是一种它生来具有的机制。"（《规训与惩罚》，第176页）高等院校运用这些微观学科来训练和约束学生，不仅为了就业和专业学科作准备，而且也为规训性社会做好准备。对福柯而言，这不仅是后启蒙运动时代的遗产，而且也是现代时期诞生时就拥有的冷酷的权利。在后现代时期，这种现象仍然存在。

福柯的《规训与惩罚》是后现代时期一个最值得称道的跨学科研究的成果。

---

[5] Michel Foucault, *Discipline and Punish: The Birth of Prison*, trans. Alan Sheridan. New York: Vintage, 1979.

[6] "纪律"：英文的"学科"与"纪律"都是"discipline"。——译注

这本论著开拓了新的研究领域，比如，"学科"、"驯服的身体"、"全景监控权力"（Panoptic power）、"知识/权力"关系，以及"规训性社会"。福柯的这部论著是在历史、哲学、社会学、政治学、犯罪学，以及理论这些领域之间从事研究，既独特地整合了这些不同学科的研究方式和问题，同时又拒绝被分类定格。福柯的这本书不仅给我们提供了一个如何从事跨学科研究的模式，而且也告诫我们在不同学科的结合和合作的过程中应该注意些什么。把不同学科连接在一起保证了更多的知识/力量，更有组织和效率，更多的监视和驯服，更多的记录和物化，更多的评级和规范化，以及更多不幸的启迪，从而巩固了驯化性社会，保证了像监狱和大学这样的纪律性机构会延续下去。这并不是一种令人欣慰的后现代主义。

跨学科研究的两种模式

为了与本书的一个主要宗旨保持一致，我现在要把跨学科性这个问题及其复杂性放在一个清晰的后现代时期的历史框架中来重新审视。[7] 我的第四个论点是：在后现代时期，跨学科研究一直在经历着一个重新定义的过程。而这一过程就发生在衰老的现代综合性大学仍然统治着教育领域的时期。在这一过程中，尽管学科仍完好无损，但是其特征与重点却已经因跨学科研究而在起着变化。

以当下高校部门化现状来看，它就好像是一个倒退的现代组织。它孕育于19世纪，于20世纪中期定型，在很多方面至今仍然停留在那个大公司、大

---

[7] 有关本人对后现代主义的看法，见拙作《后现代主义——本地效应，全球流行》（Vincent B. Leitch, *Postmodernism—Local Effects, Global Flows*. Albany：State University of New York Press, 1996）的第一章。这一章对弗雷德里克·詹姆逊的巨著《后现代主义，或晚期资本主义的文化逻辑》作了评估。(Fredric Jameson, *Postmodernism, or, The Cultural Logic of Late Capitalism*. Durham, NC：Duke University Press, 1991.) 詹姆逊的这本书使我受益颇深。参阅詹姆逊在《弗雷德里克·詹姆逊访谈录》("Interview with Fredric Jameson", *Diacritics* 12.3.1982：72—91）中对跨学科性和马克思主义所发表的令人深思的见解，尤其是第89页。

政府和大劳工的时代。[8] 从目前传统学科和院系的角度来看，后现代的内爆（imposition）和裂变（fragmentation），或更确切地说，后现代的分解/离化（disaggregation），基本上受到抵制和调控。[9] 最近几十年中派生出来的一些具有挑战性的"新"（跨）学科，常常被安排在不稳定的教学课程和研究中心里，而不是放在经费充足的院系里就证实了这一调控。在这些众多的"新"（跨）学科当中，我在此且略去自然科学和职教学科，只提人文学科和社会科学中的几个：妇女研究和性别研究，黑人研究和其他的民族研究，电影和媒体研究，身体研究，第三世界研究和文化研究。上述这些都属于后现代跨学科研究，它们在20世纪后期形成，并且从某些具体方面来说也是对抗学科。也就是说，它们是针对现代学科的疏忽，盲点，或者根深蒂固的偏见而有意识地构建的。在某种程度上，它们也是"多学科研究"，就是说，它们是建立在多种不同学科之间的紧密合作是一件好事这样的假设之上的。然而，新（跨）学科研究的倡导者们对部门化表现出复杂的心态。但是以我的经验来看，他们常常乐意服从传统的学科模式及其对特殊训练、必需条件、标准和证书的要求。他们也乐意依靠微观纪律，比如：考试、练习、记录、评级、监督、规范等等，来维系学科的存在。学科与纪律永存。

但是，正如近期美国新保守派与自由派的文化战争所证实的那样，后现代学科研究威胁的是保守势力的道德观和政治秩序，而不是学科本身。对新保守派而言，大学的学科，无论新旧，都必须通过"客观性"这一最终测试。客观性在冷战初期——一个"意识形态死亡"和政治迫害猖獗的时期——被盲目推崇。

---

[8] 我在此糅合了关于现代性的一些颇具影响力的观点。这些观点在斯科特·拉什和约翰·厄里合著的《组织化资本主义的终结》(Scott Lash and John Urry, *The End of Organized Capitalism*. Madison：University of Wisconsin Press, 1987)，斯图亚特·霍尔和马丁·杰克思合编的《新时代：1990年代政治面貌的变化》(Stuart Hall and Martin Jacques, *New Times: The Changing Face of Politics in the 1990s*. London：Verso, 1990)，以及比尔·雷丁斯所著的《废墟里的大学》(Bill Readings, *The University in Ruins*. Cambridge：Harvard University Press, 1996) 这些书中发展形成的。

[9] 让·鲍德里亚的20世纪末的著作论述了后现代社会内爆的主题。他在《邪恶的透明：论极端现象》一书所举的例子（第9—10页）(Jean Baudrillard, *The Transparency of Evil: Essays on Extreme Phenomena*, trans. James Benedict. London：Verso, 1993) 那么恐怖、令人难忘。

因此，后现代大学的跨学科研究所威胁的并不是学科的生存，而是奄奄一息的现代主义的大学形象：一个平静的，组织完美，与世无争的象牙塔，一个经典名著冠冕堂皇地位于教学大纲之首的场所。

从一个后现代化的视角来看，"跨学科研究"有两种截然不同的形式。在其最为雄心勃勃的现代形式里，跨学科研究梦想着学科独立的终结，梦想着各学科令人厌恶的术语和虚妄的知识分工的终结；跨学科研究想把不同学科统一起来，使之变得透明。[10] 然而，后现代思维力求增大差异、尊重多样性，[11] 近来数目激增的跨学科间研究是一个令人鼓舞的转变。因此后现代跨学科研究追求的并不是统一或者整合，而是尊重差异与不同。而且重要的是，它将内部和外部存在的不同视为无法抹杀的。雅克·德里达（Jacques Derrida）是这样来解释后一种解构主义观点的："所发生的永远是某种污染（cantamination）。"[12] 在这种语境中，每一个学科本身从一开始就早已被其他学科所渗透。物理学不是孤立存在的，数学、天文学和化学不仅是它的邻居，而且还是造访它的客人。文学研究，作为一门比大多数学科更容易被渗透的学科，与历史、神话和宗教、心理学、语言学、哲学（尤其是美学）、民间故事和人类学，还有政治经济学都有联系。在此我已经省略了诸如剧院、社会学、性别研究、文化研究等相关领域。从这种后现代观念来看，不仅学科的存在，它们的必要性和价值是不容否定的，而且它们的分界和斗争也是不容否认的。在后现代时期，跨学科研究的情况明确告诉我们，无论新旧，学科之间的相互跨越混合已是既成事实；然而，它们之间的区别和冲突亦不容忽视。因此，我们可以理解为何福柯最终大力推崇"特殊的知识分子"（specific intellectuals），而不是所谓的全能知识分子（general

---

[10] Stanley Fish, *Professional Correctness: Literary Studies and Political Change* (Cambridge: Harvard University Press, 1995), pp. 135—140.

[11] Jean-François Lyotard, *The Postmodern Condition: A Report on Knowledge*, trans. Geoff Bennington and Brian Massumi (Minneapolis: University of Minnesota Press, 1984), pp. 81—82.

[12] Jacques Derrida, "'This Strange Institution Called Literature': An Interview with Jacques Derrida", trans. Geoffrey Bennington and Rachel Bowlby, *Arts of Literature*, ed. Derek A. Attridge (New York: Routledge, 1992), p. 68.

intellectuals）：[13] 他不仅懂得现代跨学科性的危险，而且也了解其后现代时期的转变所带来的益处。

  在结束本章之际，且让我们不要太悲观吧。我相信当今的高等院校的教授们是学科的主体，相信我们的大学是为规训性社会服务的学科机构，相信跨学科研究往往讽刺性地增强了学科本身；同时，我也知道无数的局部颠覆、创造性的误用以及反学科举措不断地使现代学科制度僵硬的控制变得松动。另外，跨学科研究的项目，不管是在某个学科之内，还是两个学科之间，或者多个学科之中，也常常随着其渗透力的增强，在蚕食着既有的认知图。还有，后现代时期，在所有高校的教授和学生当中都存在着一些未被公认的跨学科研究信奉者。即使他们的存在和人数还鲜为人知，他们的研究项目还不太清楚或者还未成形，但是这些跨学科研究的地下成员好像都相互认识。我就是这些后现代时期的夜行客之一。然而，还不清楚的是，在这些人的目标和当今市场经济的逻辑联系之间究竟存在着什么样的联系。市场经济需要的是迅速变化和更新，对既有的方式和传统的不屑一顾，它更喜欢灵活性和临时契约，坚定不移地追求生产率。另外，还不是一直都很清楚的是，我们什么时候可以说，一个跨学科研究项目只不过是知识前卫主义，只是盲目地标新立异、追求最新的、最前沿的东西。但是尽管如此，我还是支持跨学科研究项目，尤其是在当下的文化研究，只是我并不希望结束学科的仪式和利益，或者把裂变中的学科和它们的教员们统一起来，去破坏性地追求虚无缥缈的和谐。

---

[13] Michel Foucault, "Truth and Power", *Power/Knowledge: Selected Interviews and Other Writings 1972–77*, pp. 126–133.

第二部分

批评性阅读

第四章 "阅读"文本

李文新 译

　　学术批评涉及很多活动，包括评判、注释、阐述、机制分析、阐释、接受、欣赏、反应和评论。所有这些活动一般来说皆有赖于精心编辑的文本，以及语言、文化和文学功底。有些批评实践更有赖于读者是否具有特殊美学感受力，具有与其他价值观发生潜在冲突的价值观念，或是占据特定的社会历史位置。进行学术批评所需要的阅读能力建立在一些当下越来越有争议的传统、规范与实践之上。作为一个标示批评范畴内多项功能的多价术语，"解读"一词虽前途未卜，但其不确定性恰恰为重新评价以往的批评理论和开发解读规则新视角创造了有力条件。在本章里，我将对如下各家——新批评学、阐释学、结构学、读者反应理论、现象学、唯物论和后结构主义学——提出的影响深远的有关解读理论作一点评。

　　当今流行的学术解读模式仍然强调批评的服从性、非个性化，以及对狭义范畴的"文本"的忠诚。教师极少会容忍对价值观、意识形态及体制进行直率的评价，也不鼓励对文本选择和评价的过程提出异议。如果有人希望遵守当前的解读教学模式，那么他必须学会尽可能减少"个性化"参与；要敬仰作者的天才；并尽量协调文本的不同寓意、纠正形象偏差、弥补主题的不协和；整合文本的松散线索；坚持（再次）解读直至深度剖析变得明察秋毫、文本变得偶像化；偶或对社会历史"背景"略表关注；撰写条理清晰、旁征博引的主题＋论据式批评论文；并把这种作法称为"**批评式解读**"。或许这种解读方式最为欠缺的正是一种在怀疑性、反抗性和对抗性意义上特别具有的"批判性"。模范读者的形象往往倡导克制自我、敬仰往昔的作者、热衷于结构精炼寓意复杂的文本，却漠视社会机制和霸权理性体系。我们或许应该停止把这种恭顺和文雅的文本雕虫小技称作"批评"了。

阅读的混乱

在新批评家所建立的较为引人注目的解读规则理论中，其批评锋芒最为锐利的要数对生成学派（genetic approach）和接受学派（receptionist approaches）的责难，由此也衍生出对意图谬误（intentional fallacy）和情感谬误（affective fallacy）持批判态度的学说。文学文本在理念上是与社会生活的市井之躯和作者以及读者的个人生活分开来的。五花八门的追溯性解读法试图演示单个精心锻造并有自主能动性的作品所具有的精巧、复杂的空间形体，而这些作品的多重冲突力和不一致性既相互关联又被包括悖论、含混和冷嘲在内的隐喻手段所平衡。文本的"意思"既不能从对内容的复述又不能从对建言的摘录中获取，而是来源于和谐一致的涵义、语气、意象、象征及其他文本所固有的语义特征。对新批评形式主义者来说，解读意味着对去个性化（depersonalized）和客观化了的诗歌文本进行非个性化和细致的阐述，并通过批评实践使其展现复杂的语义平衡和内在目的性。既然诗歌的复杂性被赋予崇高的价值，那么批评运作调和的不和谐因素越多，它就越受到尊敬。[1]

值得注意的是，这种解读理论系统地排除或忽视的内容非常之多，包括个

---

[1] 新批评的重要文献包括：John Crowe Ransom, "Poetry: A Note in Ontology" in *The World's Body*, 1938. Reprint, (Baton Rougw: Louiseana State University Press, 1968); Cleanth Brroks, "The Heresy of Paraphrase" In *The Well Wrought Urn: Studies in the Structure of Poetry* (New York: Beynal and Hitchcock, 1947); W. K. Wimsatt, Jr., and Monroe C. Beardsley. "The Intentional Fallacy" in *The Verbal Icon: Studies in Meaning of Poetry* (Lexiton: University og Kenntucky Press, 1954); Wellek, Réne, and Austin Warren. *Theory of Literature*, 3d ed. (New York: Harcout, 1962); 以及 Kenneth Burke, "Formalsit Criticism: Its Principles and limits" in *Language as Symbolic Action: Essays on Life, Literature, and Method* (Berkeley: University of California Press, 1966)。

人反应和社会历史反应、机构分析和群族政治评论，以及对"意义"（significance）和"意思"（meaning）的阐释。在这种回溯性运作中，非人格化无孔不入，且沦为教条。作者和读者成了祭祀独立不朽文本荣耀的牺牲品。社会的躯体被清除排斥，正如同禁欲的神学教义轻蔑芸芸众生。另外，解读的世俗经历在反复的重读中分崩离析，不仅使文本显现偶像化、空洞化，而且在其浑然一体中尽显多重的感染力和错综复杂。正如预期的那样，如此全景化的解读看上去对一切都了如指掌。冗长、松散型文体难于同简短、紧凑的作品相提并论。取得的平衡、和谐和统一备受珍视，其代价是将非连续性、矛盾和间隙（重新）定义为悖论、冷嘲和含混而予以压制。"意思"通过强制性、空洞化和美化处理而变得虚幻化，以免使文学与宗教、道德、哲学、法律、科学和政治产生竞争，因为文学必须超越这一切。这种形式主义追溯的结果使批评的主要功能变为歌功颂德，而反对和抵抗意见几无容身之地。更有甚者，人们既不能合法地把玩文本的离心因素，也不能偷猎文本以求娱乐和知识。新批评式的"解读"体现出压抑性、防御性、强迫性。然而，这种解读法也能对文化批评有所贡献，那就是一种对阐述的强烈嗜好。这种阐述对文本的复杂性和不一致性相当敏感，而这些复杂性和不一致性都在这一新的操作里被重新建构为原始材料，其目的却不是为了修辞的和谐，而是为了解构和症状性评估。

　　E. D. 赫希为了反击新批评论对作者意图、读者反应和历史批评观所设的清规戒律，在语文文献方面做出了努力，但他的观点既流于赞颂之词，又令人费解。在赫希的阐释学理论框架内，文本因作者的意图而产生意思，而作者的意图却是公开的，而不是隐秘的，而且必须用可能性测试来证明。进一步讲，作者寓于文本中的意图永远使意思稳定。解读的最主要任务即是在可考证的文本细节上和历史认知准则内对作者的意图进行训诂性重构（antiquarian reconstruction）。除去这种历史性的整齐划一，文体惯例在解读实践中起到束缚作用。个体当代读者从文本中所获得的联想、兴趣和价值观念构成文本的"意义"（而不是"意思"），而这正是"批评"（而不是"解读"本身）所要指明的。意义无常，而意思稳定。批评是主观的，而阐释是客观的。前者涉及价值观，而后者以事实论事。一个接纳读者的反应，而另一个相信作者的意图。对于赫希来说，文学分析无可争议的主要目标是解读而不是批评。[2]

赫希所建立的一整套保守阐释学解读理论通过广泛详细的论述，将"公共／私人"进行颇有争议的二极割裂，其中前者享有系统化的特权地位。文学分析的主要任务是解读而不是批评，这就是说注释压倒了评判和文化批评。视野和文本，这些规格化了的公共建构，有效地限制了传记探索与互文性研究（intertextual research）。这种理论声称，所有公共性内容既稳定又明确，而所有私人性内容既易变又不确定。尽管他对公共性和稳定性执迷不舍，赫希将"解读"描述成一个阶段过程：从直觉预测性的认同到理性的解读本身。批评家的工作就是运用验证测试和可能性标准，使对于文本的前反思演示（prereflective reenactment）服从于反思性重构（reflective reconstruction）的"严格纪律"（x）。这里的一组观念可归纳成一系列令人不安的一厢情愿般格言：压抑主观性、克服盲点和偏见、降低价值的地位、抑制不确定性、提倡纪律性。考虑到这些观念，赫希最终拥戴典型化作者和霸权视野观念，漠视怪异性、边缘性、抵抗性，也就不足为怪了。

我想对这里提出的一个关键问题展开论述：解读文本往往从一开始就会同时涉及欣赏、评论、注释、评判、阐述、机制分析、接受和反应。所有这些活动都不需要等任何其他项目完成后或读完文本后才能进行。的确，大学文学学生常常会碰到系列作业，比如说从文本阐述到个人反应再到评判，这一过程显示阐述活动必须、在逻辑上也必然位于反应和评判之前。习惯化和规范化的教学法系统化地造成错误印象和不良解读模式。一种并非少见的情况是，一名读者，比如一名抗拒性的少数群族读者，会在仅仅阅读一本小说的几页之后就作出反应，进行评论和机构分析。这位读者可能会发现其情节和对女性人物的形象塑造非常具有侮辱性。由此随之而来的可能是对出版商、出版的时间和地点、献辞、作者的声誉、封面颂辞和封面设计的预先思考，以便将作品定位于机制网络和霸权理念政体间的某个交汇点。这里要指出的关键一点就是，阅读的第一原则并不是先有无我的、无私的、超然的阐述或者注释，再有个性的、利害攸关

---

[2]　E. D. Hirsh, Jr., *Valitdity in Interpretation* (New Haven: Yale University Press, 1967).

的、行动主义的反应,欣赏,评判或者评论。阅读并不遵循从非个性到个性、从公共到私人、从中立到意识形态化的路线前进。从另一方面说,解读的第一原则也不是先有主观、直觉的反应、欣赏或者接受,再有客观、理性的阐述、注释,或者解读。

在将阅读描述成一个从认同进展到解读再到批评的过程的同时,赫希褒的是非个性化注释,而贬的是(不可避免的 unavoidable)反应和(择机而定的 optional)评论。这种对阅读的不实之论导致了对文本的推崇和对批评家本身的牺牲。在赫希运用的语文文献阐释学中,"意思"/"意义","解读"/"批评",以及"意图"/"视野"这些特殊的概念反向而行,从而进一步强化了诗人崇拜、文本偶像化、独白式文体语言学、读者的从属性,以及对于文本和谐的热衷等。

韦恩·布斯(Wayne Booth)、罗伯特·休斯(Rober Scholes)和 J. 希利斯·米勒等所创建的解读理论在解释阅读现象时也存在同样的问题。布斯赞成伦理批评(即所谓的超理解 over-standing),只要它排序在"理解"之后,好像此顺序是不可避免的。但是在解读文本的过程中,评论有可能崭露头角而构成理解的"基础"。布斯对解读的错判不仅仅局限于他对理解/超理解的解释,而且也在于他将"理解"当成普遍标准。[3] 然而,众声不一的解读群体的存在显然与此说相悖。休斯特别版本的"阅读"、"解读"和"批评"——大致等同于阐述、注释和文化评论——错误地暗指这三项活动是在不同的范畴内、在不同的操作下按顺序发生的。他在《解读的规则》和《文本的力量》中的考量加强了此种印象,即评论构成批评活动的顶点和极限,而不是解读的起点或概况。同赫希和布斯一样,休斯并不认为评论不可或缺,尽管布斯和休斯都乐见其为学生和教授们更广泛地应用。对休斯来说,批评活动的一个似乎存在于阐述之前但尚未具名的初级阶段,催生一种"困惑",而读者必须冲破此种"困惑"才能将解读推向批评。解读的各个阶段都以渐进分离为特征,从对文本细节和注释迷津忘我和尽责地投入,到代表一个群体而对主题和准则进行客观评估。有趣的是,评论须

---

[3] Wayne Booth, *Critical Understanding: The Powers and Limits of Pluralism* (Chicago: University of Chicago Press, 1979).

将集体或阶层利益和价值置于文本的利益和价值之前,于个体读者经历的困惑之前。同时,读者的主观意识被社会化和个体化。最后,休斯将解读描述为从私人到公共的过渡,此举与米勒观点相仿。[4] 为区别"解读"和"批评",米勒将前者视作一项"私人的"、起始性的、合乎语言规范的现象,而此现象又无可避免地导致后者公共活动的产生。这一活动表现在书面和课堂对话里,并与政治、历史、认识论和社会机构相关联。解读存在于先,而后才有批评;私人先于公众而存在。令人奇怪的是,此处的"私人"是原始的、先于心理层面的,并与语言决定论及其难免的谬误相关。因此,"解读"(或者说"误读")不可思议地在不受(个人)兴趣、偏见、价值和盲点的影响下而发生。这是一个涉及语言宿命论如何塑造主观意识而进入社会空间的问题。此种版本的特殊的、有序的批评活动重蹈众多当代解读理论通病的覆辙,尤其体现在它绕过批评的做法。[5]

依我看来,文本的解读主要有赖于所掌握的语言、文化和文学规则和实践。解读文本这一活动无可避免地与句法、语法、比喻、认知论、伦理学、心理学、历史、经济学、政治、文学史以及社会机构相关联,但我们并不能给上述学科排出明确固定的优先顺序。解读的一个不可或缺的层次即是读者的主观意识——这一持续的过程受对语言和社会秩序的进入和参与的影响,而语言与社会秩序本身又涉及身体位置的改变、意识结构的改变和理性政体质询的改变。在我的论述中,读者同时"具有"公众和私人的"存在"界面,但我们并没有确凿无疑的步骤来清楚划一地分离这些层面。因此,若将解读视作一个系列运作,而运作又有着周密的、从私人向公共过渡或反向过渡的阶段,这就如同创造出一个干瘪的直线型教学模型,它捏造出的分析简洁性颇具误导性。在很大程度上,解读是一个具有严密组织性的活动。正如所有生活规则一样,解读的规则可严可宽、或提升生活品质或无助于生活、或有限制性或无限制性。我觉得将读者的主观见解习惯性地加以局限是错误而且危险的,最主要的原因就是这一做法

---

[4] Robert Scholes, *Textual Power: Literary Theory of the Teaching of English* (New Haven: Yale University Press, 1989) and *Protocols of Reading* (New Haven: Yale University Press, 1989).

[5] J. Hillis Miller, *The Ethics of Reading: Kant, de Mann, Eliot Trollope, James, and Benjamin*. Wellek Library Lectures 5 (New York: Columbia University Press, 1987).

偏重屈从、恭顺、解谜，而忽略抗争与自决。我对将解读设计成从私人到公众或从公众到私人的衔接的一个过程感到不安之处，就在于此举会造成评论在与解读的其他活动的关系中丧失了它的地位（无地位）。将文化评论列为不得体、可有可无、仅供补缺、第三位的，或是附带性的，都是消极意义上的"意识形态化"。以细致的、充满活力的方式来实现文艺批评尽职的服务功能是远远不够的。压制文化评论实在是太过分了。

评判的问题

评判实践是长期以来被学术界知识分子边缘化的一项批评内容。首先，写作本身涉及在选择和塑造文字、词语、形象、人物等过程中不断进行判断的行为，这一点常常被遗忘。由于不同的观众和机构对作者施压并引起反馈效应，因此，作者的赞同和反对的评判行为就不仅仅是个人意见了。更进一步讲，在此交易中的无意识因素充斥在判断的流程中。同样，解读文本的过程会涉及许多评判反应，而这些反应都有意和无意地受到不同观众和机构的影响。其结果是，评判呈多层次、连续性、公共性/个人性、机构性、伴随性。参与到评判活动中的机构代理人包括编辑、出版商、读者、评论家、发行人、书店老板、图书馆、教师、学生、选集编者、翻译家、评奖人、学者、再版人、模仿者等等。容我夸张地强调以下几点：评判的时间是永恒的；其地点无所不在；其模式不胜其数，从微观层面上心照不宣的微笑和建构的形象集束到宏观层面上"无偏见的"专著和义愤填膺的道德谴责。评判无可逃避，尽管某些模式通常比其他模式更受青睐。

学术型评判一个显而易见的先决条件就是居身于机构和理性政体之中的文化"通达"的读者和"精通文学"的读者。不论在何种时间地点，也不论在何种状况下，评判者都处于特定的地点。也就是说，不仅仅是文化知识和技能，而且个人喜好和偏见都构成学术评判的可能条件。芭芭拉·亨斯坦·史密斯（Barbara Herrstein Smith）就价值的依附性有如下引人注目的论述："无论多么威严的讲述，也无论由此产生的主张和信念多么具有普遍性、绝对性、非个人性或客观性,对任何一个事物的'价值'表述都可无一例外地拆解为对其**依附性**价值的判断,并因而被利用。"[6] 这一论点的矛头直指传统的价值论及其对评判标准和判断的客观和普遍合法性所作的不切实际的论述。评判者与历史性理性政体息息相关,在某种程度上,这既解释了文化判断的可变性又解释了它的稳定性。解读群体的会员身份也说明了为什么会产生评判的一致性和歧见。尽管是在无意识之中,个人力比多投入风格造成了评判过程中的某些稳定和不稳定因素。从根本上讲,价值的依附性造成了这样一种必然,那就是对反应、注释、机制分析和评论中所作的评判性判断都是片面和具有争议的。解读就是选择立场,不管这种取位在多大程度上是习惯性的、无意识的,或是"自动的"。

读者反应理论的问题

在详述文学解读的众多规章和常规时,关注读者反应的结构学家颇有裨益地揭示了作为解读进程和实践基础的被默认的私人——公众认知。例如乔纳森·卡勒(Johnathan Culler)就在众多规章和常规中筛选出以下六项[7]:"意义法则"规定一部文学作品表达关于人类或世界的一个重要观念;"隐喻一致性常规"指出隐喻的要旨和载体永远一致;"诗歌传统规章"提供了大量被认可含义的象征和种类;"文类常规"提供了不变的成套标准用以评估文本;"主题统一常规"宣称语义和象征对立适合二元对称模式;"总体法则"要求作品在尽可能多的层次上呈现一致;如果作者打破常规,读者能在稳定的常规背景下理解这些程序。并且,文本中的缺漏需在相关的总体期待中才得以体现。语法规则解释非语法现象。从这一影响深远的角度看,批评式解读的主要目的就是要将文学文本变得完全适合交流:卡勒在描述结构主义的读者反应时指出,"怪异、形

---

[6] Barbara Heistein Smith, *Contingencies of Value: Alternative Perspectives for Critical Theory* (Cambirdge: Harvard University Press, 1988), p.97.

[7] Jonathan Culler, *Structuralist Poetics: Structuralism, Linguistics and the Study of Literature* (Ithaca: Cornell University Press, 1975), pp.115—116. 试比较卡勒(Culler)的 *On Deconstruction: Theory and Criticism After Structuralism* (Ithaca: Cornell University Press, 1982)。

式、虚构必须要复原或自然化"(第134页)。

结构主义的确存在问题,尽管我不会重复后结构主义对结构主义进行的众所周知的广泛评判。容我仅列出与读者反应理论有关的几个关键问题。结构主义者认为,解读规则促成完全的解读。在最佳情形下,读者会完全掌握解读规则、常规和实践。这就是为什么卡勒提到"理想读者"(ideal reader),迈克尔·里法特尔(Michael Riffatterre)说到"超读者"(superreader)的原因。结构主义有关读者理论的问题既不在于"真实"读者(real readers)的主观意识,也不在于其经历或技巧,而是在于虚设的模范读者(model readers)所具有的最大限度和系统化的解读能力。超读者具有尽善尽美的能力,能使所有文本的语法谬误变得含义了然,如入洞察秋毫之境。其使命为通过自然化而达到完美的交流。后结构主义的"误读"理论(以下会很快讨论)几乎在所有细节上都与这种模式相对,尤其是在包括超释义能力、胜任、交流、自然化、统一化、"语法化",以及整体化等方面的一系列无法企及的追求上。许多被结构学家筛选出并且尊崇的常规都受到后结构学家的挑战,比如说主题一体化、隐喻一致性和文类规范等常规。运用这些解读和评判工具从而达到的对文本的精通形同杜撰故事,这正是卡勒后来在《论解构主义》一书中对此种解读法所作的描述。在此论著中卡勒与结构主义保持了距离。

在当前的背景下,戴维·布莱奇(David Bleich)早期主观意识理论中的几个方面值得关注。从反面讲,布莱奇的致命错误就是出于明确的教学原因而将解读描述成一个从可信赖的私人反应向伪造公共解读过渡的过程。从正面讲,他正视不可避免的心理"扭曲"和某些机构对本行业的规定都是解读的一部分。"扭曲"作为一个心理学术语当然并不意味着纠正的可能性:凝聚、置换、象征、二次修正和防卫等无意识过程使物质发生变化,而这些又是当事人无法控制的。从布莱奇的观点来看,文本解读带有揭示性和有价值的扭曲的痕迹,说的就是联想、夸张、省略、添加和"错误"。这一切构成了与文本强烈接触的证据。布莱奇所谴责的是以客观、完整或行业之名而企图抹杀或排除这些具有预定性的心理"特性"。另外,布莱奇对一些机构的规定提出批评,即解读必须包装在含有动议-证明论点的批评文章里,而这些论点的目的就是消除怪异和"扭曲"。[8] 布莱奇在此触及了一个由杰弗里·哈特曼（Jeoffrey Hartman）以令人难忘的方式提出的问题。哈特曼支持建立有创意的、超越标准学术论文的批评论文模式。[9] 因为我在文化批评实践中推崇读者的"主观意识"，所以我认为布莱奇的观点有助于对读者"扭曲"现象作出理论阐述。我将把其他几种错误与这些扭曲现象归纳一处，我们稍后将会看到。布莱奇认为，解读呈现为"误读"，没有采用非强制性的方式来"矫正"这一情形以确保反应的一致性。当下占统治地位的行规为达到人为的一致性而将解读标准化并进行歪曲。我在本人的解读论述中所要反对的就是设置一个困惑的、无肉体的、屈从的、空白的读者群体，而这些读者踊跃为作者或文学人物巧言鼓噪。这就是为什么持反对态度的少数群体读者的工作至关重要，扭曲现象值得重视，因为它们体现了进行抗争的身体/自我具有能左右解读的欲望、兴趣和价值。

解读的时间性这一重要问题值得在此讨论。与形式主义者和结构主义者所追求的回顾式、客观化和空间化的解读相反，各个流派的现象学家、阐释学家和读者反应论批评家们主张与文本进行对话式交会，注重解读发生之际的展现过程。解读经过一个慢动作操作过程而变成有风险的事件、举动、表演，并彰显其情感和说教方面的潜力。这种对反应和接受的关注并不将"解读"看作文本验证或是方法论盘问式操作，而是将其看作能够改变读者的探索工程。这种裂变（atomizing）解读观认为，文本形式表现为回顾性建构，并实施整体化封闭；如果要有"形式"的话，那么它应该是系列性的、连续性的和时间性的。

这种提示性现象学读者反应理论的总体问题就是它未能肯定解读的多价过程和诸多层次。如果将解读从根本上视为对意识和时间性的推测，那就忽略了许多东西。解读这一原生场景在这一情形下有可能会排除对以下因素的考虑，比如"读写能力"所具有的决定性规则和惯例、无意识的扭曲、对作者和读者具有影响力的诸多历史性理性政体，以及敌视性反向解读的实践。读者独特地表

---

[8] David Bleich, *Reading and Feelings: An Introduction to Subjective Criticsim* (Urbana, Ill.: National Council of Teachers of English, 1975).

[9] Jeoffrey H. Hartman, *Criticism in the Wilderness: The Study of Literature Today* (New Haven: Yale University Press, 1980).

现为一个不具体的、私人的、没有了身体的意识，以服务于一般本体性功能，而无任何公众范畴可言。对展开的文本全神贯注、认可往往会压制对文本采取反对的立场，如果不是排除对文本采取反对立场的话。学校、家庭、教会、工作单位等机构似乎不复存在。等级的划分和归纳等现象学步骤最终将文学话语描绘成一种特别纯化的"权威语言"，似乎这一模式并不受可造成瘫痪的语言失误和互文本迷宫的困扰。在此种解读实践中，将不同词汇连接起来的行动会产生奇观和洞见，而不会产生利奥塔（Lyotard）令人信服地描绘出的社会和政治斗争。[10]然而，作为过程的现象学解读理论能够对文学和文化批评有所贡献之处，就是将解读理解成一个对读者具有潜在重大利益的复杂表演。它给我们的一个信息就是文本可以改变生活。另一个教训就是时间性现象会干扰空间化实践。这一点稍后再议。

斯坦利·费希的"解读群体"概念还继续推动着读者反应理论。这一概念既有裨益，同时也有欠缺。根据费希的观点，"解读群体乃由解读策略相同的人士所构成，而这些策略并非专为阅读（普通含义），而是为撰写文本所设，为构成其特性和指定其意图而设。换言之，这些策略先解读行为而存在，因此决定所读内容的形体，而不是像通常所假设的那样，出现与此相反的情况"[11]。每一个解读群体依照解读策略的引导而对文本进行解码。因为读者可以归属数个群体，所以他们的解读也不尽相同。费希给我们呈现的是注定会创作特定意思的群体读者，因此，他可能也揭示了关于重写规则、机构重组、解读政治，以及职业运作规程等问题。同时，他推翻了一体化结构主义对解读惯例的描述。显然，费希认为理性是以群体为基础的，而批评式质询是有条件的。读者不能超越信仰、兴趣、成见、观点和立场；他们的定位是非常具体的。

对费希解读理论持敌对态度的文论数量过于繁多，在此无法讨论。在各种与唯物主义批评相关的模式中，我发觉凯恩（Cain）、伊格尔顿（Eagleton）、兰

---

[10] Jean-François Lyotard, *The Different: Phrases in Dispute*, translated by George Van Den Abbeele (Minneapolis: University of Minnesota Press, 1988).

[11] Stanley E. Fish, *Is There a Text in This Class? The Authority of Interpretive Communities* (Cambridge: Harvard University Press, 1980), p.171.

特里夏（Lentricchia）、迈洛克斯（Mailloux）、普拉特（Pratt），以及赛义德（Said）的批评意见颇有裨益，他们的观点相似，都认为费希的理论存在欠缺。[12] 让我例举费希理论的一些显著缺陷吧，这些都是从费希的评判者和我本人的思考中沥取出来的。费希未对解读群体的社会政治倾向作出分析；他所描述的文学读者表现出来的主观意识并不由广泛的族裔、社会和政治势力所决定；他将职业群体与历史过程和社会结构隔离开来；他避免所有意识形态分析；他将解读群体描绘得过于理想化，不存在不同意见，没有冲突，也没有权利倾轧；他设置"统一意见"作为群体劳作的结果；他以过分乐观的平等、友爱和自由为名，将群组之间的关系相对化；他提倡消费主义文学观而忽略文化生产和创作活动的问题；他将机构分析基本限制在职业规训问题上；他没能足够地考虑扭曲、矛盾和不可解读性等现象；他极度缩小群体间霸权主义解读策略的操作过程；并且，他不现实地把解读描述为一个既是自由选择又是自愿服从的问题。这些批评的锋芒指向了若干普通的弱点区域。费希降低了文学生产、分配和维护的复杂性，并简单化处理主观意识和群体成员的错综复杂性，特别是其不可知性。费希忽略了许多霸权理性政体的影响。若对费希的观点一言以蔽之，那就是文本的内容是任何同类群体都可以自由决定它的：想它是什么，它就是什么。

尽管存在这些缺陷，读者反应论实践对解读理论还是有若干重要裨益的。它削弱了所有"正确"解读的简单概念和所有将解读看作机械化扫描或解码的观念。由于接受理论的缘故，读者的主观意识和文本的稳定性变得不确定了。对解读每时每刻的活动和读写的机制性规范的重新关注，将阐释学观念上的时间和历史，以及个体和群体复杂化了。最后一点是，反应理论表明，解读是一种本

---

[12] 查证早期对费希唯物主义评论，可参见 William Cain, *The Crisis of Criticism: Theory, Literature, and Reforms in English Studies* (Baltimore: Johns Hopkins University Press, 1984); Terry Eagleton, *Literary Study: An Introduction* (Minneapolis: University of Minnesota Press, 1983); Frank Lenttricchia, *Criticism and Social Change* (Chicago: University of Chicago Press, 1983); Steven Mailloux, *Interpretive Conventions* (Ithaca: Cornell University Press, 1982); Mary Louise Pratt, "Interpretive Strategies/Strategic Interpretations: On Anglo-American Reader-Response Criticism", *Boundary 2* 11 (Fall/Winter 1982—1983), 201—231; 以及 Edward W. Said, *The World, the Text and the Critic* (Cambridge: Harvard University Press, 1983)。

质上具有差异性和占有性的写作。这种研究途径为"后结构主义者",如布鲁姆(Bloom)和詹姆逊(Jameson)富有成效地运用,这一点以后我们将会看到。

两种误读

由保罗·德·曼提出、由哈罗德·布鲁姆重新规划的文学误读理论向主要基于语言理论的其他解读论述提出了挑战。在一篇批评费希及他人的文章中,德·曼宣称"从修辞性比较宽泛的意义上说,文学语言的决定性特征的确是其象征性。但是修辞远非构成文学研究的客观基础,而是意味着无时不在的误读威胁"[13]。他更为尖锐地指出,"文学语言的具体性存在于误读和误解的可能性中"(280)。德·曼将文学性的等级等同于修辞性的等级。一个文学文本的象征性造成被指事物的偏差,从而使批评中的误解不可避免。既然文学"解读"会造成误读,那么德·曼对好的误读和坏的误读加以区分就不令人太过意外了。根据定义,一个好的误读会催生一个文本,而这个文本本身又创造出一个误读,如此这般,就形成了一个富有成效的系列。如同批评家一样,作者也误读他们自己的文本。这种"错误"不能归咎于读者而要归咎于语言。在叙述令人迷惑的解读经历时,批评文章自身要依赖比喻语言,从而创造出"阅读的寓言"(allegories of reading)。换言之,批评不能简单地描述、重复,或代表一个文本,因为不存在一个非修辞的或科学的、先验的超语言。甚至最为一丝不苟的复述也会在对(误)读的比喻性进行处理时而强行一致化,以致将文本的误读搞得混沌不清。最后,根据德·曼的观点,文本误读其本身并不受批评家和作者意图的影响:"一个文学文本同时既维护又否定它自己修辞模式的权威。"[14]

无须赘言,德·曼的误读理论并不能终结批评式的解读和写作;然而它削弱了其他批评理论家关于解读的许多主张。形式主义者、结构主义者和阐释主

---

[13] Paul de Mann, *Blindness and Insight: Essays in the Rhetoric of Contemporary Criticism*, 2d rev, ed., (Minneapolis: University of Minnesota Press, 1983), p.285.

[14] Paul de Mann, *Allegories of Reading: Figural Language in Rousseau, Nietzsche, Rilke, and Proust* (New Haven: Yale University Press, 1979), p.17.

义者们的种种解读规则引导批评家去调和文本因素、建立比喻和谐、统一主题素材、总括尽可能多的文本层次,达到最大限度的交流,并将意义与作者意图联系起来。这些做法,依照德·曼的理论,就显得充满疑问了。在德·曼的解构主义论述中,由于比喻的不确定性和非语法现象,解读有代表性地正视难以决定的文本不连贯、不和谐、不统一和不一致。以上不确定性和非语法现象都阻挠解读能力和掌控力的产生,彻底损害了指涉和交流。解读面临着可能出现的令人眼花缭乱的错误。

德·曼理论论述的结果是将读者搞得头晕目眩从而屈服,仅仅提出一个(错误)解读也需要付出西西弗斯般(Sisyphean)永无休止的努力,却不给伦理政治反抗和评论的任何空间。当利奥塔以连接词语的活动来将解读建构为起始的社会政治力量时,德·曼将这种操作斥为随机杜撰。对德·曼来说,解读永远停滞在谜语注释之中,其余一切大都不予关注。因此,弗兰克·兰特里夏指责德·曼回避修辞是社会行动和变革的主要力量,并在维护和传承占统治地位的意识形态中扮演主角这一事实。文本构成并且塑造生活和社会排列。然而在坚持修辞说服力的同时,兰特里夏浅尝辄止般跳过了比喻双重性的问题。依我看来,一个对德·曼更深刻的批评涉及他对互文性(intertextuality)和众声喧哗(heterogolssia)突兀的回避,而正是这两点将文本与社会文本和包括历史的理性政体在内的机构联系起来。德·曼因沉浸在比喻的暧昧及其误读之中而忽略了文本修辞和解读的公共层面。对德·曼夸张的指责,即他的解读理论建立了一种新的新批评,也是有些道理的。

德·曼提出的误读理论保留了新批评对意图主义(intentionalism)和情感主义(affectivism)的禁忌。德·曼压抑了自身能动性,对作者和读者的主观意识兴致淡漠。无意识和身体的力量处于德·曼显著的关切之外。我们只好转向布鲁姆去寻求一种关注主观意识问题的误读理论。只是在这种情形里,新作者焦虑的主观意识,而不是批评式读者的主观意识,才是需要讨论的主要对象。

在《影响的焦虑》中,布鲁姆强调指出,"诗人的误读或诗作要比批评家的误读或批评更为极端,但这只是程度上的不同,而绝不是类型上的不同。现实中不存在解读而只有误读"[15]。从布鲁姆的论述推开去,我们将会得出这样一种观念,即在批评式解读这一活动中,不可能对经典诗作文本进行重复和认可。无论如何,这些理念都是盲从和令人麻木的。为了防御性地确保自身的存在、独立和胜利,强大的批评家于无意识中压制威力强大的先驱文本,从而开启了由修辞比喻造成的创作失误的空间。批评中的"扭曲"既是心理原因也是修辞原因造成的——会依此顺序发生。要对文本展开彻底的(错误)解读需要进攻性和坚持自我,而这一点清楚地表明布鲁姆式的误读之所以会发生,并不是因为语言的失误,而是因为必然的心理防御通过修辞谬误而彰显了自身。

正如布鲁姆所描述的那样,强大的误读主体具有竞争力、有报复心、有能动力,而且孤身独处。感受到威胁的意志力究竟在多大程度上起了作用,这一点并不清楚,虽然批评家的权力意志显得颇为重要。无论如何,非意识造就误读。附带说明一下,布鲁姆通过他总括式的格言——诗人的误读要比批评家的误读来的猛烈——来继续奉行诗人崇拜。吉尔伯特(Gilbert)和古芭(Guba)用女权主义理论来分析女性"作者的焦虑",对布鲁姆理论进行了修正,从而将女性的主观意识中的自卑感描述为社会建构的产物。同样的,简·穆罕默德(Jan Mohamed)提出,强制性的殖民地公民的普通身份源于文化灌输。[16]布鲁姆版本的主观意识与少数群体的叙述发生冲突,使一个孤立的、非身体的"前社会的"无意识与一个产生于群体背景的精神相抵触。如果对布鲁姆而言有一个群体的话,那它是由两个极具个性的对手所构成——先行者和男青年。次要的人物无关紧要。结果是,解读对布鲁姆来说是反抗,但是这种反抗总是一对一地发生在英勇的斗士之间。批评作为文化评论或者机构分析,在这种严厉的简单化了的情形里是不恰当的。批评家和诗人与任何理性政体的联系都非常有限,而这些政体在布鲁姆的著述中大都局限在几个互联的、从广阔的文化互文本中

---

[15] Harold Bloom, *The Anxiety of Influence: A Theory of Poetry* (New York: Cambridge University Press, 1973), p.95.

[16] Sandra M. Gilbert and Susan Gubar, *The Madwoman in the Attic: The Woman Writer and the Nineteeth-Century Imagination* (New Haven: Yale University Press, 1979), 以及 Abdul R. JanMohamed, *Manichen Aesthetics: The Politics of Literature in Colonial Africa* (Amherst: University of Massachussetts Press, 1983)。

悄悄割舍出来的文学巨著。布鲁姆忽略了必需的语言、社会和文学技能及常规的构成，而这些正是解读和写作诗歌所需要的。在这里起到作用的文化伦理政治可以这样来表述：温顺者的遗赠正是强大者的胜利。

作为寓言式重写的解读

在这里我想详细分析弗雷德里克·詹姆逊在《政治无意识》中所提出的解读理论。詹姆逊的理论与本章研讨过的大部分理论论述截然相反。在《马克思主义与形式》一书中，詹姆逊倡导了一种存在主义模式的马克思辩证主义批评。这一理论自觉地把对个人意识的私人艺术作品的分析转移到公众集体历史的现实来，并且将层次的改变和连接时刻称为"总体化"(totalization)。其功能就是"使内部与外部、内在与外在、存在与历史相协调"[17]。这一在《政治无意识》中废弃的早期表述基于一个将存在分割成两个可分离领域的私人／公众两极。这种划分将解读设想为从一个领域到另一个领域的有序前进：解读填补了这一空隙并使意识"物质化"，使审美性与社会性结合起来。其后来的马克思主义文化批评概念筛选出三个被视为逐渐广阔的同心分析体系的语言层面。[18]

詹姆逊的第一解读层面体制将文本视作一个象征行为，此行为为实际的社会政治矛盾提供假想的解决方案（此处不存在初始的文本和私有化过程）。这一解读研究法取之于列维–施特劳斯(Lévi-Strauss)和格雷马斯(Greimas)的著述，明确地将美学作品列为政治努力。第二层面将文本视为对抗性对话体的阶级论述（**语言**）的表达（**言语**）。这种分析体系源自巴赫金(Bakhtin)，它重视并重新评价敌对声音和霸权话语，并且将文本描绘为多重声音的社会文件。第三层面将文本作为一个能回收和投射所有相互矛盾的历史生产方式的具体结合体来研究。这一层面的观察受惠于普兰查斯(Poulantzas)的论著，将文化存

---

[17] Fredric Jameson, *Marxism and Form: Twentieth-Century Dialectic Theories of Literature* (Princeton: Princeton University Press, 1971), pp.330—331.

[18] Fredric Jameson, *The Political Unconscious: Narrative as a Socially Symbolic Act* (Ithaca: Cornell University Press, 1981), chapter 1.

在描述为处于持续的"变革"中的存在。在变革中,并存的生产方式发生冲突,从而使文本互涉性的美学文本将历史在一个宽泛而特别的意义上表达出来。依詹姆逊的观点,这三种批评操作中的每一种都运用三个代码体系涉及对文本进行比喻性、阐释性重写。另外,"马克思主义的消极阐释学,即马克思主义意识形态分析本身的实践,在解读和阐释的实际工作中必须与马克思主义积极阐释学,或者是对这些相同的、静止的、意识形态文化文本的乌托邦冲动的解码同时运用"(296)。

詹姆逊对解读颇有裨益的规划也存在缺陷。他在有助益地将文本描述成多重声音和互文性的同时,也明确将此概念限制在传统马克思的思维之内。首先,文本的多声性与马克思的阶级理论紧密相连并且受其局限:"对马克思主义来说,必须永远相关地理解阶级,而且……最终的(或是理想的)阶级关系和阶级斗争形态永远是两分的。阶级关系的构成形态永远是存在于统治阶级和劳动阶级之间……如此定义阶级意味着将马克思模式的阶级概念与通常将社会以社会学分析方法分为阶层、次群体、职业精英等类别的概念清晰地区分开来。"(83—84)这一要点就是文本的多声性"必须""永远"表现出阶级之间和阶级帮派的对立关系:对劳工形而上学和对无产阶级的投入为这种狭义版本的多声性提供了动力。结果是,赋予了第二解读层面一个非常特殊的、指令式的寓意性。与此相似,艺术作品的历史性"互文性""必须""永远"以马克思连续的、重叠的生产方式理论来重写,将第三解读层面变成一项同样具有指令性的寓意操作。社会史表现出一种受目的支配、充满暂时退步的进程,从部落社会到家族统治集团社会、到专制政府、到寡头奴隶社会、到封建主义、资本主义和社会主义/共产主义。虽然这些生产方式在任何一个历史交结处并存的观点丰富了马克思主义历史阐释事业,这一观点将此种解读束缚在一个令人满腹狐疑的、充满宿命意味的社会构成陈述,正如波德里亚(Baudrillard)等人令人信服地论述的那样。[19]

作为寓意重写的詹姆逊解读理论对于源自"个人"反应或是比喻错误的扭

---

[19] Jean Baudrillard, *The Mirror of Production*, translated by Mark Poster (St. Louis: Telos, 1975).

曲和误读极少置评。他承认对主观意识论述不够,这也部分地解释了他为何省略了反应理论。关于论述的比喻层面,他用意模糊地宣布,"任何比喻法的教条都必然是模棱两可的:真理的象征表达同时也是扭曲的和掩饰的表达;比喻表达的理论同时也是神秘化和伪意识的理论"(70)。虽然詹姆逊对主观意识和比喻手法的"扭曲"给予肯定,他并没有认真地将它们纳入他的解读理论。解读不是误读;它"在此被视为一个本质上的象征性行为。这种行为是由一个特定的解读主码(master code)对既定文本进行重写而构成的"(10)。詹姆逊认为,在语法和修辞层次的解读相对而言没有多大问题。他这样意义重大地写道:"我发现,有可能在不导致重大不一致的情况下,既尊重总体性或总体化概念所含的方法学要则,又尊重一个十分不同的关注,即对只是表面统一的文化文本里的不连续性、间隙、行为进行保持距离的'征兆'分析。"(56—57) 对詹姆逊来说,文本是异质的、矛盾的和不统一的,主要原因就是有敌对的意识形态力量。照此,文本运用上述三种语言层面作为寓意译码装置,便能够进行阐述的重新统一 / 一体化。关于他对文本的后结构主义理论的特殊运用,詹姆逊提出了一个揭示性陈述,也是对德·曼的一个含蓄回应:

> 在这里提出的这种解读可以作为对文学文本的重写而被如此令人满意地掌握,以至于它本身可以被视为对一个先前的历史性或意识形态次文本(subtext)的重写或重构。有一个一贯的理解就是,"次文本"本身并未马上出现,并不是某种通常意义上的外部现实……因此,文学或者美学行为总是与真实保持着某种积极的关系;然而,若想能够如此,它不能简单地允许"现实"在文本之外并从远距离处毫无活力地坚持自身的存在。相反,它必须将真实带入自身的肌理,而最终的悖论和语言学骗人的问题,尤其是语义学问题,都要追溯到这一过程。在此过程中,语言得以将真实作为自己内在的或固有的次文本携带于本身。(81)

由于现实是经过文本化以后被我们所认识,并且由于文学将现实的次文本重新文本化,所以就不存在所指对象死亡这一问题。文本化演示意识形态的构造。因此,比喻的神秘化掩盖 / 揭示体现阶级和生产方式冲突的社会政治矛盾。

意识形态评论的任务恰恰是"解读"出这些冲突。值得注意的是,这种解读方法不仅仅与读者心理和比喻悖论无甚关系,而且与接收历史和机构的作用也无甚关联。所有这些被排除在外的事项限制了詹姆逊文化分析系统范围,尽管这已经是一个令人印象深刻的范围。

对细读(Closing Reading)的批评解读

具有讽刺意味的是,某些主要的少数族裔解读理论家抱怨说,由别人代劳对少数族裔文学的解读被政治化了,其语言的复杂性和美学丰富性据说也被忽略了。让我试举几例。在他的早期著作中,亨利·路易斯·盖茨(Henry Louis Gates)常常有意识地展示非裔美国文本的比喻密度,从而使黑人批评远离分议的政治争论,并且向严格的、以欣赏方式进行的精细阅读迈进。"因为这一对黑人文学的社会功能和争论功能令人费解的倡导,黑人文本的结构**被压制**(repressed)、被视作**透明的**(transparent)……或朴实的、或单维的文件。"[20] 黑人文学令人注目的比喻性使解读变成了一项艰巨的任务——最好要由文学批评家来完成,而不是社会学家、人类学家、民俗学家。这些学者在追求资料采集和科学地记录"部落"风俗习惯、社会结构和政治实践的过程中回避诗学。在芭芭拉·克里斯蒂安看来,如果不能"解读"黑人妇女文本的状况持续下去,"我们的作家将会被大材小用而去图解社会问题或窘境。当前人们对此有兴趣,而他们作为作家的技巧、眼光、作品就不会被珍视。"[21] 这种新形式主义对文学性、比喻性和严格的美学解读的注重的目的就在于反击将黑人、妇女和殖民地人民的文学降格为人类学或政治学文件,而不是把它们看作艺术品的倾向。对盖茨、克里斯琴(Christian)和其他人来说,这不是一个强调社会政治意义或美学技巧的问题,而是要两种并取。更直截了当地说,这也是一个承认**文学**价值和精细

---

[20] Henry Louis Gates, Jr., "Criticism in the Jungle", *Blakc Literature and Literary Theory*, edited by H. L. Gates, Jr. (New York: Methuen, 1984), pp.5-6.

[21] Barbara Christian, *Black Feminist Criticism: Perspectives on Black Woman Writers* (New York: Pergamon, 1985), p.149.

阅读的体系化标准的经久不衰的生命力的问题。

　　以符合当前学术式解读形式来"精细"阅读需要接受相当多的教育。要解读文学，读者一定要学会把"个人"联系和其他此类"扭曲"放在括号内，阐明／利用文本中的非语法现象、矛盾和非连续性，并且建立起清晰的叙述从而把情节因素、人物特点、背景细节、主题素材等等和谐地结合起来。然而，当代学术解读实践需要做的，是要赋予读者权力来批评文本所倡导的价值和意识形态，质询文本的选择和选择的过程，探索作为必需和宝贵素材的一些"扭曲"和"谬误"，研究解读中所包含的复杂和不同的时间性，并且仔细研查广泛应用中的许多解读规则。目前的现状是，标准学术文学解读仍旧过于经常地聚焦狭窄、无谓服从、过度本分、痴迷于非个性、太容易接受机构和社会现状。在我看来，一个真正具有批评性的解读时代尚有待于兴旺发达。

第五章　读者反应批评

王顺珠 译

读者的时代

从大萧条到太空时代之初，美国批评家关注的焦点往往不是文学文本，就是文学的历史和文化语境，或者两者同时兼顾。太空时代早期，批评家和理论家中的许多领军人物开始把他们的关注点转移到阅读活动和读者身上。在某种程度上，读者反应批评的兴起在各种各样的批评命题中都有着强烈的表现，包括那些文学现象学、阐释学、结构主义、解构主义和女权主义批评的研究命题。虽然早在二战前，理查兹、玛妩德·伯德金、D. W. 哈丁、肯尼思·伯克、路易斯·罗森布拉特（Louise Rosenblatt）等人对文本也有所关注，但是一个有意识地关注读者和解读的、全面冲击先前的文本中心和语境中心批评的势不可挡的浪潮，直到 50 年代末才开始出现。对这场读者中心批评浪潮做出贡献的美国批评家有很多，其中包括戴维·布莱奇（David Bleich）、史蒂芬·布斯（Stephen Booth）、韦恩·布斯、乔纳森·卡勒（Jonathan Culler）、保罗·德曼、朱迪丝·菲特利（Judith Fetterley）、斯坦利·费希（Stanley Fish）、诺曼·霍兰德（Norman Holland）、西蒙·莱瑟尔、J. 希利斯·米勒、理查德·帕尔默、玛丽·露易丝·普拉特（Mary Louise Pratt）、杰拉德·普林斯（Gerald Prince）、艾伦·帕夫斯（Alan Purves）、麦克·里法特尔（Michael Riffaterre）、沃尔特·斯拉托夫（Walter Slatoff）和威廉·斯潘诺斯。可是，这些批评家中有半数都加入了具体的学派，而不是投身这场涉及广泛的思潮：韦恩·布斯加入了芝加哥学派；德曼和米勒先是加入现象学派，后来又转向解构主义；帕尔默和斯潘诺斯加入了阐释学派；普林斯和里法特尔加入了结构主义学派；卡勒先是加入结构主义学派，后又转向解构主义学派；菲特利加入了女权主义学派；普拉特起初加入言语行为理论学派（speech-act theory），后又转向马克思主义学派。结果，70年代末，读者反应思潮的顶峰期所建立的美国读者反应批评家领军人物的名册上，可以说就仅仅只剩下费希、霍兰德和布莱奇了。这里排列的顺序是按照他们投身这一领域的先后以及本章对他们讨论的次序而定的。

不管是从狭义还是广义上界定读者反应批评运动，这一思潮在60年代末到80年代初的鼎盛时期都具有如下特征：它反对形式主义的文本中心批评，倡导读者指向的批评；它往往强调阅读的时间性，抵制空间阐释学和有机体论诗学（organistic poetics）的倾向；它打破文学的一致性信条，首先提出了文本的不连续性理念；它探讨了阅读活动和读者的劳动所承受的认识论、语言、心理和社会的约束；它往往忽视显而易见的美学价值和历史作用问题；它不触动学术风格的标准，把批评研究推向教学法研究，通常把文本和读者定位于课堂。不足为奇的是，它助长了各种说教性诗学；它倾向自由的多元化政治，打破教条主义方法论的教条和传统，提倡读者的权利；它把关注点严格定位在读者身上，形成了一系列各种类型的读者：知识读者（informed readers）、理想读者（ideal readers）、隐含读者（implied readers）、实际读者（actual readers）、虚拟读者（virtual readers）、超级读者（super readers）和"读者"（literents）。和太空时代其他学派与运动一样，它认为，新批评对当代文学批评中的许多弊端有不可推卸的责任。与其他一些学派不一样的是，读者反应批评家没有在某些刊物、出版社、机构和高校形成一个外人难以介入的圈子。相反，从地理和知识角度来讲，这场运动的涉及面越来越广泛——除了太空时代的女权主义和左翼批评思潮以外，它比30年代到80年代美国所有的批评流派都更广泛。

因为读者反应批评运动的范围广大，所以，它内部也表现出了无数的差异和分歧。随着运动的发展，出现了许许多多的阐述读者反应理论的文章，迅速地扩大了这一领域的研究成果。虽然读者反应批评没有显著地改变文学经典或者文学教材，也没有促成专业词典或者手册的大量出版，但是，它引发了很多学术会议的专题讨论，促成了很多专刊的出版。1980年，两本优秀的读者反应批评文集问世，使这一领域有价值的出版资料的传播达到了一个高峰。这两部文集分别附有实用的导论和全面的参考书目，它们是：(1)《文本中的读者：读者与解读论文集》(*The Reader in the Text: Essays on Audience and Interpretation*)，普林斯顿大学出版社出版，苏珊·苏雷曼(Susan Suleiman)和英格·克罗斯曼(Inge Crosman)担任编辑，共收入16篇论文；(2)《读者反应批评：从形式主义到后结构主义》(*Reader-Response Criticism: From Formalism to Post-Structuralism*)，约翰·霍普金斯大学出版社出版，简·汤普金斯(Jane Tompkins)执编，收集、再版了这场运动中的11篇重要论文。这两部文集在著名高校的资助下不断再版，标志着美国高校的文学研究从文本中心到读者中心批评的转变达到了一个高潮。

在她的长篇导论《以读者为指向的批评种种》("Varieties of Audience-Oriented Criticism")中，苏珊·苏雷曼对六种模式的接受主义批评进行了介绍：修辞模式、结构主义-符号学模式、现象学模式、心理分析模式、社会学-历史模式和阐释学模式。她指出："以读者为指向的批评不是一个领域，而是许多领域，不是一条拥挤的单行道，而是一个纵横交错、还常常岔道纷繁的多向交通枢纽。它覆盖着批评景象中的广袤区域……"[1]和简·霍普金斯在《读者反应批评导论》中的姿态不一样，苏雷曼花了相当大的篇幅对在读者指向理论引发的"革命"中起了重要作用的欧洲批评家作了介绍。她推举的重要的美国批评家包括布莱奇、布斯、费希、霍兰德、普林斯、里法特尔和一些耶鲁解构主义者，即德曼、哈特曼和米勒。汤普金斯承认读者反应批评的异质性，承认它"从理念上讲，不是一个统一的批评定位"[2]，但是，她认为，这场运动在二十多年的发

---

[1] Susan R. Suleiman, "Introduction: Varieties of Audience-Oriented Criticism", *The Reader in the Text: Essays on Audience and Interpretation*, eds. Susan R. Suleiman and Inge Crosman (Princeton: Princeton University Press, 1980), p.6.

[2] Jane P. Tompkins, "An Introduction to Reader-Response Criticism", *Reader-Response Criticism: From Formalism to Post-Structuralism* (Baltimore: Johns Hopkins University Press, 1980), p.ix.

展中表现出了一种"统一的进程",并显示出一条"理论发展主线"(ix, xxvi)。根据这一陈述,这场运动从形式主义、结构主义、现象学到心理分析和后结构主义的内在历史进程分为两个阶段。第一阶段,读者反应批评在不否认批评的最终对象是文本的同时,强调了读者的活动对于理解文学文本的关键作用。第二阶段,它把读者的活动看成文本的活动,这样,这一活动就成了关注与价值的源泉。这个从文本向阅读、从产品向过程的"革命性转变"开拓了新的研究领域,重新定位了意思和解读理论,把批评与道德、最终也与政治重新结合了起来。在汤普金斯看来,发动这场转变的主要的美国批评家是普林斯、里法特尔、费希、卡勒、霍兰德和布莱奇。与苏雷曼不同的是,汤普金斯没有对欧洲社会学和历史学的读者反应批评家以及欧洲和美国本土的阐释学批评家进行讨论。汤普金斯与苏雷曼都没有包括女权主义的读者指向的批评家。也许,这是因为女权主义批评直到80年代中期才开始盛行,而读者反应文集则在这之前的几年里就已经在酝酿之中了。和其他读者反应批评的历史学家一样,苏雷曼和汤普金斯对于这一思潮的内部异议和分歧的实际范围持不同意见。但是,这场运动构成了一个多少有点分裂的探究领域,这一点两人都毫不怀疑。这个新的、对于读者的关注往往被描绘成一种文化范式的转变,它似乎赢得了一个时代,而不是一个这样或者那样的学派。

阅读:从现象学到后结构主义

60年代,最著名、最流行的读者反应批评论著当数斯坦利·费希的《为罪所震撼:失乐园中的读者》(*Surprised by Sin: The Reader in Paradise Lost*, 1967)。在这部论著以及在他的《自我吞噬的人造物:17世纪文学的经验》(*Self-consuming Artifacts: The Experience of Seventieth-Century Literature*, 1972) 中,费希把关注焦点一门心思地集中在读者的文学经验上。与文本就像一个精制的瓮、是一个自足的物体这一长期存在的形式主义观点背道而驰,费希坚持认为,文学作品是通过阅读这种行为——这个接受过程——而进入批评家的现实。因为阅读通过时间而发生，所以文学的经验涉及认识、观点和评估的不断调整。因此，一部作品的意思应该在经验它的过程中遇到，而不是在经验过后的残留屑粒中找到。文学是过程，不是结果。批评要求的是，对短语和句子进行一系列缓慢的包括决定、修改、期待、颠倒和恢复的细加工。这里，阅读现象取代了传统的空间一致的形式主义命题和追忆性解读的老阐释学命题。

1971年，在《为罪所震撼》的平装版的序中，费希对他的现象学理论的基础进行了这样的描述："意思是一个**事件**，是在文字（或者声音）与读者-听者积极的调停意识之间的互动中发生的某个事件，它不在纸张上，尽管我们习惯在那里寻找。虽然，《为罪所震撼》中没有任何章节论及这样一种关于意思的理论，但是它却是这一理论的结果。"[3] 这一描述恰如其分，因为贯穿该书始终的焦点都是在弥尔顿《失乐园》的读者身上，尤其是在读者对诗歌的参与以及在参与过程中所受的屈辱和教育上。费希认为，弥尔顿的作法是在读者的脑海里重演人的堕落行为，从而使读者与亚当一样地堕落。诗歌的意思（或者内容）体现在读者的经验中，而不是在诗歌里。这种经验有着精神和道德上的升华作用。

费希的意思说中包含着一种非正统的文学形式观。他对此毫不隐讳："如果诗歌的意思是定位在读者对诗歌的经验之中的话，那么，诗歌的形式就是那经验的形式；而且，那外在的或者物质的形式是如此的显眼，在某种意义上，是那么不可否认地在那里存在着，可在另一种意义上，又是偶然的，而且甚至是不相干的。"(341) 费希摒弃了艺术品是由形式和内容构成的传统的二元论，代之以一种一元论（读者的经验＝意思＝形式），而这种一元论曾被新批评斥为一种谬误——所谓的"感受谬误"。费希对于这一假定的可能性明确表态：

我在追求"感受谬误"。确实，我在拥抱它，而且在超越它……就是说，使作品消失在读者对它的经验之中，这正是我们的批评中应该发生的事，因为这就是我们阅读时所发生的事。我们退出阅读经验时可以观察到的所

---

[3] Stanley Eugene Fish, *Surprised by Sin: The Reader in Paradise Lost* (1967; Berkeley: University of California Press, 1971), p. x.

有的形式特征，如情节和观点的线索、开头、中间、结尾、意象群等，在那经验过程中，都是反应的构成部分；也是……反应的结构。(ix—x)

就方法而言，费希给文学形式和意思都假设了一个时间基础。空间形式——通过追溯物化了的诗歌形式——是虚幻的。意思和形式都与读者的经验同时扩展；它们不是在阅读活动以后产生的。时间的现象学既决定了作品的意思又决定了它的形式。

与希利斯·米勒早先从事的现象学批评一样，费希的读者指向批评也不再把文本作为关注的唯一客体，也提倡注重读者意识的关键作用。读者与文本之间的互动、主体与客体之间的相互作用，产生了一种强烈的反形式主义的、对参与的批评思维的经验特征的关注，而不是对文本的形式特征（意象、情节、文类）的关注。费希也与米勒一样，在某种程度上，把外在社会现实和历史问题悬置在括号里（bracketed），以读者-批评家在与文本的互动中所经验的那种强烈的参与感取代了这些广泛的问题。这两位批评家虽然都是反形式主义的，都有非历史主义的倾向，但是，他们对于文本、意思、文本-读者之间的关系却各持己见。米勒把作者的全部作品看成单位文本（unit text），而费希却把单个的作品看成文本。对米勒来说，"文本"体现着作者的意识，而这意识又是神秘地与敏感的读者分享的：读者是神圣"文本"的辅祭（acolyte）或者共同祭司（cocelebrant）。然而，对费希来说，文本是对于读者正在形成过程中的反应的一个严格的、权威性的控制器。根据米勒的阐述，"文本"的意思来自贯穿于作者的作品之中的、反复出现的题材、主题、语气，揭示出一个本性的自我或者意识中心。再现作者最典型的精神冒险，就是表述他的作品的意思。但是，在费希看来，意思是随着文本在阅读过程中的发展由作者在读者身上创造出来的：意思是读者随着作品的展开而连续感受到的经验。要建构意思就要详细地描述每一时刻的阅读经验。

《为罪所震撼》问世几年后，费希在《读者的文学：传情文体学》（"Literature in the Reader: Affective Stylistics"，1970）一文中，第一次详细地表述了他的读者反应说的理论基础。后来，他把这篇文章附录于《自我吞噬的人造物》，作为一个重要的理论信条。在这一宣言中,他除了描述了意思、形式和文本理论,还提出了他的"知识"读者说的轮廓。通过把批评的关注点从文本转移到阅读过程、再到读者,费希提出了一系列新的值得思考的问题。七八十年代,他的批评一直围绕着这些问题展开。根据费希的描述,知识读者"既不是一个抽象,也不是一个实际的、有生命的读者,而是一个混合体——一个尽其所能使自己有知识的真实读者(我)"[4]。知识读者既具有语言学能力,又具有文学能力——既有语言经验,又有文学传统知识。这种最小(minimal)的能力,构成了所有可能的读者反应所必备的先决条件。直到 70 年代末,费希才开始缕清他关于能力和传统的理论的含义。但同时,作为美国读者反应运动中的中心人物,他却招来了很多猛烈的抨击。

在 70 年代初,保罗·德曼对费希的意思说和作者观进行了批评。德曼认为,费希"以一种倒退的、未处理的'经验'概念代替了意思"[5],因此实际上掩盖了语言的内在欺骗性。语言的物质性和复杂性被费希溶解了。另外,费希还设定了一个意图性的作者意识,通过语言学和诗学传统来控制意思的涉猎范围。这是一个靠不住的理论,它使读者永远处于追赶作者的角色,实际上把读者的劳动和创造性限制在最小范围。令德曼特别不满的是,费希的读者反应批评中残留着一种倒退的意图说。德曼认为,费希无意识地把作者当成了文本的理想读者。

70 年代中期,乔纳森·卡勒也对费希提出了批评,指责他对语言能力和文学传统这两个构成他的知识读者理论基础的概念处理轻率、缺乏严谨。鉴于费希的立场之逻辑,他本应该进一步"把阅读作为一个受规则制约的生产过程进

---

[4] Stanely E. Fish, "Literature in the Reader: Affective Stylistics", *New Literary History*, 2 (Autumn 1970); rpt. with omissions in *Self-Consuming Artifacts: The Experience of Seventeenth-Century Literature* (Berkeley: University of California Press, 1972); rpt. with omissions in Tompkins, pp. 70—100; and rpt. in Fish, *Is There a Text in This Class? The Authority of Interpretive Communities* (Cambridge: Harvard University Press, 1980), p. 49. *Is There a Text* 包括 16 篇文章,其中 12 篇发表于 1970 年至 1980 年间。

[5] Paul de Man, "Literature and Language: A Commentary", *New Literary History*, 4 (Autumn 1972), p. 192.

行探讨"[6]。可是，他却退回到现象学模式的个性化主题解读。他简单地假设，知识读者已经内化了关键的知识和能力，从而关闭了这个研究领域的大门，放弃了"揭示阅读的程序和常规，提出一套全面的、理解各种各样的文本的理论"的机会（125）。这正是卡勒在《结构主义诗学》（*Structuralist Poetics*, 1975）中悉心勾画出来的结构主义文学理论的目标。而要实现这个目标，就必须把焦点从个别读者转移到社群读者（communal reader）身上来。

1976年，费希修正了他早先的知识读者说，以"解读社群"（interpretive communities）说取而代之。这一概念他首先是在《解读"经典集注"》（"Interpreting the *Variorum*"）这一重要论文中提出。这一新转折是从现象学向后结构主义思维模式转变的开端。费希努力要反映出读者对于文本的反应的多样性和稳定性。为此，他提出了这样的理论："解读社群由那些有着同样的解读策略的人构成。但是，这些共同的解读策略，不是为了阅读（传统意义上的阅读）文本，而是为了书写文本，为了指定文本的性质和确定文本意图。换言之，这些策略在阅读行为以前就已经存在，因此，它们决定着阅读内容的形式，而不是像通常想象的那样，与此相反。"[7] 每一个解读社群都以自己的解读策略所要求的方式去解码文本。比如，灵数学（numerological）[8]和心理分析解读策略都会各自产生出一种不同的文本。另外，任何一个读者都可以在不同时间有不同的反应，因为他或她可以转入或者属于别的社群。不管怎样，一个读者总要运用一套解读策略，尽管他或她力求客观性或者给人以一种客观的印象。传统上，人们都认为意思蕴藏在作品之中，在任何个人的解读以前就已经存在，且不依赖于解读。根据费希的观点，所有意思都是在读者对文本每时每刻的经验过程中通过、特定的阅读行为和解读策略而产生的。因此，费希提倡的就不仅仅是一个知识读者，而是作为这个或者那个解读社群中的一员的知识读者，也就是一个肩负

---

[6] Jonathan Culler, "Stanley Fish and the Righting of the Reader" (1975), in *The Pursuit of Signs: Semiotics, Literature, Deconstruction* (Ithaca: Cornell University Press, 1981), p.131.

[7] Stanley E. Fish, "Interpreting the *Variorum*", *Critical Inquiry*, 2 (Spring 1976); rpt. in *Is There a Text*, p.171.

[8] 数字学、数像学或数字命理学。——译注

创造出特定意思使命的社群读者。

当费希从知识读者说转向解读社群说的时候,他也就改变了他的研究命题的本质。他放弃了先前有关作者、文本和有知识的个人读者的观点,提出了新的关于群体读者、解读策略和再写程序的观念,以及关于解读的社会学和专业政治的观点。他关注的不是阅读事件,而是控制解读活动的约束体系,是产生可预见的解读的社群基础的理性。他否定有无私的解读和"客观"事实的可能。社群的利益、信念和价值型造知识、构成事实并决定研究和解读的方向。对于一个文本的理解,即它的再写,来自于特定的阅读社群既存的利益和信念。"一个人只能读到自己早已阅读过的东西。"[9]

从70年代中期到80年代中期,费希极力推行一种实用主义的有关语言能力、文学规范和解读策略的观念,反对传统的培根式科学和理性的普遍主义,反对乔姆斯基语言学的抽象的数学结构主义,反对赫希式批评的普通阐释学。他偏爱福柯的特殊的差异历史主义、维特根斯坦和格里斯(Grice)的"普通语言"观、罗蒂和德里达的反基础主义哲学。比如,在语言能力上,他坚持认为:"语言学知识是语境性的而不是抽象的,是地方的而不是普遍的,是动态的而不是一成不变的;每一条规则都是经验之谈;每一个能力语法都是伪装的行为语法。这就是(普遍主义或者基础主义的)理论永远不会成功的原因:它的术语和内容不得不从它声称要超越的地方借来,从实践、信仰、设想、观点等等变化无常的世界借来。"[10] 所有的解读都是有情境的。超验——不受形势、语境和价值影响——的出发点是不存在的。文学批评不能把社群和历史所决定的利益和信念悬置在括号里(braceket)。这样,费希就被推动着,开始了对知识的社会学和文学的职业特性的探究。

虽然在二十多年里,费希改变了他的研究方法,从现象学模式转向后结构主义模式;但是,在80年代,他仍然受到了无数理论家,特别是左翼文化研究运动的批评家越来越猛烈的批评。比如,爱德华·赛义德这样说道:"如果像最

---

[9] Stanley Fish, *The Living Temple: George Herbert and Catechizing* (Berkeley: University of California Press, 1978), p.172.

[10] Stanley Fish, "Consequences", *Critical Inquiry*, 11 (March 1985), p.438.

近斯坦利·费希所告诉我们的那样,每一个解读行为都是因为有了一个解读社群才成为可能、才有了力量的话,那么,我们必须大大地更进一步,阐明在每一个解读社群的存在之中,具体地包含着什么情形、什么历史和社会构成、什么政治利益。"[11] 换言之,费希必须朝着社会学、历史和政治的方向迈得更远。弗兰克·兰特里夏(Frank Lentricchia)与赛义德同持一见,抱怨道:"费希的读者是纯粹的文学读者:他的文学批评家社群的会员身份,以某种方式取消了那些形造他的政治、社会或者种族地位的力量……脱离了更大范围的社会结构和历史过程的文学社群是唯美主义者的孤立主义的重复。"[12] 类似的批评也出现在威廉·凯恩的《批评的危机》(*The Crisis in Criticism*,1984)、特里·伊格尔顿(Terry Eagleton)《文学理论》(*Literary Theory*,1983)和其他80年代初出版的论著中。总言之,虽然费希把批评切入点从文本转移到知识读者再到解读社群,从而放弃了形式主义、转而接纳现象学和后结构主义,但是,他却止步于此,未能进一步进行意识形态分析。而意识形态分析正是七八十年代美国流行的文化研究的显著特征。

读者的心理分析

在他二十多年的生涯中,诺曼·霍兰德发表了一系列的论著和文章,对文学的发生过程进行了详尽的论述。这些论著,特别是《文学反应动力学》(*The Dynamics of Literary Responses*,1968)、《诗在各人》(*Poems in Persons*,1973)、《五种读者阅读》(*5 Readers Reading*,1975)、《笑——幽默心理学》(*Laughing: A Psychology of Humor*,1983)、《那个我》(*The I*,1985),表现出对反应的心理分析特性始终不移的兴趣。以往的心理分析批评家的传统见解与方法已经阐明了作者和文学人物的活动,所以,霍兰德把研究的关注点主要集中

---

[11] Edward W. Said, *The World, the Text, and the Critic* (Cambridge: Harvard University Press, 1983), p.26.

[12] Frank Lentricchia, *After the New Criticism* (Chicago: University of Chicago Press, 1980), p.147.

在读者与文本之间的交流上,用"自我心理学"的研究成果作为理解文本接受理论本质的一个工具。通过对受试验者的实际阅读记录进行分析,霍兰德能对读者的反应活动做出仔细的心理分析,并将其概念化。从本质上讲,他提出的模式是,读者的身份(或者个性)在文本中构造出一个前后一致的解读。就是说,他对个性怎样影响文学感知和解读进行了一种心理学描述。霍兰德认为,相信反应的一致性是错误的,因为在任何情况下,都是个性决定反应。

在《文学反应动力学》中,霍兰德用他自己的个人反应为依据,发展了关于读者-文本之间交流的一种概括性理论。后来,特别是在《诗在各人》和《五种读者阅读》中,他开始运用试验者的反应来阐述一种经验性的交流模式。在紧接着这三本论著之后的一篇举足轻重的论文中,他对这一模式中的重要概念进行了进一步的精炼,从而使他的命题以最简洁明了的形式出现。1975年,他的《统一性-身份认同-文本-自我》("Unity Identity Text Self")在《现代语言协会会刊》(*PMLA*)上发表,此文后来又收入汤普金斯的文集。在这篇文章的一开始,霍兰德就简洁地对标题的这四个术语进行了定义(因为它们对他的基本理论阐述至关重要)。他所用的"文本"指的是纸张上的文字;"自我"指整个的人,包括心灵与身体。文学的"统一性"取其通常的传统意义,指类似活的有机体的一个整体结构或者所有部分的结合。所谓"身份认同"是指一个生命体——一个通常被称为"人物"或者"个性"的不变的恒定实体——中的从属主题和模式的统一构成。霍兰德将这四个概念关联起来,概述了它们之间的各种数学关系。比如,最重要的关系式是:"**统一性**之于**文本**"等于"**身份**之于**自我**。"[13] 就是说,文本的统一性就像自我的身份认同。

他为什么要如此不辞辛劳地界定这些关系呢?原因很快就清楚了:"统一性之于文本,等于身份之于自我,两个比例的值是相等的。但是,等式右边的术语比项不能从左边消除。我们在文学文本中发现的统一性蕴含着发现那个统一性的身份。"(816)换句话说,因为读者身份的在场具有一种形造力和统一力,所以读者与文本之间的文学互动以文本的统一而结束。正如霍兰德所总结的那

---

[13] Norman Holland, "UNITY IDENTITY TEXT SELF", *PMLA*, 90 (October 1975), p.815.

样,"解读是身份的一种功能"(816)。他是这样详细阐述这个基本的读者-文本互动模式的:"总的原则是:身份再造自身,或者,换句话说,风格——从个人风格意义上讲——创造自身。就是说,我们所有的人,都在阅读的同时,利用文学作品来象征并最终复制我们自己。通过文本,我们理清自己的欲望和自我调整的规律特征。我们在解读过程中与作品互动,使其成为我们自己的心理机制的一部分,并使我们自己成为文学作品的一部分。"(816)

为了解释读者与文本互动中具体运作的程序,霍兰德对他在研究中发现的读者反应的三个心理阶段进行了描述。第一个阶段,涉及读者对快乐的欲望与对痛苦的恐惧。就是说,痛苦-快乐机制的运作及其防卫系统构成了反应过程中的一系列初始事件。从根本上讲,读者形造作品或者在其中发现他或者她所希望的或者惧怕的,习惯性地抵制我们所惧怕的,并通过典型的策略改变我们所希望的。如果这一过程没有发生,那就是读者封闭了这个经验(霍兰德在《诗在各人》中陈述了这种封闭的一个典型案例)。反应过程的第二阶段是读者实现其幻想中的快乐。读者从文本中重新营造个人幻想,从而达到极大的满足。反应过程的第三阶段是在原始幻想之上焦虑和负疚开始运作以及那赤裸裸的幻想随后转变成了一种连贯和重要的有关道德、知识、社会或者美学统一和完整的经验。所以,为了保持了精神和情感的稳定,读者的反应最终往往被综合,在这个综合过程中,防御、满足和焦虑被平衡。

在《新范式:主观的还是互动的?》("The New Paradigm: Subjective or Transactive?", 1976)一文中,霍兰德言简意赅地总结归纳了这种反应的运作过程:

> 简言之,读者(或者另一个人或者任何其他现实的观察者)是带着特别的期待接触另一个现实(比如,文本)的。通常,这些期待是互相关联的欲望和惧怕之间的平衡状态。观察者通过调节"另一现实",来满足那些欲望并把那些恐惧压缩到最小——就是说,观察者用文学或者现实提供的素材重新建构他自己的调节和防卫(他的身份主题的各方面)模式。他或者她把自己的幻想投影到这些素材之中(这些幻想也可以理解为身份的构

成层面）。最后，这个人便可以把这些幻想转变成特别关注的主题——意思……[14]

因为反应的阶段分别是防卫（defenses）、期待（expectations）、幻想（fantasies）和转变（transformations），所以霍兰德以这四个字的开头字母 DEFT 来命名他的文学互动模式。

DEFT，即身份重新建立过程，源自对《五种读者阅读》中详细记录的受试验者（本科生）的阅读实践。但是，正如霍兰德的归纳描述所暗示的那样，这种模式阐明了，身份或者风格不仅仅影响文学经验的解读，也影响所有经验的解读和所有的人类互动，包括机构、文化和民族之间的互动。[15]

值得重视的是，霍兰德通过对作家，特别是在《诗在各人》中对希尔达·杜丽特尔（Hilda Doolittle）、在《统一性—身份认同—文本—自我》中对罗伯特·弗罗斯特（Robert Frost）的写作技术和主题关注进行分析，进一步拓宽了身份再建理论的运用范围。另外，他还在《诗在各人》中以 DEFT（身份重建过程）理论对自己的批评兴趣和方法进行分析。因此，到了 70 年代中期，在费希从知识读者转向解读社群的时候，霍兰德已经开始把身份重建模式及其阶段说，应用于文本、作者、读者和他自己的身上，从而指出，这种模式可以更广泛地应用于各种机构和社会。

霍兰德的成熟的读者反应批评的主要特征与米勒的日内瓦批评和费希早期的现象学很相似。当然，它们之间也有不同之处。霍兰德对历史研究、形式主义阐释或者意识形态分析没有什么兴趣；他关注的是读者与文本之间的互动，他赋予了读者形造和决定文本的重大权力。米勒和费希的论著探讨的是时间性和意识在意思的创造过程中的作用，而霍兰德的命题检析的是驱使无意识生产

---

[14] Norman Holland, "The New Paradigm: Subjective or Transactive?", *New Literary History*, 7 (Winter 1976), p.338.

[15] 霍兰德认为："同样的大原理似乎不仅适用于人与人之间的互动，而且也适用于任何机构、文化或者民族之间的互动，因为可以说它们都与人有着同样的风格。" *5 Readers Reading* (New Haven: Yale University Press, 1975), p.xiii. See also Holland, *The I* (New Haven: Yale University Press, 1985), pp.145－155.

有机统一体的推动力。读者在解读文本中没有什么自由;身份决定反应。霍兰德对于科学、数学和自我心理学的依赖使他的理论有别于其他的读者反应批评。米勒说的是神秘的洞察力和超验时刻,费希论的是读者不断的再调整及其后的认知进步,而霍兰德讲的则是性心理固恋(psychosexual fixation)、防卫策略和幻想。

霍兰德的心理学批评表现了与美国文学研究中的心理学批评主流的决裂。他 70 年代发表的论著没有承袭凡·威克·布鲁克斯、肯尼思·伯克、莱斯里·菲德勒、弗雷德里克·霍夫曼、J. W. 克鲁奇、路德维格·刘易森、莱昂内尔·特里林或者埃德蒙·威尔逊的任何痕迹。另外,霍兰德也没有鼓吹当代的存在主义、荣格、拉康、法兰克福学派和第三势力心理学(这一点在《诗在各人》的"延伸阅读书目"和《那个我》的附录"其他心理分析论著"中可以看得很清楚)。他依赖得最多的是爱利克·埃里克森(Erik Erikson)、安娜·弗洛伊德(Anna Freud)、恩斯特·克里斯(Ernst Kris)、海因茨·利希滕斯坦(Heinz Lichtenstein)、罗依·沙菲尔(Roy Schafer)、罗伯特·维尔德尔(Robert Waelder)、维尼考特(D. W. Winnicott)等人的自我心理学。弗里德瑞克·克鲁斯(Frederick Crews),他的一位同行心理分析批评家,在《尽情宣泄》(*Out of My System*, 1975)中,对霍兰德进行了彻底的批评,指责他依赖自我心理学的身份认同理论,一种在克鲁斯看来毫无生命力的简化论的理论。就克鲁斯而言,霍兰德"忘记了整个批评活动的存在理由(raison d'être)","在进行一场非常特殊的破产拍卖"[16]。

很多批评家对霍兰德的读者心理分析理论表示了各种各样的不满。这些不满包括:他轻率地把文本的统一性概念移植到自我身上;他为了个案分析而放弃了文学批评;他把所有的解读都看成是为个人利益服务的;他破坏了解读的有效性、专业权威和课堂教学程序的标准;他把弗洛伊德的移情理论(theory of transference)简单地用于批评;他把阅读描绘成一种神经质的过滤和排除过程;

---

[16] Frederick Crews, *Out of My System: Psychoanalysis, Ideology, and Critical Method* (New York: Oxford University Press, 1975), pp.179—180.

他不明智地把所有美学价值标准都看成个人心理反应；他把读者描绘成固恋的或者静态的自我（fixated and static egos）；他鼓吹了一种剥离了社群和社会价值的非政治多元论；他自己的阅读是唯我论的和纯自白式的；他的批评形式使文学文本成了牺牲品；他的"自我风格"描述深深陷入了一种解读循环；他的"互动范式"留有追求客观性的这一陈腐目标痕迹。因为霍兰德的理论引起了广泛的关注，而且大多是否定性的，所以它便成了美国读者反应运动中一个备受严密关注的焦点场所。十多年里，霍兰德和费希一样，一直是这场运动中的一只出头鸟。

教学法主题

斯坦利·费希把他70年代的很多信条和论文收集成册，命名为《本课有文本吗？》（*Is There a Text in This Class?*）。诺曼·霍兰德在70年代初从客观批评范式向互动批评范式转变时，把对学生反应的分析作为他的研究基础。这一点在他那令人难忘的十年巨著——《五种读者的阅读》中明确地显示出来。戴维·布莱奇创作《阅读与情感》（*Readings and Feelings*，1975）和《主观性批评》（*Subjective Criticism*，1978）时，他毫不含糊地声称这两本书都是为了要"改变现存的教育体制"和提出以"实际课堂经验"为基础的新的教学方法大纲。[17] 通常，美国读者反应运动的领军人物都把文学理论和批评与课堂教学和学术实践紧密联系在一起。但是，对于从早期的马克思主义者和纽约知识分子到后来的存在主义者和解构主义者这些其他学派的批评家来说，这种联系似乎既非不可避免、也不可取。就这一问题，莱昂内尔·特里林在《超越文化》中，开宗明义、一针见血地指出："教学法是一个令所有敏感的人都感到沮丧的话题。"毫无疑问，这种典型的对教学法的关注，反映了大部分批评越来越多地渗透进高校课堂这一事实以及60年代学生对于课堂知识的"相关性"的普遍要求。

---

[17] David Bleich, *Subjective Criticism* (Baltimore: Johns Hopkins University Press, 1978), pp.297, 9.

从 60 年代中期到 80 年代中期，杰弗里·哈特曼与其他几位有影响的哲学倾向的批评家都觉得形势严峻，不得不对不断增长的、把批评简化成教学法的倾向提出警告。

在提倡反形式主义和非客观主义的文学研究范式的教法学而言，没有任何人比戴维·布莱奇更坚决。他的研究命题，最初在《阅读与情感：主观性批评导论》（由美国英语教师协会出版）中得到详尽的表述，提倡的是以小型课堂为基础的辅导性的教学模式和师生之间的个人互动。霍兰德也提出了类似的建议，把课堂变成小型的研讨班形式，让师生通过互动建立起亲密和信赖的关系，从而创造对于读者反应教学至关重要的条件。"在大型课堂里，"布莱奇强调，"这种方法是不可能的……"[18] 供职于规模庞大、正常开设大型文学课的高校，那些持读者反应说的教授，如布莱奇、霍兰德等，对太空时代大型讲座式的文学课的广泛实践都持批评态度。于是，对教学的关注成了批评的基础。

布莱奇认为，文学解读涉及最初情感反应的姗姗来迟的再激发和演示。这种最初反应分为三个阶段：个人的（1）知觉、（2）情感和（3）联想。解读的复杂心理过程的第四阶段涉及个人主体经验的客观化和伪造。"真正的情感范围——或许也是真正的情感限制——实质上被理性复述否定了。"（69）布莱奇所要强调和努力证明的是所有客观陈述的主观原因。他不相信"客观性"。从认知意义上讲，情感和激情先于并引导思维和知识。"说到底，意识判断与其主观根基的分离是人为的无中生有。"（49）作为一名教师，布莱奇关注的主要是学生是怎么感觉的，而不是她是怎么想的；他最关心的是情感，不是解读。

因为阅读依赖于个人心理，所以它必然产生种种"曲解"——夸张、省略、联想、插入和误读。没有任何一种文本反应能够达到不真实的、正统的、那种客观和完整的标准。"曲解"是反应的一个内在因素，对于布莱奇来说，它既有揭示性又有价值：它展示了知觉的风格特征，是与文本真正的交流的见证。要承认主观性的价值，就必须承认个人特性的作用。客观性力图根除的就是这些

---

[18] David Bleich, *Readings and Feelings: An Introduction to Subjective Criticism* (Urbana: National Council of Teachers of English, 1975), p.81.

重要的先决的个人特征。布莱奇对个人情感和主观价值的批评禁忌深感痛惜。

对布莱奇来说，反应是一回事，解读又是另一回事：一个是私人性的，另一个是社群性的。进行解读就是把私人经验公布于众："强烈的情感和意象经验先于缜密的思维"(5)。因此，"在处理社群中的主观经验之前，应该先让学生理清自己的个人经验……"(79) 布莱奇与费希不同，他把社群作为反应程式中的后来者，而不是解读构成的决定因素。他与霍兰德一样，是一位心理学批评家，而不是一位社会学批评家。毫无疑问，社群有帮助型造解读的作用，但是，它的帮助作用在解读的后阶段才会发生，而且它包含伪造的危险。特别是，传统的社会解读格式——提议-证明——导致了原初读者反应，尤其是个人情感和联想，与实际经验的分离。虽然他在《阅读与情感》中没有这么说，但是如果可能的话，他显然是想彻底废除批评性散文这个文类，因为它不利于读者指向的教学法。

布莱奇和费希一样，把文学看成一种经验，而不是一个自足体。与费希不同的是，他对阅读的时间性没有兴趣。他期望他的学生对文本进行多次阅读，作为反应和解读的前提。读者对整个文本的"最初"反应很可能完全取决于作品的最后一个单词。布莱奇不是现象学家。他与其他读者反应批评家一样，把情感诗学与说教联系起来：文学的情感经验"能够产生新的对自我的认识——不仅仅是这里一个道理、那里一个启示，而是对你自己的价值观和品味以及你的成见和学习中遇到的困难的一种真正、全新的概念"(3-4)。布莱奇理论中对于主观性的特别强调，使他成为所有主要的读者反应批评家中最不攀附于文本诗学的一位。文本左右阅读和避免曲解的力量不值得考虑。在文学研究中，本体论的优先权属于书面的反应陈述，不属于文学文本。批评不是一种文本解码运作，而是一种培养重要的个人情感和联想的经验。

《阅读与情感》是六年的读者反应课堂教学经验和对无数本科生的实际阅读反应进行分析的结晶。布莱奇在书中对三十种反应进行了剖析。其他的当代文学批评家，如神话批评家和阐释学批评家，推崇博学、语言学的严谨和学术精通；而奉行霍兰德和布莱奇的经验模式的读者反应批评家注重的却是个人投入的深度、个体的坦诚和真实以及脱离体制性权威的自由。他们把他们自己的反应和他们学生的反应都公布于众。正如苏珊·苏雷曼所指出的那样,这种"批评带我们踏上了阅读作为私人经验的探索之路,并在这条路上能走多远就走多远——在这种经验中,决定因素是个人的'人生历史,'而不是群体和民族的历史"(31—32)。布莱奇的主观性批评重个性轻规范、重个人轻集体,把文本作为反应的一种稳压器,完全抛至一边。在这一点上,他有别于霍兰德,后者的互动批评对文本的限制作用是予以承认的。[19] 但是,他们都积极主张革新文学教学,重视单个的学生读者。这甚至使得那些本来持同情态度的批评家对他们产生了怀疑。这一点,在斯蒂文·迈洛克斯(Steven Mailloux)的《解读的传统》(*Interpretive Conventions*, 1982) 和威廉·瑞(William Ray)的《文学的意思》(*Literary Meaning*, 1984) 中是显而易见的。这两本论著都强调指出,当代读者反应心理批评缺乏足够的社会和体制分析。

抗拒性阅读:女权主义与马克思主义

在读者反应运动的鼎盛时期,没有任何一位领军人物明确地论及性别这个女权主义批评家在70年代就开始提出的问题。女人的阅读有别于男人吗?性别身份认同影响理解吗?性别在文学中扮演着什么样的角色?在批评中呢?对于这些问题,费希、霍兰德和布莱奇都保持了缄默,而苏雷曼、克罗斯曼或者汤普金斯在他们的文集中也都没有提及。事实上,在太空时代初期,主要的现象学、存在主义、阐释学、结构主义和解构主义批评家都没有把性别当作一个研究命题。尽管如此,女性读者反应这一领域仍然取得了重要研究成果。

70 年代,读者反应理论方面最有影响的女性主义论著之一,是朱迪丝·菲特利的《抗拒性读者》(*The Resisting Reader*, 1978)。菲特利认为,从欧文(Irving)和霍桑(Hawthorne)到海明威(Hemingway)和梅勒(Mailer)的美国经典小说,不是具有"普遍"意义的小说,而是男性小说。这种文学迫使女性读

---

[19] Bleich and Holland debated this difference in articles published in *College English* and *New Literary History* during 1975 and 1976.

者否认自己的身份。菲特利的目的是,"为迷失在'美国小说的男性荒野中'的女性读者(提供)一本生存指南"[20]。她的灵感来自于凯特·米利特的《性政治》(*Sexual Politics*, 1970)——第一部剖析文本中的男性假设的开拓性论著。

菲特利认为,身为美国女性,阅读本国的经典小说总是会发现自己被排斥在外:自己的经验在艺术中既没有得到表现,也没有合法的位置。阅读这样的文学,要求你以男性的身份来与其认同。在这种状况下,女性没有权力可言。"没有权力可言,这不仅是女性阅读经验的特征,而且也可以用来描绘阅读的内容。"(xiii)从根本上讲,菲特利对男性主导的文学及其周围产生的带有性别歧视的学术批评体制都进行了批判。"作为读者、教师和学者,女人被告知要像男人那样思维,要认同男性的观点,还要把男性价值系统当成正常和合法的价值系统来接受……"(xx)菲特利全身心地投入女权主义批评,为改变身为女性却要具有男性思维的异常现象而不懈努力。同样,"女权主义批评家的第一个行动必须是成为一名抗拒性读者,而不是顺从性读者,并且,通过拒绝顺从来开始驱除被灌输进我们脑海的男性思维"(xxii)。这个命题不仅需要心理和社会分析,还需要政治批评。女权主义的抵抗与女性的身份、阶级和权力关系有关。菲特利从不怀疑"作为一个阶级的男人对于作为一个阶级的女人的权力",也从不怀疑当下"文学的性政治的"压迫"功能"(xx)。

与其他女权主义批评家一起,特别是卡罗琳·海尔布伦(Carolyn Heilbrun)、凯特·米利特、艾德林娜·芮奇(Adrienne Rich)、莉莲·罗宾逊(Lillian Robinson),菲特利控诉了美国文学机构中盛行的排斥和歧视女性的风气。这种男性主导的文化的特征是性别-阶级歧视和压迫。摆在面前的任务很清楚:

> 要揭露和挑战我们社会中存在的、并在我们的文学中得到肯定的、关于女人和男人的观念和神话的复合体,就要将体现在文学中的权力体系说明,不但要展开讨论,甚至要进行改变。当然,这种挑战和揭露的任务,

---

[20] Judith Fetterley, *The Resisting Reader: A Feminist Approach to American Fiction*(Bloomington: Indiana University Press, 1978), p.viii.

> 只能由与构成这种文学的意识截然不同的意识来承担……女权主义批评提供了这样一种视角,并且体现了那种意识。(xx)

通过对女性意识的重视,女权主义读者反应批评可以发现、揭示和挑战文化中隐藏的观点、神话和权力关系,以此作为促成变化的一种途径。这一计划的实现依赖于一个全新的、截然不同的女性意识。目标很明确:"要对我们的文学有一个新的理解,就是要使那种文学可能在我们身上产生一种新的效果。而要有可能产生新的效果,就必须为改变文学所反映的那个文化创造条件。"(xix—xx)女权主义批评的任务就是要推出新的解读方法,作为改变意识和社会的途径。

在菲特利的研究命题中,诗学包括传情、说教和模仿说。首先,"我们所阅读的打动我们的情感"(viii)。我们可以被文学所感动。其次,我们还可以被其引导、受其影响。比如,我们可能认为自己是没有权利的、有精神分裂症或者毫无价值的,就像菲特利本人所证明的那样。最后,文学既体现又反映了主流文化。美国的社会和艺术,菲特利认为,是重男轻女和性别歧视的社会和艺术。学术批评也是如此。菲特利的文学理论和批评与费希、霍兰德和布莱奇的最显著的区别就在于,它帮助恢复了模仿诗学,并且一心关注政治命题。这两者是同一个问题的两个方面。

因为文学和文学批评能够打动、影响和反映我们的思想和世界,所以两者都具有推动进步的力量。"最好的女权主义批评是一种政治行为,其目的不仅是解读世界,而且是要通过改变那些阅读者的意识,从而改变世界……"(viii)菲特利与其他读者反应理论家一样,也把阅读与身份形成联系在一起;但是,她比他们更深信文学文本对于读者的影响力量。因此,她把女权主义批评活动看成一种抗拒权力的运作。菲特利与费希同持一见,认为读者不是像霍兰德和布莱奇所说的那样,是孤立的、异质的,而是一个解读社群的成员。菲特利的理论中所描绘的读者属于一个特定的阶级,有其特殊的历史经验、目标和行动纲领。但是,对于解读社群的社会学和政治学的关注,菲特利远比费希更为深切。就此而言,菲特利的学说与70年代兴起的文化研究思潮有很多相同之处,而与同时代的现象学、阐释学、结构主义、解构主义或者男性读者反应批评却没有多少共同之处。

　　菲特利的理论与大多数读者反应批评一样，都与教学法有着紧密联系。她的《抗拒性读者》的开篇语就是："拙作始于课堂。"接着，她讲述了她八年教授女性文学的经验，毫不隐讳地告诉读者，这本书原本是她教授一门课时与学生分享的教学日记。"我一直在通过与学生的相互交流来发展、完善并改变我的观点。我真诚地希望，这本书能够进一步延续我们之间的对话，这本书本身将成为一种教学的形式。"(vii) 这里，正如读者反应思潮的任何论著一样，批评的开始与终极都是教学法。这一点与它的情感-说教诗学以及它的以学生为中心的批评方式是一致的。菲特利的新贡献在于她给这种批评增添了一个模仿-政治纬度，这个纬度把她的理论定位于一个客观的范式。

　　一些女性主义读者反应批评的实践家和理论家对社会学和政治分析都很投入。这一点，不仅在朱迪丝·菲特利的论著中显而易见，在后来的女性主义批评家，比如在简·汤普金斯和玛丽·露易丝·普拉特的论著中也同样的显而易见。例如，汤普金斯在她的文集的结语中，出人意料地列举了读者反应思潮的六大不足，对其进行了强烈的批评。第一，它并没有颠覆新批评，而"只是把形式主义的原理转换成一种新的曲调重弹而已"（201）。第二，它把批评活动限制在指定"意思"上。第三，它继续把分析限制在单个文本上。第四，它维护了长期以来把文学与政治和社会生活的力量分离开来的有害的传统，使它进一步成了私人的东西、丧失了道德影响力。第五，它接受了把文学从历史中剥离出来的做法、使艺术永久化或者普遍化的倾向。第六，它把文学语言看成特殊的或者美学性的，而不是权力的一种形式或者一种工具。

　　玛丽·露易丝·普拉特在她的重要论文《解读的策略／策略的解读：论英美读者反应批评》(1982) 中，运用文化研究运动中典型的意识形态分析对美国读者反应理论和批评进行了批判。她借鉴马克思主义学者路易斯·阿尔都塞 (Louise Althusser)、雷蒙德·威廉斯 (Raymond Williams) 和特里·伊格尔顿的观点，斥责读者反应批评是与"资产阶级美学，特别是一种消费主义艺术观"紧密相连的一种新的形式主义实践。这种艺术观"把艺术品非历史化，把艺术从它的生产语境中剥离出来，供私人娱乐"[21]。普拉特与菲特利和汤普金斯一样，也反对文学脱离历史、社会和政治。她建议读者反应批评进一步扩展其研究范畴，"把接受的具体程序作为一个由社会和意识形态决定的过程来探索，从而加深对艺术'生产'问题的理解……读者反应批评没有任何必要把生产问题排斥在文学研究范畴之外，这是很显然的"(205)。读者反应批评需要扩展它关于接受过程是由心理和社群决定的观念，把它进一步运用到艺术生产本身的范畴，即艺术生产本身也是由心理因素与社群决定的。实际上，普拉特指出，把生产模式应用于接受行为有利于读者反应批评：文学的反应本身就是一种生产形式或者生产过程。

费希的理论与普拉特为读者-中心批评确定的目标最接近，然而，它还是有几个方面令她失望。费希的解读社群理论提出了对社会建构的主体以及文学的社会构成有用的原理，但是它也为此付出了相当大的代价：它忽略了解读群体（意识形态圈）内部的异议、不定性和变化的现实。它因此否定了权力斗争的可能性。在普拉特看来，费希把"解读社群"描绘成一个"自发地形成、不存在强迫、平等的实体"(226)。这样一来，"权力斗争的问题就被无情地摒弃了"(226)。这种社群内的和谐是费希的乌托邦式的共识观——一种永远保险的幸福终极，因为社群的每个成员都是自愿的、都有共同的信仰和阅读规范——创造的。费希没有把解读社群的劳动政治化，而是把它们的批评中的多样性和相对性看成社群内部健康的平等和博爱的迹象，看成是社群之间至关重要的自由和活力的迹象。布莱奇推崇的是读者的个人自由，而费希崇尚的是所见略同的批评家的群体共识。两种模式中，批评家都隐瞒了权力关系和权力斗争的基本事实。

在早些时候的论著《论文学话语的语言行为理论》(*Toward a Speech Act Theory of Literary Discourse*, 1977) 中，普拉特已经对形式主义和结构主义诗学进行了抨击，谴责它们使文学语言脱离日常语言，使文学和批评脱离社会存

---

[21] Mary Louise Pratt, "Interpretive Strategies/Strategic Interpretations: On Anglo-American Reader-Response Criticism", *Boundary 2*, 11 (Fall/Winter 1982–1983), p.209.

在的广泛领域。她对读者反应理论和言语行为理论的发展充满期待，因为两者都保证把文学研究与物质的社会生活重新结合在一起。在后来的论文中，她继续希望通过吸收话语生产理论来实现批评的复兴。这种话语生产理论得益于马克思主义和女性主义的批评理论与观点。她以菲特利的理论作为自己研究的榜样。在普拉特看来，读者反应批评与马克思主义的生产概念以及女性主义的社会政治分析的实践之间的结合，可以促进和推广这场运动。正如越来越多的女性主义者和马克思主义者所指出的那样，在 80 年代早期，美国主流的读者反应批评缺乏对于社会和政治现实的足够重视。女性主义者和马克思主义者广泛地认为，从文本中心向读者中心的批评的转向是文学研究的一种积极转变，但是要接触性别、阶级、权力和抵抗的事实，绝不能停留于这种转变，还得继续向前迈进。

德国接受理论在美国

六七十年代，一种独立于美国读者反应思潮的接受理论在西德主要是在康斯坦茨大学形成。这个学派的带头人是汉斯·罗伯特·姚斯 (Hans Robert Jaus) 和沃尔夫冈·伊瑟尔 (Wolfgang Iser)。他们的论著经常发表在半年刊《诗学与阐释学：一个研究小组的发现》(*Peotik und Hermeneutik: Arbeitsergebnisse einer Forschungsgruppe*) 的系列上。此刊登载定期在康斯坦茨大学举行的重要学术研讨会的研究成果。从 70 年代中期开始，伊瑟尔的现象学研究命题引起了美国学者的极大关注，但姚斯的历史研究却鲜为人知，直到 80 年代初他的《美学经验与文学阐释学》(*Aesthetic Experience and Literary Hermeneutics*, 1977) 和他的论文集《论接受美学》(*Toward an Aesthetic of Reception*, 1982) 问世，他才开始引起人们的关注。伊瑟尔的主要著作《隐含读者》(*The Implied Reader*, 1972) 和《阅读行为》(*The Act of Reading*, 1976) 分别在 1974 年和 1978 年译成英文，在美国的刊物上受到广泛而及时的评论。整个 70 年代，姚斯和伊瑟尔都在美国的高校作过讲座，并且在几所名牌大学长期讲学。但是，80 年代出版的苏雷曼和克罗斯曼合编的文集以及汤普金斯的文集中都只包括伊瑟尔，而没有姚斯。直到1979年康斯坦茨大学出版的《诗学与阐释学》有关章节被翻译成英文，由理查德·阿玛其（Richard Amacher）和维克多·兰格（Victor Lange）担任编辑的《德国文学批评的新视角》(*New Perspectives in German Literary Criticism*) 出版，书中分别收选了姚斯和伊瑟尔每人两篇论文，这才有了比较全面的读者指向的英文选集。虽然，在70年代，姚斯和伊瑟尔都常常在有影响的刊物《新文学史》(*New Literary History*) 上出现，但是对于美国学者来说，德国接受理论的代表人物是伊瑟尔。沃尔夫冈·伊瑟尔之所以受到美国文学批评家的青睐，其原因有二：（一）他专长古典英文小说，而姚斯的主要研究兴趣是早期罗曼语言文学；（二）他实践的是现象学模式的细读，而姚斯从事的是广泛的历史主义思辨。

就像美国的读者反应批评对社会和政治问题明显地不感兴趣，因此受到了攻击一样，西德的接受理论也引起了东德马克思主义学者类似的抨击，尽管还要早些。在70年代初，东德学者，特别是曼弗里德·诺曼（Manfred Naumann）和罗伯特·韦曼（Robert Weimann），就已经对接受理论进行了一系列的批判。这些批判主要发表在后斯大林时代德意志民主共和国的主要文学理论刊物《魏玛文集》(*Weimarer Beiträge*) 上。马克思主义学者对其有三大不满。第一，他们谴责康斯坦茨接受理论只关心文学的消费，而对文学的生产却避而不谈。第二，他们抱怨西德的读者指向批评家有把人类文化历史主体化的倾向。第三，他们痛斥西德接受说学者把阅读过程私有化的倾向，认为这是躲避对个人反应进行任何社会根源和社会决定因素分析的一种资产阶级理想化。姚斯和伊瑟尔都没有逃脱这些指控。后来，费希、霍兰德和布莱奇也受到了类似的攻击。

美国学者对伊瑟尔的关注最主要的是集中在他对"隐含读者"、阅读过程以及"文本空隙"(textual gaps) 的作用的描述上。伊瑟尔假设了一个由文本先构、批评家实现的隐含读者，使接受理论的关注点聚集在一个先验的或者超历史的读者身上，从而把实际读者、经验读者以及先定的知识读者悬置在括弧内。换句话说，伊瑟尔躲避了与接受的历史纠缠，选择了与潜在反应打交道。这一策略与长期以来的形式主义教条是一致的。根据伊瑟尔的描述，阅读过程涉及动态事件中的期待和评估的不断的再调整，这种再调整的目的是达到统一。伊瑟尔所描述的顺序性一致与霍兰德身份重建模式中的整体统一不同。后者的整体统一被描绘为一个终点，而前者却重在阅读经验的时间性展开。读者与文本之间的相互合作强调的是阅读的美学和说教纬度，而不是它的心理、社会或者历史层面。在梳理文本经络的过程中，读者不断地、积极地自我矫正，这种自我矫正运作强化了自我意识，加强了人的开放性。因为文本含有空隙、空白、空缺——不确定因素——所以读者在具体分析作品、挖掘一致性的过程中就受到了限制，不得不仔细地、创造性地梳理文本线索。因此，伊瑟尔的接受理论是尊重文本的，使人联想到"客观"的批评模式；它拒绝把文本转化或分解成读者的主体性，或者解读社群的规范和传统。同时，它依靠并肯定读者在克服不确定因素的障碍的过程中的创造性。

1981年，斯坦利·费希和沃尔夫冈·伊瑟尔在后结构主义刊物《辩证批评家》(*Diacritics*) 上展开了一场论战。论战的主要问题是认知性的。费希坚持认为，"感知"本质上是解读性的，"事实"被价值观先定，"知识"总是与兴趣有关，"既定"(given) 事实上是给予的，"文本"由读者构成。因此，感知不仅已经被调节，而且还打上传统的烙印。就是说，感知是由公众和群体、而不是个人和某个独特的范畴事先框定的。所以，伊瑟尔模式中，启动阅读活动的文本空隙或者不确定因素不存在于文本的结构中，而是群体读者的解读策略或者感知倾向的结果。对此，伊瑟尔的答复是："解读总是受假设或者传统影响的，但是，这些假设或者传统也被他们意欲影响的对象所影响。因此，这个将被调节的'某样东西'先于解读而存在，起着限制解读的作用，对在解读中起作用的期待是有影响的，并且因此而对阐释过程作出贡献……"[22] 伊瑟尔坚持认为，文本先于解读而存在并对其有限制作用，对他的"客观主义"或者文本诗学直言不讳。这正是他的总体互动或者现象学的解读模式与费希、米勒、霍兰德、布莱奇、菲特利等人倡导的各种模式的区别所在。

在他介绍德国读者指向批评的《接受理论》(*Reception Theory*, 1984) 中，罗伯特·郝勒伯 (Robert Holub) 比较了美国读者反应批评与德国接受美学理论

---

[22] Wolfgang Iser, "Talk like Whales: A Reply to Stanley Fish", *Diacritics*, 11 (Fall 1981), p.84.

的区别。美国的这些批评家没有一个在"读者反应批评"的旗帜下呐喊参战过,这一头衔是后来封给一些相互之间并没有多少接触或者影响的理论家的。"如果读者反应批评已经成为一股批评力量的话,"郝勒伯指出,"那么,这股势力的形成是创造性的称呼的结果,而不是因为他们的共同努力。"[23] 相反,德国接受美学理论则是在面对相似的环境和前辈而产生的一种有凝聚力的、有自我意识的、集体性的事业,领军人物包括斯拉夫形式主义者和结构主义者、欧洲现象学者和阐释学者以及各种各样的社会学家和言语行为理论家。值得注意的是,心理分析和女权主义显然不在其中。对郝勒伯来说,"从根本上讲,读者反应批评与接受美学理论之间在整体批评视角上的类似之处太表面、太抽象,所以不能把它们混为一谈"(xiii—xiv)。然而,郝勒伯随后对德国接受美学内部的诸多分歧和差异的陈述,表明它与美国读者反应批评一样呈现出一种多元性,并无内部的一致可言。这一重要相似之处——多样性与斗争性——突出反映了所有不同哲学信仰(形式主义、现象学、阐释学、马克思主义)的读者指向批评的内部运作。而哲学信仰之不同,正是德国和美国读者指向批评的特征。无论是一个严密的组织还是松散的运动的一部分,德国和美国的读者中心批评家通常都是在无数相互争鸣的哲学力量的密集交会处运作。伊瑟尔与姚斯之不同,一如米勒与费希之不同。美国批评家的领军人物与主要的德国批评家的重要区别在于对教学法和心理学的关注。后来,对女性主义的关注又进一步扩大了美国读者批评运动与德国康斯坦茨学派的区别。

论限制与变化

除了女性主义和左翼批评以外,70 年代的美国没有任何批评流派有读者反应运动那样"多元"或者异质。根据简·汤普金斯的描述,这场运动包括了形形色色的形式主义、现象学、结构主义、后结构主义和心理分析的批评模式。苏珊·苏雷曼认为,它包括六种严谨的分析模式,从修辞学、符号学和现象学到

---

[23] Robert C. Holub, *Reception Theory: A Critical Introduction* (London: Methuen, 1984), p.xiii.

心理分析、阐释学和社会-历史分析（诚然，后一种模式主要适用于欧洲接受美学理论）。这场运动的界限甚至还可以更进一步扩大，把斯潘诺斯这样的新阐释学家和菲特利这样的女性主义者的接受美学理论也包括进来。在70年代末这场运动的第一次低潮期间，这两位批评家都承诺要重振读者指向的批评实践。正是在他们两位——还有一些崭露头角的文化研究理论家——所提倡的意识形态分析的推动下，读者中心的批评运动才开始发生变化，走出低谷。

尽管美国读者反应批评是一场广泛的运动，有着明显的多元主义特征，但是它却无法接纳一些形式主义者、结构主义者、解构主义者和阐释学者以文本为中心的批评方法。另外，它也不能毫无保留地接受大多数神话批评家、存在主义者和黑人美学批评家通常采用的程序化的以主题为中心的批评。

在某种意义上，读者反应批评是当代学派和批评运动中最不具多元性的一种批评思潮。总的说来，多元主义者力求避免两大危险：他们抵制任何笃信对一部作品只有一种正确解读的理论；他们也否定任何宣扬有多少读者就有多少可接受的解读的理论。多元主义者鼓励对阐释自由加以限制；他们通常提倡有限的多样化，谴责公然的武断。因为像布莱奇、霍兰德和费希这样的读者反应批评家把意思定位在单个读者身上，所以，他们公然越出了对多元主义至关重要的界限。读者反应运动对美国传统的多元主义进行了冲击，不仅把批评的特权授予给单个读者，还自相矛盾地坚持每个读者只有一个"合理"的解读。正如解读群体的传统把阅读导向某些先定的途径一样，读者的个人心理或者身份也事先决定了他们阅读经验的结果。读者反应批评打破了传统多元主义的两大主要限制。

读者反应批评运动初期，美国高校发生了各种各样的显著变化。这些变化中包括：高校及其课堂大规模地扩展、学生要求权利的呐喊得到响应、对主题相关性的合理要求得到采纳、个人化专业的要求得到满足、对社会进行去教育（deschooling）的乌托邦尝试、打破传统评分政策的成功努力星星点点、对教师进行正式评估的呼声得到重视。这是一场广泛的教育重心的转变，从教师转向学生、从注重博学转向注重经验、从注重无私的学术钻研转向注重个人的自我发展。新的参考资料似乎是日记，而不是百科全书。权威的源泉在于自己而不是学者。自白似乎成了一种有生产价值的活动。小型的研讨会比大型讲座更受欢迎。反应性陈述取代了批评论文。在这样一种情形下,文本中心的文学研究受到来自读者反应批评的挑战是不足为奇的。同时也毫不奇怪,对读者指向分析的指控包括自恋、反智识主义(anti-intellectualism)、向粗俗的消费主义投降、把课堂教学当成理论与实践的唯一标准。在这种语境中,接受美学攻击新批评的早期策略便成了太空时代美国教育所发生的更广泛的变革的象征。

在读者反应批评思潮的发展后期,它常常突破它早期的个人主义和自恋的局限,对决定自我及其行为的非个人的社会和文化力量有所关注。结果,早先理论中被放大了的自我很快在后来的理论中变成了最小的自我。费希和菲特利的论著就是这种变化的最好证明。霍兰德在发表他的《那个我》的时候,已经给他的身份重建理论增加了一个新的纬度,用它来描述文化的重要作用:"文化造就个人也限制个人",或者,从身份认同理论的角度来说,"身份既是社会和政治性的,也是个人性的"(149)。同样,布莱奇的《主观性批评》标志着对他早期理论命题的延展,就是因为它对解读的集体产生过程进行了详细描述。根据布莱奇的理论,一切知识无不"处于群体和社会动机的权威之下,至少部分地处于这种权威之下"(265)。这些由主要的接受美学批评家描述的后期社会学理论与众不同的是,它们第一次肯定社会实践和社群传统的决定性力量的程度。

大多数与读者反应运动有关系的主要批评家都力图改变传统教学实践和理论,但是,他们并没有试图改变既有的名著伟作的标准。这样,他们就限制了自己的研究范围。这里的部分原因,在于接受美学者提倡的个人化阅读技术的适用性。因为读者反应方法适用于任何时期、任何文类的文学,所以,就没有必要像新批评家们那样去建立一套特别的经典或者给这些经典以特别关注。但是,读者反应批评家,特别是属于现象学和阐释学之类的读者反应批评家,放慢了"正常"的阅读速度(就像一些解构主义批评家所做的)。这一变化包含着对空间形式理论的攻击,对系列性、连续性或者时间性"形式"的新概念的赞同。读者反应批评家与新批评家不同。后者喜欢短小的、诗歌类的文学;而前者则一视同仁,既喜欢长的也喜欢短的,既喜欢散文体的也喜欢诗歌体的。结果是,长期以来对经典的限制有所松动。虽然演变出一种更宽松、更具包容性的经典观,但是却并没有出现从美学角度来评估和裁判作品的对抗性要求。评判性批评,也与历史性批评一样,被搁置一边。在没有这两种受质疑的批评实践的情况下,读者反应批评是不可能重新构建经典的。因此,毫不奇怪,女性主义者、黑人美学批评家以及其他的种族批评家对主要的读者反应批评家控制经典的状况,提出抱怨是不足为奇的。即使在后来,当读者反应批评家诉诸社会学理论的时候,他们把关注焦点着重放在学生和教授组成的小型社群,避免对整个社会和文化进行分析。从 70 年代末开始,女性主义接受美学批评家着手改变这种狭隘的关注焦点,修改拓宽那有限的经典。这是一个顺应历史、政治和意识形态分析的新潮流的命题。

要更完全地理解美国读者反应批评各个派生的流派,我们必须讨论某些结构主义批评家关于阅读和读者的理论贡献。下一章的第四节,我们将对麦克·里法特尔、杰拉德·普林斯、乔纳森·卡勒和罗伯特·休斯的文本接受理论进行讨论。

第六章
应用理论：世俗阅读

谢作伟 译

当读者反应理论兴起时，理论通常被当成一个解读策略工具箱，为各种流派，包括一些特定的批评学派、思潮，或次文化所运用。这就是我所说的应用理论。后现代时期，从20世纪70年代开始，随着应用理论的前提与策略的多元化，阅读理论已进入一种无组织状态（state of disorganization），即一种扩张、多元、灵活的阶段。[1] 在美国，这一转变经历了三次浪潮。50年代，形式主义主导了学术性的文学阅读方式，但同时也受到神话批评家、社会批评家，还有一些语言学家和现象学家的挑战，有时是严重的挑战。70年代晚期，情况明显改变了，因为多元的后结构主义的兴起，在某种程度上使各种彼此竞争的阅读方式，包括马克思主义、女性主义、读者接受理论、种族美学（以非裔美国人为先锋），以及新历史主义，更丰富活跃。90年代以来，文化研究成为主流的阅读范式，围绕

---

[1] "无组织"（Disorganization）描述了正面与负面的解体分离（disaggregations），它是当代自由市场、新自由主义的经济与社会的特征，例如，公司的重组、转包、管理松绑、私人化、集团化、临时合约、快速资金的周转、与普遍的劳工流动。参见 Scott Lash and John Urry, *The End of Organized Capitalism* (Madison：University of Wisconsin Press, 1987)；David Harvey, *The Condition of Postmodernity* (Cambridge：Blackwell 1990)；以及 Tom Peter, *Liberation Management：Necessary Disorganization for the Nanosecond Nineties* (New York：Knopf, 1992)。哈维认为，"目前最有意思的是，资本主义**通过**扩散、地理的流动性、以及对劳力市场、生产劳动过程、与消费市场的变通反应，反而变得更紧密地组织化……"(p.159)。

其运作的外围支派不仅包括酷儿理论（gueer theory），还包括后殖民理论，以及亚裔、西班牙裔、美国原住民（native American）研究，这些支派虽然与其有着密切的关联，但有时也呈现出分离主义的倾向。[2] 过去十年间，几十个半自足的文化研究次领域开始出现，例如创伤研究、环境研究、失能研究（disability studies）、身体研究、白人性研究，这些研究的大部分已发展了各自独特的阅读前提和规则。

值得注意的是，当斯坦利·费希（Stanley Fish）提出著名的竞争性"解读社群"（interpretive communities）这一极度灵活的概念时，他描述了20世纪70年代的现实，即，一群有限的学术读者信奉不同的、但却内在一致的解读策略与原则。那时，他很明显地对也算是他的同僚们的阶级或性别关系毫无兴趣，对非学术的次文化读者也不感兴趣，对文本盗猎者（textual poachers）像典型的摇滚评论家、漫画家，及后来的博客作家那样即兴混合和配对的手法也缺乏兴趣[3]。费希的读者都是职业解读者，也是运用有效程序和特定规范的大学专家。在他的解读社群里，没有一般读者（一个富争议的流行神话），越轨的读者，有组织的知识分子，或是流行文本的消费者；所有这些人都在受保护的学术空间之外运作，从事非精英式的阅读实践。专业主义（Professionalism）既建构当时的现实，也限制了当时的现实。然而随着自80年代以来美国文化研究的发展，此类世俗读者正越来越多地涌现出来并得到承认，通常以他们的抗拒动能（resisting agency）、想象力，及批评的独立性为人们所称道。

对于当代应用理论的分流情形，文化研究学者所要探讨的一个重要领域

---

[2] 有关近来互相争鸣的文学阅读理论的历史，参见第四、五章，及拙作 *Theory Matters* (New York: Routledge, 2003)，第一章。在以上章节中，本人对形式主义、解构主义与文化研究的阅读程式作了概述与批评。有关读者反应批评与理论的发展趋势的概述，参见 Patrocinio P. Schweickart and Elizabeth A. Flynn, eds, *Reading Sites: Social Difference and Reader Response* (New York: Modern Language Association, 2004)。这本书是先前经常被引用的一部论著的后续作品。先前的论著是 Elizabeth A. Flynn and Patrocinio P. Schweickart, eds, *Gender and Reading: Essays on Readers, Texts, and Contexts* (Baltimore: John Hopkins University Press, 1986)。

[3] Stanley E. Fish, *Is There a Text in This Class? The Authority of Interpretive Communities* (Cambridge: Harvard University Press, 1980).

就是对世俗阅读社群及其规律进行学术资料的处理和分析。这里我所想到的主要是人种研究框架中占据特定次要文化的流行文化粉丝的阅读实践。这些包括贾尼丝·拉德威(Janice Radway)对浪漫小说的女性爱好者的研究,亨利·詹肯斯(Henry Jenkins)对电视影集的爱好者的研究,及托马斯·麦克劳夫伦(Thomas McLaughlin)对流行音乐迷所作的研究。这三项代表性的研究,我会在本章前三分之二处做探讨,而他们的主要论点就是,庶民读者(subaltern readers)以明显的非学术方式不仅对文本进行解码,而且也作出口头回应,还常常回写(write back)。庶民读者之所以能够如此,部分原因是因为他们具有街头智慧(street smarts),大部分原因是因为他们是次文化与非霸权团体的粉丝会员,相互之间在性别、阶级、性倾向、种族,以及民族身份等方面有着割不断的联系。

对通俗读者以及学术读者两个解读社群的不同认知,使得人们对教授大学生批评性阅读的长期教学目标逐渐产生疑问。最近,迈克尔·华纳(Michael Warner)及其他学者就中肯地提出这个问题,主张重新检视批评性阅读的启蒙工程的统一前提。他论及其死亡,不免忧喜参半。本章的稍候,我会讨论到阅读教学这个工程的当下状况怎样,应该怎样,尤其是有关文本细读、意识形态批评,以及文化批评的教学。这三者,我哪一样也不愿放弃。

贾尼丝·拉德威在她划时代的研究《阅读浪漫史》(Reading the Romance)的简介中提到,她的美国中心的研究可与70年代和80年代英国伯明翰当代文化研究中心所从事的著名的次文化群族的种族志研究相提并论。拉德威的浪漫文学读者的解读社群会员,包含42位大部分是中产阶级下层的家庭主妇,他们都生活在中西部郊区。他们受到拉德威的征召,其中之一在购物中心的连锁书店里工作,每个月写一篇通讯,以评估推荐新的浪漫小说。拉德威通过访谈,集体讨论和细腻的问卷调查,分析这些浪漫文学读者所组成复杂交错的网路,及这些读者反父权制度的抵抗策略,同时也探讨异性恋婚姻及浪漫爱情的意识形态。重要的是,他们都是一些非女性主义的女性,受教育不多,甚至没有受过教育。他们的阅读实践跟学术派所主张的解读规则几乎没有类同之处。这是应用通俗理论(applied vernacular theory)的另一个世界。她们读得快,常直接跳到最后一页，对作品风格并不在意，忽略批评距离，强烈认同故事里的人物（特别是女主角），较注意情节及其确定性。她们最厌恶的东西也都一样，这表示她们有先入为主的标准（prescriptive criteria）：不要暴力型英雄、懦弱的女主角、色情、悲惨或模糊两可的结局。她们才不管什么创意的解读、缜密的论证，或是对文学技巧的严谨分析。她们是合作的、欣赏性的、自我放纵的读者，而不是有自我意识的、客观的、非功利性（disinterested）的批评读者，肆无忌惮地置感受谬误说（affective fallacy）于不顾。

拉德威以感同身受、温和批判的方式叙述了此通俗读者的社群。她令人信服地揭示出北美浪漫小说（80年代达到高峰）中的潜在层面。而这种小说明显地倡导传统的异性恋与一夫一妻制婚姻，其反复描述的彼此相爱、完美结合的理想关系建构了一种互补的幻想与乌托邦的形式，使得解读社群成员毫不隐讳地为之痴迷。那是为了反抗当代婚姻的悲惨现实，因为在现实世界里丈夫经常是冷漠的、粗暴的，会为工作和体育运动而疯狂。浪漫小说创造了一种强壮的、成功的、呵护备至的、善于沟通的、有教养的、爱情第一的新男人。重要的是，虽然女人有机会购买阅读小说，但也经常受到伴侣及亲人不以为然的挑战。这凸显了传统家庭主妇必须每星期24小时随时待命操劳，她们的隐私、经济、休闲权利得不到保证。在这种情况下，阅读本身就是一种抗争，代表追求自由，不管这种自由是多么有限、怎样受到挑战。

浪漫小说读者跟小说里的女主角（她们的另一个自我）一样，聪明能干、独立自主、反抗压迫，这就是拉德威的主要观点。她们为放松心情而读，为逃避而读，为乐趣而读，为复原疗伤而读，而其中所获得的知识倒是次要的。基于此类小说规律化的本质，她们的阅读活动具有仪式性：浪漫小说爱好者从任何角度来看都是沉迷的读者。对此拉德威举证历历。她们不管文学技巧，也不管美学修饰，或是非功利性的阅读策略。她们通常都在失意落魄之时，读最喜爱的小说。在过程中她们只是对情节中途主角的一些可疑动机有解读的兴趣。对于这些浪漫小说读者，拉德威这样说道："读者不会为了了解故事的本质而去注意小说所运用的任何细腻手法，她养精蓄锐，为的是希望参与更有情感回应的活动,而不是浪费在解读这个纯粹的中间环节上。"[4] 理想上说,阅读浪漫小说不须花多少工夫,是一种让人感觉轻松自在的活动。以学术的标准来看,拉德威的主体不是通常的读者,不过也不是一群特别的读者,当然也不是在一般意义上具有批判性、细读倾向的读者。

要对通俗读者进行批评是很容易的,拉德威就对她们提出了温和的批评。对于浪漫史这一文类,她也进行了批评,并且还明智地对自己忽视种族与阶级因素进行了自我批评。[5] 除此之外,我们也可以从浪漫文学产业及其运作方式发现一些问题,就如拉德威在开篇章节中关于体制矩阵的探讨。但是对非学术通俗阅读的文化研究来说,其主要动力是感同身受地——通常是从种族研究的角度,有时是通过参与观察——记录不同的阅读模式以及不同的亚文化解读社群。奇怪的是,拉德威并不担心她与她的研究对象之间的距离,而她在经历、感情、社会经济上与她们相去甚远。值得一提的是,她也很少或者没有对主流的学术性批评阅读作评论,只是将其当成另一个、域外的世界。因而,她理所当然地描述当代应用阅读理论的分崩离析。

亨利·詹肯斯(Henry Jenkins)与拉德威不一样。他在《文本盗猎者》(*Textual Poachers*)里,把自己看成是在另类解读社群中的一位狂热粉丝,一位积极参与的观察者,而不只是一位研究者。詹肯斯研究的是以美国为主的媒体粉丝文化,一个既少为人知、也不受研究青睐的现象。这些粉丝都是受过教育的中产阶级,而且女人占了大部分,他们把心思花在一些流行电视连续剧,这些连续剧跨越各种文类,如星际迷航(Star Trek)、量子跃进(Quantum Leap)、世界大战(War of the Worlds)、美女与野兽(Beauty and the Beast),及其他数十种。这些粉丝很明显地跟一般的电视观众不同:他们一般都拥有每部连续剧

---

[4] Janice A. Radway, *Reading the Romance: Women, Patriarchy, and Popular Literature* (1984; Chapel Hill: University of North Carolina Press, 1991), 包含新的简介 (1991), p.196。

[5] 拉德威在稍后的一篇文章,"Reception Study: Ethnography and the Problems of Dispersed Audiences and Nomadic Subjects", *Cultural Studies* 2.3 (1988) 里提到:"我在对一小群浪漫史读者的分析中,对浪漫史阅读的实践的表达与组织形式可能是围绕种族或阶级所展开这一点,没有任何讨论。"(p.367) 也请参考后来的回顾文章, "Culture of Reading: An Interview with Janice Radway", Minnesota Review 65-6 (2006): 133-148。

的拷贝；对每部的细节都熟知能详；参与俱乐部的日常聚会、集体观赏和网路论坛；遵循粉丝的规定；同时创作分享粉丝的通讯报告、影像、艺术作品与歌曲。这些非正式的粉丝也不像那些官方粉丝组织的驯服主体，有时他们变成失控的策动者、积极推动草根运动，反抗制作人和网路人的决定、捍卫连续剧的播出。詹肯斯强调，他们是实际参与者而不是旁观者。他们构成了一个地下次文化阶层。以下就是他描写他们跟媒体的关系："粉丝就像旧时的盗猎者，他们的活动只能从文化的边缘与社会的弱势的立场出发。像其他流行文化读者一样，他们不能直接运用商业文化生产的媒介，就影响娱乐产业决策的能力来说，他们只有限的资源……在文化经济的氛围里，粉丝只算是乡下人，而不是所有者（proprietor）……"[6]

尽管以总体来看，媒体粉丝没有权力，是一个弱势群体，但是从詹肯斯另类的、由下而上的文化研究观点来看，粉丝却创造性发挥了抵抗作用，而且享有相当大的自主权。这可以从他们生产、分配与消费杂志的过程中明显表达出来。这里所说的广泛的杂志种类包括附带评论的通讯，诗集、故事与小说，再加上漫画书、乐谱、食谱与散文集。此类粉丝杂志（fanzines）的关注焦点是各种不同的流行节目，虽然有时也会是单一的边缘剧目的专刊或者一般引介。从更广泛的角度来看，这类杂志最令人记忆深刻之处，在于突出了媒体粉丝圈的独立创新与批评层面。

媒体粉丝圈一个最重要的方面就是评论的实践，其运用既广且深，尤其是其杂志。特别引人注目的就是粉丝们对反应性重写的形式。举例来说，许多故事、小说、录像和其他影视产品都是像星际迷航（Star Trek）之类的流行电视连

---

[6] Henry Jenkins, *Texual Poacher: Television Fans and Participatory Culture* (New York: Routledge, 1992), pp.26—27. 阅读被视为盗猎这个著名的概念其实来自是迪赛图（Michel de Certeau）的 *The Practice of Everyday Life*, trans. Steven Rendall (Berkeley: University of California Press, 1984) 一书的第十二章。在此这个概念中，读者可以重新安排文本资料的功用，也可即兴运用策略。有关詹肯斯（Jenkin）后来较完整清楚的理论立场的说明，参见编辑者的文章，"A Manifesto for a New Cultural Studies", in Henry Jenkins, Tara McPherson, and Jane Shattuc, eds, *Hop on Pop: The Politics and Pleasures of Popular Culture* (Durham: Duke University Press, 2002), pp.2—26。

续剧的各种版本的改写。这里，粉丝运用其批评的角度以及想象力改变了其中的人物、主题与情节。詹肯斯提出归纳出这类重写的十种模式。在此只论及两种：一种是文类的移转（例如，强调寇克船长 [Captain Kirk] 和史巴克 [Spock] 之间的友谊而不是强调太空历险）；另一种是性欲化（例如，寇克船长与史巴克之间同性恋的想象，而不是一般彼此尊敬的职业距离）。粉丝的这种家庭改造建立了新的阅读批判方式。媒体粉丝评论家不像校园学者，在他们的应用理论里明目张胆地拒绝接受作者的权威，违背知识产权（神圣文本），模糊事实与虚构的界限（就如他们模糊阅读与写作的界限一样），明显地渗入人际关系与价值，也重新审视意识形态。与无数的流行文化的消费者所编造的私人的、微弱的批评视角不同，粉丝批评家通过各种各样的、面向他们的社群的杂志出版，创立出一种持久的阅读与评论形式。

　　媒体粉丝的阅读与重写有三个特征特别值得注意，这也证明了校园学者与粉丝批评家采用平行但各自不同的解读策略。首先，粉丝评论的前提要求是，不仅熟悉所有连续剧的片断，而且也熟悉次要的资讯来源，如发布会的出席人员、访谈、节目简介（连续剧作家所用的文件）和早期粉丝的观点。詹肯斯称此为"超文本"（metatext），把它看成是粉丝专长与话语的基础。其次，粉丝阅读依赖心照不宣的指涉框架，特别是有关文类的主要假设前提。虽然电视连续剧在本质上是各种传统文类的混合，如浪漫爱情、动作冒险、打击犯罪和乌托邦小说，但是不同的粉丝分支都会各自选择一种主导形式，用它来指引解读与评估。这就解释了为什么会有不失控的不同的解读，而且解读上的争议涉及个人的品位较少，更多的是对文类期待的团体共识。第三，跟学院派学者一样，粉丝要求作品带有"情感写实主义"，也就是带有可靠性、一贯性与逼真性。甚至在有关外星人和太空旅行的作品里的经验、常识与社会习俗也体现出这样的写实主义。

　　可以说，媒体粉丝不同于学院派读者的一点在于其狂热性，其猎取与展示超文本的狂热性。然而，有趣的是，就双方的所长而言，他们并没什么不同，因为两种阅读模式都需要广博的知识。另一个明显的不同点在于，媒体粉丝驳斥文化的高雅／低俗之分，而学院学者却鲜少如此。最后，粉丝在重读时一般来说比较急躁，他们经常被拿来跟宗教狂热分子和超敏感的圣经诠释者做比较这一点就是证明。[7]

詹肯斯也提到其他几个相关的揭示性话题，但只是一笔带过而已。首先，粉丝在聚会所穿的服装样式显示了对玩乐逃避和想象的一种格外强烈的追求。这是否只是一些过分强调自由主义的粉丝解读者给人的影响？詹肯斯不置可否。其次，超文本现象道出了粉丝圈内存在着的不同阶层，大师与学徒之间有可能存在关系紧张，而在博识广闻的粉丝之间也同样存在异议，尽管他们之间的关系没那么紧张。那么粉丝在文化资本上的冲突与差异是如何解决的呢？詹肯斯也避而不谈。结果，粉丝社团之间的关系似乎过于和谐了。第三，我想，在女性媒体粉丝占绝大多数的情形下，男性粉丝的少数身份这一问题值得单独处理，也就是说，把正式的阅读方式当成更大的话语实践——包括流言、笔名这类明显有性别差别的文类——里的一个部分，看一看次-次文化（sub-subcultural）的男性粉丝是怎么运作的？最后，媒体粉丝是群体的研磨细读者，跟拉德威的较独立、轻松的浪漫读者相比更是如此。不过，这两种群体的阅读动力，都带有一种非自觉的、趣味性，把阅读当成休闲活动、逃避主义和快乐的消费主义。标准的文化研究观点是，流行文化包含隐秘的乌托邦情怀、社会病症有着补偿作用。这个观点能否继续作为认真从事文化研究的理由？詹肯斯和拉德威是不是也应该对寻乐的世俗消费读者更有批判性，尽管这类读者那么勤勉，富有想象力与独立性？

托马斯·麦克劳夫伦（Thomas McLaughlin）在他的《街头智慧与批评理论：聆听通俗》(*Street Smarts and Critical Theory: Listening to the Vernacular*)中提出与学院派的理论家读者明显对立的世俗研究的五个例案。这些多变的案例依序检视了(1)一位反色情的南方基督教神父的活动宣传手册；(2)流行文化粉丝的杂志；(3)新时代（New Age）作家对戏剧性的人生变化的叙事；(4)广告业工作者的辩护；(5)从基础语言向整体语言教学法转变的小学语言老师的热情

---

[7] 有关重读的能动与历史，参见 Matei Calinescu, *Rereading* (New Haven: Yale University Press, 1993)，特别是第六章与第十七章，有关经文的精读（相对于泛读）模式的讨论。

洋溢的证言。麦克劳夫伦以对理论/实践的二元论的当代解构为起点。他对斯坦利·费希推崇备至："费希有先见之明，他把理论当成实践中的实践，没有特权可言。"[8] 他认为，在日常生活中一般人、有志之士与学者都在从事着批评理论的实践。对他来说理论意味着怀疑性的应用理论，也就是说，根据具体的解读情形常规性地质疑主要的假设、价值与运作方式。这就是文化批评与批评性阅读。这也意味着对现状的挑战、对权力的抗拒、并提出另类阅读模式。虽然麦克劳夫伦的研究卓有成效地延展了美国文化研究中的应用理论，但是却一直没有受到足够的重视。

麦克劳夫伦所从事的世俗应用理论源自缺失权力与学术语言的群族。它在广泛的日常文类中比比皆是，从发牢骚、开玩笑、致编辑书，到听视众可以电话参与谈话节目、饶舌说唱（RAP）歌词、小册子、粉丝杂志、通讯、文章与书籍等。这种应用解读理论也可能来自抱怨医院条件不卫生的护理员，或来自指责政府审查规定的电台主持人，或来自拒斥教堂的某些教条的神父。它既可能源自外来者，也可能源自内部人员。尽管学术的与世俗的批评理论之间并没有本质上的不同，麦克劳夫伦还是认为，前者一般来说更有学术性、更严谨、更有自省性，也更正式。他指出，"日常生活的世俗理论所扮演的最重要的角色就是，它孕育着更有效率的实践、更严谨的解读"（p.163）。

虽然是各种各样的特殊模式推动了不同的世俗解读实践，但是街头智慧却构成了这种实践的基础。麦克劳夫伦对街头智慧的第一个定义，是指一套普遍的常识，一套他从战后费城的劳工阶层居民区与郊区学来的常识。在那里生活的人都知道这些常识，并有意无意以其为行动准则：

> 每个人都知道：政客说谎，因为他们也受制于人；所以医生和律师都以其位而牟利；神父与修女尽管道貌岸然，但也不用把他们看成真的是日常生活的导师；老板说以你们的利益为重，你也不能相信；校长和老师只对规则与秩序而不对孩子的需求有兴趣。人们对有权者还是怀有某些敬

---

[8] Thomas McLaughlin, *Street Smarts and Critical Theory: Listening to the Vernacular* (Madison: University of Wisconsin Press, 1996), p.159.

第六章　应用理论：世俗阅读　95

意的，因为人们认为他们是用大脑获得权力的，但是并不是对他们敬若神明……还是可以用智慧和强烈的自我价值感抵抗之。(pp.28-29)

如果读者具备街头智慧，就会对事物质疑并作出另类选择。麦克劳夫伦很谨慎地把上述的解读方案策略定位在特定的时间地点下，同时也默默地注意到阶级、种族、宗教和国族等因素。如果你刚好是在种族隔离时代南非城市中的一位年轻黑人女性，你所运用的街头智慧当然会因你所处的社区而异。有趣的是，同一社区的人也并不一定会有同样一致的解读。麦克劳夫伦认同民粹主义的标准论点，认为读者"依据他们所受的教育，他们对阅读的既有看法，他们的社会身份与个人历史，以多样的方式理解与解读文本"(p.43)。

麦克劳夫伦指出，目前有数以千计的平面和网路粉丝杂志。它们的特性在于，它们都是由某部电影或某个乐团的粉丝所产生的业余杂志，他们往往用自己的所谓专业知识作评论。即使杂志的最好简介也仅只触及皮毛而已。这些杂志来得快去得也快，踪影飘忽。麦克劳夫伦在个案研究里主要收集了流行音乐杂志，他指出，"这些杂志建立了世俗解读社群"(p.66)。接着，他进一步探讨数十种关于音乐杂志次文化的解读策略与街头智慧。

在读者的世界里，每个人一开始都认为，著名音乐制作公司皆唯利是图；不管是以嘲讽还是直接的方式欣赏音乐，我们都可以接受；创造性的重写与想象是美好的；对音乐的身体反应和音乐家的身体能量比优越的技术或艺术上的技巧还要重要。而且，流行音乐杂志粉丝把自己看成外人，甚至经常是反叛者，同时也分享非正统的生活方式，言必独立、高调（以示不屑一顾的反抗）。粉丝们面对争议时，是通过风格与文类上细腻的形式区别，再加上很专业地应用自传与历史资料来佐证与驳斥。另外，还有三种重要的解读规程(protocols)在社群里运作。首先，世俗解读者必须追溯乐团的起源，其目标在于评估其原创力与创造力。重复先行者的研究是错误的。第二，粉丝批评家必须以内行人的精确性指出一个乐团的文类、次文类和次次文类，而这些都跟生活方式与次文化关系紧密。举例来说，"它不只是金属摇滚乐，还是重金属；不只是重金属，而且还是直刃族叛客(straightedge)"(p.70)。第三，这些应用理论家需要检视一个团体的历史背景，每一位乐手在风格、主题、全部作品、标签等各方面是否传承了传统。这是粉丝在音乐微观历史上的专业方面必具的知识。

在粉丝杂志蔓生的世界里，流行音乐批评家有他们自己许多的特别关注；例如，他们的身体、个人的感情、次文化、另类生活方式、嘲讽的观点、超然鄙视的态度、神秘的次次文类、真实性、重写已知文本的就绪性、审美的可取性与不可取性和公然使用街头智慧等。而这些就是他们与学术文学批评家的不同之处。然而，麦克劳夫伦研究发现，世俗与学术批评家也有许多重要的实践与价值。双方都尊重作者的权威、艺术上的原创性、文类与传统、技术上的技巧、全部作品的发展、反复的细读和风格的检视、结构分析和艺术所具的代表性的与表达力。当今，学术界与通俗的应用理论家之间最重要的共同之处在于他们的怀疑主义倾向，爱问问题与进行批评性阅读。这就是麦克劳夫伦主要的论点。

但是，对于性别与阶级如何在流行音乐社群和杂志中发挥作用，仍是不清不楚。不像拉德威和詹肯斯，麦克劳夫伦并不介入民族志学（ethnography），也不研究参与性观察，他喜欢通过个案研究远距离地进行文本分析与档案研究。回顾过去，不可思议的是，这些文化研究者竟然没有人讨论过种族或者民族性方面的问题。而且，他们只探讨粉丝评论的能力，却不讨论其质量。在许多关于解读的文化研究中，似乎存在着一种心照不宣的信念，即劳工阶级与中产阶级底层的社群和次文化是和谐的集体，并不为内部斗争所困扰。

尽管通俗解读社群理论有许多好处，我们仍须对它的不足提出批评。有时它也对无益的社会抱怨与诉苦有不切实际的幻想；它突出宣扬了太多的叛逆和太多的事业；它也吸收边缘团体；它常常将反霸权的力量想象成地下联盟；它同情某些未受训练的业余者，而似乎轻视受过训练的专业人士。它偏重当前的事物，特别是其民粹主义的成分。最后，它也有一味地强调阅读的扩散性与灵活性、混乱性，不加批判地步入我们的后现代、后福特的全球化时代——一个去规则（deregulation）的时代，充斥着达尔文主义的"自己做"（Do it yourself）、加尔文主义的自助（Calvinist self-help）、短期的产品循环、市场前卫主义，还有被哄抬的休闲与消费选择。

现在,学术性的批评阅读和无数的通俗阅读社群的关系到底如何呢?当然,有一种规范性的学术批判阅读。此方式不仅经常出现在世俗与学术的阅读规程(protocol)之间的对比中,也常常出现在高等教育使命的陈述、专业的学习计划和课程说明中。批判性阅读有着一段长远的历史,也在高等教育中扮演了重要的角色。学会批判性阅读已被广泛地用来证明高级和初级文学训练,以及一般教育的文学课程的正当性。教育家、政治家、大学的董事、家长和学生都认识批判阅读的重要性。同时,近来学术上的解读社群在增加,后形式主义的阅读规则也在蔓生扩散,这都意味着当今批评性阅读实际上是一个由许多常常彼此竞争的实践所构成的不稳定的集合体。事实上,学校里批评阅读的课程往往是当代学派与运动的纵览,也就是以介绍形式主义、马克思主义、后结构主义、女性主义、后殖民研究、酷儿理论等等为特色的"批评方法"的课程。在此背景下,形式主义与其相关的现代主义美学被变成了一只替罪羊,起到了促成统一的作用,以推动严格细读的实践而为人悄然称道。值得注意的是,拉德威或詹肯斯都没有讨论规范性的学术性批评阅读,而麦克劳夫伦探讨了这一命题,认为这种阅读方式必须要教,而且最好的教法就是利用学生带到教室的先前就有的通俗阅读实践。

迈克尔·华纳(Michael Warner)在一篇有争议的文章《非批判性阅读》(*Uncritical Reading*)里,提出了一个惊人的理念,将神圣的圣经阅读实践与通俗的阅读实践结合在一起,成为一种特殊的范畴,称之为"非批判性阅读"。他接着把它与批评阅读这一中心范畴进行比较。华纳正确地认为后者是一种虽可敬但是却渐渐过时的文化形式,植根于古典希腊文类理论、中世纪的客观诠释理论之类的观念,特别是启蒙运动里审美的无功利性与文本的完整性的观念。他很忧心地把自己定位于受启蒙运动激发的学术批评阅读时代的末端,认为这种立场现在已跟不上屏幕与其他新科技的文学信息的脉搏。他的主要任务就是对批评阅读理论进行去自然化(denaturalize),首先对所谓的审美距离说与保留判断说(reserved judgement)提出质疑,对现代批评的非参与性与客观性提出质疑。学术批评阅读理论中,最有问题的前提就是所谓自由的、受到启蒙的读者的自主性与个体性。除此之外,华纳也认同历史学者之见,强调表明出处页数（而不只是卷）的规则隐含的必要性，作为非连续阅读通用的学术策略的基本要求。这种断续阅读的实践，涵盖把散布的段落整理成行，找出重读、索引制作中的矛盾。这些程序乍看似乎只牵涉到连续性阅读与整体性的理想。而且，时间、产业、学习、隐私、笔记，以及统一的页码标注格式（与当今的拼贴和没有页数的网路与杂志页面设计完全不同），都是进行批评性阅读的先决条件。[9]

令人惊讶的是，华纳除了在开头的段落里提到他的主要任务就是对批评性阅读进行批判之外，对所谓的非批判性阅读却说得很少。然而，在华纳的描述中非批判性读者跟他文学课的学生密切相关，他们运用的都是非学术的阅读规程。比如，他们认同虚构的人物，崇拜作者，寻求信息与教诲，时而略读、时而跳读，悲喜皆形于色。华纳指出，"在批评性阅读的文化中，所有的非批判性阅读的形式——认同、忘我、幻想、多愁善感、疯狂、拘泥字义、厌恶、注意力不集中——都显得杂乱无章毫无系统……而且，从定义上来说，非批评性阅读的模式似乎就既不是反思式的也不是分析式的"[10]。华纳对非批评性的学生读者深表同情。他显然认为，现在进行批评性阅读教学是一项崇高的、过时的方案。不过，虽然华纳似乎准备放弃批评性阅读教学所需要的计划，但是他却没有提出替代方案。他在三十多处丰富的脚注里，从未引述过任何有关世俗阅读的文化研究文献。尽管有一些模棱两可的说法，他对学生通俗读者的批判能力的实际可信度似乎是微乎其微。

---

[9] 举例来说，参见罗杰·查蒂尔（Roger Chartier）对1500年到1800年间阅读实践的变化纵览文章。不过这篇文章的标题容易令人误解："The Practical Impact of Writing", in Roger Chartier, ed., *Passions of the renaissance*, trans. Arthur Goldhammer (Cambridge: Harvard University Press, 1989), pp.111-159. 此文也收录在Philippe Aries 和 Georges Duby 所编的 *A History of Private Life* 的第三卷。文中，查蒂尔将现代初期的种种阅读模式历史化，特别是朗读、个人阅读、小组阅读、默读、偷读。也参见 George Steiner, "The End of Bookishness?" *Times Literary Supplement*, July 8-14, 1988, p.754. 该文愤怒谴责，后现代主义把对书本的批评性阅读视为文艺复兴以来现代主义的穷途末路上的最后挣扎："如果古典阅读模式的未来与产生那些模式的禁欲主义有相似之处，我是不会感到奇怪的。"

[10] Michael Warner, "Uncritical Reading", in Jane Gallop, ed., *Polemic: Critical or Uncritical, Essays from the English Institute* (New York: Routledge, 2004), p.15.

迈克尔·华纳富争议性的文章虽然有时显得太粗略,但是它有三个重大的含义:(1)学术性批评阅读是众多的阅读模式之一;(2)其他像非批评性的、宗教的、世俗的,甚至色情的阅读模式也应受到认可;(3)批评阅读的必修课程应该得到补充,也许应该放弃,或者至少完全彻底地重新审视。不过,华纳用经过试验、得到确证的批评性阅读规则来质疑批评性阅读,因而他证明只能是它们的持续有效性,或者它们的不可避免性。他没有指出文化资本依赖于不同阅读模式这个重要问题。而且,华纳跟拉德威和詹肯斯一样,对非批评阅读理论的不足并不关心。最终,过于戏剧化、但却令人记忆深刻的流行用语"非批评性阅读"使他碰到了麻烦,因为这暗示学生是易被愚弄的人。相比之下,世俗阅读这一说法较为普遍、中性,因此更用之有效。[11]

启蒙运动时代给了我们现代批评性阅读。取而代之的后现代时代给予我们的是大众的文化素养以及通俗的、非批评的、更虔诚的阅读模式,解读规范的多样化,学术界内外的批评实践的混乱。今天的读者占据多重的主体位置,需要依据不同情形收集并运用不同的阅读策略。标准是变动灵活的。学术性批评阅读不再稳居阅读实践的最高地位而不受挑战。回顾过去,那似乎是现代主义的一种必要的杜撰。显然,非功利性的、客观的、通俗的、统一的阅读方式已走到尽头。经典的文学话语与学术性批判阅读已被商业、宗教,特别是流行文化及其许多形式与文类所取代;它们的相关性与重要性日渐消退。虽然拉德威、詹肯斯、麦克劳夫伦与华纳都未明确地提及这里所描述的趋势——阅读实践的

---

[11] 在后现代时代与文化研究圈里,通俗(vernacular)一词的运用,比如通俗阅读、通俗艺术、通俗理论等,意味着来自人民、社群、地区或地方。它显然与公家机构、霸权秩序,以及官方形成对抗。通俗一般意味着未受学校教育的、非学院的、外来的艺术与语言,生成于参与性的、非商品化的生活方式。在当代学术界,它的广泛使用反应了从经典文化向流行文化转移的趋势。它打破了高雅与低俗文化之间的差异,而这也是后现代文化与文化研究领域(其本身就是一种新的后现代学科)的特征。除此之外,通俗这个名词也跟人类的使命与存亡有关,也和许多当代的反抗效应有关。后者通常被保守派用来抗拒对世俗与典范文化形式对立的学术关注。这种通俗的形式涵盖从低俗小说(浪漫、恐怖、科幻)、民族艺术、电视、好莱坞电影,到摇滚乐、青年次文化、杂志等等。在这种政治氛围下,通俗不再是一个中性的名词。

明显后现代化——他们的作品本身却已将其具体化了。[12]

不用说,"细读"(close reading)仍然在学术界的阅读实践中享有盛名。对文本细节的缓慢、谨慎与创新的分析,不管是来自语文学、风格学、形式主义、结构主义、解构主义,还是某种组合,对许多研究文学的知识分子来说,尤其是老一辈的知识分子,既是不可缺少的基本技能,也是最高技艺的精通掌握。[13]作为一种无意识的价值,它理所当然、勿庸赘说。因此,对拉德威、詹肯斯、麦克劳夫伦,以及华纳未提到细读这件事,没什么好惊讶的。但是,就我所知,没有人会放弃细读,哪怕仅仅讨论放弃的可能性。

然而,若细读还是50年代形式主义的、单一的定义,那么,问题与争议就不可避免。那时,细读不仅要求专注于页面上的字词,而且还要求系统性排除这样那样的因素:如作者的意图、历史与政治背景、读者个人的感觉、社会力量、哲学理念、机构因素、说教的价值等等。就是说,它放弃了今天文化批评所要检视以及新批评曾视为禁忌的所有东西。这种严格的形式主义的细读不具批判性,屈服于独断的唯美主义,盲目追求一种净化的心灵。在最近后形式主义的数十年间,细读的规则已渐渐变得更无程序,而且更繁杂、更富争议性、也更

---

[12] 有关后现代性,参见拙作 *Postmodern—Local Effects, Global Flows* (Albany: State University of New York Press, 1996)。也参见,"The reader-response reader", James L. Machor and Philip Goldstein, eds, *Reception Study: From Literary Theory to Cultural Studies* (New York: Routledge, 2001),此文重接受理论轻形式主义研究,从而也点绘出了一种类似的广泛的阅读历史架构;"现代与后现代读者接受研究都提倡历史方法,反对纯粹的形式主义方法,而且都对文本的多重阅读进行历史研究,驳斥传统理论中自足的规范与价值;不过,后现代接受说也对'基础性'理论进行了后结构主义式的批判。而且,后现代接受理论发展得比现代接受理论更完全,它的检视对象包括女性、非裔美国人、多元文化文学、流行文化、一般读者、书籍出版史等等议题"(p.xiii)。这本书收录了费希、拉德威以及其他学者的文章;也附录了接受理论研究的长篇精选参考书目(pp.345–388)。

[13] 参见 Mary Ann Caws, ed., *Textual Analysis: Some Readers Reading* (New York: Modern Language Association, 1986),作者点评了二十多个例子,有意地展示细读的多重性,并且通过其中的五个例案显示解构主义者的分道扬镳。请注意,解构主义的误读现象以及所谓的文本的不可读性有系统地产生重复的解读方式。解构主义者可算是身处于那些称许严谨细读的现代学者行列之中。对解构主义式的细读的不同模式的讨论,参见拙作 *Deconstructive Criticism* (New York: Columbia University Press, 1983),本书涵盖但也超越了常见的德·曼(de Man)与德里达(Derrida)式的阅读规则与策略分析。

实证主义。这段时间,细读的教学就是教学生对文本(在某些情况下是手稿),或者,更确切地说,孤立的话语段落,进行逐词逐句的研磨细读,痛苦地、缓慢地寻觅字里行间的意思,全神贯注于所有的主题,包括形式与风格,没有什么禁忌,没有什么不可以拿来分析。我们可以称之为后现代细读。然而,我们对学生进行细读的两个主要要求仍然是:去发现微妙隐蔽的联系与惊人的、揭示性材料;去展现想象力、洞察力与发现才能。文化研究的探讨显示,世俗读者采用细读的策略往往是出于批评与评价的目的,特别是对某作品提出批判。虽然细读近来已经被扩展与修正,但是它仍然是受到喜爱的工具,一个富有弹性、花样翻新、被后现代化了的工具。

结束本章之际,我必须指出,我们必须把与之相关的现代意识形态批评问题考虑进来。令人惊讶的是,这里讨论的四位作者都没有直接论及这一点。意识形态批评的实践,或者它的扩张的后现代版本的文化批评,是不是应该在未来能占有一席之地,就如近来文化研究地位的上升一样?虽然文化批判已将各种各样的解读规程整合成一种扩张的学术性批判阅读,它仍为启蒙主义的意识形态批评保留了一个重要的角色。从另一个角度来看这个问题,不管今天的学术性批评阅读有哪些其他的关注,它是不是应该重视紧张的阶级关系、体制的动能、与资本主义社会和历史的再现?身为文化研究的学者-老师,我和这里讨论的其他四位作者对这些问题的回答都是肯定的。同时我们也想重点关注围绕性别、种族和民族(不只是阶级)方面的斗争,以及流行文化,包括生产、分配与消费方面的细节。我们相信社会病症诊断性阅读的价值。扩大了的文化批评近来在许多地方已变成正统的批评阅读模式,成为一种新的教条,对此我们感到相当的不安。不过,除了华纳是明显的例外,没有人似乎想放弃或取代它。我们之所以对此正统的假标签不安,是因为我们是后现代和现代知识分子,因为我们把骚动不安、受资本主义影响的注意力放在创新、先锋主义、前卫与非正统的东西上。该说的都说了,该做的都做了,我自己的任务就是,为继续把意识形态与文化批评以及细读作为高等教育对世俗与学术性批评阅读模式的培训的主要部分而努力。

第三部分

当下诗论与文学

第七章
英美与法国女性主义的团结与分歧

李翠恩（Jessica Tsui Yan Li） 译

数十年来，女性主义的理论多元化，缤纷灿烂，促进了它的积极发展。然而，桑德拉·吉尔伯特（Sandra Gilbert）和苏珊·古芭（Susan Gubar）这两位著名的美国女性主义者却提出，女性主义的未来，应往对话与融洽的方向走，以凝聚各方纷纭的意见，缔造一个团结的社群。毫无疑问，这是一个乌托邦的愿望。她们认为现今英美和法国文学的女性主义割裂，破坏了女性主义的整合。她们更指出，最不幸的情况，是这两方女性主义理论，陷入教条主义，各择己见，以分离为原则和常规。有见及此，她们便主张，英美的女性主义者，不应该只看重文学作品能否表达感情，或只具教化作用和支持女性。这种正面模范的观点，否定了细致心理和认识论的现实复杂性。另一方面，法国女性主义者，应该超越她们的偏见——只重视解构女性的性高潮，作为女性写作（*ecriture feminine*）和女性言语（*parle femme*）的特征。这种主张，可能会在前意识和非性别的所谓"女性"（feminine）名义下，乖张地赞赏乔治·巴塔耶（George Bataille）和悲叹简·奥斯汀（Jane Austen）。在吉尔伯特和古芭看来，要跳出这种危机，促进女性社群的发展，我们必须维持一种奇异和富想象的女性迷离诡异（Uncanny）。这种女性迷离诡异，虽不确定，又不可知，但却在西方文化话语里无孔不入。

功能往往随形式发展而来，正如吉尔伯特和古芭（以下用 GG 代表）严谨地写作的一篇规范化论文。这篇论文题为《镜与妖女：女性主义批评的反省》("The Mirror and Vamp: Reflections on Feminine Criticism")，刊载于《文学理论的未来》(*Future of Literary Theory*) 论文集。[1] 除了引言和结论的段落外，文章包括四个具启发性和对称的部分：(1) 英美女性主义者"模仿的评论"概览；(2) 法国女性主义者"表现的评论"对照；(3) 女性迷离诡异的影像；(4) 科勒律治 (Coleridge) 的《忽必烈汗》一诗的阅读——一首诵读/观览/处置神秘的迷离诡异的表现者。此处形式显示出功能：起源于古典传统的英美女性主义，和起源于浪漫诗意传统的法国女性主义存在着差异。她们主张利用修正的迷离诡异的观念来缩窄两者的分歧。要印证此观念，只需从模范女性主义的角度，仔细阅读一首典范的诗篇。GG 利用哲学和正规的方法，褒赏平衡、公平竞争、传统、理性及和谐这些价值观念。然而，她们却没有公平地对待法国解构主义。

本文将讨论 GG 的文章中，我认为并不合理的移花接木的做法。GG 使解构主义显得奇诡和颇不可同化。她们否定后现代主义，有时又自相矛盾地肯定之。对现代主义的价值，她们更是大张旗鼓地肯定。作为美国批判性多元论的代言人，GG 竟然在一个明显对付新右派的威胁，以及不可能单一化的名义下，低估分歧的价值。我在此章的评论，并非在于攻击女性主义者的团结性；而恰恰相反，我的论点是，团结的前题必须顾及多元化。我认为 GG 应该像德里达 (Derrida) 和其他人一样，召唤幽灵来了解现时的问题和规划将来的发展。

镜与妖女评论家

据 GG 概略的论述，英美女性主义镜评论家，支持认识论的现实主义、经验主义和逻辑的辩论。她们是实用主义者和制度参与者，注重礼节和传统。对她们而言，文学反映和折射客观的社会历史现实；它的意义是可解读的，存有

---

[1] 参见 Richard E. Palmer, *Hermeneutics: Intepretation Theory in Schleimacher, Dilthey, Heridegger, and Gademer* (Evanston: Northwester UP, 1969)；也见 David Couzens Hoy, *The Critical Circle: Literature, History, and Philosophical Hermeneutics* (Berkeley, U of California P, 1978)。

说教的价值；它由真实的作者创作，供真实的读者阅读。不论与心理学、现象学，还是与马克思主义结合，女性主义镜评论家均批评以男性为中心的文学，并且平反和再评价女性文学。

法国和法语的女性主义"灯评论家"（lamp critics）——GG将之重新命名为"妖女"（vamps）——起源于浪漫主义传统，特别兴盛于超现实主义。她们非理性，反对阶级制度的幻想，看重离析分散的力比多的（libidinal）流动和启示的结局。她们不拘礼节、反叛、诱惑、夸张、有魔力，如恶魔般。对她们来说，诗意的语言含有飘浮不定的指涉象征和不确定的意思。作者已死，读者则占领着多元而紊乱的主导地位。"妖女"是异化的诱惑者，凶恶的未死女人，爱好勉励他人而又自恋的女诗人，野心勃勃、自我中心、男性传统的吸血僵尸；她们是近代（后）马克思主义者，怯懦地踌躇于适当的物质主义和极端的理论之间。"妖女"的文学具模仿性，反映男性中心的思维模式，而同时又是主观性的，能表现潜意识的女性欲望。评论家的基本任务并非去解读意思，而是去解开文本纠结，借以解构以阳具为中心的二元论。这些评论家并不重视风格和文类的规范。"妖女"评论家同时是反对历史，超历史和对抗历史的。其意思为：(1) 她们认为历史是一个建构的话语；(2) 她们的特征是避开研究历史；(3) 她们有时提出对历史事件的另类女性主义视角的描述。

谁是这些强烈的法国和法语中心的"妖女"？GG选出了海伦娜·西苏（Hélène Cixous, 阿尔及利亚人）、奈莉·弗曼（Nelly Furman, 美国人）、露西·伊利格瑞（Luce Irigaray, 法国人）、玛丽·雅克布斯（Mary Jacobus, 英国人）、佩吉·卡穆芙（Peggy Kamuf, 美国人）、朱丽娅·克里斯蒂娃（Julia Kristeva, 保加利亚人）和托莉·莫伊（Toril Moi, 罗威人）。尽管GG的名单把这些思想家归类在一起，但其实她们有很多差异之处。这点莫伊已在她著名的《性别/文本政治》（Sexual/Textual Politics）一书中提及，[2] 并且对西苏、伊利格瑞和克里斯蒂娃作出批评。再者，这些"妖女"并非一致反对所谓的古典

---

[2] Toril Moi, *Sexual/Textual Politics: Feminist Literary Theory* (London: Methuen, 1983), pp. 91–173.

主义，或一律地支持和赞成"浪漫主义"——一种由艾布拉姆斯（M. H. Abrams）于数十年前在《镜与灯》(The Mirror and the Lamp) 中所介定的浪漫主义。[3] 该书为 GG 主要的参考书。在文章的一开始，GG 就宣称："谨以此篇献给艾布拉姆斯，以表钦佩与爱慕。"她们毫无保留地把艾布拉姆斯推荐为一个模范。就是这位艾布拉姆斯在 70 年代便开始严词谴责解构主义理论的学说。[4] 然而，最重要的一点是，GG 能否准确地个别或概括描述"法国"或英美女性主义理论家，或欧洲浪漫主义者，这仍然还是个问题。

迷离诡异的考古学

弗洛伊德著名的"迷离诡异"（Uncanny）观念纵横交错着古典主义和浪漫主义的传统。在广阔的思想沿革中，只有弗洛伊德的迷离诡异一文，才是新女性主义者联盟思想的策源地，因为在这里，那些熟悉和陌生、真实和想象集结在一起并得以调和衍变。[5] 通过改写迷离诡异观——赋予其性别的意义，并将其再神话化，GG 寻求解决女性主义者之间的冲突的方案，摆脱她们互相抵销的潜在危险。她们认为这两个女性主义学派都需要对方，互补长短。

这种修正后的后弗洛伊德的"迷离诡异"是什么？这是一种从压抑的潜意识、梦幻工作和奇异的女体在镜中出现的影像，所爆发出来的显示：不熟悉的自我、重像、秘密自我的他者、熟悉而又疏远的自我、在镜像中一个女人看成两个女人、或两个女人看成一个女人、一个疏离的女性自我被囚困于镜子中。迷离诡异使男性霸权主义实体的表面分崩，把埋藏的真相化为幻影，逃脱阳具理性的控制，鼓励矛盾的能动力和革命性的理想观念。文学作品里隐藏着其他世

---

[3] 见艾布拉姆斯的《镜与灯》：M. H. Abrams, *The Mirror and the Lamp: Romantic Theory and the Critical Tradition* (New York: Oxford UP, 1953)。

[4] 比如，艾布拉姆斯的论文《解构主义的安琪儿》：M. H. Abrams, "The Deconstructive Angel", *Critical Inquiry* 3 (1977), 425–438; 也见他的文章《如何处理文本》"How to Do Things with Texts", *Patisan Review*, 46 (1979), 574–595。

[5] Sigmund Freud, "The Uncanny", *The Standard Edition of the Complete Psychological Works*, gen. ed. James Strachey, vol.17 (London: Hogarth, 1955), pp.217–256.

界和自我的书写。GG 认为:"在男权中心的文化里,女人的事业应该是挖掘和对抗迷离诡异。"(158)

GG 把《忽必烈汗》(Kubla Khan) 解读为:(1) 例证浪漫主义的文学片断;(2) 磋商模仿和表现的诗学之间的哲学差异;(3) 具体表现形成西方文化发展方向的历史动力;以及最关键的 (4) 举证迷离诡异的新女性主义考古学的范围和力量。显然,GG 采用一种解读的阐释机器,来解码文本的四个明显的层次(文学的、模仿/表现的、历史的和考古的)。她们把文本交替地展示为一部表示象征的作品,一个内在和外在现实的记录,一种诊断的历史资源和迷离诡异的梦幻工作。而且,她们采用哈罗德·布鲁姆(Harold Bloom)的男性中心诗意所衍生出来的各种意义,[6] 通过推崇基本的男女二元论,把文本分析女性化。

GG 把《忽必烈汗》中著名的影象和形态二元地分类:墙壁、圆屋顶、喷泉、塔、神似的家长等形象与洞窟、断层、河流、蜜液、悲叹的女人、异域的女孩等形象对立。[7] 她们将这首诗讽喻地解释为性差异的象征境地。此外,她们认为科勒律治把自己歇斯底里的创作力赋予性的特征,犹如他刻意把女性分派到那些陈腔滥调的厌恶女性的角色中去。从历史的角度而言,《忽必烈汗》是一个模范的浪漫主义的代表作,思考性与性之间的斗争,揭露反理性主义,以及与自然的想象和潜意识联系的准女性力量,反映对女性化和被卷入深渊的恐惧,并释放于 19 世纪中叶,女性主义爆发出的革命性能量和理想的观念。在迷离诡异的考古学上,《忽必烈汗》提供了一个试金石和模范,让读者解读已埋藏和被压抑的真相。这些真相关系到家庭关系、西方文化的分裂、自我探究的模式、与他者竞争和迟来的负荷。这个考古研究中关键的协议,包括从性别斗争的角度来阅读(重写)文本;把熟悉的事物陌生化,打破现实与想象之间的隔膜;自觉地占据被压迫的女性的边缘地位,而又避免女性主义的规条主义;质疑男权主义;对男性传统、经典和同僚保持开明的态度;并尊重已确立的学术程序和风格。

---

[6] Harold Bloom, *A Map of Misreading* (New York: Oxford UP, 1975).

[7] 参见 Samuel Taylor Coleridge, "Kubla Khan", *The Norton Anthology of English Literature*, 5th ed. Gen.ed. M.H Abrams (New York: Norton, 1986), p.353。

问题和背叛

女性主义者一方面迫切地探寻和对抗迷离诡异，另一方面却提醒人们切勿迷恋它，这实在令人费解。尽管 GG 提出这些警告，她们对迷离诡异的研究存在着问题。我将提出几点异议。首先，GG 的研究计划强化了崇拜莎士比亚和谄媚崇高艺术的情况。科勒律治仍是天才。同时，《忽必烈汗》是一部想当然的杰作。在这个范畴下，女性主义者对厌恶女人的批评表现得不可或缺，但却是有限度的尝试。宣读和颂扬在文章中潜意识的女性迷离诡异，与只记录和苛评男权中心的曲解相比，有更积极的作用。对 GG 而非那些"妖女"来说，作者继续活下去了。因此，解读潜意识的文本真相，变成了称赞男性作者的精神深度和视野。这是一种对反女性主义力量和传统的迷恋。其次，宁取基本性别，而舍弃语言或阶级去分析文本，会导致所有解读变成单一和预料之中的性斗争寓言。假如性别、话语和语言都不相伯仲，那么女性主义考古学可以探究语言、经济和社会生理的基础。GG 对迷离诡异的考古学似乎太过着重潜意识的心理分析。在这种分析里，其他因素必然变成辅助角色。第三，GG 的分析显得较为直接和简单。读者没有听到任何复杂交错的换置、压缩、再修订，更不用说比喻的不可判定性、无法避免的渎职、迁移与反迁移，或推演。那么，身份、偏见和盲点的问题，以及反对的争论又如何？GG 对《忽必烈汗》的分析有示范的作用，并自觉地超越女性主义批评的范畴，走向具说服力的女性迷离诡异的考古学的道路，从而成功地在四个方面解码——她们的论述，虽晓富意义，但最终却欠缺细腻的分析和丰富的材料。在心理分析的传统里（更不必说其他传统），有无数的资源可供解读理论家使用。然而，GG 只应用了当中的少数。对比 GG 所说的，有更多其他的阅读方法。例如，她们忽略了读者反应的批评和理论。

在文章末段，GG 想象古典主义和浪漫主义两者之间的对立中止，以及新政治文化纪元的诞生。历史转变并非灾难的，而是延绵不断的。新时期的发展将会取替旧制度。这意味着"妖女"的解构主张，是构成浪漫主义遗产的最后阶段，而不是后现代主义新时期的先锋。可是，她们却没有提及后现代主义。虽然艾布拉姆斯需要补充现代女性主义的现象,但是他似乎给西方文化的广大历史保留了最后的佳语。

GG绝对地反对一些解构主义和后现代主义的特征。例如:怀疑综合的叙述、语言学的表达、完整的主体性和普遍的理智。无论如何,她们"出卖"了自己,并从多方面去鼓励解构主义和后现代主义的原则。这些原则包括高级文化和流行文化之间的隔膜的消除、新社会运动(特别是女性主义)的重要性、在历史中少数派的适切、从边缘的优势去详细检查文化的价值、知识与权力的显著关系,甚至吊诡地包括主体性的分裂。GG把法国的女性解构主义应用到考古学中去,甚至明显地确认现实和想象之间的分野,促进力比多的满溢和革命的动力,不断侵蚀阶级制度,使男权中心文化变得僵尸化,以及怀疑理性的阳具凝望的观念。我们的讨论已远远超出艾布拉姆斯《镜与灯》的范畴,比GG所承认或表面上明白的还远。这是改革主义符合理性的模式,假装"主流"的"妖女",但同时却推翻一些已接受的格言。在迷离诡异结束的时刻,GG认为"我们背叛自己,达至新的境地……正如我们把自己献给历史……"(166)确实如此。

组织和分区

在吉尔伯特和古芭的理论里,最显著的特征是结构、组织和编制的工作:GG所提议的计划表现得居中、中立和中心。其他提议虽然有贡献,但是似乎显得偏激。有些意见乃表示感谢之辞,经过挪用、合作和"组合"。分离主义者和狂暴的活动,与合成的多元主义对立,并构成其威胁。为了和谐、社群和将来的利益着想,必须改变和再建构差异。要不惜一切地避免规条主义和激进主义。这便是所谓女性主义中理想的将来。

GG从中心位置发出她们的讯息。她们占据领导的地位,俯瞰各分区的情况和想象整体的和谐。她们站在骚动之上,减少历史与文化之间的差异。在此情景中,对话者通过交谈,最终建立起社群。她们没有考量失败的可能。在相当大的程度上,她们无法想象和代表那些不能比较的、多元的和不顺从的意见。她们的主张都是绝对地反-后现代或是前-后现代的(anti-or pre-postmdoern)。

事物往往二元对立——古典的/浪漫的、英美的/"法国的"、吉尔伯特/古芭。她们并不接纳内部分裂。发言人的声音是综合性的、平衡的、具代表性的。她们需要一个完整的观点、宏大的叙事、统一的阵线,并与解构主义结合。

差异与谜团

毫无疑问,我对女性主义团结一致的主张的批评,指出了严重的问题。在众多议论中,我似乎否定团结。然而,要点在于我通常对大集团和运动的统一态度存有保留(未必反对)。究竟需要什么样的牺牲、压抑和遗忘,才可以达成这样的目的呢?针对女性主义来说,我怀疑今日有谁真正会去理会统一女性主义者的主张。而那些女性主义者又识别和标示自己为女同性恋者、异性恋者、双性恋者、黑人、白人、红种人、黄种人、褐种人、中产阶级、贫穷的、马克思主义者、自由主义者、保守主义者、激进分子、后殖民地主义者、英美人、法国人、拉丁美洲人,等等。这些复杂的差异,有必要和有可能融洽一致吗?又有什么代价呢?这个解构主义观念涉及多样、不可相比和难以缩窄的差异,使我对概括的分类感到怀疑。例如:法语中心的"妖女"、英美女性主义者和浪漫主义的传统。它也刺激起我对中立派挪用综合的多元论的特征的忧虑。我赋予吉尔伯特和古芭以 GG(读成军队式的同音)的绰号,并非单单模仿她们把灯改名为"妖女"的机智,而且也为了指出她们的问题——她们的文章里单一的发言、主张一致、毫无内部差异。我特别提及女性主义的狂徒和分离主义者,因为她们既不适合于也不愿意加入这个阵营。她们造成差异。为了把这个重点戏剧化,我想象吉尔伯特和古芭——相信用 GG 代表比较恰当——作为领袖,拥有全景的视野,从中心位置发放讯息,梦想着女性主义者的团结。这个女性主义者结盟的情景,并非建立于对每个问题作出探讨的基础,或是考虑到维持多种的差异、身份,或联合独特的组别,而是一个单一稳定的公社观念。

不错,我对 GG 的选材感到费解。为何 GG 会选取一部厌恶女性的父权经典文章,作为表表者,去展示旨在发掘女性的新女性主义考古学?因此,我不得不细想无数的可作为取而代之的女性文学。而且，GG 毫无保留地歌颂伟人和杰作，我对此感到羞愤。为何继续赞扬天才和其丰功伟绩，而非其他事物，如流行文化和其讯息？GG 似乎把我变成一个激进的（男的）女性主义者，去批判反女性主义行为的后退倾向。其实，我的目的在于文学和文化理论，多过关于女性主义。GG 最终宣扬了现代主义的诗学，奖赏已被确认的文类。这些作品展示出高深而复杂的认识论，紊乱的体裁和微妙的心理，其旨在构成"真正"的文学价值。这些特征正是她们和我之间的差异。

GG 一方面大力支持后现代主义，另一方面却又绝对地反对后现代主义（或属于 [前] 后现代主义）。我觉得 GG 这样似乎自相矛盾。然而，这不是问题的症结所在。我利用文本的谜团作为例证，指出 GG 把法国解构主义纳入其主张内，因而意外地将后现代转变成背叛自己的反后现代主义。结合的代价是转变。要挪用他者，必须背叛自我和他者的独立性和"真确性"，并处于一个无法逃避的、必要的和积极的解构主义文化的混合过程之中。然而，此情此景，GG 最终表现得似是迷离诡异，而又不认真的"妖女"，并未达到她们所指派给巴黎式的"妖女"那种夸张和好讽刺的奇异姿态。可能变换的叙述毕竟是一场戏剧、一种多元的娱乐、一场恶魔似的理念的演出。

不管 GG 的"换置"如何暧昧和不可解读，她们提倡女性主义者应该团结一致，从而解除恶魔似的威胁。那些威胁来自西方世界从 80 年代反革命新右翼时期以来社会的公共机构中，成群结队的反女性主义团体。这是否为 GG 梦想的表面内容背后的恐惧？为什么（不）可以在开放的讨论中，描绘将来的城市 / 学院 / 社团的女性，塑造诡秘扼要的乌托邦形象？

第八章　当代晚期美国诗歌

陶丽君（Tao Lijun）译

当代美国诗歌有着与小说和戏剧截然不同的历史。惯常的叙述往往按时间顺序列出二战至今各种各样的流派和运动：形式主义、客观主义、黑山派、旧金山文艺复兴、纽约派、垮掉的一代、自白派、深层意象派和超现实主义、黑人美学、民族诗学、女性诗歌、具象诗歌（Concrete Poetry）、语言诗歌、新形式主义。这个标准清单并未列出新近出现的一些现象，如咏诗擂台赛，说唱诗、牛仔诗歌和数码诗学，更未提到布鲁斯、民间音乐、乡村音乐和摇滚音乐之类的背景诗歌。基于当代诗歌的多样性，当代诗人比小说家和剧作家显得更加躁动不安，当代诗歌也更加流派繁多。美国诗坛会给当代许多评论家留下越来越兴奋、越来越纷杂的印象，也就不足为奇了。如果说美国诗歌存在一个中心或轴心的话，爱荷华大学（University of Iowa）作家工作室诗歌或许最具代表性。这是一种刻意追求平淡、长约二十至四十行的自由式自白抒情诗，长期以来备受在职教师和杂志编辑的厚爱。他们特别欣赏其简短、易懂、亲切，及其顿悟式的智慧。美学硕士专业的诗歌创作与许多大学创新写作项目联系紧密，对一些评论家而言，四十年来它一直代表了某种学术主流[1]。自20世纪50年代以来，美国的大学一直为诗人们

---

[1] 对爱荷华大学工作室诗歌的批判中，最著名的文章之一来自唐纳德·霍尔，Donald Hall, "poetry and Ambition", Kenyon Review 5 (1983). 该文后来又收录在他的《诗歌与野心：1982—1988论文集》中：Poetry and Ambition: Essays 1982–1988, Poets on Poetry series (Anne Arbor: University of Michigan Press, 1988), pp. 1–19. 霍尔创造了著名的讽刺术语"麦克诗"（Mc Poem），呼吁摒弃爱荷华（Iowa）工作室诗歌和美学硕士的创新写作。

提供稳定的工作。工作室诗歌一直是一种体例和标准,为原本可能杂乱无章的当代晚期美国诗歌提供了一种连贯感。

本章从当前诗坛极度分化的角度出发,探讨后现代时期诸多相互冲突的美国诗歌创作和理论流派;采用当今美国诗歌批评界最尖锐、最富洞察力的诗人-评论家达纳·乔伊埃(Dana Gioia)的全面传统论述,勾勒出轮廓并提出重要问题;不无批判地讨论了学术创新写作的作用、对立诗歌、新的诗歌背景与体系,以及抒情者"我"的危机。当今的诗歌现状与 21 世纪早期美国社会中文学的地位息息相关,不仅与其活力和丰富程度有关,也与其分化和混乱有关,甚至与其日渐转化为娱乐和盈利商品的倾向有关。同时,学术界一直将诗歌视为个人表达、精雕细琢的工艺品,历史文件,文化象征话语,甚至是民族的精品。

诗人-评论家马克·华莱士(Mark Wallace)指出,如今有五个"美国诗歌创作体系":(1) 形式主义;(2) 自白派;(3) 基于身份的诗歌;(4) 口语化诗学;以及 (5) 先锋派[2]。这种总结模式具有分类简单和范围广泛的双重优点,虽然五个体系间存在着相互重叠的部分。事实上,它们不仅与现存的许多流派和运动,也与地理区域、创新写作项目、多元文化政治,以及表演美学(performance aesthetics)存在着复杂的相互影响关系。其中也存在诸多奇怪的排列组合,比如垮掉的一代、黑人艺术,以及纽约派诗人(如弗兰克·奥哈拉 Frank O'Hara 和爱德华·菲尔德 Edward Field)所创作的"基于身份"的"自白式"的"口语诗歌"。在缺乏主导流派、重要人物或类似艾略特的《荒原》这样的文本的情况下,当今美国诗坛呈现出华而不实的散乱状态。一些评论家因此彻底放弃了讨论"诗歌"。他们接受了当今广大诗歌领域的不可通约性,转而讨论"各种诗歌"。如果我们在任一时期的诗歌历史中加上三代的话,[3] 仍会有更多的阶层出

---

[2] Mark Wallace, "Towards a Free Multiplicity of Form", in M. Wallace and Steven Marks, eds, *Telling It Slant: Avant-Garde Poetics of the 1990s*, Modern and Conetemporary Poetics series,(Tuscaloosa: University of Alabama Press, 2002), p.193.

[3] 例如,参见 Fredric Jameson, *Postmodernism, or, the Cultural Logic of Late Capitalism* (Durham: Duke University Press, 1991); David Harvey, *The Condition of Postmodernity* (Cambirdge: Blackwell, 1990);以及拙作 *Postmodernism-Local Effects, Global Flows* (Albany: State University of New York Press, 1996)。也见 Stephen Burt, "American Writing Today: Poetry", *n+1* 4 (Spring 2006): 71—75。该文将当代美国诗歌分为两个阶段,1945—1972 年和 1973 年至今:"当今"约起于 1973 年。

现。例如，2007 年我曾写道，理查德·韦伯（Richard Wilbur，生于 1921 年）、莎朗·欧兹（Sharon Olds，1942）和谢尔曼·艾里克（Sherman Alexie，1966）是备受尊重且作品众多的美国诗人。韦伯是一位 20 世纪 50 年代后成名的形式主义诗人；欧兹是 20 世纪 80 年代达到创作全盛时期的自白诗人；艾里克则是一位 20 世纪 90 年代崭露头角的口语化身份诗诗人。这种表述仅仅表明了 21 世纪初诗界的散乱。

"后现代主义"一词给 20 世纪以来文化界的混乱状态下了个笼统的定义。实践证明的后现代时期的相关特征包括：新社会运动，尤其是妇女和种族权利运动的兴起；对多元文化这一社会现实的承认；优劣文化分界的消失；自主性空间——包括美学领域——的削弱；诸如偶发艺术、摇滚歌剧和"长诗"（指一系列毫无联系的诗节）之类的杂烩艺术的出现；现代笛卡尔主题的毁灭。虽然解体是最突出的时代特征，在当代晚期美国诗歌方面，它却是以单体构建的形式呈现出来的。

在一部重要的文学选集《20 世纪美国诗歌》（2004）中，见识广博的编辑们写道："当今诗歌领域派系林立，竞争激烈；各种美学的、思想意识的、专业的和区域的阵营汲汲于为自己的创作事业寻找关键性的支撑……目前，美国诗歌种类繁多到几乎令人无法了解。"[4] 2006 年，畅销作品《希思美国文选》第五版出版发行。该书的编辑更加积极乐观且关注广泛，他们大体上强调美国当代文学的多样化、多元化，认为"美国文学的缺乏中心使其与世界文化更加密不可分"。[5] 2003 年第三版《诺顿现当代诗歌选集》的编者们对现代和后现代诗歌进行了比较，指出"当代诗歌呈现出多元、杂乱和交叉的特征。没有任何一个流派或个人能够以中心自居。"[6]

---

[4] Dana Gioia, David Maosn, and Meg Schoerke, eds, *Twentieth-Century American Poetry* (Boston：MvGraw-Hill, 2004), p.664. 另请参见三人编写的内容丰富的配套丛书 *Twentieth-Century American Poetics：Poets on the Art of Poetry* (Boston：MaGraw-Hill, 2004)。

[5] Paul Laute, Gen.ed., *The Heath Anthology of American Literature*, 5th edn, vol. E (Contemporary Period：1945 to the Present) (Boston：Houghton Miffflin, 2006), p.1886.

[6] Jahan Ramazani, Richard Ellmann, and Robert O'Clair, eds, *Norton Anthology of Modern and Contemporary Poetry*, 3rd edn, vol. 2 (New York：W. W. Norton, 2003), p.xliii.（转下页）

值得顺便一提的是，美国现代主义诗歌从20世纪初到20世纪40年代的历史，仍然不断地被人们从不同的后现代主义角度进行改写。该行动是由一个修正主义组织于20世纪70年代郑重地发起的，并一直持续至今。比如，近期的文学选集中所收录的少数族裔和政治激进作家的诗歌，远比冷战初期的要多。牛津大学出版社于2000年出版的，由凯瑞·尼尔森编著的《现代美国诗歌选集》尤是如此。该书所收录的出人意表的诗歌中包括：被困在天使岛集中营的无名中国移民所作的壁诗和日本裔美国人在二战集中营中所写的俳句。这不是美国人自己祖父辈的现代主义诗歌，不属于地道的庞德-艾略特-威廉斯-弗罗斯特-史蒂文斯（Pound-Eliot-Williams-Frost-Stevens）之列，也丝毫没有艾米·洛威尔（Amy Lowell）和希尔达·杜立特尔（H. D.）的风格。它是多种族的、多民族的、跨阶层的、跨国界的，而且从其内涵而言，也是多语言的。

对美国诗歌目前的后现代混乱状态的体会，在达纳·乔伊埃近来的美国诗歌论集《消失的墨迹：印刷文化末期的诗歌》和之前那部臭名昭著的《诗歌重要吗？诗歌与美国文化论文集》(1992)中可以找到最好的表述。在他那些广为人知的文章中，乔伊埃大力推崇传统诗歌，即以朗费罗（Longfellow）、弗罗斯特、杰夫斯（Jeffers）、毕晓普（Bishop）和库赛（Kooser）为代表的通俗现实主义诗歌。这些诗人运用格律与韵律、清晰的语言、引人入胜的故事，以及普通读者易闻易见的人物。乔伊埃强调叙述，弱化抒情。他常常通过暗示或刻意遗漏的方式，讽刺现代主义先锋派。他很少提及庞德-斯泰恩-威廉斯-希尔达·杜立特尔一类的实验主义诗人。正是这些诗人，造就了20世纪80年代和90年代

（接上页）在《后现代美国诗歌：诺顿选集》(*Postmodern Amercian Poetry: A Norton Anthology*)中，编辑保罗·胡佛没有像我一样效仿詹姆逊和其他评论家将"后现代"定义为一个时期，而是将其定义为一种与20世纪晚期新先锋派以及经验主义相似的独特风格或审美模式。"后现代主义诗歌是我们这个时代的先锋派"（第25页）；它"反对温和派价值观所坚持的统一、意义、线性、表达和那种对中产阶级自我及其关注焦点的拔高式，甚至是英雄化的描述"（第27页）。对比以上两部诗选，艾伦·戈尔丁（Alan Golding）在《从叛道到经典：美国诗歌作品集》(*From Outlaw to Classics: Canos in American Poetry.* Madison: University of Wisconsin Press, 1995)一书中，指出了当今社会"编辑和出版者倾向于参照一些独立并行的支流来描绘诗界景观"，并由此强调了"诗歌的多元化决定了不可能存在兼容并包或具有代表性的诗集"（第35页）。

盛行的当代语言诗歌。那时，生于 1950 年的乔伊埃刚刚崭露头角，推崇与之冲突的新形式主义。他痛斥工作室诗歌和创新写作理念。在他的论述中，后者 40 年来一直在鼓吹寡味的自由诗和短小的自恋抒情诗，同时还在创立一些排外组织，任人唯亲。

在过去二十年的文化斗争和文学政治中，乔伊埃是一位维护传统和规范的保守派，抨击自我膨胀又墨守成规的学院派，倡导普通读者（common readers）的理念，批判反启蒙主义的先驱活动及信仰。作为三部评论著作、三部诗歌作品的作者，诗人蒙塔莱和塞内加的著作译者，以及多部书籍——其中一半是教材——的编者或合作编者，乔伊埃可说是同时期诗歌评论家中的佼佼者和公众学术诗人[7]。2003 年，他被任命为国家艺术基金会主席。在国家艺术基金会 40 年的历史上，从未有美国诗人获得这一殊荣。2004 年，他出版了合作著作《20 世纪美国诗歌与 20 世纪美国诗学：诗人与诗歌艺术》，成为诗坛最好的教材之一。该著作内容全面，学术性强，且易于学习，巩固了他作为美国当代诗歌的泰斗地位。

1991 年发表在《大西洋月报》上的那篇乔伊埃最为臭名昭著的文章《诗歌重要吗？》影响深远，甚至使他丢掉了从事 15 年的通用食品公司纽约营销主管一职，被迫回到加利福尼亚开始全职写作。20 世纪 70 年代，他获得了比较文学的硕士学位。此后，他回到母校斯坦福大学攻读工商管理硕士。因此，在他创作生涯的形成时期，他是一位商人-诗人。美国这样的诗人很多，从艾略特、史蒂文斯、威廉斯，到麦克利什（Macleish）、埃伯哈特（Eberhart）、埃蒙斯（Emmons）和迪克尼（Dickney），再到雨果（Hugo）、因戈内托（Ingnatou）、布鲁克（Bronk）和库赛。像他们其中的一些人一样，乔伊埃觉得自己在文学界是个局外人。他说：非职业雇佣诗人的疏离感造就了一种成熟和现实主义倾向；

---

[7] 见 Jack W. C. Hagstrom and Bill Morgan, eds, *Dana Gioia: A Descritptive Bibiliography with Critical Essays* (Jackson: Parrish House, 2002); April Lindner, *Dana Gioia*, Western Writers series, no.143 (Boise: Hoise State University, 2000)。详尽的哈格斯特龙-摩尔目录还提供了四篇评论文章，包括诗人-哲学家哈维·李·黑克斯的"达纳·乔伊埃的批评"。这是一篇有理有据的概述，其结论是"达纳·乔伊埃创造了——且正在继续创造着——一种与当世任何一位诗人-评论家的批评都同等重要、同样有影响力的批评方式"（第 296 页）。

随着时间的流逝，可以借之对抗所有野心勃勃的自由作家和学术诗人在面对"不出书即出局"的高压现状时所经历的那种疯狂的、有时甚至是自杀式的冲动。乔伊埃叹道：美国商人诗人既不是放荡不羁的艺术家，也不是学者；既不描写商界主题，也不过多描写现实世界；而是探索自我，并因此加速了诗歌公众语言的消失，使其失去了更广泛的读者。[8]

乔伊埃的平民主义——他写出《诗歌重要吗？》一文的原动力——像其他形式的平民主义一样，源于对精英文化的厌恶。对他来说，精英文化包括四类：学术诗歌组织；反启蒙主义者，通常也是傲慢的先锋派（包括文学理论家）；不知其名的政治革新人士；以及偏颇的、主观的书评者。他把自己定位为普通人中的一员，一个非学术的、不放荡、有理智的，致力于通俗诗歌、客观评价和一般读者的商业人士。

根据他的观点，19世纪末当代晚期美国诗歌最显著的特征在于，它属于一种局限于大学、脱离了社会和文化生活的专业亚文化。矛盾的是，在出版书籍、助学金、奖项、公开阅读、创新写作活动、发行杂志、工作机会、作家专栏、学术评论以及津贴方面，其数量却不断激增。它固囿于大学，而不再属于城市艺术；它面向内容，而不对外发展；它失去了与社会的联系和对社会的影响力。这一点与当代小说不同。当代小说吸引了大量读者，拥有知名作家，并时时得到媒体宣传。

乔伊埃提道：埃德蒙·威尔森（Edmund Wilson）早在《诗歌是一种垂死的技术吗？》(1934) 一文中就已经指出，18 世纪以来，诗歌逐渐放弃了叙述、戏剧、讽刺和历史，退化为抒情诗，其领域大片地输给了散文。近期，乔伊埃又指出：约瑟夫·爱普斯坦（Joseph Epstein）在《谁谋杀了诗歌？》(1988) 一文中将现代主义诗人丰富的成就和局限于大学的当代专业诗人远为贫乏的作品进行了对比。到了 20 世纪 90 年代，诗歌读者已经削减成了一个专业的"忠实小圈子"

---

[8] Dana Gioia, "Busines and Poetry", in *Can Poetry Matter? Essays on Poetry and American Culture*, Tenth Anniversary Eition (1992；St. Paul：Graywolf Press, 2002), pp. 101–124. 以下简称 *CPM*《诗歌重要吗？》。

（《诗歌重要吗？》，第5页），失去了早先几十年的非专业读者和输出对象。如今尚存的诗歌评论大多是由相熟的专业人士，而不是报界完成的。其目的是为了宣传，而不是客观的评价。据乔伊埃看来，诗歌编选也同样缺乏评论和质量标准。在"不出版即出局"的学术圈里，重要的是数量而不是质量。枯燥、平庸、粗制滥造的诗歌无处不在，这是诗歌产业的产物。专业诗人的任务是教育，而不是艺术；他或她的讲授对象是学生，不是全人类。诗人疏离于史学家和评论家，停留于狭窄的团体小圈子，成为只能彼此交谈的孤立专家。

在高谈阔论的过程中，乔伊埃用几页的篇幅比较了20世纪40年代和90年代美国诗歌的地位。他展开了一段关于诗歌没落的叙述，表达了不满当代现实、渴望往日辉煌的传统保守观点。那时候，诗人很少在大学任教，创新写作教研室只有一家（爱荷华大学作家工作室）。诗人以商人、新闻工作者、自由作家、城市艺术家或乡村隐士的身份谋生。每年有一百部新的诗歌作品问世，与当今的数千部形成了鲜明对比。那时候，书评如潮。月刊《诗歌》的内容涉及整个诗坛。评论者"格外严厉"（《诗歌重要吗？》，第13页），对读者而不是对同行诗人或出版商负责。乔伊埃筛选出的值得敬仰的初期大众文化诗人-评论家有：约翰·贾第（John Ciardi）、兰斯顿·休斯（Langston Hughes）、兰德尔·贾雷尔（Randall Jerrell）、肯尼斯·雷克斯罗斯（Kenneth Rexroth）、德尔茂·西瓦茨（Delmore Schwartz）和伊夫·文特斯（Yvor Winters）。他们人人面向广泛的知识阶层——我们如今已经失去的一群读者——做出评论。"诗歌在课堂之外才重要。"（《诗歌重要吗？》，第16页）

在某些颇具说服力的章节中，乔伊埃对美国当代晚期诗歌现状的分析措辞严厉，口气激烈。如以下两节：

> 就像享受补贴的农业往往种植无人需要的食物一样，一个诗歌产业已经形成了，其目的是为生产者而不是消费者的利益服务。在其形成过程中，艺术的完整性也遭到了破坏。当然，没有任何一位诗人会公开承认这一点。专业诗歌组织在文化方面的轻信是因为要维持一种客套的虚伪。
>
> （《诗歌重要吗？》，第8页）

> 今天的诗歌是一种有利于向上层社会攀爬的中产阶级职业，赚钱方面不如废物处理或皮肤学，却比艺术家的不修边幅好得多。
>
> （《诗歌重要吗？》，第 11 页）

这些讽刺的言辞来自局外人乔伊埃，发表在一家重要月刊上，其目标指向了大学里的作家。当代诗歌封闭在大学里，对普通公众无关紧要。它的贫乏、狭隘和虚伪需要改革，也需要谴责和警示。

在乔伊埃看来，当代诗歌的任务有四重：与广大读者重建联系；探讨广泛的主题；保持语言清新健康；与其他在高度分散性的文化中被孤立分裂的艺术形式结合（《诗歌重要吗？》，第 18 页）。首先，诗歌专业人士应该走向大众，舍弃"知识分子小圈子"和"拥挤的教室"（《诗歌重要吗？》，第 21 页）。

几年前，达纳·乔伊埃在论文集《消失的墨迹：印刷文化末期的诗歌》的序言中再次提供了关于美国诗歌现状的全面概述和评价。在近来电子媒体击败印刷文化、引发日益严重的焦虑情绪、严肃文学日益没落的情况下，这篇 2004 年的报道出人意料地表达了乐观的态度。乔伊埃现在认为：在过去的四分之一世纪里，关于美国诗歌最重要的事实是"通俗诗歌——即说唱诗、牛仔诗、咏诗擂台赛，以及……表演诗歌——大量地出人意料地再次涌现。"[9] 这些形式的诗歌在学术系统之外蓬勃发展，且与现代主义、先锋派，以及战后大部分得到承认的流派和运动毫无关系。新通俗诗歌不依附于印刷页面，未能得到"正统诗歌文化"——查尔斯·伯恩斯坦（Charles Bernstein）的著名术语——的足够重视。[10] 当然，它不符合海伦·文德勒（Helen Vendler）或哈罗德·布鲁姆（Harold

---

[9]　Dana Gioia, "Disappearing Ink: Poetry at the End of Print Culture", in *Disappraing Ink: Poetry at the End of Print Culture* (St Paul: Graywolf Press, 2004), p.7. 以下简称 DI《消失的墨迹》。

[10]　Charles Bernstein, "The Academy in Peril: William Carlos Williams Meets the MLA", In *Contents Dream: Essays 1957–1984* (Los Angeles: Sun & Moon Press, 1986), pp.244–251. 作为语言诗歌的代言人，伯恩斯坦反对主流诗歌，提倡摆脱那种表达个人感情、陈旧的孤独的抒情声音，使用混杂的话语、自由的体裁形式以及断裂的句法。像乔伊埃一样，伯恩斯坦近二十年来一直是一位商人诗人。他也批判现存的诗歌组织（出版社、评论媒介、写作项目、奖项委员会），其名义却不是通俗诗歌，而是源于威廉姆斯-斯特恩-（转下页）

Bloom)——他们二人都只关注孤立的天才和伟大的传统——之类的重要评论家所作出的学术式主流评价。同时,媒体热切关注的焦点只限于名人、金钱和人类怪癖,忽视了新通俗诗歌那"激进的创新和非正统的传统主义"(《消失的墨迹》,第8页),及其对诗歌创作、流通和消费方式的重构。

乔伊埃在叙述过程中顺便提道:他用"诗歌"这个术语是"从广泛的意义上包括了各种形式的——书面的或口头的——基于文学效果塑造语言的诗歌";之所以这样做,是因为这一术语如今"涵盖了许多形式各异,甚至常常互不相容的艺术形式"(《消失的墨迹》,第8页)。在他的用法中,文学诗歌指的是书面的、高度艺术化的作品,而通俗诗歌指的是正统范围之外的诗歌形式。显然,他搁置规避了诗歌质量这一问题。对于一个平民主义者来说,这是理智的举动。但是对于一位伟大传统的维护者而言,则是一种奇怪的做法。出人意料的是,乔伊埃在这方面与文化研究学者观点一致,忠实于将通俗艺术列为严肃文学的生育高峰期一代[11]的主张。

达纳·乔伊埃强调当今通俗诗歌与文学诗歌的四点显著差异。这本身是一个复杂的问题。首先,新通俗诗歌是口头化的(不是书面的),即口头表达且通常是即兴的。因此,它们可以通过录音、收音机、电视机、音乐会和节日庆典等传播给全国读者。诗人因之成为娱乐人员,也就不足为奇了。其次,通俗诗歌起于边缘而非主流。说唱诗来自贫民窟;牛仔诗源于美国乡村;咏诗擂台赛源于城市环境。通俗诗歌游离的阶级倾向,与中产阶级的文学组织诗歌发生了冲突。有趣的是,说唱诗再现了某些形式的民间文化;牛仔诗复兴了田园诗;咏诗擂台赛唤起了激昂的古代赛诗记忆。第三,这些新通俗诗歌是正式的,也就是说它们使用韵律和格律。同时,它们偏爱叙述——一种现代抒情诗鄙弃的体裁。由此,文人工作室诗歌的自由诗印刷文化和通俗诗歌那基于人类在音乐诗歌中获取原始快乐的口语化之间,就形成了巨大的分歧。第四,新通俗诗歌可

(接上页)茹可夫斯基-斯宾塞等一系列诗人以及后结构主义的以语言为中心的先驱活动与思想。在我们这个跳频电视的时代,语言拼贴的创作类似于栋笃笑演员所作的零散记录,是散乱的片段、紧凑的对比、语言诗歌的主要修辞。

[11] baby boomers:二战后出生于1946–1964年间。——译注

以盈利，其兴盛不需要国家的、个人的，或学术的补贴，且能吸引大量的读者。

在《消失的墨迹》一文中，乔伊埃的论述转变了方向，提出文学诗歌会渐渐地、不可避免地注意到通俗诗歌。"在一个书籍太多而读书时间，尤其是阅读严肃文学的时间太少的社会里，一本诗集不管它多优秀，都未必能单靠印刷文字吸引读者。"(《消失的墨迹》，第 21 页）公众场合的诗歌朗读已经成为当今文学诗人突破寥寥的购书读者群，吸引广大读者的主要方式。乔伊埃将极少公开朗读诗歌且仅在文学生涯后期公开朗读的现代主义诗人和从垮掉的一代开始、到 2001 年的桂冠诗人比利·考林斯（Billy Collins）——他因在收音机和各种演讲厅公开读诗而成名——达到顶峰的当代诗人进行了对比。重要的是，乔伊埃现在发现：高艺术或多或少地有统一的规范，而文学诗歌却分裂成了四种与此前任一当代流派或运动——无论如何，那些流派和运动已经几乎结束了——都毫无关联的基本形式。这四种形式是：表演诗歌、口头诗歌、影声诗歌和视觉诗歌。

乔伊埃认为：在 21 世纪美国文学诗歌领域里，"表演诗歌"融合了口头诗歌、即兴戏剧和栋笃笑（standup comedy）的传统。它彻底摒弃了印刷手段，而采用影像和音频录制的方式。它所涵括的口头诗歌因素在具有表演性的同时，保持了更多与语言和声音的联系，而不是与表演者的身体及空间的联系。这种作品与说唱诗歌、咏诗擂台赛，以及牛仔诗歌类似。"影声诗歌"延续了现代主义诗人在创造印刷和口头文本语言方面的冲动。但是相较于印刷文本的句法和修辞，它更倾向于追求口头化韵律和清新的语言。而"视觉诗歌"或多或少地弱化口头性，重视印刷文本，将默读作为样板，空间与页面设计作为主题价值。乔伊埃贬低性地将视觉作品与黑山派、具象诗以及语言先锋主义诗歌联系在一起。最重要的是，他承认如今的诗人或多或少地将四种形式进行了自由混合和搭配，证实了众所周知的后现代多元化、诗歌拼接和混杂现象。

文学诗歌的印刷文化正在没落：这是乔伊埃的主要观点。以下是他的大略论证过程。在美国的各个大学之内，诗歌悲哀地将其地位割让给了文学理论和文化研究。学术化的诗歌批评是一种过分文雅的形式。而诗歌评论的载体往往是小型杂志，大多数读者无从读到。况且，诗歌评论总是温和无味又不具批评性的。另一方面，校园内的诗歌阅读是活跃而丰富的。虽然校园诗歌阅读以一种许多书店无法达成的方式促进了诗歌作品的销售，在欠缺广泛的媒体宣传的情况下，它依然是一种小范围行为。长达四十年的大学对美国诗歌起绝对支配作用的时期……如今结束了。美国诗歌目前正在回归到一种历史上更加典型、文化上更加健康的状态。在这种状态下，大学的作用受到一股强劲的学术性文学文化力量的制衡。乔伊埃尖锐地指出，一个正在成形的"新文化圈"在诗坛回归历史平衡方面起着关键作用。

乔伊埃强调：这个新文化圈与其前例一样，是由独立的、一般非营利性的出版社、小型评论杂志、服务组织、车库乐制作人（尤其是桌面出版社 [Desktop Publishers]），以及亲文学机构组成。亲文学机构包括书店、社区活动中心、图书馆、博物馆、美术馆，以及学校。这些机构如今定期约请诗人，安排诗歌朗读。新文化圈不局限于某个特定的城市圈子，而是散布于各大都市。其内部既通过群体空间联系，也通过电子媒体联系。乔伊埃列举出的非学术性、非商业化的出版社有黄铜峡、科博斯通、格雷沃夫（他自己的出版社），以及逸事情节出版社；杂志/杂志网包括《当代诗歌评论》《抒情诗界》和《诗歌日报》；乔伊埃所提到的组织有美国诗人学会、诗人之家、美国诗歌协会，以及诗人与作家学会。这些名单足以涵盖广阔的诗歌领域。在乔伊埃看来，新文化圈的典型机构是生机勃勃的文学书店。这种书店是在过去二十年里，由推销思想、经验和图书方面的"创业先锋"塑造成型的。书店在一种平等主义的环境里，定期地开展诸如阅读、采访、研讨小组和演讲之类的口头文化活动。矛盾的是，美国的大学每十年就培养25000名美术硕士，恰恰促进了新文化圈的形成。许多无业毕业生往往会加入新文化圈，成为书店、出版社、杂志社、报社、社区中心、在线诗歌网和艺术机构的员工。这造就了艺术和学术之间的交叉和平衡。"由于新文化圈非常分散，很少有人——包括其成员——会意识到其活动范围之广……如今，五十年来第一次，绝大部分的年轻美国作家能在大学校园之外生活、工作。"（《消失的墨迹》，第29页）

在《消失的墨迹》一文的结语中，乔伊埃以隐晦而又自我的方式提出：新形式主义者（20世纪80年代中期以来，他一直自居其列）加上咏诗擂台赛者、说唱诗人、牛仔诗人，以及口语诗人，"组成了一个听觉先锋派"（《消失的墨迹》，第 29 页)。这不是一个诗歌流派或运动的问题,而是一种广泛的"情感转变",一种"时代精神的变化",一种"对新口头文化做出的广泛而混杂的反应"(《消失的墨迹》,第 29 页。)这种混杂现象包括:学术诗人与艺术诗人;年轻人与来年人;政治革新人士、保守派与无政府主义者;实验主义者与传统主义者。新通俗传统主义的口头诗歌似乎为学术文学诗歌带来了新的活力,但是学术诗歌评论家们对此明显地持落后的现代主义观点。"当今美国文化中印刷文字和口头语言的关系很可能更接近莎士比亚时代,而不是艾略特时代——对诗人来说,情况并非完全不利。"(《消失的墨迹》,第 31 页)诗歌甚至可能比小说更容易在口头文化中快速发展。新世纪之交,乔伊埃略显乐观。

达纳·乔伊埃支持并欢迎革命。在《消失的墨迹》一书中,他总结出了一套革命理论来阐释当今的状况:

> 每三十或四十年,诗歌情感就会出现重大转变。转变的形式通常是新一代诗人的反叛,因为年轻的诗人拒绝接受前辈的主流风格。20 世纪美国诗歌经历了至少三次剧变。第一次发生在一战后不久:当时,早期现代主义诗人,如埃兹拉·庞德、托马斯·斯特恩斯·艾略特、华莱士·史蒂文斯和希尔达·杜立特尔批评维多利亚晚期的诗歌软弱无力、无病呻吟。第二次重大变化恰逢世纪中期:当时,垮掉的一代和自白诗人摒弃了新批评美学的故作淡漠和形式主义。第三次剧变就发生在眼前:不同阵营的平民主义诗歌正在攻击日益枯竭又四分五裂的学术亚文化。

(《消失的墨迹》,第 229 页)

在这段概述中,有一些值得主义的妥协与暗示。过去批判学术诗歌时,乔伊埃认为它是统一的。这里,他将其描述为分裂的,因而更加接近事实。平民主义诗歌有阵营之分,也有地域背景:新文化圈虽自成体系,却来自分散的都市。我所在的俄克拉荷马市每周有六次诗歌朗读,有的由艺术组织主持,有的在咖啡厅,还有的在酒吧。书店——无论是连锁的还是独营的——和该市的大学尤其是主持创新写作项目的那几所一样,定期开展诗歌活动。各俱乐部里不仅设有独立的草根音乐、乡村音乐、布鲁斯音乐,以及后朋克音乐的交替场地,也有说唱音乐表演场地。说到布鲁斯,我之前曾经在其他文章中探讨过。它有地域派别之分,这本在意料之中。只不过,这些派别仅仅是由一些极为优秀的作曲人和释谱人组成的。[12] 无论是关于文学学术和新文化圈,还是关于美国诗歌革命,事实都比乔伊埃此处的论要更加复杂纷乱。

诗歌革命不仅是年轻一代对主导风格的反叛,也是艺术家们对全新艺术风格的发掘,还是新宗旨、新政治立场、新世界观、新语言以及新形式的形成,是对各种世俗和艺术枷锁的摒弃。情感转变这一概念未能涵括这其中的复杂性。而且,革命也不仅仅是 A 对抗 B,而是还涉及 C、D 和 E。比如,我们如何解释 20 世纪出现的无产阶级诗歌?或者又如何解释同时期女性和少数族裔诗人的作品。更不要说乔伊埃所高度赞扬的地域诗歌了。美国诗歌现代革命史的内容包括了种族现代主义、地域热潮与反热潮、之前受到漠视的无产阶级和女性作家、被人忽略的通俗诗歌和歌曲传统,以及众所周知的先锋派——它的地域范围通常是跨大西洋的,有时涉及欧洲广大地区,偶尔仅限于东方世界。文学史可以解释很多问题,包括失败者之失败和成功者之成功。如果将后现代诗歌革命的崭新历史归结为成功的通俗诗歌与失败的学术创新写作或广义上的文学诗歌之间的对抗的话,无论这种观点多么令人难忘又富有戏剧性,都是摩尼教式的(Manichean)、简单化的。通俗诗歌是一个独特的领域,学术诗歌也是如此。奇怪的是,诸如语言诗歌和数码诗歌之类的先锋诗歌,并未列入乔伊埃总结出的美国当代晚期诗歌史。[13]

---

[12] Vincent B. Leitch, "Blues Southwestern Style", in *Theory Matters* (New York: Routledge, 2003), pp.137−164. 另可参见 Kevin Young, ed., *Blues Poems* (New York: Knopf, 2003)。

[13] 关于世纪末实验派先锋诗歌的详细论述,参见汉克·雷泽尔(Hank Lazer)的两部著作:*Opposing Poetics, Vol.1: Issues and Institutions*; vol.2: Readings Avant-Garde and Modernism Studies series (Evanston: Northwestern University Press, 1996)。对立诗歌定义为"多种主流诗歌的评论和竞争性假设及实践"(卷1,第1页),此处包括女权主义诗歌、语言诗歌和民族诗学,以及口语诗歌和表演诗歌。他们超出了乔伊埃的平民主义诗歌领域,不仅抗拒官方诗歌文化,还抗拒"市场、主流文化、以及霸权意识"(卷1,56页)。

美国当代实验主义和先锋派诗人应该还包括:之前一些流派,如垮掉的一代、黑山派以及纽约派的第二和第三代诗人;偶然诗歌、程序诗歌以及视觉诗歌;还有数码诗歌(超文本、视觉动力文本、可编辑作品)。有关后一话题,参见 Loss Pequeño Glazier, *Digital Poetics: The Making of E-Poetries*, Modern and Contemporary Poetics series(转下页)

乔伊埃对美国诗歌的各种论述虽然引人注目且内容广博，但却存在着严重的问题。诗歌的各种地域、阵营、流派、活动和亚文化之间存在严重的分裂、冲突和缺乏交流或接触等问题。恰与乔伊埃的愿望相反，学术界依然代表着一种主流，操控着许多公共资源，并得到大众的认可。黑洞也好，光源也罢，学术诗歌依然是日益扩展的诗歌领域的核心。

乔伊埃面对当代诗歌的日益繁盛，放弃了批判立场就证明了这一点。过去，他标榜客观批判，将阿诺德式（Arnoldian）的严苛质量评判定为检验标准。如今，他采取了历史客观性和文化相对性的立场。夸大通俗诗歌突破学术诗歌垄断的胜利，或许更多地暴露了乔伊埃作为一个局外人的强烈个人憎恶，而不是诗歌领域的真实状况。后来，乔伊埃出人意料地转向了文化研究，其转变标志很多：他倡导大众通俗文学（低级的和高雅的）；他接受了美学评判标准；他关注生产、分配和消费的一系列文化生产程式；他将自己定位为大众知识分子，而不是客观的正统评论家或鉴赏家。然而，他既不考虑社会根源，也不考虑周围环境或通俗诗歌的内容（如黑帮说唱乐）。他强调形式的回归高于一切其他因素，尤其是韵律和格律的使用。近年来的通俗诗歌最有趣的地方可能不在于清晰的节奏、韵律或新兴的口头化，而在于它所揭示的社会价值、它所代表的外在形式，以及它所透露的信息。但是，或许是出于自身对学术诗歌的憎恶，或是受到近来拓展了的诗歌和诗歌评论概念的启示，他对21世纪初美国诗坛的论述将通俗文化涵盖在内。虽然他的观点另有缺陷，这一点却是值得赞扬的。

在乔伊埃的观点中，一个在过去四分之一世纪中形成的关键因素就是明显的读者危机意识。他假设存在一个"普通读者"，偶尔将其与一般读者和受过教育的读者等同起来。在其他人的论证中，这三者很少是同一的。这个问题将在本文第二部分进行探讨。平民主义者乔伊埃希望诗歌能够面向普通读者，为普通读者所接受。我们从人类读写和书籍的历史中就可以看出——更不必提读者

(接上页)（Tuscaloosa：University of AlabamaPress, 2002）；"本书运用'诗歌'这一术语是指新诗歌的各种实践，而不是人们所谓的专业的、正式的或传统的诗歌形式"（第181页）。另请参见 Adalaide Morris and Thomas Swiss, eds, *New Media Poetics: Contexts, Technotexts, and Theories* (Cambirdge：MIT Press, 2006)。

反应理论了——普通读者是一个神话。但是,请看下面的奇谈怪论:"像庞德、艾略特、肯明斯和史蒂文斯这样的伟大的现代主义诗人,向我们展示了复杂的诗歌可以与普通读者展开怎样强大的对话。"(《消失的墨迹》,第256页)埃斯拉·庞德与普通读者对话?在商场里吗?哦,那不可能!事实证明,乔伊埃所谓的"普通读者"属于仅占美国人口2%的受过高等教育的文化精英:"他们代表了我们的文化知识阶层,是他们支持艺术——使他们购买古典音乐和爵士音乐录音带;是他们欣赏外国电影、严肃戏剧、歌剧、交响乐以及舞蹈;是他们阅读高级小说和传记……如果我们相信保守统计数字的话,他/她只占美国人口的2%,他/她仍能代表约500万的潜在读者。"(《诗歌重要吗》,第16页)拥有了特定的文化资本,这些"普通"读者很显然不会定期购买乡村音乐和布鲁斯音乐唱片、看电视或好莱坞电影、听收音机广播、参加音乐会或阅读劣质小说。所以,乔伊埃用"普通"一词来描述这个上层小圈子,似乎是滥用词汇了。然而,他的精英平民主义观点,在很大程度上就依赖于这种随处可见的故弄玄虚。

　　真相总会浮出水面的:"信息量的持续激增使读者日益分裂成毫无彼此参照之处的专业亚文化群。"(《诗歌重要吗》,第222页)事实正是如此。虚妄的"普通读者"就此消失了。普通读者的重要形象时时出现在乔伊埃的论述中,它以三种揭示性的方式发挥作用。它引发了对过去美好时代和当今分裂现状的感叹。它提供了统一四分五裂的诗坛的希望。最重要的是,它支撑着乔伊埃的精英平民主义。根据乔伊埃近来改变的观点,具有革命性的21世纪新文化圈的诗歌是通俗诗歌,而不是文学诗歌。它不受印刷文化的束缚,能够突破所谓的普通读者群,接近大众读者。他在暗示这些诗人应该面向新读者,运用所有传统的正规诗歌的资源,力求清晰易懂,争取最多的展示机会。从"普通"/精英读者到大众读者的转变,是乔伊埃美国当今诗歌论著中的一大变化。

　　以新形式主义者自居的乔伊埃自然会对后工业时期社会、自由资本主义或全球化无话可说。然而,我们会期待这位诗人-评论家——作为公众知识分子——在当前经济、政治、社会以及艺术方面,观点能够更简单直接一些。我们想知道,他是否认为当前美国诗歌的混杂会引起政治或经济损失。美国当代诗歌与第三波资本主义或者说是晚期资本主义有怎样的联系呢?合作会成问题吗？商品化呢？诗歌转化成娱乐形式是积极的变化吗？诗歌起着关键作用吗？叙事诗和长诗能够规避当代主流自述抒情诗的自恋倾向吗？这些问题似乎都很遥远。比较贴近现实的问题是：一边对各种通俗诗歌（旧的与新的）和文化圈子（旧的与新的）大加追捧；一边又偶尔半真半假地对三个敌人，即创新写作、先锋派和文艺理论，进行一知半解的攻击。最重要的是，没人考虑这些新通俗诗歌是否变成了"面包与马戏"——即一种娱乐和消遣方式，借此使人们不再注意企业改组、裁员以及私有化等与当代革新工程一样旨在取消美国福利制度的现实政治经济事务。乔伊埃写作的时候，周围在发生什么？对此，他避而不谈。

达纳·乔伊埃没有对母语为英语者的诗歌进行评论。他没有提及卡莫·布莱斯维特（Kamau Brathwaithe）、西默斯·希尼（Theamus Heaney）、莱斯·默里（Les Murray）、A. K. 拉马努金（Ramanujan）、沃莱·索因卡（Wole Soyinka）或德里克·沃尔科特（Derek Walcott）。在某些方面，他似乎是个非常狭隘的民族主义者。《消失的墨迹》和《诗歌重要吗？》只关注美国诗歌。乔伊埃的第三部评论文集《一种通用语言的障碍：一个美国人眼中的当代英国诗歌》（2003）从自以为与众不同的美国立场，记录了战后英美诗歌的分离。"英国诗歌"这里的定义包括英格兰、威尔士、苏格兰和康沃尔的英语作家，却不包括爱尔兰（北爱尔兰或南爱尔兰）诗人。他对菲利普·拉金（Philip Larkin）、查尔斯·考斯利（Charles Causley）、詹姆斯·芬顿（James Fenton）、温迪·科普（Wendy Cope）以及其他诗人那真诚的不同程度的欣赏，都是从他自己所谓的局外人的角度出发。乔伊埃的主要观点是，我们生活在"一个美式英语和英式英语日益分离的时代。"[14] 但是，当代晚期美国诗歌本身就是各种后殖民主义诗歌的融合体。其部分历史必然是植根于全球英语母语体系之内，而不仅仅是一个国内发展、日渐散乱和陷于孤立的过程。乔伊埃忽略了所有的当代国际诗歌、跨国界诗歌、多语言诗歌和多元文化诗歌，以及黑人美学、女权主义、乡土民族诗学、新超现实主义、自白主义、颂神与监狱诗、数码诗法等各种诗学形式。黑色大西洋、太

---

[14] Dana Gioia, *Barries of Common Language: an American Looks at Contemporary British Poetry*, Poets on Poetry series (Ann Arbor: University of Michigan Press, 2003), p. 82.

平洋盆地和美洲大陆在他的论述中没有出现。他也没有提及杰洛米·罗森伯格（Jerome Rothenberg）和皮埃尔·乔瑞思（Pierre Joris）共同编写的两卷里程碑式的全球诗选《千禧诗歌》（1995，1998）。对乔伊埃来说，美国周围的那些虚幻的边界显然是又厚又高的。作为一位比较文学学者、移民的后代（西西里和墨西哥血统的祖父母）和几种语言的翻译家，他的三部评论文集出人意料地表现出了一种民族主义思维定式。不幸的是，这使他对发生在美国诗歌领域之内、之间和周围的许多事情都视而不见。

当代诗歌、诗学以及文学与文化理论的一个重要战场就是主体性危机。在这一点上，达纳·乔伊埃毫无创见，因此必须放在后文详述。在正统的诗歌文化中，人的主体永远是一个孤独的、真挚而感情丰富的自我。它展现了一个稳定而统一的身份和一种独特的关注自身体验与个人洞见的有机声音。这个自我的概念通常是自恋的、情绪化的、多愁善感的、极度孤僻的，符合当代消费社会那种自私的个人主义原则。对个人诗学声音的崇拜在主导美学硕士工作室诗歌的新自白主义中最为明显，但是它也充斥在许多非学术诗歌作品之中。以下是著名诗歌评论家玛乔瑞·帕洛夫（Marjorie Perloff）最近发表的一段描述："大多数当前诗作依然遵循那些支配诗歌创作的基本假设……一位具有普遍意义的抒情者审视他/她自己生活的一个平面，据此发表评论，对比眼前和过去，表露一些隐藏的情绪，或对现状得出全新的理解。"[15] 这种公式化的诗歌被帕洛夫准确地称为"典型的主观现实主义"，依赖于一个孤独的、连贯的、自我沉浸的、在美国郊区的封闭生活区内最易找出的主体。

人们反复讨论的后现代自我结构源于四种广泛的理论领域。首先，心理分析理论与其艺术分支超现实主义，构建了一种质疑自我认知及其合理性的无意识。这两者都会加重主体构建过程中出现的压抑、投射等心理扭曲现象。主体

---

[15] Marjorie Perloff, *21st-Century Modernism: The "new" Poetics* (Malden: Blakcwell, 2002), p.161. 接下来，帕洛夫简要地描述了当今主导诗歌文化的风格："语言往往具体通俗，反讽与隐喻多种多样，句法简单直接，韵律轻柔低沉。体裁与媒质的分界得到严格的遵守。"（第161—162页）作为一位实验现代主义及其相关跨艺术诗歌的维护者，帕洛夫将这种当代工作室诗歌描述成与新闻行业类似的写作风格（第164页）。

的话语则是由无意识的力量塑造的。其次，新社会运动，尤其是妇女解放和各种民主权利运动表明：自我不仅是阶级社会的组成部分，也受到了性别歧视和种族歧视。因此，我们有必要探讨一下多种因素集体建构的多重主体身份（比如贫穷的黑人同性恋妇女、中产阶级白人男性同性恋等）。后殖民主义理论又为主体建构增加了民族身份这一要素。第三，语言学理论认为：语言塑造人类；句法建构理性；话语是对话性的，是语言混杂的；所指会转移，这一点在自我建构过程中尤为明显。在这种背景下，描述性语言理论强调社会习俗、惯例以及姿态在主体性形成过程中所起到的重要作用。第四，技术科学的半机械理论指出：在当代后人类的自我的形成过程中，各种技术起了基础作用，却往往被人无视。这些技术范围广泛：从制药、儿童免疫以及水和空气治理，到食品加工和添加剂，到假牙和义肢，到监控机械和交流工具。所有这些都对建构一个融入社会环境的后有机半机械主体有所帮助。这些解构力量的联合效果，就是现代笛卡尔主体（"我思，故我在"）的消散。现在看来，这个主题是独白式的、无历史意义的、故弄玄虚的、怀旧的。总之，它不适合当今时代的诗歌。

西奥多·阿多诺（Theodor Adorno）在他的感想录《抒情诗与社会》一文中成功地就此做出阐释："抒情作品总是社会冲突的主观表达。"[16] 许多杰出的当代晚期美国诗歌研究者曾经详细地探讨过抒情声音的社会动力。瓦尔特·卡莱建（Walter Kalaidjian）说明了"在发达资本主义时代，诗歌生存危机是如何促使诗人抛弃抒情自我和诗歌自主方面的传统设想，将诗歌与当代美国的社会文本结合起来的"[17]。杰德·莱苏拉（Jed Rasula）在探讨北美实验主义诗人不得不面对的纷杂障碍时，按顺序列出了以下几点："抒情自我的统治、诗行停

---

[16] Theodor W. Adorno, "On Lyri Poetry and Society" (1957), in *Notes on Literature*, vol.1, ed. Rolf Tiedemann, trans. Shierry Webster Nicholsen (1958, rev. ed.1968；New York：Columbia University Press, 1991), p.45.

[17] Walter Kalaidjian, *Languages of Liberation：The Social Text in Contemporary American Poetry* (New York：Columbia University Press, 1989), p.32. 另请参见 Walter Kalaidjian, *American Culture between the Wars：Revisionary Modernism and Postmodern Critique* (New York：Columbia University Press, 1993), 尤其是第4章《超越个人诗学》（"Transpersonal Poetics"）。

顿、趣闻逸事、戏剧性时刻，以及真实性这一碍手碍脚的要求。"[18] 杰德在此暗示，抒情声音是一种具有独特复杂历史的社会存在。迈克尔·戴维森（Michael Davidson）进一步阐述了这一观点，他认为如今"这个声音不是自然的；它是在文化市场里，由收音机、接触式麦克风以及窃听电话创造出来的……[是]思想意识传播方式的一个标志"[19]。这种关于抒情声音的论述，考虑到了它形成的各种历史条件，为查尔斯·阿尔提艾瑞（Charles Altieri）的总结性论断提供了基础：后现代时期的诗歌致力于"(1) 评估想象力在解构身份而非构建身份方面的力量；(2) 展现矛盾与复杂性，而不是追求优雅、复杂的综合体"[20]。自我不仅是一种构建的存在，而且是一种矛盾的存在。

自我的解构作为主题材料，在经验主义、多元文化和口语化诗学中或多或少表现得更为直接，在主流的新自白工作室诗歌中则并不明显。比如，克里斯多夫·比奇（Christopher Beach）认为：

---

[18] Jed Rasula, Syncopations: The Stress of Innovation in Contemporary American Poetry, Modern and Contemporary Poetics seires (Tuscaloosa: University of Alabama Press, 2004), p.24. 此前，莱苏拉在其内容广泛的诗歌史作品 *The American Poetry Wax Museum: Reality Effects,* 1940—1990 (Urbana: National Council of Teachers of English, 196) 中说："在战后美国诗歌的新清教氛围中，讲话主体的资产化成了无法摆脱的神经症，诗人们渴望找到一座大厦来充做文化资本的联邦存款保险公司中央银行"（第37页）。

[19] Michael Davison, *Ghostlier Demarcations: Modern Poetry and the Material Word* (Berkely: University of California Press, 1997), p.227. 戴维森赞同米歇尔·福柯的看法，将"存在技术"定义为"生产和再生产体系，在这些体系中，声音获得的自主权足以使其自以为是独立存在的"（第1999页）。

[20] Charles Altieri, *Postmodernism Now: Essays on Contemporaneity in the Arts* (University of Park: Pensylvania Sate University Press, 1998), p.11. 另见查尔斯·阿尔提艾瑞, Charles Altieri, *The Art of Twentieth-Century American Poetry: Modernism and After* (Malden: Blackwell, 2006)。后一部书考察了截至20世纪80年代的诗学主体性发展的方方面面，其论证前提是：自我不仅因为社会历史条件的制约而不断变化；也受到虚构因素，包括欲望、幻觉和想象等建构力量的心理性约束。自知涉及到心理投射，自制则是一种姿态。阿尔提艾瑞记述了诗学自我和诗学敏感性的曲折发展。根据史蒂芬·伯特的观点，近几十年来美国诗歌的标志性现象就是出现了无数"描述认识论不明——无法了解和认知稳定的、独一无二的、或不证自明的自我——所带来的痛苦的诗歌"——美国诗歌学会关于诗歌批评的讨论：《它的目的为何》，2000年3月15日，纽约，网址 www.poetrysociety.org/journal/offpage/vendler-perloff.html。

> 咏诗擂台赛和口头语言表演的作用不仅在于复兴诗歌的口语化和表演性因素，而且在于重新找到自我。我们所找到的，不是后自白主义工作室诗歌中构建的抒情的"我"——那种建立在对资本主义乡村主题普遍了解基础上的声音——而是一个以更加通俗的方式构建的声音，一个在弱化或仿拟抒情自我的"出类拔萃"或"多愁善感"时会使用俚语的声音，一个不会描述"启示性"抒情时刻的声音。[21]

这个自我有意或无意地带有种族、阶级、性别、国籍和语言标志，具有浓厚的政治色彩。当代晚期的诗学自我，在发展初期无法完全规避这些力量。主流工作室诗歌的人文自我是一个特别的历史存在，它似乎不了解自己的特权、领地以及过去。这是当代诗歌学术研究的一个重要观点。[22]

当代晚期美国文艺理论、诗歌和文化的主题反映的是一个拥有300家电视台、多元文化、各种彼此冲突的诗歌形式相互竞争的社会现实。这么多的利基市场（niches），这么多的商品。主题的解构与后现代美国社会所特有的繁荣和混乱是一致的。这个社会容纳了各种诗歌流派、活动、阵营及背景。在这里，诗人成为个体娱乐企业家，诗歌成为供过于求的娱乐与教育市场上的商品，都不足为奇。无论愿意与否，各种各样的诗人如今都是21世纪创作阶层的一部分，被商业世界和城市规划者层层围困着。

---

[21] Christopher Beach, *Poetic Culture: Contemporary American Poetry between Community and Institution*, Avant-Garde and Modernism Studies seires (Evanston: Northwestern University Press, 1999), p.132.

[22] 罗伯特·平斯基（Robert Pinsky），美国前桂冠诗人、平民主义和通俗诗歌"最爱的诗歌活动"主办人，他的演讲发表在《民主、文化和诗歌的声音》(*Democracy, Culture and the Voice of Poetry*, Princeton: Princeton University Press, 2002) 一书中。在这些演讲中，他试图两者兼备。"那么，当一个声音让我们警觉到另外一个以及其它声音的存在时，诗歌就植根于这个时刻。它与一个孤独的声音——真实的或虚幻的——模仿其它存在的方式有许多相似之处。但是作为一种艺术形式，它扎根于单一的人类声音，处于一种能够听到另外一个声音，有时甚至重现这个声音的孤独状态。诗歌是有声的想象，最终是社会性的，但本质是个人的和内在的"（第39页）。而且，对于平斯基来说，诗歌在美国文化——没有承袭的贵族文化，没有独特的民间文化，只有日益扩展的多样化大众文化——中的位置，如今依然和昨天一样动摇不定。

虽然如今的诗歌采用了令人难以回应的社会表演语言，它仍为那些层层受困却还可以抗争、撤退和批判，可以愉悦、教诲、修身养性、追求艺术的诗人们保留了发挥的空间。在周围场景可以提示台词的情况下，在与其他话语创作者和表演者的协作和竞争中，这种表演是可能实现的。游离的、孤独艺术家的现代主义形象，到今天成了富有魅力的、可以慰藉怀旧情绪的人物。只要你稍加留意，反叛诗人的时尚形象随时随地可见。只不过，如今他们伪装成了说唱歌手、擂台咏诗艺术家、叛逆的首席执行官或全国编辑协会主席。

第九章　诗论多元化

欧阳慧宁 译

　　有关少数族裔聚集地、受压迫群体，及被殖民民族的当代文学理论对主张单元性、放之四海而皆准的传统诗学观念提出了质疑。从这一角度看，诺思罗普·弗莱（Northrop Frye）所勾画的包罗万千的现代诗论则似乎是基督教化、欧洲中心的模式，与众多的其他文学没有任何直接联系，即使有一点点，也牵强附会。当今的诗论并非一家独尊，而是百家争鸣。后现代时期近几十年来特有的诗论多元化思潮往往与提倡去中心、权力自主的政治力量及促进非主流群体的统一和纯粹的社会力量相互关联。各种少数民族文学理论，尤其在美学观的伦理政治方面，纷纷显示出复杂的、不同动机和目的，这不足为奇。为了有助于描述适于后现代文化研究的诗论，在这一章里我将探讨黑人美学者、女权主义者，及反殖民思想家提出的少数族裔文学理论。在讨论中，我还将详细探究德勒兹（Deleuze）与伽塔利（Guattari）有关"少数族裔文学"令人启发的思考及德·塞尔托（de Certeau）对"边缘性"的见解。我之所以着重少数族裔文学，并不是因为学术界文学知识分子对这方面的诗论研究缺乏关注，而是因为我自己对诗论的理解主要得益于少数族裔理论。

　　我认为，文学话语同时兼有修辞、众声喧哗，及互为文本的性质，由参与历史理性体系并带有这一体系特征的机构和利益而决定。文本由主体创作而成，这些主体既被分割又处于形成之中，他们的身体／存在占据着理性体系的特定位置，有意识或无意识地为某些利益代言。而且，文本是异质性话语建构，时而创意，时而平庸，融合多种语言及历史档案规则与传统，既有连续性又有非连续性，使语词所指对象性模糊不定。在某一时空的"文学"组成要素并不需要重复其他时空的同类成分。定义（一个）"文学"的工作必然涉及对某些价值观及利益的接纳或者摒弃，因此，诗学领域必是一个抗争的领域。文学自身的本体并不存在，存在的只是与特定体系和项目有关的各种文学功能。种族主义、男权以及殖民理念体系的特征就是贬低、排除，或忽略有色人种、妇女，及"土著居民"创作的"少数民族文学"，而所有这些被压迫团体都必须努力与受支配的命运抗争。正是从异质性、充满冲突的理念体系中，从矛盾的、被压迫的主体中，从混杂的语言传统和文化互文本中，少数族裔诗学脱颖而出。本章里，我将对所有这些问题进行探讨。

美国黑人美学

首先，让我简述一下美国黑人美学家提出的论点的有关历史背景。美国革命期间撰写独立宣言及联邦宪法时，占四分之一人口的黑人被排除在外。数世纪前以来，北美黑人的命运就包括被驱逐、奴役、压迫与抗争。早在内战之前，黑人领袖道格拉斯（Douglass）等就提出社会改良和取消种族隔离，而德拉尼（Delany）等则倡导黑人民族主义。20世纪初，加维（Garvey）推行美国黑人返回非洲，而布克·提·华盛顿（Booker T. Washington）主张，黑人应该通过勤奋工作、职业教育及道德改善来逐渐获取美国公民身份。此后，杜·波伊斯（Du Bois）则要求美国白人社会给予赔偿并立刻赋予黑人政治权利。这些政治纲领——调和共融、改良变革、民族主义和非洲自由运动——都根植于美国早期历史、相互争鸣，并在朝鲜战争末到越战结束期间的黑人解放运动中又重新浮出水面。这些早期后战民权斗争的特征是：抵制种族隔离、非暴力抗议活动高潮迭起、种族共融的目标明确，在法庭与新闻媒体方面获得了一定的成功。而后来的黑人权力运动则具有以下特点：暴乱与武装抵抗取代了被动非暴力形式，注意力集中于经济贫困问题而不仅是法律权利，致力于政治自主及黑人民族地位的提高而非种族共融，倡导种族自豪及黑人文化认同感，非洲主义取代了对机制化了的欧美传统、规范,及准则的屈从。我在此要探讨的正是在这后期文化斗争中诞生的诗学理论。

盖尔(Gayle)、亨德森(Henderson)、贝克(Baker)等认为,美国黑人民族具有一种与盎格鲁–撒克逊和非州都迥然不同的、独特的生活方式。[1]美国黑人民间和艺术形式是历史造就的黑人无意识或"灵魂"的再现,展示出,比如说,一种集体主义而不是个人主义的民族精神、一种排斥而不是迁就的心理,以及一种口头–音乐而不是书面的话语传统。它的民间故事、歌曲、布道、布鲁斯乐、爵士乐、及拉格泰姆乐表明,美国的黑人社群自成一体,拥有自己的文化价值、风格、声音、习俗、主题、技术、及文体。

可想而知,以主流文化价值和标准来鉴定少数民族各种生活形式,常常会"发现"这些白话形式显得怪诞、诙谐、患有被迫害狂症、有"娱乐"性、有伤大雅。运用白人欧洲中心的标准往往导致对美国黑人存在及表达方式的贬低。正如美国黑人的整体文化与美国白人社会截然不同,真正的黑人艺术也同样是,并且应该继续是独立的。简言之,这就是一种温和的黑人美学的总体脉冲。当然还有更激进的,巴拉卡(Baraka)的论著就是一例。

针对美国黑人读者,巴拉卡宣称:"我们是一个民族。我们一直都是独立的,除了在恍惚痴迷中,我们梦想成为那压迫我们的东西。不意识到这一点,我们就注定是无意识的俘虏。"[2]要提高黑人的觉悟,就需要驱除白人的霸权理性体系,以黑人理性体系,包括黑人艺术家创造的,取而代之。巴拉卡指出:

> 在这个语境中,迫切需要黑人艺术家,坚定地表达黑人情感、黑人思想、黑人判断,从而改变他的人民所认同的自身形象。在同样的语境中,

---

[1] Gayle, Addison, Jr., ed. *The Black Aesthetics*. Garden City, NY: Anchor, 1971; Henderson, Stephen. "Introduction: The Forms of Things Unknown", In *Understanding the New Black Poetry: Black Speech and Black Music as Poetic References*, pp.3–69. New York: William Morrow, 1973; Baker, Houston A., Jr., Long Black Song: Essays in Black American Literature and Culture. Charlottesvilles: University Press of Virginia, 1972.

[2] Baraka, Amiri [LeRoi Jones]. *Home: Social Essays*. (New York: William Morrow, 1966), p.240.

也需要黑人知识分子来改写什么才是黑人的最佳利益，而不只是跟随并背诵白人对世界的判断。

艺术、宗教，及政治是令人瞩目的文化航标。艺术描绘文化。因此，黑人艺术家必须对这个国土上的黑人情感有一个清晰的描绘。宗教升华文化。因此，黑人必须崇尚"黑人性"。神是理想化的人。因此，"黑人"必须把黑人自身理想化，并且把成为一个黑人作为为之奋斗的理想。政治秩序文化社会，也就是说，使社会机制运作中的文化关系清晰可见。因此，"黑人"必须寻求一种黑人政治，一种既有益于他的文化又有益于他对世界的内化及判断的世界秩序。（第248页）

在巴拉卡的规划中，黑人艺术家是文化先锋中的一员。他的使命是为黑人强大和解放而实现社会变革。这个方案包括注重实效地修改政治、宗教，及文艺。黑人解放的四重性诗论也由此产生：艺术准确地描述生活；艺术教导听众；艺术提高社会意识；艺术源于公众，也服务于公众。这是一种规定性的道德诗学，其阐述虽然很传统，却也很激进，它的理论前提是强加于美国黑人的独立与底下的地位。用巴拉卡的话来说，"黑人是一个种族、一个文化、一个民族"（第248页）。种族是第一位的。在此必不可少的基础上，艺术家帮助建构真正的民族文化。

可想而知，当代黑人美学家在美国黑人经典文学史中发现了许多值得批判之处。过去，不少黑人作家倾慕的是白人世界占统治地位的标准和价值。比如，在谈到哈莱姆文艺复兴时，尼尔（Neal）抱怨道："它没有关注黑人社群的神话传说及生活方式。它没能扎下根来，把自己与那个社群的具体斗争连在一起，成为它的声音和精神。"[3] 也许，这种思维最严重的后果是把"种族叛徒"从经典中清除出去。这在黑人评论家对艾里森（Ellison）作品的争议中已有预兆。巴拉卡戏剧性般地争论道："改变形象与援引是黑人回归被俘的非洲人种族完整的途径，而这回归之路是我们必须选择的道路"（第247页）。这里，他把种族纯粹当成政治与美学至高无上的试金石。在这种关联中，巴拉卡宣称，美国黑

---

[3] Neal, Larry. "The Black Arts Movement", *tdr: The Drama Reivew* 12 (Summer 1968), p.39.

人资产阶级是很久以前"以白人形象塑造而成的,今天,他们依然如此,不愿与黑人有任何关系"(第242页)。最激进的黑人美学理论家的诗论是建立在一种革命的种族道德政治基础上的,它认为,有必要以崛起的黑人人民和民族之名对某些黑人个人和团体采取制裁。

对黑人美学家的纯粹论与暴力愿望,我不敢苟同。我认为,一贯被驱逐、奴役及殖民的美国黑人"民族"来自不同的非洲部落,有着不同的语言、宗教、经济背景以及体型,是一个异质性的多民族群体。所以,求助于原初前流亡、泛非统一体的概念无异于沉醉于幻想与虚构之中,是在创造一种神话般的"纯非洲主义"本质论,一种并不可能为所有非洲后裔认同、但却能奇迹般地将他们统一起来的非洲主义。依我之见,清除几世纪的历史是不可能完成的大清洗,它不会恢复所谓的纯非洲民族性——一个能建立自治、统一的民族的民族性。虽然我并不反对基于社会历史及"种族"事实之上的、主张独立的政治和诗学,但我觉得,本质论者诉诸种族完整及泛非文化统一,是不切实际和危险性的。这是一种倒退的寓言化,而我们所需的却是前进的小说化描述。

一些激进黑人美学家的诗学思想依靠的是一些模棱两可的辩论公式,特别是有关"民族"的概念(更不用说"种族"这个令人质疑的概念)。尽管有许多乌托邦预言:民族主义会最终消亡;但是,在我们这个时代里,新的民族却层出不穷。虽然民族的概念在今天难以避免,它积极意义上的运用却似乎没有保证。比如在巴拉卡的论述中,美国存在着一个有其自身文化的黑种人民,这种文化为拥有主权独立的领土、军事力量、法律制度以及外交使团的黑人"民族"的成熟奠定了基础。巴拉卡认为,没有一个黑人民族存在与一个黑人民族的诞生是同时并进的。他指出:"我们并不想要一个民族,我们就是一个民族"(第239页);并且"不谈领土就不可能不是一个民族主义者"(第242页)。他的诗论与民族创建紧密相连;诗人的三项任务是:通过提高觉悟巩固现实存在(一个"人民"),鼓励从白人手中夺取主权领地,领导人民进行斗争。要建立这个新的民族,"首要任务必须是,在黑人民族疆域内,把属于白人的所有财产及资源国有化"(第249页)。黑人民族成员资格既是心理状态也是自治居住地,显然不会给予白人、种族共融者(黑人或白人),以及回避黑人、认同白人的黑人中产阶级。从理想上来说，这个新民族的公民在身体、心理，及政治上皆为"黑色"。"这本书问世之时"，巴拉卡在他社会文集中炫耀道，"我将会更'黑'"（第10页）。"黑色"代表黑人美学及黑人民族的形而上学精华；它最终既可以量化又是非物质性的，成了一种实体化了的修辞整体。然而，巴拉卡建构的"黑色"说对"民族性"理论及文化描述提供的基础是远远不够的，流于异想天开。

实际上，巴拉卡省略了"民族"与"政体"之分。在我看来，创造一个主权领土及政治实体需要建立一个（新的）"政体"。这个政体的基础是民族，更确切地说，是一个"人民"的存在——一种由载入史册的奴隶制及其后果所形成的集体生活（有意识或无意识的）和群体思想框架的实体模式。有意义的是，黑人（民族）经历中的素常层面包括种族共融和改良的主张，而这些主张却被这个新的政体排斥。这里的关键是，这个"政体"诞生于暴力的和排斥性的"民族"纯粹化之中。而巴拉卡却混淆了这里的区别。

当然，有许多黑人文学，也有许多黑人民族和政体。为了有助彰显这方面的复杂性，我想在此对盖茨（Gates）的文本环境的互文本理论略作展开，从后结构主义文化理论的角度对少数族裔诗论作一简要描述。盖茨指出，用西方语言，无论英语、法语、葡萄牙语还是西班牙语撰写的黑人文学有两个特征：一、来源于希腊－罗马、犹太－基督教及欧洲文化的标准语言、传统及经典；二、由非洲、加勒比海或美国黑人文化传承而来的白话文、传统以及正在形成的经典。[4] 与黑人本土口头话语不同，白人书面话语是具有压迫性、种族中心主义的殖民秩序的一部分。对盖茨来说，少数民族文学批评的任务是，吸取主流传统的同时与之分道扬镳，挖掘和提取边缘传统的理论与实践。令人惊讶的是，他对非洲民众中穆斯林那一半进行了淡化处理，从而将许多非洲艺术传统分为三条支线。盖茨提出、我亦在此倡导的诗论把黑人文学看做一个异质性的互文本复合体，而不是一种表现种族精华的同质性口头形式。这种诗论并不试图通过清除标准传统因素，或者回归前流亡非洲部落口头传统，对文学或文化进行

---

[4] Gates, Henry Louis, Jr. "Criticism in the Jungle", In *Black Literature and Literary Theory*, ed. Henry Louis Gates, Jr., (New York: Methuen, 1984) pp.1—21.

去殖民化处理。从定义来说,黑人文学是由既独立又被分离压迫、被殖民的各少数族裔文化的多种声音组成的话语。这种诗论使各种黑人文学的多元性概念化,而不是把它消除。用巴巴(Bhabha)的话来说,定义黑人文学的正是"混杂性"(7)。[5]

显然,我并不是在提倡复兴泰恩式(Tainean)的文化批评。具体说,我不相信艺术的基础及主要源泉是种族或民族气质。我不鼓励评论家们撰写"有机文明"的心理历史。我也不主张读者能够或应该快速超越话语直接与种族本质交流的说法。虽然泰恩把文学与社会结合的尝试很重要,但是它却不无瑕疵,对后结构主义的文化研究用途甚微。[6]

妇女文学

有意味的是,巴拉卡及其他评论家在黑人权力运动鼎盛期不断提到"黑人男人",却对黑人妇女只字不提。正如黑人女权主义者指出的那样,黑人男性评论家,不论是激进派还是温和派,民族主义者还是种族共融者,都习惯性地"遗忘"黑人妇女。美国无数黑人女权团体,尤其是"全美黑人女权组织"的组建见证着美国黑人妇女独立运动的兴起。她们必须既与黑人和白人男性斗争,也必须与白人女性斗争,因为白人女权组织并不代表黑人妇女的利益。许多黑人妇女发现,她们可以与有色人种妇女及第三世界妇女建立比白人妇女更紧密的联盟。因为对她们来说,性别问题与阶级及种族问题不可分开地绊缠在一起。在当代殖民和新殖民社会的有色人种居住区之内,许多第三世界妇女的经济、家庭及政治状况有很多共同之处。白人妇女则居于另一个世界。并不奇怪的是,芭芭拉·史密斯(Barbara Smith)为黑人文学研究勾划方案时,明确地把性别、种族和阶级联系在一起:"黑人女权主义的文学批评方式是绝不可少的。这种

---

[5] Bhabha, Homi K. "The Commitment to Theory", *New Formations* 5 (Summer, 1988), pp.5—23.
[6] Taine, H. A. *History of English Literature*, trans. H. Van Laun. 2 vols. New York: Henry Holt, 1874.

方式体现这样一个意识：即，黑人妇女作家的作品中性别政治及种族与阶级政治是至关重要、密不可分的因素。"[7]

在当代从事文学的美国黑人妇女中，认为黑人妇女文学有自己的特殊诗论及自己的传统是颇为常见的。史密斯指出："就主题、风格、审美观及构思而言，黑人妇女作家的文学创作都表现出共同的手法"（第174页），而且"黑人妇女作家构成了一个清晰可见的文学传统"（第174页）。这种特殊的少数民族诗论是在与黑人男性和白人女性斗争的背景下建构的，也就是说，黑人女权主义诗论有意识地与黑人美学观（一个男性的表述）及白人妇女美学观（一个种族和阶级的建构）分道扬镳。换言之，黑人妇女文学是美国少数文学中的一员，它不应该被纳入黑人（男性）文学或（白人）妇女文学相邻的类别。

因为白人妇女在西方社会里数量上占优势，因此白人妇女文学是否在这些社会里构成"少数民族文学"也许是可争议的。然而，这类妇女作家极少有人能步入伟大著作经典殿堂的事实表明她们通常都居于与少数民族相当的社会地位。用另一种更直截了当的话说，西方父权制、男性集权制社会将少数民族地位广泛地强加于妇女。米利特（Millett）对这种状况阐述道："作为我们社会里最大的被排斥的成分，而且因为她们人数众多、充满激情、久受压迫，是最庞大的革命基础，所以妇女在社会革命中可能会逐步发挥领导作用。"[8] 针对这些问题，肖瓦尔特（Showalter）提出了折中的解决方法。她把后启蒙期英国白人妇女文学置于一个构成**亚文化**生产的框架中。这种亚文化以不同的方式与占统治地位的父权制文化密切磨合：时而模仿，时而抗议，时而在其基础上创新。[9] 吉尔伯特和古芭赞同肖瓦尔特的观点，认为"19世纪从事文学创作的妇女**确实**拥有她们自己的文学与文化"。[10] 在我看来，考虑到白人妇女在西方国家中构成长

---

[7] Barbara Smith, "Towards Black Feminist Criticism", *New Feminist Criticism: Essays on Women, Literature and Theory*, ed. Elaine Showalter (New York: Pantheon, 1985), p.170.

[8] *Kate Millet,* Sexual Politics (Garden City: N.Y.: Doubleday, 1970), p.363.

[9] Eliane Showalter, *A Literature of Their Own: British Novelist from Brontë to Lessing* (Princeton: Princeton University Press, 1977).

[10] Sandra M Gilbert, and Susan Gubar, *The Madwoman in the Attic: Women Writers and the Nineteenth-Century Literary Imagination* (New Haven: Yale Uniersity Press, 1979), p.xii.

期遭受压迫的亚文化群体,她们是"少数民族",所以,任何诗论多元化的讨论都应该把这些妇女的文学作品作为一个独特的探讨区域加以考虑。

少数民族诗论

诗论的多元化过程朝着几条总路线发展。受压迫团体、被殖民群体及少数民族人群生产出与主流多数文化不同的文化。具体而言,少数民族文学展现出独特的形象、旋律、人物、主题、结构、体裁及风格。少数民族语言常常是"方言"或者与多数民族语言完全不同。即使少数民族理性体系与多数民族体系完全交织在一起时,这种杂交产生的是第三个实体——一种独特混杂的理性体系。通常,少数民族都能回忆起或设想一个外来霸权主义体系尚未来临的年代,会想到前流亡非洲或原始模型的母系文化。这些被神秘化的时代的吸引力会使人试图恢复失去的价值、摆脱多数民族文化附加的强加模式、返归"家园"、或者建立新的故土。反之,有些少数民族的成员可能希望忘却过去以融入多数民族;而其他成员则希望与多数民族联盟但又不放弃少数民族的生活方式和传统。各种各样的社会政治变更都可能发生。那些寻求独立的成员,无论如何温和或极端,强调的一般都是少数民族历史及文化的独特性。具体的独立方略可能基于种族、民族、部落、语言、地理、宗教、性别、或阶级,或以上这些因素的某种组合。本质论却也可能因此产生,比如巴拉卡的"黑色"观,或者西苏(Cixous)著名的**女性书写**(écriture feminine)说,从而助长如纯"黑人境界"或纯"女性气质"之类的修辞概念。[11] 这些本质论往往导致或陪伴分裂主义政治,偶尔以纯粹化之名来呼吁清洗。这里的诱惑是引人向往的。因为少数民族为摆脱压迫性的统治体系获得自主所作出的努力是防御性的反应,这些努力就不可避免地与多数民族体制联系在一起,只不过是以抗争的形式。所以,如果以速记的方法来描述少数民族诗论的混杂的互文本性,那么,它们一直就至少有两条分支。

---

[11] Hélène Cixous, The Laugh of Medusa", *New French Feminisms: An Anthology*, ed. Eliane Marks and Isabelle de Courtivon (New York: Schoken, 1981), pp. 258—264.

这里，必须注意少数民族主体立场的结构特征。尽管受压迫团体之间有不同之处，少数民族中主体性的形成典型地涉及持续的经济剥削、种族或性别或其他方面的歧视、政治选举权的剥夺、社会隔离或排挤、文化及心理的贬低、意识形态的统治，以及机构上的操纵摆布。詹穆罕默德（JanMonhamed）与劳埃德（Lloyd）指出，少数民族主体性是"集体性质的"，其最显著的表现是"少数民族的成员总是被基因性地对待，并被迫基因性地经历自我"这一事实。[12] 成为少数族裔的过程中，个性化充其量只是个次要问题。哈洛（Harlow）在她的抗拒文学研究中充分说明了这一点。[13] 在谈及19世纪印度起义农民的主体性时，斯皮瓦克（Spivak）指出："对殖民从属意识的追溯，我越来越倾向于把它理解为后结构主义语言所说的从属主体-效应的图示。主体-效应可以简略概括如下：那似乎以主体名义运作的可能是一个庞大的非连续性的网络（即，一般意义上的'文本'）的一部分，而这个网络是由可称为政治、意识形态、经济、历史、性行为、语言的种种线路组成"[14]。殖民从属者的主体立场以文化生产的形式出现，并且与以统治和抵抗为特征的历史网线缠绕在一起。

少数民族拥有自己的文学。弗洛伦斯·豪指出："艺术既非无名无姓，亦非四海皆同；它来源于特定的性别、阶级、种族、年龄以及文化经历。"[15] 所以，激发少数民族诗论家和批评家的动因通常如下：（一）具体描述生理、心理、社会经济、历史、政治以及/或者语言等各种型造文学的力量；（二）反抗否定性的多数民族文化的预先假定、形象、实践、经典以及机构；（三）重新发现并仔细审察被贬低的文学，创造新的文化历史。从定义上讲，少数民族文学批评依靠的不仅是研究和修复，而且还有抵抗。因为这种文化工作广泛运用解读作为抵

---

[12] Abdul R. JanMohamed, and David Lloyd, "Introduction: Minority Discourse—What Is to Be Done?" *Cultural Critique*, Special Issue on "The Nature and Context of Minority Discourse II", 7 (Fall 1987), 5—17.

[13] Barbara Harlow, *Resistance Literature* (New York: Metheun, 1987).

[14] Gayatari Chakravorty Spivak, *In Other Worlds: Essays in Cultural Politics* (New York: Metheun, 1987), p.204.

[15] Florence Howe, *Myths of Coleducation: Selected Essays, 1964—83* (Bloomington: Indiana University Press, 1984), p.190.

抗，因此，诗论多元化导致对现状的文化批评应在意料之中。换言之，肯定性少数民族话理论不可避免地持反对霸权的道德政治立场。赛义德（Said）这样来概括文学批评的各种问题："所有知识领域，即便是最怪僻的艺术家的作品，都受到社会、文化传统、世俗事态以及具有稳定性的影响的机制——如学校、图书馆和政府——的制约与影响。"[16] 少数民族批评，如同少数民族诗论，包含着对霸权主义理性体系的全面抗拒。

后殖民理论

当代思想家中，对少数族群文化概念最有影响和权威的章节要算法农（Fanon）有关殖民社会结构以及在非洲进行反抗欧洲殖民主义的暴力革命之需要的理论。这里，我想检视一下这种思维，它关于革命文化的理论尤其值得商洽。法农宣称，"殖民世界是一个善恶对立（Manichean）的世界"[17]，他写道：

> 殖民者的善恶对立说生产出被殖民土著的善恶对立说。对于"土著人绝对邪恶"论，"殖民者绝对邪恶"便是回答。从所谓的文化调和角度看，殖民者的出现已意味着土著社会的灭亡、文化生气的丧失，以及个性的僵化。对土著人来说，生命只能在殖民者腐烂的尸体中才能重新崛起。这就是这两种推理思路之间的逐项对应。但巧合的是，对被殖民的人民来说，这种暴力给他们的性格中注入了正面的、创造性的品质，因为这是他们唯一的工作。（第93页）

在法农看来，以暴力革命推翻殖民统治是通往自主及民族建立的宝贵的必经之路；再者，在后殖民时代，内部互相冲突的暴力对防止已欧化的土著资产阶级复辟新殖民制度，同样是必不可少的。在这些变革期间，文学艺术扮演各种变

---

[16] Edward W Said, *Orientalism* (New York：Vintage, 1978), p.201.
[17] Frantz Fanon, *The Wretched of the Earth*, tran. Constance Farrington (New York：Grove, 1963), p.41.

幻的角色。

依据法农的观点，殖民时期的作家要经历三个心理文学发展阶段：(一) 对殖民者的文学绝对同化；(二) 对殖民现状的前革命厌恶及对土著人过去的留恋；(三) 以即将来临的新民族之名号召民众进行反抗的战斗文学。另外，文学体裁也随之阶段性改变。以戏剧为例："喜剧和闹剧将消失或失去它们的吸引力。至于戏剧表现，它已不再压迫烦恼的知识分子和他痛苦的良心。通过失去它绝望、反叛的特征，戏剧已经成为人民共同命运的一部分，并且构成正在准备或者进行的行动的一部分"（第 242 页）。在殖民体系统治下的革命社会里，所有艺术都经历相同的改变，包括舞蹈、诗歌、音乐、工艺，以及故事叙事，见证着想象力的再生。

法农提出他的善恶对立说二元概念、三阶段心理诗学论，以及体裁变革各种想法，并把这些视为所有革命殖民社会在民族建构暴力性过程中的特征。然而，这不仅是阿尔吉尼亚或泛泛的非洲问题；可是，法农并没有论及其他地域的具体情况应如何具体对待。他将所有后殖民民族的命运普遍化。他以"农民"阶级的名义发言，声讨土著资产阶级；他提倡民族主义，谴责部落主义；他颂扬农村文化，反对都市文化。在这样的语境中，我们能理解，他关于泛非黑人文化认同感运动的批评具有洞察力，然而，却也表现出一定的居高临下的同情和容忍。他写道：

> 比如说，黑人文化认同感的概念，是对白人投掷于人类的那个侮辱称谓的情感层面，并非逻辑层面的直接对抗。这种以黑人文化认同对抗白人蔑视的态度，在某些区域，成为能够解除被禁止和诅咒的唯一办法……无条件肯定非洲文化已取代了无条件肯定欧洲文化……
>
> 黑人文化认同感运动的诗人将不会停留在非洲大陆范围内。来自美洲的黑人声音将会用更圆润的和声接唱赞美诗。（第 212—213 页）
>
> 所以，黑人文化认同感在考虑人类历史性格形成的现象中发现了自己的第一局限因素。黑人及非洲黑人文化之所以分裂成不同的实体，是因为希望体现这些文化的人们意识到，每一个文化都首先是民族性的；意识到，

那些使理查德·赖特（Richard Wright）或兰斯顿·休斯（Langston Hughes）时常警觉的问题与利奥波德·桑戈尔（Leopold Senghor）或乔姆·肯尼亚塔（Jomo Kenyatta）可能面对的问题，有本质上的不同。（第216页）

据法农所言，黑人文化认同感运动，从结构上说，是对强加的殖民社会善恶对立说的反作用框架对应。它只是代表黑人土著知识分子觉醒的一个阶段。然而这种不成熟的文化国际主义是怀旧式的、防守性的，因此，在最终面临紧迫的经济和政治具体情况，面临不同的民族历史和需求的时候，必然失败。这里，法农的思想，一如既往，完全基于民族（国家）这个概念，与部落社会、部落联盟，及国际团结等诸多概念形成鲜明的对立。

也许，这种以民族之名的论述最令人不安之处在于现代非洲所谓诸民族国家的奇特地位。从前殖民部落地理角度来看，殖民者对"国家"（national）疆界的化分最终不过是一种任意的、偶然的、外国官僚贪婪掠夺国土的游戏。奇怪的是，法农给予这种擅自的暴力瓜分合法的地位，从而在某种程度上促进了新殖民政权的浮现和殖民遗产的延续。用后结构主义的话来说，法农把历史多种互文本——重叠的边界、人口，及文化团体的地理擦写板——压抑于潜意识，而如今这些又以边界争端、语言敌对、宗教冲突和部落战争的形式卷土重来。自相矛盾的是，这里的问题在于法农在民族国家建立的事业中却忽略了少数民族。

法农作品问世二十年后，詹穆罕默德发表了他的殖民期英语非洲文学研究论著。他明确宣称："对任何殖民社会及其文学之间关系的分析必须从以下这一事实出发：此类社会的善恶对立结构，是对自我与他者之间本质性对立在经济、社会、政治、种族及道德层面上的详尽阐述与歪曲……在殖民情况下，自我与他者之间理想的辩证关系实际上被欧洲人想当然的道德优势所僵化，而这种优越感处处都被他的实际上的军事优势所强化。"[18] 另外，詹穆罕默德，如同法农，以存在伦理学和现实主义诗论为名，把黑人文化认同感的概念视为对"一种理想化、单元、同质、消毒过的'非洲'过去"的土著文化的不明智、浪漫化

---

[18] Abdul R. JanMohamed, *Manichean Aesthetics: The Politics of Literature in Colonial Africa* (Amherst: University of Massachessetts Press, 1983), pp.64—65.

的描述（第181页）。针对黑人文化认同感学说的总体主义（totalism），詹穆罕默德提出了具有每一殖民"社会"特征的个别主义（particularism）理论。有意义的是，詹穆罕默德避开了民族的概念，以一种模糊、轮廓不清、有节制的社会群体的概念和一种绝对（unexceptional）现实主义诗论（源自卢卡奇 Lukács）取而代之。这种现实主义，是为了解决善恶对立社会以及黑人文化认同感之类的防守性的二元论中固有的寓言化的问题，依靠的是传统的文学模仿现实的观点；然而，现在（与将来）的殖民社会，从定义上说，是融和性、多条支线、相互矛盾的实体。与法农不同的是，詹穆罕默德坚持种族共融的社会政治观，但却没有对此进行详尽阐述。

在她对斯皮瓦克、巴巴和詹穆罕默德构筑的殖民话语理论的评价中，帕莉（Parry）指出了詹穆罕默德以下缺点：忽视法农的微妙之处，缺乏乌托邦的理想维度，幼稚地承认作者的意图，倡导种族共融调和论，运用粗糙的意识形态解读模式，并依赖过时的模仿主义诗论。这种后结构主义攻击的主要矛头直指詹穆罕默德对于文学文本的存在主义的指涉解读方式。这种方式着重表面内容，从而"限制了对含有多重政治声音的文本的内在问题的检视，这些问题运作于结构内部，并且重新部署那些接纳公认的规范和价值的模式程序"[19]。说到底，詹穆罕默德未能展开"多重、矛盾的文本内涵——非连续的、防守性的修辞策略，向官方思想挑战的非正统语言，以及各种不同嘈杂的声音对结构统一的打断——以此作为文本政治的定位和源泉"（第49页）。

我之所以挑选出帕莉对殖民理论难能可贵的批评，是因为它对文本政治这个棘手问题的关注对我们颇为有用，对此我想从后结构主义的角度加以系统阐述。一般来说，处理文学作品政治的典型的现代方法，是对作者和人物的言词及矛盾性情节结果和人物命运给予关注和信任。作者生平和作品的社会历史环境用相当直接的方式来影响文本的政治阐释。文学有意识或无意识地反映生活。法农和詹穆罕默德持这种观点。而后结构主义理解文本政治的方式则需要把文

---

[19] Benita Parry, "Problems in Current Theories of Colonial Discourse", *Oxford Literary Review* 9 (1987), p.47.

本构筑成一个多声音的话语编造，而不是对先已存在的现实独白式（或对话式）有意图的表现。文本系统，尤其包括它的非连续性、多重矛盾、戏仿、杂拌、比喻脱离常规、非统一性，及嘈杂的声音，产生文本政治。作者可能在文本中出现，但却只作为另一个声音。历史以在文本话语系统内被折射和重估的多种语言互文本痕迹的形式渗透文学作品。卷入文本生产、分配和消费中的机构关系网影响文本的创造和接纳，在文本政治中扮演一个角色，并使其更加复杂。

就后殖民话语理论，法农和詹穆罕默德戏剧般地运用的"善恶对立说体系"指定了一个至少具有两种理性体系——即殖民者和土著人体系——复杂的暴力交叉点。然而，殖民期的冲突，从大略来看，比如就整个非洲而言，涉及许多部落和殖民者国家、许多语言和宗教、许多边界纠纷和地区篡权。结果，"善恶对立说"把自己显示为一个主要来说简单化争论性的名词来指定一个结构二元化并等级制却语义空洞的现象。这一宗教色彩的名称意味着主张种族纯粹、分裂和优越的暴力且奇异的动力；而它并不描绘这种动力在全球实践中的无数种方法、形式、表现及矛盾。尽管它有局限性，由法农开发并由詹穆罕默德延续的这条后殖民理论有力地把在文化支配及"少数民族"斗争这一上下文中的诗论多元性推向前景。

"少数族群"文学与"边缘"文学

此刻，我想考虑的是：（一）德勒兹（Deleuze）与伽塔利（Guarttari）有关"少数**族群**文学"怪僻的见解；（二）德·赛尔托对"边缘性"令人争议的评论。对德勒兹与伽塔利来说，"少数族群文学"这个词指以怪异、古体、多种语言的方法对多数族群语种比比皆是的集体性和政治性的运用。在范例中，他俩令人惊奇地列举了乔伊斯、阿尔托和卡夫卡的作品。这些作家基于对大师们的语言仇恨，对多数族群语言创新及高强度的运用产生了发自内心却又相近于多数族群体系的疏远、逃脱及狂欢。据德勒兹与伽塔利所言，此类少数族群文学所担的风险在于以下这些诱惑：重新设立权力与法律、重新划分社会领域、重新制造稳定的家庭单位,并重新创作"伟大文学"。这里的问题从反叛转变为反作用。[20] 把这点运用到非洲,对白人殖民体系的解决方法故不是黑人新殖民体系而是对所有体系的建立加以持续性的抵御,而这种抵御从定义上说是创建少数族群文学事业的特征。假如一少数族群文学与一新的政体的梦想联姻,它即踏上成为"伟大文学"的途径,从而丧失它相邻的地位及反叛的倾向。

如果我们延伸德勒兹与伽塔利的理论,我们就不得不做出以下结论:现存少数民族文学政治,在与不管是民族建立、平等待遇,还是社会共融的任务联系在一起时,趋向于倒退。基于德勒兹与伽塔利信奉无政府主义伦理观,主张不要国家机关、去中心的社群生存方式,人们就会得出以上这一严厉的评估。过去,这种乌托邦公社性的方案并没有赢得大量受压迫、贫困和被侵害的少数民族主体们的欢迎。德勒兹与伽塔利对"少数族群文学"奇特的定义的主要问题在于它脱离现实、形而上学的本性。它既不与种族、性别、经济或社会歧视,也不与帝国主义、殖民主义或父权制的压迫有任何具体相关。反之,它描绘了与每一统治体系相关的一种长期的政治美学选择——即以创意的语言方式进行抵制独裁主义的持续的反抗。"少数族群文学"成了一个普遍通用的功能。更于事无补的是,德勒兹与伽塔利拒绝为他们(未挑明)的主要前提——即无政府主义构成合乎现代社会政治——的长处加以辩解。

德·赛尔托的"边缘地位"论本市是为了澄清"少数民族"这个复杂概念,可是却更增加了它的复杂性。德·赛尔托说,"边缘地位如今不再局限于少数民族团体,而是相当庞大与广泛;这个非文化生产者的文化活动,没有署名、难以辨认、无象征符号,却一直成为对所有那些购买和支付由生产率支配的经济表达自己的浮华产品的人们唯一可能的活动。边缘地位正在全球普及。"[21] 德·赛尔托论证的要点是:扩展的市场经济和技术合理性使人民中大多数在愈加器重某些生产方式的全球系统中扮演被动消费者的角色。社会大多数越来越发现

---

[20] Gills Deleuze and Félix Guattari, *Kafka: Towards a Minor Literatur*, tran. Dana Polan, (Minneapolis: University of Minnesota Press, 1986).

[21] Michel de Certeau, *The Practice of Everyday Life*, tran. Steven Rendall (Berkeley: University of California Press, 1984), p.xvii.

自己处于移民少数民族——即其文化活动不被当权体系注重或记载的那些民族——的结构地位。德·赛尔托的特定方案是研究当今未署名、难以辨认、无象征符号的艺术性的运作，即日常生活的文化策略。他的主要论点为：消费者的日常行动方式——从购物、谈话、阅读到修辞手段、聪明的策略，及模拟——构成一种宝贵的、享乐主义及创新的生活艺术。德·赛尔托的观点很大程度上是源于对"少数民族"文化策略的钦佩。

德·赛尔托论点的明显弱点在于它把边缘化和少数族群化两个相邻的现象折叠在一起，使它们不大可能地适用于包括广大西方资产阶级民众。归根结底，德·赛尔托以太广泛的规模为创建性及令人愉悦的日常生活惯例呐喊。由于革命梦想的破灭，他坚持不懈地支持对兴起的全球霸权主义理性体制在各个层面进行小规模、适当的抵抗。在当前的语境中，也许德·赛尔托思想的优点在于它有启发性地把扩张的技术制裁的市场经济描绘为一个帝国主义性质的机构，从而使世界人口中越来越多的部分扮演与少数民族相同的地位。然而，这个集体统治的非理想化的画像不符实际地把"少数民族"表现为完全摆脱了压迫性的歧视及剥削，还享有政治权利。尽管少数民族与多数民族可能共有被边缘化的经历，有许多方面他们并不共有，比如种族或性别或阶级歧视、政治权利的剥夺、时常相当于奴隶制的经济剥削，以及文化上许可的社会隔离。故边缘化和少数族群化似乎是两种截然不同的现象。德勒兹与伽塔利把少数族群和无政府主义画等号，而德·赛尔托则把少数族群化和边缘化联系在一起。不管这两种运作如何具有启发性，它们都产生这样的结果：使少数民族文化所经历的惨重的社会、经济、政治和种族压迫不恰当地一般化并失去了真实。

多元化诗论：展望未来

某些有色人种、妇女、被殖民人口，及其他"少数民族"的文学时常并已经被那些"伟大传统"的代言人及许多主流文学学术研究者一贯性地排除、诋毁或忽视。这类文学经常被留剩给人类学者、民间故事研究者及大众文化专家。在此运作的伦理政治产生"胜者获赃"和"强者生存"之类的变更形式。这种立场是暴力的、父权制的并具有压抑性,听之任之一天,它都会对我们很多人造成伤害。批判这个每一天使之继续放任就每一天毁坏我们许多人的立场并非一种故作笑脸的虔诚,而是一种始终如一的容纳主义的文化政治。从全面来考虑,传统的美学主义教条,以文类体裁论高下,框架上受经典作品的局限,不免沦于狭隘、有失偏颇,跟不上当前的事态的发展。诗论是百花齐放,而不是一枝独秀,文学史诗只是对有些,而非所有,名族为一种尽善尽美的体裁。悲剧和其他被珍视的贵族式的欧洲形式同样如此。

由黑人美学家、女权主义者、后殖民期理论家,以及其他人演绎的后现代诗论多元化已经持续了好几代,如今仍方兴未艾。虽然它对学院、文学研究,以及诗歌理论已经产生了越来越大的影响,未来的道路还很长。在试图构筑反映当前情况文化分析的有效模式中,我发现使诗论多元化的现象是构思任何文学的基本点。重要的是,这里的诗论模型是根状,而不是树状。它不是一个"总体文学"或"民族文学"的主干和小分枝的问题,而是多种交叉的横向诸多关系网。在某一时间地点构成的"文学"并不需要与另一时间和地点的文学相仿。众多文学繁衍增生并各不相同。当然,它们常与雄心勃勃的政治及文化运动,如和平运动、文化同化、民族主义或帝国主义,拴套在一起,从而排外性与等级制的树状图便因这些方案开始出笼。多数族群文学是人造的,而不是天生的。

在本章结束之际,我想强调一下一个至关重要的问题。多元化诗论的策略具有在不同话语区域内重复善恶对立说运作的风险。也就是说,诗论多元化对霸权主义的多数族群文学的存在的回答往往也是可意料的补偿性二元对立。今后,更好的方法是对诗论的"各种多元化"(pluralizings)分别加以讨论:这样多元化少数民族诗论是为了避免把所有少数民族文学都一概归为一个同质性类别。把黑人、妇女、殖民地人民、土著居民等所有的文学想象成某种统一的实体是荒谬的。在一个理想世界里,我们应该可以以复数的形式来讨论各种文学和诗论——讨论不受任何主宰、支配的不同差异。

第四部分

解构主义批评

第十章
填补空白:解构主义、伦理与主体性

谢作伟 译

解构主义,自从20世纪70年代在美国出现,便得到迅速传播发展,其应用大大超出了最初的文学,更于八九十年代在政治、女性主义,以及教学上引起广泛讨论。这种对价值理论的研究趋势,反映在J.希利斯·米勒的作品中,特别是《阅读的伦理》(*The Ethics of Reading*, 1987)与《皮格马利恩的各种版本》(*Versions of Pygmalion*, 1990)两书的出版,而后一本书是作为前一本书的后续而写的。这两本书以细读法探讨经典作家的作品中的修辞性,同时也发展出叙事、比喻、伦理、批评与教学法之间互动的理论。后者是一本经常被引用的解构主义论著,既令人兴奋也令人困惑;它把在文学理论和文化研究的批评家之间所激烈争论的一些概念提升到重要的地位。在这一章里,我将对米勒所提出的复杂概念先做一个概述,以便对他影响深远的解构主义做更深入的探讨。我觉得,这种解构方法尽管威力强大,技巧精妙,但是最后却变成对英雄式的保守主义的支持,尽管这也许并不是它的本意。这就是我的观点。我想指出,米勒最后将人的主体性变成空白,而这对政治、伦理与教学法会造成严重的后果。于是,解构主义成为一种现代主义的,而不是后现代主义的形式:主体性的空白具有一种崇高的纯粹性和一种差异分离的模式,也就是前社会的、非历史的与暴力的模式。我还要说明,另一种后现代的解构主义确实存在。

《皮格马利恩的版本》这本书中不同论点的核心,似乎在于故事叙事中的两个主要观点:(一)它依靠人物的创造;(二)它吊诡地一方面恳求信任,另一方面把它破坏。正如古代希腊神话里的皮格马利恩(Pygmalion),作者、叙述者、读者与批评家借着令人信服的拟人化(personification,专用术语为摹拟法[prosopopoeias]),将叙事变得生龙活现,尽管这种比喻法会因为其虚构性受到忽视而导致误读。对人物的信任,就是对语言的全然接受,此论虽有风险,但却无可避免。而且,我们也需要对这种做法所导致的后果负责。米勒这样说道:

> 我们把名称、面孔、声音投射到页面上,使它们成为那些无生命的黑色符号。我们也不会在读完故事后停止思考那些人物,把他们想成好像是真实世界的人。故事的阅读不折不扣地依赖拟人法(不管怀疑的悬置是如何微妙与复杂),而且没有它是不可能的。在阅读中我们重复犯了这个错误,与其说这是述事的(constative)还不如说是行事的(performative)。读者假定故事里人物的存在,而在这项行为中,也重复作者在书写中的行为。读者必须对那种行事行为所造成的伦理上、政治上、美学上的后果负责。寓言里的道德教化这种行事,并不是找到阅读叙事的伦理的地方。这里所讨论的伦理行为是把无生命的东西拟人化。[1]

对米勒来说,再多的自我悬置或谨慎的文本分析都无法防止可预见的比喻(tropological)的二重性与之后的误读。不管是好是坏,在人物的建构中,语言的行事性建立了伦理学:没有故事的叙述和不可避免的误解或误读,就不可能有伦理学。生活行为的一部分就牵涉到对人物的正读/误读。

因此阅读的伦理牵涉到比喻法(tropology),特别是摹拟法或拟人化;这些都是基本的语言行为,透过自我和他者之创新,使叙事成为可能。米勒自信地指出,我们不可能在第一个摹拟出现之前回到某种前比喻(prefigurative)时刻。这种观点非常有争议性。"第一个摹拟是无法透过记忆的回归或是理性的

---

[1] 见米勒的《皮格马利恩的版本》:J. Hillis Miller, *Versions of Pygmalion* (Cambridge: Harvard UP, 1990), pp.240—241。

分析达到的，因为它在产生语言、时间与意识时就已经发生了。"(238) 更具体地说，"第一个摹拟产生于意识与时间之前，也同时创造了它们"(239)；而且，"最初的摹拟总是已经发生了，没有办法将之唤回或取名，因为所有的名称都来自它自身，包括所有含物质基础（material base）的名称，这些名称以第一摹拟为基础，而且为其涵盖"(240)。米勒跟随德·曼，将修辞性置于话语、时间或意识存在发生之前的"（非）初始"["(non) origin"]。他认为，实际上，无论是理性还是记忆都无法让我们回到这种"来源"(sources)。正如德里达所主张的"总是已经"模式，此种来源或基础并不是一种历史现象，而是思考上的结构需要。比喻产生时间与历史性。或许最值得注意的是其"物质性"的状态。对米勒而言，重点不在语言如何指涉或反映物质的现实；而在于修辞性（基本的比喻）如何产生所谓的"物质基础"。摹拟法产生了语言、存在、时间与物质性（materiality），因此修辞的概念以一种奇特的海德格尔（Martin Heidegger）式思考模式占领了基本本体论的领域。不过，马丁·海德格尔将话语、时间性和意识视为同源的，而米勒同德·曼一样，在它们出现之前就已建立了修辞。这种观点带来了严重的后果。

  首先，主体性的观念经历了惊人、艰难的重新概念化。米勒给自我一个空洞的、断续的轮廓，而此自我比雕刻家阿尔贝托·贾柯梅蒂（Albert Giacometti）所雕刻出的人物还要僵化。米勒声称："语言中摹拟的实际解释总是支离破碎。它命名全世界所有人的身体的零碎部位……摹拟并不是对自我身体与精神的整体性的透视，而是以片段代表全体，就如以人的脸代表人，人也以他的脸面对世界。因此，每一个摹拟本身都包含其最初的暴力与技术的痕迹。"(222)这里的自我是一种由片段的客体组成的不稳定的暗喻，而这些片段的组合归因于无意识的修辞、文法和句法，而不是意向或意志。这个"自我"以令人迷惑的行为表述（借用奥斯汀的说法）而出现，不管这个自我是作者、叙述者、读者，还是批评家："就如一段翻译，或是我用外国腔所说出的一段公式，这种行为表述脱离了所有主观的、意向的和社会的语境，而这种语境将奥斯丁式的行为表述和一个会说话的、有意向性的'我'的假定紧密相连"(206)。米勒因而哀怨地推论，对于主体性的这种破坏性的事实，或许对它一无所知最好，不管是为了抗拒它还是忘却它。米勒不像吉尔·德勒兹（Gilles Deleuze）和菲利克斯·伽塔利（Felix Guattari）这类颂扬主体神精分裂的后结构主义者，他强调失忆的必要性与价值。他主张摹拟的不可读性"对说故事，甚至对社会与家庭生活来说，或许是件幸运的事"（221）。

正如主体性的建构需要冒险的、但又有成效的误读，在基本的时间建构中，"经验"的组合创建也是如此。对米勒来说，雕刻家皮格马利恩的错误也牵涉到"必须以因果关系来看世界的不可逃避性，即使这些联结可能是虚构的，也可能是一种强制比喻的产物"（129）。如果没有诉诸因果关系，和对其意向和指责的安排，就没有叙事或伦理——而两者都离不开问题多多的、人的主体投射。听听米勒怎么说："我们被迫把连续的事件赋予意义，把这些事件以因果关系连接起来，并被某些人的意向所控制。看到了这一点，也就看到了我们必须进行的阅读行为的不公正、未经证实性、独断性和暴力性。但是，有这种认识并不能防止我们一错再错下去"（139）。总的来说，摹拟制造了主体性、经验、人的动力和意图，为错误的但又必要的叙事和伦理的判断立下基石，而这种作为就是对社会生存很重要的、强迫性的错误认知行为。换句话说，当未经计划的、偶然的话语行为被看成是认知与历史主义的内省力量，看成是有问题的实用主义的修辞范畴，特别是拟人法，就会产生不可避免的（错误的）建构物，如人物、动机与因果关系。在创造性的失忆中，所有这些叙事的观念通常都未受到质疑，因为那正是理性分析的特色。所以阅读同时是既不公平又暴力，即无法逃避又是必须的，既是投射的又是有成效的，而这些也是形成叙事、批评与伦理行为的基础。

对米勒来说，特别重要的是，阅读有两个面向或要素——私人的起始阶段和公共机构的阶段："一方面，阅读具有立场的独特性，将读者导入人类的激进的他者世界。另一方面，因为阅读代表一种阅读方式，所以它是理性的、可重复的、可机构化的……"（95）米勒在此创造了一种本体论光谱，随着阅读从个人逐步变成公共行为，光谱也从肯定走向否定。这种光谱重新建构了早期新批评中内在与外在批评模式之间的差异。这在米勒一段陈述中显现无疑："阅读开创了伦理学、政治学、美学与知识论的领域，但这只能是阅读之后的行动领域"(241)。米勒明显地将内在的修辞分析看得比外在的批评和理论更重要:"依据既定的假设,每个阅读行为都可活化成历史的、因果的、理性的、辩证的或者理论性的配置……只有在闪电般的短暂时刻,在某些理论把其消灭之前,才能瞥见每个阅读行为的原创性。所以为了在其消失前捕捉它,我们必须一遍又一遍地实行阅读行为本身"(96)。在这些发人深省的句子中,米勒把"阅读本身"(reading itself)或"阅读本体"(reading proper)看成是个人的、有说服力的、奇特的、前理性的(pre-rational)、暂时的、创新的、起始的、不为"理论"所束缚的行为,是脱离了偏见、利益、历史、知识、辩证、政治、伦理、美学的行为。如此可疑的阅读现象学,一方面欢呼高度诗化的、神秘深奥的非理性的一闪即逝;另一方面又抱怨理性与理论世界以及社会与机构世界的日趋黑暗。[2]

米勒对误读谈了许多,不过他也在重要的场合谈到"真诚的"、"正确的"、"正当的"、"可靠的"阅读,还认为这些方式都能正确地窥见原初的真理之光,并在真实世界中产生效果。米勒有这些矛盾的看法,似乎不足为奇。"也就是说,一位好读者,会注意到任何奇异点、缺口、破格文体(anacoluthons)、不合逻辑的推理(non sequiturs),以及明显无关的细节——文本中所有不能解释的或疯狂的地方。另一方面,读者的任务就是将不可解释的变成可解释的,找出它的理由、法则与基础"(180—181)。阅读的不幸命运就在于透过理性化、分类化与道德化达到简化与活化的作用。因此,"被制度化的结果使我们成为社会的监督者"(174)。米勒花了很多精力,描绘出开了窍的私人读者会遭遇到的误读,但是他却较少顾及到"大众"读者所运用的(所谓的)乏味的叙事阅读模式以及文学机构的通则。至于属于后者的分析客体,如吸引女性主义文化批评或者福柯式历史研究之类的客体,却受到轻视和否定。最终,米勒提倡的(私人)读者,却是令人吃惊的、令人不可置信的空白:读者没有性别、阶级、种族、偏

---

[2] 对于阅读中二元对立的处理的批评探讨,请参考米勒的《阅读的伦理学》:*The Ethics of Reading: Kant, de Man, Eliot, Trollope, James, and Benjamin* (New York: Columbia UP, 1987),并参考这本书的第四章"Taboo and Critique: Literary Criticism and Ethics", On the concept of "inaugurative responsibility",也请参考 J. Hillis Miller, *Illustration* (Cambridge: Harvard UP, 1992),特别是 pp. 54—60。

见、利益或者意识形态。这个神秘的人物也不是任何公民或读者社群的成员。具讽刺意味的是，米勒具代表性的读者在去个人化的过程中消失了，成了一片空白。这就是美国形式上的解构主义会碰到的最糟糕的情况。

　　米勒认为，物质世界与其媒介（agencies）和责任，是延迟性的、次要的、堕落的。这个世界是一个受规制的领域，易受到理性、历史、法律、政治与监控的影响；这个领域充满了强迫性的社会习俗、符号、档案与机构。可预料的是，米勒了解"意识形态"是由僵化的社会习俗、实践、法律、假定所构成，是可以通过具原始创造性力量的修辞与叙事回避的。比喻性语言先于意识形态而存在。米勒声称："至少'新历史主义'或者当今广为流传的文学的'历史重写'的一部分源于拒绝承认什么是文学的原初状态，而原初恰恰在于它的历史效果当中"（75）。对他来说，"意识形态的批判"奇怪地意味着揭开唯物主义理论的虚构性。看看以下奇怪的陈述："文学理论的主要作用之一就是对意识形态的批判，也就是说，对于将语言的现实视为物质的现实的看法的一种批判"（83）。《皮格马利恩的各种版本》这本书对亨利·詹姆斯（Henry James）、海因里希·冯·克莱斯特（Heinrich von Kleist），赫尔曼·麦尔维尔（Herman Melville）和莫里思·布朗肖（Maurice Blanchot）之类经典作家的作品都一一作了仔细的检视，让我们一窥原始的（亦或剩余的）修辞性；然而，米勒所做的只是可敬的修辞分析，而不是意识形态或价值观的批评性分析，因为后者会使次要的"外在的"研究形式合法化。这些作家通过想象力神奇地摆脱重要的历史事件和社会状况的影响，从而使所有外在批评的用处变得很有限。值得注意的是，米勒肯定了"在对比喻性语言做最精巧的多重决定的游戏过程中必要的指涉时刻"（226），即使他对分析修辞的作用有所偏好，特别是其透射性的、转变性的偏差。显然，米勒企业中一股小小的潜在脉冲是对"唯物主义的意识形态"进行了间接的批判——之所以说它间接是因为它不是基于唯物主义者对文本做细心的检视。不想知道的意志（The will-not-to-know）作为（错误）认知的来源，可以媲美语言的双重性。

　　米勒的主要原理规定了建构比喻的原生论（primordiality）。他声称，"一开始就是比喻"，然而，如果他声称"一开始时就是话语（语言）"的话，那就不行。后者的陈述意味着集体性（collectivities）、对话与系谱学，而这些都强调语言的说服力、社会的动力学、与众声喧哗(heteroglossia)。简而言之，它开拓了意识形态与机构的领域。米勒将奇异的修辞性置于优先地位，从而使文学研究小说化；这样，外在批评，无论多么有用、有启发性，承担的都是次要的、补充性的苦差事。

这里，我们应该回顾一下其他一些主要的后结构主义学者以及解构主义者是如何描绘语言的。简言之，朱丽娅·克里斯蒂娃早期著名的基因文本(genotext)与表型文本(phenotext)的概念，把胎儿身体的韵律与婴儿的咿咿呀呀看成是创造性语言能量，后来这种能量的标记是性别上与哺育者母亲的认同。[3] 这种观点比米勒更接近原生论，也证明了米勒未能提及语言中音乐的、身体的、性别的基础，这些都可以被视为话语中真正原始的物质性。另外，解构主义学者海伦·西苏(Helene Cixous)将语言、辩证法与修辞理解为压迫女性的父权主义规范的要素。也就是说，她把语言描绘成性别化的(社会化与政治化)、富争议性的，描绘成抗争与转变的场所。[4] 她和我都认为，没有前政治、前社会的修辞；因此米勒的修辞说是一种谬论。此外，小亨利·路易斯·盖兹(Henry Louis Gates)与他的老师保罗·德·曼分道扬镳，认为以欧洲语言所书写的殖民与后殖民黑人文学，都大量运用了比喻，以致于比喻性成了其决定性特征。正如非裔文学中"表意的"(signifyin(g))的概念所描述的，这种文学的比喻性起源于历史的形式，而借此比喻和巧妙地攻破别人的话语则是一种生存的技能。[5] 在盖兹的认知中，修辞的起源及其迷惑性都牵涉到放逐与奴隶的历史。与米勒的看法完全相反，修辞的基础是社会历史。这些解构主义者中的每一位都是以后现代的社会历史、政治、以及语言的层面来看语言的"起源"。不管他们的论点是如何不同，没有人会接受米勒现代主义式的纯粹本体论论述，认为比喻性语言先于时间、话语、主

---

[3] 见朱丽娅·克里斯蒂娃的《诗学语言的革命》：Julia Kristeva, *Revolution in Poetic Language*, trans. Margaret Waller (New York: Columbia UP, 1984), pp.86—87。

[4] 见海伦·西苏的《美杜莎的笑声》：Helene Cixous, "The Laugh of the Medusa", *New French Feminisms: An Anthology*, eds. Elaine Marks and Isabelle de Courtivron (New York: Shocken, 1981), pp.245—64。

[5] 小亨利·路易斯·盖兹的《丛林中的批评》：Henry Louis Gates, Jr., "Criticism in the Jungle", *Black Literature and Literary Theory*, ed. H. L. Gates, Jr. (New York: Methuen, 1984), pp.1—24。

体性与物质性，更不用说先于种族、阶级与性别了。

米勒关于叙事、比喻、伦理与阅读的理论，对教学上有某些效应，而他在一些有启发性的公式中探讨了这些效应。下面引述的一段话清楚地描述了文学教学上最有力的形式，此形式代表一种即兴的力量，运用多变的语言行为，以求最后（但不仅是最后）影响社会。

> 教学就像独立宣言之类的类比语言行为，它是一连串暴力行为的一种因素，每一个行为都是它以前的行为的忘却或者消除。这些行为进入了历史的实质……教师读的文本本身就是一种暴力的语言强制行为，也是说话或书写过程中构建思想的例证。教师在把文本当成是获得语义和指涉意义的话语阅读时，必须忘记上述的一切……在考虑事实以及内省之后，她自己的话语便具有了理性意义，进入历史，并接受社会及其机制的契约或者与它们达成新的契约。所有的教学都是政治的。这并不仅仅是说它具有政治含义或者直接或间接地表达政治见解，而且是因为它在极端和令人忧虑的意义上具有政治权力。简而言之，教师必须对她所说的负责，即使她所说的是盲目的，即使只有忘却这一事实，她的话才能获得意义和力量，来指涉一种新的机构组织和新的社会。……承认这个新契约、实际执行它的条款，最终牵涉到第三种暴力行为……改变课程设置、科系结构或是典律的合法化过程，以及这些改变的各种社会后果。（114）

正如米勒所用的性别代词所示，他把某种女性主义的教学方式看成强势教学的范式。这一教学法的特征是：第一，一连串的暴力即兴行为；第二，符码化这些偶然的强制手法，扭曲其序列，并将其转成指导原则；第三，最终散布过程的确认与执行。整个教学法的操作从作家、教师、同僚延伸到学生与机构，不仅依赖忘却盲目暴力的即兴方式，也依赖回顾反思，将其转变成稳定的、有意义的方案。当这种转变发生时，最初行为便以政治行为变成史实。显然，任何程度的谨慎或反思都无法改变定义教学法本质的误读结构；也不可能逃避教育的典型特征——盲目、暴力、遗忘——的结构。最后，教师对他们的即兴、盲目与暴力的行为所导致的后果负有责任。

米勒对教学的看法，尤其是伦理方面，存在不少的严重问题。首先，他对与内容或价值相关的议题均只字未提。这种忽略并非意外：因为米勒在伦理学上回避道德和对与错的问题。举例来说，他认为暴力一概无法逃避、无法漠视，也没有提及或暗示暴力的种类与程度之间的差别。此外，责任的伦理概念也减弱了，甚至消失了：最终他的观点意味着，因为不管是好是坏，其他人往往认为我们必须对我们的行为负责，所以我们就应该负这个责任。与写作与阅读一样，文学教学同时投射与强制拟人论 (anthropomorphisms, 拟人化 [personification])，并造成不可预测、难以理解的结果，我们也都该对其负责。在他的反复描述中，责任并没有真的发生，不过只是如影随形地跟着。这就是米勒的看法："我们不仅要按我们所读的去做，我们还必须对我们按照所读去做的行为负责任，即使我们并不想这么做" (241)。因为对米勒来说，自我可以没有意识，所以伦理只是外在的东西，只发生在自我跟他者互动之时。伦理的作用来得迟缓，也不可靠。如果自我在行为发生前就有意识，那么它早就已经跟他者有外在的关系了，而米勒却否认这种根本的社会化主体性的存在。米勒把萌芽状态的行为的自我私人化，他的这种做法如此激进、极端，以致把包含伦理在内的任何和所有的社会化或符码化模式都排斥在构成性的影响力之外。如他的空白读者一样，米勒的典型教师没有自身利益、民族、性别、偏见、阶级或意识形态——直到听课者对她在课堂上的表现作出评析。这是一种彻头彻尾的非后现代立场。而解构主义通常被认为是后期现代主义。

让我提出另一种观点。在很大程度上，教师验证的过程，包括资格考试、毕业证书与证件照，象征与巩固了一种大规模的、长期的、严密的训练方式。许多机构，包含从家庭、教堂、学校到市场、州、大学，都为教师的"教育"而合作。教师的话语不仅是个人的成就，也是文化的成就。教师是机构的产物，也是意识形态的主体。（以后结构主义的角度来看，文本就是社会文本。）在教学的场域中，米勒忽略了这种社会历史条件。他明显地将教师的话语跟独立的宣言，而不是从属的迹象联想在一起。重要的是，他的语言行为理论是非个人、自足的本体性载体的一种即兴、原创、暴力的比喻性迸发，倡导的是精力充沛的表演、即兴的活动、与创新的语言生产，而不是压迫性的规范、规则与积习

（sedimentations）。因此，米勒最终给了我们一个浪漫的、存在主义的伊甸风情的教师的虚幻影像，盲目地与社会、体制签署新合约，破坏性地改变体制结构与课程规划。他未对话语网络或社群合作的概念作任何描述。这种情境将空白的读者，无论老师还是学生，看成难以预料的改变的潜在媒介，完全忽略了可能持支持和反对态度的同事和行政人员、有利和不利的结构与传统。这些他者的话语，如果不是不相干的话，最多也只是不可知的、难以预测的、次要补充的。这里的政治来自个人的强势行动，是绝对自由派的、英雄式的；然而，对共识的形式、说服的策略、议会的战略等所有这些被认为是构成教育改革的重要议题却置之不理。

美国解构主义运动开始时，评论家即一再地抱怨解构主义陷入了寂静主义，尤其是对政治和机构的议题的漠然，因而破坏了行动与承诺。对此，佳亚特里·斯皮瓦克（Gayatri Spivak）、迈克尔·莱恩（Michael Ryan）和雅克·德里达（Jacques Derrida）等左翼解构主义学者通过把解构主义与马克思主义的相结合作为回应。[6] 而米勒的修辞语言的行为理论，也从以下几个方式回应了这种广泛的批评。首先，它认为，所有的行为都是普罗米修斯式（Promethean）语言杜撰与误解的结果。然而，根本的大众行为与社会改革如何，以及是否参与其中，却说得含糊不清。其次，它将一个泛泛的责任概念与机构化的方方面面随意、松垮地连接在一起。这种责任感是结构性的，不是实质性的；是偶然的，不是建构性的；是荒谬的，不可能的。第三，米勒的理论认为，所谓的解构主义所引发的虚无主义后果并不存在。他声称："事实上，故事叙述的基础是解构主义撼动不了的"（221）。对米勒来说，解构叙事和人物形成的基础并不能破坏

---

[6] 佳亚特里·斯皮瓦克的《在另外一个世界：文化政治论文集》：Gayatri Chakravorty Spivak, *In Other Worlds: Essays in Cultural Politics* (New York: Methuen, 1987); Michael Ryan, *Marxism and Deconstruction* (Baltimore: John Hopkins UP, 1982); 也见本人的《后现代主义：地方效应，全球流动》：Vincent B. Leitch, *Postmodernism—Local Effects, Global Flows* (Albany: SUNY P, 1996) 中第一章对 Derrida's *Specters of Marx* 的分析，以及本人的文章，即这本书的下一章《晚期德里达：主权政治学》，此文原为拙作《与理论共存》的第 5 章：Vincent Leitch, "Late Derrida: The Politics of Sovereignty", *Living with Theory* (Blackwell Publishing, 2008), pp.65—84。

进行中的创作；主体，或者"有责任的"媒介的行为，当然还会偶然地继续在物质世界中产生效果。这里，米勒对讲故事与误读的矛盾机制的解构式描述，唤起的是谨慎，不是放弃。不过，米勒现代版的解构主义给人应有的持久印象是，人类的媒介与活动就像达达式的戏剧性自白，其背景是执迷不悟的痴迷人物和僵化的机构构成的社会世界。这种立场再现了现代主义最严肃、最浪漫的形式。而另类的解构主义可以在雅克·德里达的作品中找到。

第十一章
晚期德里达：主权政治学

帅慧芳 译

当代最具影响力的理论家雅克·德里达（Jacques Derrida）在20世纪60年代至80年代用法语撰写了大约30本著作，并全部予以发表；同期，几乎所有这些作品都译成英文，远销世界各地。更令人惊讶的是，晚年的德里达仍笔耕不辍，上世纪90年代至2004年他逝世那年短短的十几年时间里，他又撰写了近40本书，其中还不包括他予以修订并重新发行的早期著述以及他与人合著的或是介绍性的书籍。我将世纪末至新千年之初这段时间德里达的著述活动定义为"晚期德里达"（Late Derrida）。德里达晚年著述颇丰，除了有专门的引荐、摘录德里达最新著述、关注德里达思想动态的三类《德里达读本》杂志之外，其三分之二的书籍也已被完整地译成英文。那么，这些著述到底有着什么样的特殊内容呢？

德里达的言论可谓分散而繁复，从中提炼出他系统的思想观点，以便让人们一目了然地了解德里达学说整体的面貌并非一件易事。大体而言，当今学者系统化地梳理德里达学理不外乎以下三种方法。评论者常用的、最为典型的方法之一就是提取德里达著述中的关键用语（即所谓的不可判定性和准先验性的系列概念）以彰显其思想的主要脉络，这些专业术语主要包括如早期的延异观（differance）、反复可能性（iterability）、边缘论（margin）、补充论（supplement）、文本论（text），以及晚期的未来的民主（democracy to come）、宽恕（forgiveness）、礼物（gift）、好客（hospitality）、公正（justice）、弥赛亚精神（messianic）、责任（responsibility）、幽灵化（spectrality）等等理念。德里达和杰弗里·本宁顿（Geoffrey Bennington）合著的《雅克·德里达》（*Jacques Derrida*）中"德里达的专业术语"（Derridabase）一章节就是以上述方式进行撰文的；本书最初于1991年在法国发行，1993年在英国发行，并于1999年进行了修订，其中增加了最新的相关文献。

评论者常用的方法之二是在比较德里达学说与其同时代的各大理论的基础上，将德里达的著述作为经典予以诠释、解密。比如说将其解构思想（deconstruction）与索绪尔（Saussure）和列维–施特劳斯的结构主义（structuralism）、胡塞尔（Husserl）和伽达默尔（Gadamer）的现象学（phenomenology）、弗洛伊德（Freud）和拉康（Lacan）的精神分析学（psychoanalysis）、奥斯汀（Austin）和瑟尔（Searl）的言语行为理论（speech-act theory）、哈贝马斯（Habermas）的沟通行为理论（communications theory）或是正统的马克思主义理论（Marxism）进行对比解读。此外，批评家们也经常将德里达与从古至今的理论大家如柏拉图（Plato）、卢梭（Rousseau）、康德（Kant）、黑格尔（Hegel）、尼采（Nietzsche）、海德格尔（Heidegger）、布朗肖（Blanchot）、列维纳斯（Levinas）、福柯（Foucault）、德·曼（de Man）置于同一文本之中进行探讨和对比。法国哲学家马克·戈尔德施密特（Marc Goldschmitt）在其著述《雅克·德里达：生平简介》（*Jacques Derrida, une introduction*，2003年版）中就是以这种方式向读者介绍思想家德里达的。此外，由杰克·雷诺兹（Jack Reynolds）和乔纳森·罗芙（Jonathan Roffe）主编的涉及语言、文学、艺术、伦理、宗教、政治等多个领域的、由不同作者撰写、涵盖11篇文章的论文集中，作为总结性压轴篇目的"解读德里达"（"Understanding Derrida"，2004年版）采用的也是理论比较的方式。

评论者常用的方法之三是综述型的，也就是在介绍德里达主要著述的同时将其核心术语、及其与当代经典学说以及古往今来的理论家的关系等评述掺杂其中予以综合探讨；这种解读类的书籍通常会在文后附上德里达的著作及其相关评论作品的详细清单。尼古拉斯·罗伊尔（Nicholas Royle）怀着对德里达师长般的崇敬情愫写就的《雅克·德里达》（*Jacques Derrida*）就是这一模式的典范之作。[1]

综上可见，研究者或竭其所能地寻找德里达学说一以贯之的线索，或穷尽光阴只为破译德里达文意中的谜团，或毕恭毕敬地视其言论为圭臬，甚而能在自己的作品中绘声绘色地模拟他的议论口吻和思想意旨。德里达文集内容宏富，涉猎面极广，不论研究者采取什么样的方式，都难免陷入一种学术的危险境地：他们从清醒理智的批评家一致变成了德里达学理迷狂的追随者。鉴于此，笔者将努力克服这种狂热情绪，以便对晚期德里达著述中的政治学观点作出自己独特的评判和解读。

为什么选择探讨政治学这一主题呢？20世纪80年代末，以德里达为代表的解构主义开始将研究的触角明显地转向政治学领域。在当代理论界激进的社会、政治氛围里，解构主义的转型算是后知后觉了，至少在美国是如此。显然，舆论攻击以及多方面的压力促成了解构主义的学术转向。1987年德里达导师级的人物马丁·海德格尔（Martin Heidegger）和德里达亲密的同事和友人保罗·德·曼（Paul de Man）被指控有亲纳粹倾向；公众拿他们曾经的政治污点闹得沸沸扬扬。与此同时，保守派也对解构主义发起了无情的言论攻击，其中最为恶毒者当属阿兰·布鲁姆（Allan Bloom）的《美国心灵的封闭》（*The Closing of the American Mind*，1987年版）。而且，像其他人文主义者一样，解构主义者也深刻地感觉到在日渐加速化发展的公司制度之下，大学的自主权正日渐受到威胁。此外，当时世界格局正发生着剧烈的变化：苏联解体，美国却吹响了胜利者的号角，崛起为新秩序的统领者。晚期德里达的著述正是在上述时代和文化背景之下撰写的。作为当代理论一支的解构主义，它在压力下的"政治转向"代表了21世纪初各大理论的转型趋势。尽管当今社会也不断有向形式主义或是唯美主义等等这些具有空想、浪漫特质的流派回归的趋势，但几乎所有的文学和文化领域的学者、理论家都正确理解了这些流派的真谛，那就是它们是人类的希望，并矗立于政治之外。

我在读了德里达20世纪90年代的系列著述之后，于2004年德里达逝世

---

[1] 我们可以通过互联网查找到 Peter Krapp, "Bibliography of Publications by Jacques Derrida"，其中列有详细的雅克·德里达的著述名目，网址为 www.hydra.umn.edu/derrida/jdind.html。

前几个月来到了巴黎。在那儿，我又找到了一些还没有被翻译成英文的德里达的著作：比如《明天会怎样：德里达与伊丽莎白·卢迪内斯库对话录》(*De quoi demain… Dialogue*, 2001年版)，本书记载了德里达与法国史学家伊丽莎白·卢迪内斯库(Elisabeth Roudinesco)的对话，其中不乏警句和洞见，总共九章，每一章所讨论的问题都各自不同，涉猎内容极为广泛，包括死刑、反闪米特主义、更改人类和动物权益法、精神分析法、当代哲学、马克思主义以及同一性和自由论等等话题。《流氓》(*Voyous*, 2003年版)由两篇长长的讲演稿组成，内容直接涉及当今政治，其中深入探讨到流氓国家、国际法、民主、理性，尤其是主权等重要话题。《起源、谱系、风格与天赋》(*Genèses, genealogies, genres, et le génie*, 2003年版)是针对海伦·西苏(Hélène Cixous)的作品所作的赏析，这是一位他最喜爱的当代作家，同时这篇评论文章也说明德里达一生对于文学的偏好从没有改变。上述三本书，其中前两本著述中最为重要的政治思想部分被当时发行的用英语写成的小书所辑略，这本小书就是美籍意大利人乔万娜·博拉朵莉(Giovanna Borradori)的《恐怖时代的哲学：与哈贝马斯和德里达对话》(*Philosophy in a Time of Terror: Dialogues with Jürgen Habermas and Jacques Derrida*, 2003年版)，本书同时也辑录了作者本人对德里达和哈贝马斯关于政治话题所作的访谈。

德里达的创造力似乎永不枯竭，其创作高峰可谓接二连三。我们可以将21世纪初出版的德里达著作做一个分类。按体裁划分的话，有访谈类和语录类。访谈类的作品有：《1974–1994年访谈录辑略》(*Points… Interviews, 1974–1994*, 1992年法国发行，1995年译成英文)、《承诺：哲学之印象》(*Sur Parole: Instantanés philosophiques*, 1999年版)，以及《谈判：1971–2001年访谈录》(*Negotiations: Interventions and Interviews, 1971–2001*, 2000年版)。语录类的作品有：根据德里达与意大利哲学家毛里齐奥·费拉里斯(Maurizio Ferrais)的对话辑录而成的《隐秘的品味》(*A Taste for the Secret*, 1997年法国发行，2001年译成英文)，还有根据德里达与法国哲学家凯瑟琳·马拉博(Catherine Malabou)的对话辑录而成的《返径》(*La Contre-allée*, 1999年版)。如果按内容划分的话，著述又涉及教育、政治或伦理等话题。谈及教育和教育学的有如《谁害怕哲学？》

(*Who's Afraid of Philosophy?*,1990 年法国发行,2002 年译成英文)、《大学之洞见》(*Eyes of the University*,1990 年法国发行,2004 年译成英文)、论文《无条件大学》("The University without Condition"),以及他用法语写成并译成英文的讲演录《无从辩解》(*Without Alibi*,2002 年版)。此外,关于政治、伦理方面的著述,有如《另一个航向》(*The Other Heading*,1991 年法国发行,1992 年译成英文)、《马克思的幽灵》(*Specters of Marx*,1993 年法国发行,1994 年译成英文)、《友爱政治学》(*Politics of Friendship*,1994 年法国发行,1997 年译成英文)、《论好客》(*Of Hospitality*,1997 年法国发行,2000 年译成英文);德里达唯一一本用英语撰写的《论世界主义和宽恕》(*On Cosmopolitanism and Forgiveness*,2001 年版),其中还将 20 世纪 90 年代的两篇讲演稿囊括了进去;《马克思和儿子们》(*Marx & Sons*,2002 年版)这本小书的英文版紧随其法文版之后便发行了,它其实也是一篇讲演词,是德里达对左翼评论家在《幽灵的界限:关于雅克·德里达〈马克思的幽灵〉的座谈会》(*Ghostly Demarcations: A Symposium on Jacques Derrida's Specters of Marx*,1999 年版)中的疑义所作出的反馈。如果还要列举下去的话,恐怕还有更多。

德里达在与哲学家费拉里斯(Ferraris)谈心时,曾这样说道:"仔细回顾一下我的写作历程就知道,其实哪有什么苦心经营,每次不过是乘兴而起。我从不在心里盘算着要写一篇什么样的文章,可以说每一篇文章或每一本书不过是偶然在一个问题的激发下写就的,你也知道我几乎在每一段文字后都有签名和写下当时日期的习惯,从这儿也看得出写作于我而言并不是刻意而为的。"[2] 确实如此,德里达的许多作品,乍看之下,毫无章法可言,信口说来,洋洋洒洒,时而论证,时而隐喻,谈古论今,迂回曲折。有时简明扼要,有时繁杂冗长。其

---

[2] Jacques Derrida and Maurizio Ferraris, *A Taste for the Secret*, ed. G. Donis and David Webb, trans. Giacomo Donis (1997; Cambridge: Polity, 2001), p.62. 这本书集结了五篇对话录,包括德里达和费拉里斯(Ferraris)自 1993 年 7 月至 1994 年 11 月以及德里达和詹尼·瓦蒂默(Gianni Vattimo)于 1995 年 1 月所进行的谈话。"自 20 世纪 90 年代开始,德里达逐渐形成自由发挥式的写作格调了,比方说他不一定会在哪里探讨到好客,于是读者为了了解其好客论的整体面貌,只得四处搜寻相关著作从中细读查找。"见 Herman Rapaport, *Late Derrida: Reading the Recent Work* (New York: Routledge, 2003), p.26。这本书涉及的话题极其广泛,只是没有论及政治。

中的思路和结论若隐若现、飘忽不定。当你经过漫长的阅读以为确切地把握了他的结论时,他却转身将其抛弃;当你以为他已经进入思考的死胡同时,却突然发现原来别有洞天。当论及康德专题型、系统性的写作方式时,德里达就曾对詹尼·瓦蒂默(Gianni Vattimo)说:"现在要再写出这样有体系的哲学巨著是绝不可能的……我的论说经常从不沾边的题外话开始"(《隐秘的品味》,第81页)。对于德里达著作中这种一以贯之的题外话性质,本宁顿非常委婉地评论道:"解构并不总是发生在最终结束的瞬间,而是在行进的途中就已经开始了。"罗伊尔也提及德里达的这一写作风格:"德里达所有的作品似乎都生就了一副洋洋洒洒、不着边际的面孔。"[3]

尽管德里达的作品以零散的叙述和发散的思维著称,但并不等于它们没有核心主题。相反,德里达的每一篇文章都有一个核心概念,而且当他集中论述理论重点之时,他的文字通常就变得言简意赅了。人们在这些分散、繁复的著述中慢慢搜寻,才能最终读懂他那些特殊用语的内涵,理清其整体学说的结构;像那些具有准先验主义(quasitranscendental)色彩的专业术语,或是晚期德里达著述中关于主权的叙述,都是如此。至今,在研究晚期德里达的学术文献中,"主权"这一晚期德里达著述中重要的政治主题却并未被仔细探究;我想就以主权这一主题为线索描述、评价雅克·德里达的政治学思想并进而透析20世纪末解构主义的政治学转向。

德里达对主权的解构

德里达在其著作《流氓》(*Voyous*)中探讨了多个议题,其中包括流氓国家、理性,以及主权和未来的民主之间的关系等等。这本著作实际上由两场在不同

---

[3] 见 Geoffrey Bennington and Jacques Derrida, *Jacques Derrida*, rev. edn, trans. G. Bennington (Chicago: University of Chicago Press, 1999), p.169;以及 Nicholas Royle, *Jacques Derrida* (London: Routledge, 2003), p.96。据一部关于德里达的纪录片披露,在1982年一次未公开的访谈中,德里达曾谈及即兴演讲与传统典型的演说之间的区别,并说道:"我热爱即兴演讲。"参看 Derrida, dir. Kirby Dick and Amy Ziering Kofman, Jane Doe Films, 2002; DVD, Zeitgeist Video, 2003, ch.10。

时间和地点所作的报告组成。第一场报告的主题为"强权的公理（有没有流氓国家？）"[The Reason of the Strongest：(Are There Rogues States？)]，是德里达于2002年7月在法国萨勒（Cerisy-la-Salle）行政区参加主题为"（关于德里达的）未来的民主"的研讨会时所作的发言。第二场报告"未来的启蒙'世界'：例外、计算与主权"（The "World" of the Enlightenment to Come：Exception, Calculation, and Sovereignty）是德里达于同年8月在尼斯大学（University of Nice）为法语哲学团体联合会第二十九届大会的开幕式而作的。从德里达所作的序言就可以清晰地了解到这本书的主要意旨，序言中说："流氓国家并不履行国际法规定的职责和义务，相反，它们嘲弄法律并凌驾于法律之上。"[4]这一对"流氓国家"的定义有一则脚注，其中问道："一个国家的理性会不会总是屈从于法律的条条框框？主权本身是不是逍遥于法律之外？主权作为一种特殊的权益一旦确立，是否代表它可以背叛并无视法律？"（《流氓》，第12页）德里达在文章一开始就提出了主权这个问题，可见它与流氓国家有着内在的关系。当今政坛时事成为这儿的主角，当然它也是晚期德里达著述中刻意诠释的主题。[5]

---

[4] 见 Jacques Derrida, *Voyous* (Rogues) (Paris：Galilk and Amy Ziering) 本文所引用的这一文献中的言论，其英语译文皆出自笔者之手。

[5] 杰弗里·本宁顿（Geoffrey Bennington）在"德里达和政治"一文中论及："我们很难明确地将德里达的逻辑推理和他的认识论，或是同他对伦理和政治问题的关注区别开来，它们似乎都是相混在一块、难分彼此的。"见 Tom Cohen, ed., *Jacques Derrida and the Humanities：A Critical Reader* (Cambridge：Cambridge University Press, 2001), p.197. 尽管德里达于90年代撰写的著作中频频论及政治，但那决不是他最擅长发挥才思的领域。"见 Richard Beardsworth, *Derrida & the Political* (London：Routledge, 1996), p.xi. 凭我多年阅读德里达的经验，我觉得只要您深入研读他的作品便不难发现其实他的早期和晚期著述几乎没什么大不同。"见 Simon Critchley, *Ethics-Politics-Subjectivity：Essays on Derrida, Levinas and Contemporary French Thought* (London：Verso, 1999), p.96. 事实并非如此，晚期德里达的著述风格较以往更为随性，而且作者更注重对政治和伦理方面的探讨这一点是毋庸置疑的。莫拉格（Morag）在其著述中为德里达做了充分的辩护，说他并不是一位伦理政治虚无主义者；其中他还对德里达学术生涯中的许多重要的政治学理论进行了探讨，但独独没有涉及主权这一晚期德里达著述中关键的政治学术语。参看 Morag Patrick, *Derrida, Responsibility and Politics* (Aldershot：Ashgate, 1997). 塞拉（Seyla）倒是探讨过主权，只是并不是太深入。参看 Seyla Benhabib, "Democracy and Difference：Reflectionson the Metapolitics of Lyotard and Derrida" (1994), reprinted in Christopher Norris and David Roden, eds, *Jacques Derrida* (London：Sage, 2003), Vol.4, esp. pp.221—228. 这套（转下页）

德里达在引述了前人一系列作品如诺姆·乔姆斯基（Noam Chomsky）的《流氓国家：国际事务中暴力的准则》（*Rogue States: The Rule of Force in World Affairs*，2000年版），罗伯特·理维克（Robert Litwak）的《流氓国家和美国的外交政策》（*Rogue States and US Foreign Policy*，2000年版），威廉·布鲁姆（William Blum）的《无赖国家》（*Rogue State*，2001年版）等的相关言论，并通过大量的例证和严格的定义认为，"美国才是蛮不讲理、充满暴力、对世界安全极具破坏力的流氓国家"（《流氓》，第139页）。美国作为一个有核国家经常打着国家主权至上的幌子践踏国际法律和契约；像美国这种霸权主义行径既仰赖于主权，同时又极大地损害了主权在人们心目中的形象。这个世界上到底还有没有真正拥有主权的国家？对国家主权进行一定的限制是否必须？当今的国家主权政治到底依凭什么而树立起来？

通常，主权是指一个国家在其所管辖的领土范围内所拥有的至高无上的权力，它经常具体与这个国家或民族政体约定俗成的历史人文因素，比如神、国王、国民、民族、意志等密切相关。1648年确认生效的威斯特伐利亚合约（Peace of Westphalia）创立了以国际会议解决国际争端的先例，确定了国际关系中应遵守的国家主权、国家领土与国家独立等原则，此后国家间不得任意侵犯对方主权也成了一种正式的法律规定。在卡尔·施密特（Carl Schmitt）之后，德里达更提出："所谓主权，就是处理特例的能力；主权可以干扰、终止法律。"[6] 在当今这个民主的时代，具体来说，主权具体的实施人就是政府或国家领导人。比如在美国，当总统凌驾司法判决之上实施赦免权时，主权就得以显现了。此外，"主权最重要的主题是国家政权可以实施对暴力的控制，甚至判决罪犯以死

（接上页）现代哲人思想丛书精选现当代最富盛名的哲人哲学集结成册，共四卷，录入了65篇关于德里达自20世纪70年代至21世纪初的著作的评述文章，涉及22个主题，长达1600页。

[6] 见 Jacques Derrida and Elisabeth Roudinesco, *De quoi demain… Dialogue* (For What Tomorrow… A Dialogue) (Paris: Flammarion, 2001), p.151。本文所引用的这一文献中的言论，英语译文皆出自里奇之手。

刑。"[7] 一个拥有独立主权的国家除了可以施行死刑之外，当国家的领土权、安全受到威胁时（包括全球化和恐怖主义势力的侵袭等等），它也可以动用武力进行反击。因而真正的主权是离不开武力的，而且一定程度上"强权即公理"。

主权有着与其内涵相矛盾的特征，即主权的非民主性。主权内在的矛盾性正是德里达解构主权的切入点。试想一想，所谓君权不过是君主一人对全国的控制；所谓特例不过是凌驾于法律之上；死刑是国家掌控的对人民的生杀权，而它恰恰违背了公民的生命权和发展权；还有"为什么强国总是干预弱国的主权……而强权的政体就决不允许它的主权受到一点点威胁呢？"[8] 更令人发指的是，美国竟打着主权无上的旗号，不但"横行霸道于各个主权国家"[9]，而且掌控着联合国（并不民主的安全理事会）内部的精锐势力，似乎主权是独属于美国的，这个世界上还有一种单边主义主权（sovereign unilateralism）一样：

---

[7] 见 Jacques Derrida, *Without Alibi*, ed. and trans. Peggy Kamuf (Stanford：Stanford University Press, 2002), p.268。本书收录了德里达最新的五篇讲演词、论文外加一篇德里达为他人著作撰写的序言。卡穆芙（Kamuf）认为"本书中所辑录的所有篇章有着同一个主题，那就是主权。"（第13页）关于德里达暴力论的评判言论，参看 David C. Durst, "The Place of the Political in Derrida and Foucault", *Political Theory* 28.5 (Oct.2000)：675-89，这篇文章是针对 Beardsworth's *Derrida & the political* 以及 Jon Simon's *Foucault & the Political* (London：Routledge, 1995) 而做出的评论。

[8] 见 Jacques Derrida, *Negotiation：Intervention and Interviews, 1971-2001*, ed. and trans. Elizabeth Rottenberg (Stanford：Stanford University Press, 2002), p.385. 这本书内容极为丰富，正如其封面评介语所说的"几乎囊括了德里达近30年的政治学和伦理学思想。"

主权内在矛盾性最突出的表现即为时间和语言。主权的不可分割性会在一时或历史的变化中，或是在他者的牵制及权威的分离中不断削弱。（《流氓》，第144页）尽管德里达意识到了这些极具挑衅性的瓦解力量，但并没有就此做深入分析。

主权还有另一个特点："它可以选择沉默、不回馈，它有权力不对任何事情负责。"见 Jacque Derrida, "La bête et le souverain" (The Beast and the Sovereign), in Marie-Louise Mallet, ed., *La Due Derrida, venire. Autour de Jacque Derrida* (Democracy to Come：Around Jacques Derrida) (Paris：Galilhe Sovereign)，笔者翻译。这篇文章收录了德里达2001至2002年间在巴黎教授"野兽和主权"（La bête et le souverain）课程时的一些精要总结语。

[9] 见"Autoimmunity：Real and Symbolic Suicides-A Dialogue with Jacque Derrida", in Giovanna Borradori, ed., *Philosophy in a Time of Terror：Dialogues with Jürgen Habermas and Jacque Derrida, in Gio* (Chicago：University of Chicago Press, 2003), p.94。

民主和主权是不可分割的一对矛盾体。众所周知,Demokratie(民主)这个概念由两个希腊词汇组成:demos(民众)和cratie(权力)。因而真正意义上的、世界范围内的民主,需要有一种比其他任何权威更为强大的主权为全球民众做主。但是试想一下,如果我们确实依靠这种凌驾于万物之上的主权而建立起一个世界级的机构用于代表并保护世界人民的民主的话,那么很显然,这一主权在一开始便走向了背叛和威胁民主本身的不归之路(《流氓》,第143页;括号为本书作者加)。

鉴于主权在当今民主国家表现出极强的矛盾性,为了维系主权,德里达提出以限制和共享的方式对之进行改革。同时他指出对主权具有解构意味的质疑和共享其实正发生在我们身边。

德里达的主权解构既简单又复杂。说它复杂是因为毕竟主权与伦理、法律、人际关系等都有着密切的关系。德里达在论及"反恐战争"时,像极了一位沧桑睿智的政治预言家:

> 主权解构并不是在我们定义"解构"之后才次第展开的,它其实早已经开始并将长时间地存在下去,它也并不以人的主观意志为转移。主权解构并不指国家在某个特定时期因考虑到多方面的因素而主动牺牲或被迫放弃自主权利,而是指国家在一种特殊的主权形式——限制主权和共享主权之下必定会经历的隐忍的痛苦和微妙的变化。事实上,当代国际社会对于共享主权、限制主权并不陌生。但不可否认的是,这种共享分制的主权与纯粹意义上的主权概念是相矛盾的……主权解构既然已经萌生,便会一路延续下去,并不会停歇它们的脚步;而人类也不会停止对自主、自由等理想的追求,也不会轻言放弃与法律同时诞生的武装、暴力。我们该如何去协调无条件的(unconditional)"自治"(auto-nomy)(它是纯粹伦理、主权者的主体性、终极救赎和自由等的奠基)和真正意义上名副其实的无条件的"他治"(hetero-nomy)之间的关系呢?(《恐怖时代的哲学》,第131—132页)

在德里达微妙的措辞中,我们感觉到共享主权和限制主权并不会因为它们不利于真正的主权而消失，而会一直存在下去，而这是一件既有利又有弊的事。因为主权既关系到国家、国际系统的正常运转，又与伦理、法律（德里达在这儿可能会扬一扬眉毛，继而说："等等等等"）有着密切的关系。

主权是通过自主、自由和暴力来实施的；可以说，世界上任何一种主权都具备这些特征，尤其是当今以公民作为主体的国家主权更是如此。"人权的提出就是以人作为独立主体所必须拥有的平等、自由、自主等权利为前提条件的。"（《流氓》，第128页）而且，"作为人类生存发展的根本公理如伦理、法律、政治所规定的责任和义务其实都是在满足有意识的个体自由、自主、主动的权利，不违背公民主权的基础上建构起来的"（《无从辩解》，第19页）。据此，德里达认为很显然，人们是不会轻言放弃自身主权包括自由、平等、职责、权势的追求，就像他们从不盲目牺牲国家主权一样。

似乎这个结论是不言而喻的，但德里达却是经过多方举证并反复论证的。他在阐述"主权者的主体性"观点的过程中，深刻地意识到公民的自主性并不完整，而且其表现也具有多样性。对于这个问题德里达从不同的角度给予了丰富的阐述，尤其是对于"无意识"（the unconscious）和"他者"（the other）（包括自我性中的他者）话题的论述更是精辟恰切，其中有一番话非常发人深省："不去探讨那个清醒着、在法律面前懂得如何驾驭主权的主体，不去探讨理性、自主，或是带着强烈的目的性的主体，我们可以赋予这个主体以一种多样性，这样一来，一种日益增多、靠艰辛奋斗而来的、具有稳定条件，尽管还不是那么完美的主体就将慢慢形成，唯有这样的主体才可能在看似暗无天日和不可战胜的他治的氛围下夺取最终的自治权。"[10]（《明天会怎样？》，第286页）值得一提的是，

---

[10] "要和职责达成协议，就必须与主体性决裂，至少要与那些催生主体性却并不一定是主体性不可或缺的因素的行为，譬如决定、选择、代理保持一定的距离……他者或是他者的痕迹其实一直留存在我们内心，在某个时刻或某个地点，它保有自身的独特性，并不会为意识或个人的思想所左右。"见 Thomas Keenan, *Fables of Responsibility: Aberrations and Predicaments in Ethics and Politics* (Stanford: Stanford University Press, 1997), p.66. 基南（Keenan）对于主体性和变化性的解构性阐释是颇为明晰的，但后来他将这种变化性完全归因于语言（"修辞、文本、文学或是寓言"）的变化就显得很狭隘了，而且这无疑带有对希利斯·米勒（J. Hillis Miller）的一种追忆式的纪念情绪。变化是多方因素促成的，它会在时间、他者、他者群、无意识以及不合时宜的语言之间诞生、繁衍。他治从多方面制约着自治。

德里达关于主权解构的说法总是由相反相成的两方面组成的（即先肯定再否定），这在他具体论述国家主权、城市避难所主权以及大学主权等问题上都是如此。[11] 起初局限在神和理性范围里的主权概念，其触角正伸向各个领域；尽管主权解构总是摆着一副模棱两可的姿态，但不可否认它的确鞭辟入里，对于当今的主权问题披露得很是彻底，而且它的势力一直在不停地蔓延并将带来不可估量的影响。每一个社会团体似乎都在一夜之间萌发了争取主权的意识，而且各家所持主权准则都各不相同，但一致的是他们都在不约而同地为获得主权而争执（大学里的教职工对于这一点恐怕是最清楚不过的啦）。晚期德里达著述中，主权解构的范围极其宽泛，囊括了从神、理性、统治者，到国家、民众、主体性，到避难所、大学、普通家庭等各大角色。

上述所引《恐怖时代的哲学》文本中，德里达非常突兀地将无条件的好客和有条件的好客（unconditional/conditional hospitality）二者同时引入主权话题的探讨中。有条件的或者是普通的好客，表面上看，就是在对方遵从我的规范或我的生活方式的前提下才有的一种友好。无条件的或者说是纯粹的好客却对所有不速之客也好、异族也好、彻底的他者也好都一视同仁。"这两种好客交相混合、不得强分彼此"（《恐怖时代的哲学》，第 129 页）。一方是先验性的先决条件，另一方离了这个先决条件也就不能发挥其能耐了。现实生活中，有条件的好客其实只能在"客观条件允许的情况下，比如在我的权力范围之内才能得以实施；具体而言唯有在我家，我才能款待客人，表现我作为主人的热忱。"[12]（第 128 页）在这儿，家就是主人的权力地盘。

---

[11] 关于未来城市避难所的主权、精神病院主权的解读，参看德里达于 1996 年在斯特拉斯堡举行的国际作家会议上所做的讲演，讲演稿已辑录于 Derrida, *Cosmopolitanism and Forgiveness*, trans. Mark Dooley and Michael Hughes (London: Verso, 2001), esp. pp.4–8。关于大学主权之必须，参看 Derrida's "The University without Condition", in *Without Alibi*, esp. pp.206–207, 232, 235–236。

[12] 主权和主人的"家"是紧密相连的："典型地说，离开了主权，就无所谓好客了。"见 Jacques Derrida, *Of Hospitality: Anne Dufourmantelle Invites Jacques Derrida to Respond*, trans. Rachel Bowlby (1997; Stanford: Stanford University Press, 2000), p.55。这本书辑录了德里达于 1996 年 1 月在两次研讨会上所做的讲演和迪富芒泰勒（Dufourmantelle）对此所做的相关评述。

在《流氓》一书的收尾部分，作者回顾前文并清晰地察觉到："我一直不断思索着主权缺失下的无条件性(unconditionality without sovereignty)，近几年来最贴近这一想法的概念恐怕就属'无条件的好客'了"(第204页)。此后，他似乎思如泉涌，一发不可收拾，连续提出了一系列相关的术语，如：礼物、宽容、公正、不可能性(the impossible)、理性(reason)、事件(event)等等。鲁道夫·加斯凯(Rodolphe Gasché)在很久之前就以无条件(即先验性的)与有条件(即普通的)为限定，提出一对对相应的概念，并且他还指出："准先验性(quasitranscendentals)恰好填补了先验性与经验性之间的空缺。"[13] 晚期德里达著述中所表述的"主权缺失下的无条件性"事实上就是带有理想主义、乌托邦主义色彩的政治思想。

我们能否构思出一种没有主权的统治(a sovereign without sovereignty)？当然可以，德里达会这么回答。20世纪60年代德国《明镜》(Der Spiegel)周刊栏目组对海德格尔进行访谈时，德里达当时也在现场；大概是海德格尔的言谈触发了他的灵感，竟使他脱口问道："您怎么知道'未来的神'并不适宜终极的主权形式？终极主权可以很好地协调好绝对公正与绝对法律之间的关系，就像所有的主权和法律一样，拥有绝对的暴力和绝对的拯救力量。因而你不能矢口否认这一点"(《恐怖时代的哲学》，第190页，注释14)。其实这里面隐含着一种信仰，一种对于不可能事物的信仰，是弥赛亚缺失下的弥赛亚精神(借用《马克思的幽灵》里面的术语)，是对于未来民主的期待。这种似乎永远不可能实现的、具有弥赛亚精神的、民主的主权形式也许在德里达的一系列理想之后终将到来。德里达提出的政治理想包括：建构具有完全自主性的国际公正法庭；真正的民主要做到在尊重社会裙带关系和法律平等性的基础上，也要特别将每个存在的个体的自主性考虑进去；建立自主的、民主的、统一的欧洲，[14] 或是建构

---

[13] 见 Rodolphe Gasché, *The Tain of the Mirror: Derrida and the Philosophy of Reflection* (Cambridge: Harvard University Press, 1986), p. 317.

[14] 在后期著述中，德里达经常从欧洲政治的视角去探讨问题，最为显著的如 *The Other Heading: Reflections on Today's Europe*, trans. Pascale-Anne Brault and Michael B. Naar (1991; Bloomington: Indiana University Press, 1992), esp. pp. 76—80。这本书辑录了德里达于1990年5月于"欧洲文化同一性"研讨会上所做的学术报告以及1989年 (转下页)

一个没有国别,没有党派、阶级、国籍之分的、四海一家的新国际。德里达这一让人眩晕的国际社会、乌托邦之国是对现实社会肮脏、丑陋一面的深刻抨击,同时又带有完满、奢侈的理想主义光环。

德里达政治学的语用体系都是在"谈判"(negotiation)名义下进行的。这使得他那些为人们耳熟能详的解构主义论调,那些总是让人捉摸不透的用语,不论是在策略或姿态上,还是从一方面或另一方面而言都显得过于伶俐了,竟让人感觉有些狡辩的腔调。比方说,在国家主权的问题上,德里达最终是这么宣称的:"我的立场要视具体情况而言,我有充当主权主义者或反主权主义者的双向权利。"(《明天会怎样?》,第153页)既然德里达并不是无条件的主权主义者,这其实方便他使尽解构主义的手段,拷问着漏洞重重的主权。此外,主权主义和反主权主义其实也并不是两不相干、毫无瓜葛的立场,更多的时候,它们互相纠缠、界限并不分明;德里达那些准先验主义的概念反倒更加实在地表达了它们之间错综复杂的关系。这就是无条件之有条件性(the conditionality of the unconditional)的说法得以提出的背景,而这也正是德里达解构思想中关键的语用特征。

德里达有一次做关于"宽恕"(On Forgiveness)的讲演,中途忽然灵感迸发,使得那别具一格的、矛盾的德里达式的谈判思想一下子变得清晰起来。刻下,他的思路便即兴转机了,并且他就当下关于有条件的宽恕或无条件的宽恕的例子说开去,无条件的宽恕必须是在罪人没有请求原谅或真诚悔改之前就去不计得失地、主动地去宽容他们:

> 无条件和有条件看似无关,但事实上它们是相互混杂的,而且其中它们又极端维护着自身的性质,有着各自不可逾越的界限。因此,它们是不

(接上页)1月的一次访谈。德里达在哲学和政治学上所表现的欧洲中心主义情结是异常明显而坚定的。对德里达的政治学并不认同,对其弥赛亚式的"公正"观也并不予以重视的相关论述,参看 Mark Lilla, "The Politics of Jacques Derrida", *New York Review of Books* 45.11, June 25, 1998,其中论及:"德里达是一位立场较为模棱的左翼民主人士,他尊重'差异',在最近有关世界主义话题的文章中,他不断谈论到欧洲将变得更为开放和友好,不仅仅对移民而言。其实这些都算不上什么真知灼见。"(第40页)。在这儿,利亚(Lilla)对"主权"却只字未提。

可分割的一个有机整体：如果谁需要它，那么及时的、具体的宽恕就变成一种必须；如果谁想通过自身努力而最终迎来宽恕的话，那么纯粹性的宽容就不可避免地陷进了无数的条件中，比如心理上的、社会或政治意义上的等等。人们所谓的决定和职责其实就诞生于有条件和无条件二者的不可协调性和相互关系性之上。（《论世界主义和宽恕》，第44页）

西蒙·克里奇利（Simon Critchley）和理查德·卡尼（Richard Kearney）在为《论世界主义和宽恕》一书作的序言中对于德里达政治学中谈判的论调有过精到的阐述："担待责任的政治决定或行为正是在二者不可调和而又相互关联的、希冀彼此谈判的过程中而达成的。一方面，务实的政治或法律行为人，在没有受到审慎心理的干扰之前，必然站在一个理性的制高点，去思索一种终极责任，这一刻他们可谓抵达了无条件性的极点……但另一方面，德里达又会坚持认定这一顶级的无条件性在现实中是难以实现的，它似乎对具体的政治行径毫无裨益。"（第11—13页）看看这里的"一方面"、"另一方面"所意味的双重关系和双重职责；我想说的是：德里达提到的纯粹的好客、绝对的宽恕、未来的民主都隶属他的无条件观念系列，这些大概只有我们的子孙后代才能享用到吧。的确，那儿明明有一股政治的力量在纠结，但于我而言，缺失唯物主义势力把控的政治都显得过于虚幻而无力。

当我们将谈判和宽恕放入主权的语境之下，似乎会得到更宽的视角。让我们来读一读德里达这段直达本质的话："为什么当人们听到'我原谅你'的时候，总是会感觉很不舒服，甚至难以忍受呢？因为施舍宽容者在作出宽恕行为的同时也找到了自身的主权地位。"（《论世界主义和宽恕》，第58页）宽容中必然有一方屈尊，一方傲慢，还有令人煎熬的沉默。"人们每一次践行宽容的一刻，就是他们的主权得以显现之时。"（第59页）那么到底存不存在没有主权的宽容呢？德里达所梦想的正是如此"纯粹的宽容：无条件的，也是无主权的"（第59页）。

晚期德里达著述中常见的这种政治语用学所具有的双重约束很好地提醒政界一定要思虑再三以作出负责任的决定来。一个好的决定并不是敷衍了事能得来的；当知识为我们指明了方向，方略又选择无误，加上规则适用之时，在合理的计划之下，我们才能去做一个决定。做决定需要有良知、道义感和责任感。

负责的决定其实是极为矛盾的、双重约束力的结合体。"决定的那一刻,就定格了这个决定的性质;它必须高屋建瓴以囊括所有的知识和理论见地,而且它也必须努力超越现阶段的科技水准和社会良知。可以肯定的是,一旦我们做出的决定拥有自身的主权和自由,科技水准和社会良知就再也追赶不上决定的步伐了。"[15](《友爱政治学》,第219页)负责的决定取决于主权的主体本身,决定唯有依靠主体的巧妙玩转而得以升华;这种纯粹的决定与平常林林总总的决定是有着天壤之别的。这使现实中的我们仿佛陷入了永久的泥淖之中,难以自拔:之前德里达还一直指望着没有主权的宽容,这会儿他又为他那理想的责任感找了一个主权作为靠山。这里面难道有什么误会不成?德里达这飘忽不定的立场,一会儿让他扮演着主权主义者的角色,但转而他又成了坚定的反主权主义分子:"解构的诞生需要这样一种可遇不可求、似乎很难实现的、但对它而言又是不可或缺的环境:那就是找到无条件性与主权(即法律、暴力、强权)之间的契合点。解构是无条件性的坚定盟友,即便当它无以实现自身的时候也是如此;解构永远不会是主权的战友,即便主权为它提供一切可能的时候也是如此。"(《明天会怎样?》,第153页)这一段话可用来概述德里达模棱两可的主权解构体系。

德里达的政治学

雅克·德里达是来自阿尔及利亚的西班牙裔犹太人,没有任何宗教信仰。[16]大家从他的言论中似乎寻摸到一种有极强的自由主义和世界大同倾向的民主社会主义者的精神,认为他期望当今包括市场经济、科学技术、传媒等方面的全

---

[15] 见 Jacques Derrida, *Politics of Friendship*, trans. George Collins (1994; London: Verso, 1997), pp. 304–305。本书内容是以 1988—1989 年"友爱政治学"研讨班的讲义为基础的,在集结、修订出版之前,多以讲演或专题论文的形式出现。

[16] 关于德里达的传记体裁文献,推荐参看 Catherine Malabou and Jacques Derrida, *La Contre-allbou* (Counterpath) (Paris: La Quinzaine Littéraire and Louis Vuitton, 1997), pp. 304–305。在这本著述中,尽管我们读到的都是对德里达的赞誉之辞,但毕竟它也有自身的优势,其中有对德里达主要著作的精辟评述,德里达本人收藏的珍贵照片 50 来幅,还有德里达和这位法国黑格尔学派学者马拉博(Malabou)于 1997—1998 两年间往来的信件和贺卡,此外还附有一张详尽的德里达履历表。

球化，还有美国霸权主义和欧洲一体化等等这些不论是祸是福，都应致力于改观这个世界，让每一个国家都能在谈判中获得自己应有的主权和民主。晚期德里达著述中认为当今有一些行为、机构或理念对主权的"完善"还是"颇有裨益"的，其中包括：人道主义干预，国际刑事法院，"危害人权罪"的概念，死刑的终结（欧洲联盟业已宣布），以及非政府型组织建构等工作的实施。"不论'人道主义'的口号多么空泛或有多伪善，我们都应向这些举着人道主义大旗干预政治的使者致敬，因为据此我们可以适时地对某些国家进行主权限制。"[17] 德里达对主权现状微妙的褒扬有时与他对那些反对包括语言文字、资本集中、所谓的新自由市场、还有恐怖袭击、武器增殖等等方面霸权主义的民主、主权国家给予的辩护是相辅相成的。"我们应该致力于削弱国家这种形态的再次繁衍，但同时要对一些特别的国家形态予以维系……：这些国家都极力反对邪恶势力组织，抵制滥用拨款、垄断和标准化行为；致力于民族、世界文化权益保护事业；它们从不会在没有理智的规划、全方位的勘探之前就肆意开采或动武。"（《谈判》，第67页）因而就某种程度而言，德里达对于当今的一些较为民主、并不霸道、社会主义主权国家还是持赞赏态度的。只可惜，他却并没有描绘出一幅未来民主社会主义社会的蓝图。

我们并不能因此就断定德里达是一位不折不扣的共产主义者；可以说，他绝不是。他在《友爱政治学》中详细阐述博爱（自由、平等、博爱）的民主意味之后坦露了心声："我在想，为什么我从没有主动写过甚至从不会第一时间想到'群体'（community）这个词……"（第304—305页）德里达对博爱近乎苛刻的批判就是建立在他潜意识的对团体的不信任感之上的。他有一次在和费拉里斯（Ferraris）谈话时这样说道："不要将我纳入到你的世界，别指望我会和你志同道合，我要的是我的自由，过去现在和未来都将如此：对我而言，这是我保持独立和他者身份的前提，同时也可以成全我进出他者奇异、多变的世界的自由。"（《隐秘的品味》，第27页）而当他在瓦蒂默（Vattimo）面前却近乎以一种悲观

---

[17] 见 Jacques Derrida, *Specters of Marx: The State of Debt, The Work of Mourning, and the New International*, trans. Peggy Kamuf（1993；New York：Routledge, 1994），p.84。此书是以德里达1993年4月在"马克思主义凋谢了吗？"研讨会上所做的讲演为蓝本。

的调子诉说他这种边缘的感受:"小镇、家庭、语言、文化都不是我的,这个世界似乎没有一个地方'属于'我……如果用一个词汇来描述我与这些似乎为大家所共有的机构之间的关系,我会说不过是'所有权被剥夺'而已……我的'出走'(departure)观就是从这些所属关系断裂处衍生出来的。"(《隐秘的品味》,第85页)在与卢迪内斯库(Roudinesco)谈心之时,德里达认为他对群体的恶感和他童年时被孤立的经历密切相关(小时候的德里达常常因为犹太人的身份而备受冷落甚至侮辱)。[18](第182—185页)在《马克思和儿子们》中,他也承认:"至今,我在'同志意识'方面仍然非常麻木。"[19]

那么毫无疑问,德里达当然不会对社会阶级、政党政治、民主主义等一系列的政治或理论范畴产生好感。他与西方当代一些左翼政治思想家如沃勒斯坦(Wallerstein)、拉克劳(Laclau)、墨菲(Mouffe)、哈特(Hardt)、内格里(Negri)等人持有不同的政见,其中最为重要的一点就是他从不寄希望于社会主义运动来改观世界,[20]尽管在当时社会主义运动异军突起、成为代替政党、阶级的政

---

[18] 在德里达看来:"毫无疑问,我孤僻的性情、希望与任何形式的团体撇清关系的意志都是在那个时候形成的,甚而这种深刻的怀疑几乎令我连'团体'这个词都不愿意亲近。"见 Jacques Derrida, *Sur parole: Instantanés philosophiques* (On My Word: Philosophical Snapshots)(Paris: L'Aube, 1999, 2005), p.16. 笔者翻译。对比阅读在社会民主背景下探讨的"没有统一性的团体",参看 William Corlett, *Community without Unity: A Politics of Derridean Extravagance* (Durham: Duck University Press, 1989), esp. ch.10。关于德里达和德勒兹(Deleuze)以及伽塔利(Guattari)在政治学方面观点的异同,参看 Paul Patton, "Future Politics", in Paul Patton and John Protevi, eds, *Between Deleuze and Derrida* (London: Continuum, 2003), pp.14—29。

[19] 见 Jacques Derrida, "Marx and Sons", in Michael Sprinker, ed., *Ghostly Demarcations: A Symposium on Jacques Derrida's Specters of Marx* (London: Verso, 1999), p.265 n28。德里达对九位评论家的疑义做出了回馈(第213—269页,附有90条注释),中途他也生出一些不耐烦的情绪:"我想我已经回答得够充分细致了,我不想再用太多的篇幅来探讨这些问题(尽管你们还不尽兴,但我真的不允许自己这样浪费篇幅了)。"(第233页)

[20] 关于当代政治中新社会主义运动和政党政治之间的势力之对比,参看 Immanuel Wallerstein, *Geopolitics and Geoculture: Essays on the Changing World-System* (New York: Cambridge University Press, 1991), pp.229—230; Ernesto Laclau and Chantal Mouffe, *Hegemony and Socialist Strategy: Towards a Radical Democratic Politics* (London: Verso, 1985), pp.1—2, 87, 140—141, 159—160; and Michael Hardt and Antonio Negri, *Empire* (Cambridge: Harvard University Press, 2000), pp.272—276。

治革新势力。德里达在1989年曾抱怨道:"还要我一再提醒你们我的的确确一直是左翼政治的战士吗?"(《谈判》,第164页)的确,一定程度上我能理解他为何会这么说,但人们的疑惑也是情有可原的,其实说实在的,我也被弄糊涂了,而且到现在仍然没弄清楚德里达真正的立场。德里达悲观的"所属关系断裂感"和自身主权的强烈诉求一直是他左翼政治生涯中难以驱除的几片乌云,也使他的政见带有了极强的自由主义的右翼倾向。而当我正想认同德里达所谓"我不是无政府主义者"时,却找到了更有说服力的说法,那就是"解构主义无疑就是主张无政府主义的"(《谈判》,第22页)。

如果做一个总体性的回顾,就可以看出德里达最最深入人心的政治宣言仍然要属他在《马克思的幽灵》一书中对冷战后新自由主义盛行的世界新秩序中出现的社会黑暗进行的深刻谴责和无情鞭挞,这就是他当时撰写时总结的十大弊端(第81–84页),这一论述极为经典,以至于作者在逝世之前也一直以同样的腔调指责着社会的种种腐败。这十大弊端包括:(一)全世界范围内由于管制失调而导致的失业和就业不充分以及社会闲置人员过多等问题越来越严重。(二)排他主义势力盛行,不仅完全剥夺了无家可归的公民参与国家民主生活的权利,而且肆意驱逐背井离乡者、移民和没有国籍者。(三)在欧共体诸国之间,在欧共体国家与东欧各国之间,在欧洲和美国之间,以及在欧洲、美国和日本之间(中国在20世纪90年代后期加入世贸组织后,也应该把中国算上)不断为国际资源的分配不均而频频爆发经济战争。(四)自由市场价值观与贸易壁垒、政策干预之间存在着不可调和的矛盾。(五)外债和其他相关机制的恶化使人类饱受奴役,得不到基本的保障。(六)军火贸易被列入西方民主国家科学研究、经济和劳动社会化的常规调整范围,一旦国家对军火工业机构实施悬置必将带来整个经济的瘫痪。(七)核武器大批量增殖到了连国家机构也无法控制的地步。(八)在原始家园感和古老的民族梦想驱使之下,为抵御恐怖主义势力渗透,种族之间不断发生战乱。(九)黑手党和贩毒集团这些虚拟国度将利益最大化的价值观念已有泛滥之势,正快速地侵蚀着我们的经济、社会及政治体系。(十)一些国家,依仗着自身强大的科技、经济和军事力量在世界上横行霸道,却道貌岸然地说拯救世界、致力于人类的民主主权事业;他们的强权严重影响到国际法在实施中的平等性。这一点也是当今社会危害最大的问题。

除了上述十大弊端之外，德里达还应该探讨到了国际新秩序和全球化背景下的其他一些社会丑恶，比如说：环境恶化和贫穷泛滥；国家安全机构、秘密基地以及武装势力的点面分布下，仍不乏发生对平民轰炸事件；全民致力于树立短期目标、筹划系统挖掘以达到利润增长和加速发展；少数民族集聚区和城市贫民窟条件的恶化；私有化现象泛化，基本资源尤其是人类赖以生存和发展的食物、水、能源、土地、教育、医疗、信贷等分布极不均衡。[21] 研究者对于《马克思的幽灵》一书进行的批判详见《幽灵的界限》（Ghostly Demarcations，1999年版），其中艾哈迈德（Ahmad）、伊格尔顿（Eagleton）、詹姆逊（Jameson）、马谢雷（Macherey）、内格里（Negri）等九位批评家都各抒已见，有的对德里达的见解颇有共鸣，有的却很不屑，觉得不值一提，而更多的则是以一种审慎细致的态度来对待这一文本，而没有轻易下结论。在这本评论集中，有一些极具代表性的观点认为：德里达对于马克思的文本太过断章取义了；他几乎完全无视意识形态、社会阶级、经济基础/上层建筑、剥削等重要的概念；他似乎陷入了玄学般的理想主义和神秘主义的，甚至带有宗教色彩的思考维度之中；他始终徘徊在现实政治的边缘，表现出一种反政治的姿态；他有着志愿者的热忱，主张改良社会主义而并非进行社会主义革命。

---

[21] 关于《马克思的幽灵》的具体解读和评析，参看笔者的 *Postmodernism-Local Effects, Global Flows* (Albany: State University of New York Press, 1996), ch.1. 笔者在 *Deconstructive Criticism* (New York: Columbia University Press, 1983) 中花了很大篇幅对德里达早期著述进行了探讨。

福柯在认识到主权刚愎自用、无视他者等属性的基础上，对理论强权进行了赤裸裸地批判："事实上，尽管时过境迁，我们所处的时代发生着日新月异的变化，但有一点将永世不变，那就是我们永远囚禁于君权的魔咒统治之下。尤其是在政治思辨领域，我们根本就没有将国王送上断头台。从此，理论强权也就不断上演着关于权利和暴力，法律和非法，自由和意志，国家和主权之间矛盾重重的戏剧。"见 Michael Foucault, *The History of Sexuality, Volume 1: An Introduction*, trans. Robert Hurley (1976; New York: Vintage, 1978), pp.88—89. 关于福柯对德里达政治学的批判，我想应该另外撰文探讨。关于福柯的主权观，参看 Jean Terrel, "Les figures de la souveraineté", in Guillaume le Blanc and Jean Terrel, eds, *Foucault and Coll figures de la souveraineté*, (Pessac: Presses Universitaires de Bordeaux, 2003), pp.101—129。

笔者认为，晚期德里达著述中颇为新颖的政治哲学概念有：未来的民主、无条件的公正、纯粹的好客、弥赛亚缺席的弥赛亚精神；作者在《马克思的幽灵》中列有专门的章节对这些概念予以探讨，而此后他也经常在其他的著述中对它们的内涵进行补充、润色。德里达的这些见解是汲取启蒙主义和现代主义的精华变化而来的，它们成为难以抵达的理想王国，并像幽灵一般缠绵缱绻于现实世界，它们时而发出批判的尖锐嗓音，时而充当天使引导着政事的进展。《马克思的幽灵》在德里达开始频频召唤非凡的"他者"（other）的到来之时，其行文也随之抵达了高潮；这个非凡的"他者"像是一位天外信使，传来了另一个世界的美好信息：在那里有一种无条件的好客，在那里，不可揣度、可遇不可求、似乎不可能实现的弥赛亚式的民主正在践行。被德里达描述成异国宾客的这位"他者""无需履行任何与主人相关的职责，也不会受到家庭、国家、民族、领土、乡土情结或血缘关系、语言、文化、人权等等的约束和影响；'他者'之所以不受约束也正是因为他并不享有这些权利"（第65页）。我们该怎么去定义这样一种诡谲的政治图景呢，它是自由主义、共产主义、世界大同主义和乌托邦思想的集结体吗？[22] 在德里达的政治世界中，主权究竟长着一副什么样的面孔呢？有一点是不言而喻的，当主权的主体是幽灵般的异国客人的时候，他们绝不会在家园、民族、国家、文化归属感等方面斤斤计较。这可以说是德里达政治学的关键所在。德里达的政治学总是可以启迪人们去思索，但同时它又模糊着面容，让人捉摸不透；可能是因为德里达本身也无法驾驭它的莫测神秘，因

---

[22] 主权的概念本身不露声色地提示着它与私有财产所有权是紧密相关的，但很遗憾德里达对主权这一特征只是顺带敷衍了几句。参看 Dan Philpott, "Sovereignty", in Edward N. Zalta, ed., *Stanford Encyclopedia of Philosophy* (Summer 2003 edn), at plato.stanford.edu/archives/sum/2003/entries/sovereignty。菲尔波特（Philpott）根据考察明确指出：历史上有许多人对"主权"这一政治概念进行过深入探讨，从马基雅维利（Machiavelli）、卢瑟（Luther）、博丹（Bodin）、霍布斯（Hobbes）直到现在的无数史学家或政治学家，但他却独独忘了颇为重要的施密特（Schmitt），参看 Carl Schmitt, *Political Theology: Four Chapters on the Concept of Sovereignty*, trans. George Schwab (1992; Cambridge: MIT Press, 1985), and Giorgio Agamben, *Homo Sacer: Sovereign Power and Bare Life*, trans. Daniel Heller-Roazen (1995; Stanford: Stanford University Press, 1998)。施密特在著述一开篇就高屋建瓴地提到："所谓统治，不过是对特例拥有的决定权而已。"（第5页）

而在他将一些思想表述出来的时候，也只能委曲求全地用肤浅的公式去套，像我们已经熟悉的无条件／有条件、理想／现实、一方面／另一方面等等。

德里达有意识地将其政治语用学归纳为谈判的一刻就预示着必然呼唤出《马克思的幽灵》中的理想蓝图，让这"极致的愿景"努力适应，以驾驭好"已然确定的、必要的、同时必然不充分的形式"（第65页）。晚期德里达著述中不止一处用"革命"，即历史平淡的进程中突然发生的激变或是一个有着完善规范和运行细则的体系的瞬间坍塌，来譬喻弥赛亚事件、公正和未来的民主。[23]德里达是信仰"革命"的，并从语用学的角度预见"革命必须挑战现实中的不可能，必须在与那些始终不合作者的谈判中达成共识；必须坚定不移地将无条件性纳入政治的建设过程中，要时刻以终极理性指导现实构想"（《无从辩解》，第277页）。但如此苛刻的革命看来是无法发生的，它只能存在于人们的意念之中。

还有一点我想要特别提出的是德里达在其著述《流氓》中一个令人震撼的政治学理论，他当时是这么总结的："对'流氓国家'发动战争的国家本身才是真正的流氓国家，因为唯有真正的流氓国家才会滥用武力，也才会将战争合法化。这个世界上只要有主权，就会有流氓国家和权力的滥用……因而不论潜在而论还是就现实而言，主权无非都是流氓的，国家政权也都是流氓的。"（第145—146页）由于主权的本质就在于寻求霸权并使用暴力，因而鉴于"流氓国家"容易混淆视听、遮掩真相，德里达认为必须取缔这一用语。（毋庸置疑，那些依凭自身无人能比的武力装备和至高无上的主权而肆意践踏国际公约和法律的国家简直就是最最流氓的国家。）由于近来反恐战争并不以国家力量为基础，因而无论从哪个方面来说，流氓国家的时代似乎已经离我们远去了，尽管乔治·布什总统引以自豪地重新将"流氓国家"这个词带到人们的视野之中，但显然再次蒙蔽了真相。德里达睿智、辩证的主权政治学和民族国家政治学给予了读者深刻的印象。流氓国家这一用语在他的解构之下，瞬间变得如此伪善而毫无意义，而人们也在顷刻间对现代政权体系失去了信心。

---

[23] 见 Derrida's "Marx and Sons", pp. 242, 251; *Without Alibi*, p. 260; *De quoi demain*, ch. 6. ("L'esprit de la Ré-volution"), esp. pp. 138—139。

总评德里达

  在上文所引用的著述中,包括德里达早期和晚期的作品以及他人关于德里达的作品,其中《明天会怎样?》、《谈判》、《流氓》和《恐怖时代的哲学》给我留下了极其深刻的印象;而德里达极具原创性的、常常带有浓郁的幽灵气息的、准先验性的政治学术语更是给予我很大的启迪;这些特殊用语如好客、公正、弥赛亚精神、未来的民主等等都是在他对其普泛形式的解构过程中逐渐形成。德里达对传统概念别具一格、睿智深邃的批判以及他独特的对于边缘性的关注至今仍作为强大的理论武器在理论界产生着颇为深远的影响。他对民主、公正和国际主义等话题所表现出的极大的兴趣足以说明他还是个政治乐天派;但同时其政治学言论又无不充斥着一个哲学家应有的忧患意识和悲天悯人的情怀,这时候他仿佛又成了一个老于世故的怀疑论者,不断地警示人们处处提防以免陷入预设的骗局。不言而喻,德里达是一位极有天赋的读者和驾轻就熟的文论家,他不仅擅长揭秘经典文本的内涵,而且总能敏锐地抓获文本主题并且在回顾阅读中发掘出人们意想不到的隐秘思想。他从马克思著述中所提炼出来的"幽灵"意象就足以骇人听闻,尤其是当人们将这一意象与莎士比亚《哈姆雷特》戏剧中的鬼魂形象相联系之时,就愈加令人毛骨悚然。晚期德里达著述中也零散地分布着德里达对康德著述的解读,其所涉及的篇目可谓宏富,其批判也可谓鞭辟入里;其实我们可以把这一段段涉及世界大同主义、责任、决定、公正、宽容、暴力和理性(国家的理性)等具有政治学意味的只言片语集结在一块,那将会是一本非常精致且经典的"德里达论康德"的集子。德里达还颇有创意地将精神分析学的理论成果引入他的政治学说体系,二者充分的结合诞生了他者、主体性、博爱、幽灵性等概念;德里达的身体力行同时也是精神分析法突破学术重围、不断焕发理论新风采的极好例证。德里达不断告诫人们不要对家庭、友谊、团体、政党、民族和国家在政治上的作用给予过大的期望;德里达在这儿难免有点杯弓蛇影,但大体上我还是很赞赏他的这种警觉意识的;而且这不管对政治理论还是实践的完善都大有裨益。对于"霸权主义"原先德里达也考虑到这一说法会不会显得大而化之、谨慎不够,但后来他却把这个词用活了，我们在晚期德里达著述中不时会读到他对于这个词机智和绘声绘色的发挥，而且为了突出作者对美国政权的强烈愤慨，这个词也多次以复数的形式出现（"hegemonies"）。德里达执着的现世主义精神是值得钦佩的，但在 2001 年 9·11 事件之后他是否开始涉足宗教就无从可考了；对于同样作为现世主义理论家的笔者而言，拒绝宗教却不是一件易事，其中最重要的原因还得追溯到青少年时代所受的教育，对于最佳年华的 12 年里都一直受到激进的天主教训诫的我而言，宗教犹如一颗种子一样已经深深埋入了心田，所以无论如何我是不能摆脱宗教的束缚了。冷战结束、美国崛起，加之 20 世纪 80 年代文化战争频频爆发，催醒了知识分子将学术作为武器向世界政治发起了挑战。1987 年发生的海德格尔和德·曼事件并不是唯一的表现，其实晚期德里达的著述都深刻地印有这一划时代转型期的烙痕。[24] 从这个角度来说，《马克思的幽灵》对于新国际的企盼就决非作者的心血来潮，这一理想着实令人振奋，但未免太过抽象。我想在德里达的新国际到来之前，还是先去参加世界社会论坛吧。

德里达学说除了过于理想之外，还有许多方面有待批判，这方面的资料也很多。文中提到的部分这里就不再赘述了，接下来我将简单说一说一些比较重要的理论缺陷。德里达在著述中从来没有关注过流行文化、日常生活、毛细管力（capillary power）、实体性，也似乎在有意回避对社会阶级、意识形态、生产方式等问题的探讨。但不论是从必要性或语用学的角度而言，这些本应是历史唯物主义理论、意识形态批判和文化批判不可避免要邂逅和解决的关键问题。试想一想，离开了这些范畴和此类理论框架，人们如何能深入地探析社会长期存在、冥顽不化的不平等现象？像早期德里达学说中用以总结自柏拉图至列维-施特劳斯时期的"逻各斯中心主义"（logocentrism）概念是行不通的，因为它脱离历史、不具象、阐述也不详尽。"晚期资本主义"（late capitalism）这个提法相对而言就好多了，因为它有历史依据、来源于现实并说理充分。在左翼势力来

---

[24] 我年轻的时候对德里达参与的学术活动（包括哲学教学研究兴趣小组以及国际哲学学院巴黎支部）钦佩不已，参看笔者的 "Deconstruction and Pedagogy", in Cary Nelson, ed., *Theory in the Classroom* (Urbana: University of Illinois Press, 1986), pp.45—56, 以及笔者的 "Research and Education at the Crossroads: Report on the Collège International de Philosophie", *Substance: A Review of Theory and Literary Criticism* 50 (1986): 101—114。

说，他们通常会将福利社会作为新自由主义的资本主义胜利的例证而大肆宣扬，而德里达竟然没有为福利社会做任何的辩护，这一点令我不解并大失所望；毕竟福利社会是人类文明极其重大的成就。

近来，佳亚特里·斯皮瓦克谈到有一个任务摆在我们面前："必须将解构主义从'比较文学'的专业门户中拽出来，让它加入更为宽泛的'文化研究'之中，这样一来，就方便它从温室里走出来，到全球化批判的大浪潮中去。"[25] 当今美国，比较文学正日渐衰颓，而相对而言较为热门的文化研究其实也多为庸俗肤浅之见，因而解构主义理论向全球化问题研究转型也是大势所趋。这就将解构主义等同于德里达哲学或是跨学科运动，二者一致具有公开唱反调的精神、漠视权威、唯信仰和无政府主义等特征。[26] 当然，斯皮瓦克一直以来都是

---

[25] 见 Gayatri Chakravorty Spivak, "Deconstruction and Cultural Studies", in Nicholas Royle, ed., *Deconstruction: A User's Guide* (New York: Palgrave, 2000), p.35。斯皮瓦克于2000年5月在韦勒克图书馆系列讲座中戏剧般地描述了比较文学的终结，参看 *Death of a Discipline* (New York: Columbia University Press, 2003)，其中她和德里达一样对国家、民族等话题进行了一番评论，探讨了在全球化语境下，地域之于地域文化的关系。在她看来："文化研究操纵的话语还不够多样，它还带有一种孤芳自赏的表现欲，它在细读技巧上还过于稚嫩，以至于它都无法领悟到其实母语本身也是一种多样融合体。"(第20页)斯皮瓦克认为语言和文化一样，总是充斥着许多未解之谜，争强好胜、鱼龙混杂是其本质，并指向一种集体性。可对比阅读本书第十三章中叙述的她与希利斯·米勒(J. Hillis Miller)观点的异同。

[26] 譬如后马克思主义者、女权主义者对于政治学、经济学的解构，参看 J. K. Gibson-Graham, *The End of Capitalism (As We Knew It): A Feminist Critique of Political Economy* (Cambridge: Blackwell, 1996), esp. ch.6, "Querying Globalization"，其中这两位作者提出"要抵制全球化成为资本主义永恒的碑铭。"(第139页) 还可参看 J. K. Gibson-Graham, Stephen Resnick, and Richard D. Wolff, eds, *Re/Presenting Class: Essays in Postmodern Marxism* (Durham: Duke University Press, 2001), esp. ch.1 and 7："语言的等级在我们深入挖掘资本中心论以及摒弃全球资本主义经济成为霸权实体的努力中将起到极为重要的作用。"(第170页)

参看德里达著名的1983年的讲座讲义"The Principle of Reason: The University in the Eyes of Its Pupils", trans. Catherine Porter and Edward P. Morris, 辑录于以教育为话题的集子中，参看 *Eyes of the University: Right to Philosophy 2*, trans. Jan Plug et al. (Stanford: Stanford University Press, 2004)，其中，他有一番话是颇值得我们深思的："我们行走在并不平坦的政治地势之中：我们试图翻山越岭占据'激进'的制高点，我们试图秘密潜行探测它最深奥莫测的波谷；超越那所谓的原则和防线……'思想'既需要理性的典范加以匡正，同时其本身又要不断冲破典范理性的种种藩篱。"(第153页)

以批判欧洲中心主义、维护弱势群体权益而著称的。让斯皮瓦克和我倍感欣慰的是晚期德里达著述中预示的解构主义运动不仅仅转向了政治而且也尝试着向社会科学的领域进军；尽管社会科学更注重的研究领域是社会学而并非政治科学、历史、经济和国际关系，但毕竟这是文化研究的通行轨道。也许将来，社会学会成为解构主义理论研究的重头戏。同时，德里达也提出反全球化有许多方式，其中一种是建立一个个流氓群体岛屿，用他的术语说就是"流氓体制"（roguocracy）；这一流氓体制不把任何民族、国家权力放在眼里，而且以一种反主权的态势对待主权国家。[27] 也不知是祸是福，是好是坏。

---

[27] 有了这一流氓体制（roguocracy），"我们就能构思出巴塔耶（Bataille）相似的'反主权'概念"（《流氓》，第100页）。巴塔耶的反黑格尔方案起名为"主权"，其实它是解构主权的前兆，完全可以被命名为"反主权"（是颠覆和紊乱的象征）；德里达从巴塔耶那里获得了很多灵感，参看 Derrida, "From Restricted to General Economy: A Hegelianism without Reserve", in *Writing and Difference*, trans. Alan Bass (1967; Chicago: University of Chicago Press, 1978), pp.251—277。

第十二章 理论回顾

傅玢玢 译

近来，我一直琢磨我如何走到了现在。我的意思是，我在试图为过去三十年我专业发展的各阶段做出一番描绘性回顾。三十年来，我投身于学术文学研究，尤其钟情于批评与理论。回首过去，我发现这大体上是有关 20 世纪晚期美国大学文化又一次被欧洲化，然后自觉地走向多元文化，又经历了后现代化的一段故事。20 世纪 60 年代中期，当我作为一个本科生投身于文学研究的时候，新批评尽管遭遇到了各种有力的挑战，已经在其位几十年了，是占统治地位的正统。一直到了 20 世纪 70 年代中期，这一压迫性的形式主义才让位给"后结构主义"（正如其被称呼的那样）。这是一套文学哲学方法与参照构架，大部分自弗雷德里克·尼采（Friedrich Nietzsche）派生而来，又经过了雅克·德里达（Jacques Derrida）、保罗·德·曼（Paul de Man）和米歇尔·福柯（Michel Foucault）等人的过滤。尽管遭遇到了重大挑战，后结构主义在十几年中占据了主导地位，并从其法国之根转化以回应更为区域性的问题和挑战，尤其是那些在 20 世纪 70 年代晚期至 80 年代早期由女权主义者、族裔自治组织和后殖民思想家们提出的问题与挑战。我在稍后会更详细地说到后结构主义的各个分支。但在 20 世纪 80 年代中期或晚期，各种由文学社会批评家、女权主义者、后殖民理论家、文化历史学家、流行文化学者、修辞学家和像我本人这样的左翼后结构主义者所组成的各种各样的统一战线开始提倡文化研究，而其中许多人对 20 世纪 70 年代由英国伯明翰大学大名鼎鼎的当代文化研究中心发展出来的模式进行了进一步的拓展。因此，从 20 世纪 80 年代晚期和整个 90 年代，文化研究在美国大学文学研究系科中是上升的，越变越大，并被宽泛地定义，在兼并的同时也取代了主导一时的文学后结构主义。某些女权主义者、后殖民理论家、种族批评家、酷儿理论家和因惧怕被忽视或兼并而不愿结盟的左翼分子对这两种思想运动拒而远之。不过我要马上加上一句，许多 20 世纪 40 年代和 50 年代训练出来的文学知识分子始终对新批评忠贞不贰。新批评则作为"规范"文学教育中一种被围剿的残留思维模式和由为数不多的，往往与文艺创作科目有关的，年轻一代新纯文学主义者（belletrists）与形式主义者所采用的一种复活了的宪章而存活到了 21 世纪。用更富于感情的言词来概括一下，从我的经历讲，美国学院里的批评和批评家们具有如下的特征：20 世纪 60 年代绝大多数时间比较而言是沾沾自喜的，70 年代是狂热扩张的，80 年代则陷入困顿，而在 90 年代期间令人惊讶地变得雄心勃勃却又常常闷闷不乐。不消说，对这些年的日常生活作出一份详细的编年史纪录会使事情丰富复杂起来，正如对知识发展做出一番少些笼统而更为个人化的描述一样，而这正是我要讲的。

更简明扼要地讲，我是在一个批评极度收缩与纯化的时刻进入文学研究领域的，而我又经历了一个急剧扩张与杂交的时代。在此期间，文化研究在 20 世纪 80 年代开始着手应对后现代这一问题。也就是说，当文化研究开始描绘崭露头脚的"新世界秩序"的全球文化时，学术界的文学视野进入了一个极度扩张的时代。这个时代一直延续至今，在这个时期，像西海岸非洲中心主义的说唱一类的流行音乐与莎士比亚意大利式的十四行诗被人们并列在一起研究；而像当代全球企业的裁员缩编的做法与文艺复兴式的贵族资助形式都有助于对出版业的行业做法以及诗学主题与形式做出解释。[1]

请让我预告一下本章的意向。首先，我将对从 20 世纪 60 年代到现在文学

---

[1] 我要公开指出，近年来的"重组"对大学里文学研究系科在经济上造成了多方面破坏性的影响：教师编制减少了，年纪大一些的教员被劝退休，许多退休者的位置没有得到替换，通向终身教职的教席用光了，低薪的（往往没有福利的）兼职和非全职教员的比例大幅度增加，博士学习的时间延长了，致使学生在对就业市场的等待中陷入负债，而就业市场给许多待雇的人带来的只是失业，非全职工作，或者客座职位。

研究这一段纷乱的时期做一个个人回顾。我作为大学生、教授和以文学与文化批评与理论历史为专业的学者参与了这个时期。其次,我要对这一期间的三个主要批评模式,即新批评、后结构主义和文化研究,进行比较与区分,并以此描绘与评估这个时代里广义的知识与文化斗争。我将以一些个人对理论目前和未来的反思结束本文。

我的主要论点是,如今,各种不同时代的项目与批评模式及其亚领域在文学系科中奇特的共存缩影般地反映了近几十年来西方社会更为广泛的非组织化特征。这种分散解体的形式可以说使混合模仿成为我们主导的组织模式。当代大学本身自然也没有逃脱这种形式。[2]

学术论著写作:个人与职业的交会点

我以这样或那样的形式被卷入所有这些历史发展的旋涡,实际上所有高校英文系成员都是如此,也许比较文学与民族文学系的成员参与其中的程度略次。我于20世纪80年代与90年代出版的论著为我多年各种各样的学术参与提供了四个例证,也可供我们对这一职业所发生的事情进行反思。我于1983年出版了《解构主义批评》一书(写作出版历时七载)。客观地讲,该书是对第一代法国与美国后结构主义批评的比较性历史描述;不过从个人意义上说,它代表了我本人要掌握某些创新性的欧洲大陆哲学批评模式的急切心情。这样做是为了摆脱日趋萎靡的英美形式主义批评。做本科生和后来的研究生时,我被灌输成这种批评的信奉者,而后我又花了几近十年试图对其进行或多或少,然而并不成功的修改,可最终只有放弃。这本书,以高级导论为名,行广泛的后结构主义文本分析之实。它未能做到的是提倡从文本分析到文化批评的转变。当时,年轻一代的法国女权主义者与第二代的美国后结构主义者,还有像佳亚特里·斯

---

[2] 关于分散解体作为后现代文化特征这一点,我在拙作 *Postmodernism—Local Effects, Global Flow* (Albany: State University of New York Press, 1996),特别是该书第二章中作了概述。

皮瓦克这样的知识分子正在进行这样的工作。如我此前提到的,五到十年之后,这项工作最终促成了文化研究的兴起。稍候,我会讲一讲文化批评,它标志了批评的后结构主义风格向着伦理学与政治学的明确转向。

在美国,20世纪80年代不同的解读模式与课程大纲相互竞争使得文学系尤其成了你争我夺的战场。当时的模式之战至今仍然伴随着我们,只是其破坏力已大不如前。1988年,当我发表《20世纪30年代到80年代的美国文学批评》(*American Literary Criticism from the Thirties to the Eighties*)一书时,我力图从一种左翼的文化史学者的视角重述批评史上这一复杂的片断,对从马克思主义和后结构主义到新社会运动(显著的有女权主义、黑人权利运动、新左派)的所有当代不守陈规旧律的组织和力量都报以同情。当然,美国的文化史从这一角度看就呈现出不同的面貌,不过我个人所关心的是通过给研究生和新教授们,也就是我的主要读者,讲述一个女权主义、族裔美学和文化研究最终在文学系获得(暂时的)胜利的历史故事,以此来帮助改变文学系科。这是我激励我自己和其他人把批评和理论这一体制从其仍然实力强大却重点过于狭隘的形式主义传统转向广阔的文化研究未来的方式。要做到这一点,我不得不一步一步地让自己广泛了解美国批评与理论的历史,这样一来倒是帮助我增加了大量的知识并且成了权威。说来奇怪,这个结果是我始料不及的。

写一部有党派倾向的历史是一回事,而通过直接的辩论改变事物的秩序则是另一回事。通过1982年出版《文化批评、文学理论、后结构主义》一书,我发现,塑造新兴的文化研究,使其在超越后结构主义的路上从后结构主义那里获得一些技巧和解决问题的方法,这样的努力回报甚少。不过,我个人还是找到了一些关键问题的有效解决办法,比如如何从后结构主义文化理论和批评的观点理解"作者"、"样式"、"话语"和"体制"的概念。我也体会到了一个明显的道理:即,一个新兴的模式或者先锋运动并不是非要对从其最近的前任那里吸取教训感兴趣,也没必要对偿还债务给其更遥远和更少威胁性的祖先感兴趣。在很大程度上,一个人写书不仅仅是为了读者,比如同行的批评家、学者,还有学生,而是为了自己(总是处于某个关键的发展阶段的自己),由此而言,这本书对我一直是最为重要的著述,尽管它目标选择得不准,时机也不对。通过书写比较性的历史，这本书迫使我，从理解和提倡后结构主义与文化批评转向通过学术辩论将后结构主义为文化批评中的问题提供的解决办法加以理论化。这不仅是提倡文化批评，而且也是进行文化批评实践，这就意味着对争辩的不同立场和解释做出探究与批判，不仅仅着眼于简单的错误逻辑，还要着眼于有问题的价值观、实际做法和表述，需要做微妙而又坦率的伦理与政治还有美学上的判断。罗伯特·休斯（Robert Scholes）在一本同名的书里把这称作"文本的力量"。

1996 年我发表了《后现代主义——地方效应、全球流动》（*Postmodernism: Local Effects, Global Flows*）一书。书中提供了一组论述 20 世纪 50 年代之后文化的文章。到了此时，文化研究已经获得了胜利，不过像大多数在大学文学系科中获得成功的理论运动和模式一样，其胜利是有限的。

让我在此岔一句，讲一下大学与教育创新，再回到文化研究的话题。就在当代大学出版社，学术期刊和学术会议往往对最新近的发展表示欢迎的同时，文学专业与文科教育必修的核心课程设置在很大程度上未受到影响，而是在一大堆已经存在的选择中再加上一项选择，以这种蜗牛般的速度来适应变化。[3] 根据我的经验，课程设置的革新来得既缓慢也不情愿而且落后于实际一大截。说到本科生课程设置，大学是出奇的保守。而所有这些都没有阻止教员个人或者想法相同的同事和学生进行实质性的变革，最初是小心翼翼的，后来则变得更加大胆，往往在变革过程中产生出相互敌视的地盘与阵营。最近几十年里，系科，或者往往是系内的部分人，拒绝改变或是变革失败，结果是这些系随时都可能处于非常不同的发展阶段，也使之成了后现代时期特有的分散状态的又一个场所。

所有这些都促使我在这本论述后现代文化的书里首次包括了有关课程设置理论的争议。这本书自然也提供了预料之中的论述当代批评、诗词、哲学和女权主义的章节，再加上有关近期绘画、神学、史学，还有经济学，特别是当今与媒介和广告一起在全球化中处于前沿的金融经济学的新材料。在我们的后现代

---

[3] 关于这个论题，见 Gerald Graff, *Professing Literature: An Institutional History* (Chicago: University of Chicago Press, 1987)。

条件下，文化正处在兼并自然，包括自然中最野性的区域，取得最终胜利的阶段。媒介成了先锋，资本则是发动机。[4]

我想绕回来讨论一下我在谈到文化研究时未加深究的一些重要问题。首先，我不认为文学研究（或者说大学教育）在自 20 世纪 60 年代开始的近几十年里被悲剧性地政治化了。我更愿意认为它在 20 世纪 40 年代和 50 年代作为冷战初期掀起的"意识形态的终结"运动的一部分被超乎寻常地去政治化（depoliticized）了。现在这个时期在历史上以麦卡锡主义为代表的反动文化政治而著称。这段反动时期有一种拜物（fetishize）情结，伟大作品被剥离实体，与纯科学和永无止尽的进步一起都被当成了崇物的对象。在这种情形下，文化研究代表的正是这段反动时期过后的一种回归正常。其次，尽管历史主义在 20 世纪中期新批评的霸权时代大体上失宠了，可文学和文化批评家们在 20 世纪的过程中一直在从事历史分析与批评。我认为最近几十年来朝向历史主义的回归（如果可以实际上叫做"回归"的话）是事情向健康方向的转变，尤其是对批评和理论而言。第三，文化研究的胜利当然是一个复杂的问题。大学的系科很少体现这样胜利的证据，由此看这样的"胜利"顶多也是有限的。文化研究已经变异成了名下几乎任何研究都可行的广阔的学术阵线，就此而言，它成了创新有好处也有坏处的一个例证。我之所以指出事情已经达到了扩张的极点，要表明的正是这一点。毫不奇怪，文化研究正处于一种裂变组列过程，在这个犹如一座庞大星系的领域里，相对独立的新问题和混成的亚领域将如何（重新）组合，这一点尚不明朗。20 世纪 90 年代中期视觉文化研究的成熟为此提供了一个例子：在此例中，时尚、艺术史、设计、建筑、电影和电视研究被重新建构以便把焦点集中在"观看"上，也就是具有时代和文化（或者更经常是亚文化）特征的历史环境中构建而成的视觉风格与知觉模式。第四，许多在读的研究生都致力于文化研究，结果却被摒除在这个职业之外，因为实际上没有文化研究系雇佣这些人。这是一出正在展开的悲剧。有时候，某个文学系会雇上一个人做

---

[4] 此处我是在总结两位学者的观点，弗雷德里克·詹姆逊的 *Postmodernism, or, the Cultural Logic of Late Capitalism* (Durham, NC：Duke University Press, 1991) 和大卫·哈维（David Harvey）的 *The Condition of Postmodernism* (Cambirdge：MA：Blakcwell, 1990)。

做样子。从现在起十年或二十年以后,当这一代新人中留下来的进入权力层,毫无疑问文化研究系将在美国不断涌现出来,尽管那已经是姗姗来迟。20世纪90年代开始的文学系特有的沉闷局面与新科博士萧条的就业市场和文化研究遇到的体制瓶颈都有很大关系。

让我来对围绕我自己研究和出版过程中不断变化的历史处境发出的这些议论做个总结。据我观察,不论是好是坏,职业的条件造就了个人,反之亦然。一个人不会简单地凭着审视自己的内心去写作。想要自己被别人听见和接受,起码要经过一个接受训练、获得资历和职业化的过程。在此情况下,如果个人被极度地压缩,受体制和职业要求的束缚和定位(事实明显如此),那也只好如此:我们不妨面对我们后现代性的事实。后现代性似乎每走一步都在压缩浪漫主义时期备受推崇的"个人主义"的空间。我个人拒绝对此伤情动感,因为我认为浪漫派的个人主义对主体构成和身份动态学的描述并不充分。不论承认与否,我们都是后浪漫派。所有这些都不意味着个人转变或职业变革已经到了尽头,而是意味着它们的动态关系运作不同,是传统描述无法包容的。

评估阅读实践:从新批评到后结构主义再到文化研究

如果我不在这篇对理论的回顾中对由新批评、后结构主义和文化研究所倡导的、涉及不同解读理论的惯例与步骤分别做出解释与评估的话,那就犯了失察之过。这是问题的核心,是几代人教学的中心场景,而我本人,正如其他学院里的文学知识分子一样,对过去三十年高级阅读理论的形成和转变也有许多可谈可论的。[5] 我对这三种解读模式逐一做出描述和评估,是基于我自己对这些专业模式的经验。批评方法是倾向于仪式化的个人表现的配方,这一点正是我想在此强调的,尽管我并不想忽视大半阐释学特有的数不清的特例、创新、

---

[5] 在 *American Literary Criticism from the 1930s to the 1980s* (New York: Columbia University Press, 1988) 一书中,我对不断转换的阅读实践和理论复杂的现代历史的各个部分进行了详细的描绘。(该书已经由王顺珠教授翻译成中文《20世纪30年代至80年代的美国文学批评》,于2013年由北京大学出版社出版发行。)

和灵感启发下的奇思异想。将方法分解自有好处。当这种分解趋向于启发，而不是教条主义，方法也就达到了自身的最佳形式。

像新批评家那样解读——让我再次重温这一初始场景——就是通过对短小个体的经典诗歌文本进行多次重读和回顾性分析来表明高度精制的艺术形式的错综复杂，其意义不包含在可以提炼出来的命题里或可以转述的内容中，而是蕴含在精心组合而成的文本的内涵、语气、意象和象征这些被预设为自主统一的戏剧性人工制品的文学作品本身的内在因素之中。而文学作品本身与作者和读者的生活以及作品本身的社会历史环境及日常语言是分离的。为了展现精制的语言偶像（也就是理想的文学作品）复杂的平衡、特殊的合理配置和内在的目的性，新批评家们一成不变地求助于悖论、模糊性、反讽这些用于协调一切文本不连续性以确保美学上的完整性、终结点和分析目的的实用修辞工具。

当然，对于这一仍然被尊为"实用批评"和"精细阅读"的厚重而有力的世纪中期阅读模式有许多可以批评之处。可是，这类对文本的解释对于许多批评家来说仍然是一个有价值的形式，即便是对其批评之声最为响亮的敌手也把它作为课堂教学与专业演示的一种主要方法。明确地说，这种阐释形式教条地排除或者完全忽视许多东西，包括最为明显的个人反馈、社会与历史背景、伦理与政治批判、制度分析和"意义"。它号召通过多次回顾性分析寻找强制的文本完整和空间形式，文学也就通过这一途径被变成了非个人化的雕塑、偶像或者瓮陶，自主自在并被丰碑化了，因而值得批评的偏爱和特殊的对待。这样一来，它降低了阅读体验的价值，也就是其特有的展开和充满风险的时间流动。不过，请让我回顾一下，世纪中期对于上升中的学院式科学和社会科学的威胁部分地引发了这种对文学的严重神化，把文学变成了值得独设一科加以研究的独特而奇妙的话语。再早些，20世纪30年代左翼和右翼政府对文学的政治化鼓励了转向非政治化形式主义美学理论的潮流。

对新批评形式主义广泛成功的阅读实践和颇为有效的命题提出质疑既容易也不容易。新批评造就了几代忠实的读者，但是后结构主义者却挖掘了新的阅读视角与步骤，以此成功地影响了大量的高等院校文学知识分子，尽管对本科生影响甚微。像文学后结构主义者那样阅读就是从一个文本散乱的材料中建构形式并赋予意义。就文本允许广泛的可能意义这一点,让我再次引用一下专业用语,文本是"不可读的";也就是说,它们从本质上不可能通过单一一个权威的或全能的解读而得到阐释。考虑到一篇文本中的各个因素在很大程度上从属于自由法则,对于后结构主义者来说,单一的正确阅读根本不可能存在,也不存在揭示文本原意的解读或者一个包含所有可能阅读的叙述。结果,所有的阅读都是误读,尽管一个误读可能因为引发随后的反阅读而比另一个误读更有分量。这一类后结构主义者的特点是着重并偏爱文本松散的线头、矛盾、不搭配性、不连贯性、空隙和捉摸不定的修辞比喻。另外,他(她)们认为对文本的解读本身并非文本不可分割的一部分,而是另一个单独的、晚些时候的文本,一个集合体,一次重述,一个迟来的寓言。在后结构主义者们看来,这种解构风格的阅读并不像人们常常想的那样损害一个文本的稳定性、一致性或者涉指意义,而是显示出其内在的不稳定性、异质性和指涉意义错乱,这些语言本身及其概念的历史系统里特有的东西。后结构主义者们,尤其是受德里达影响的,特别致力于显示概念系统中的混乱与意义翻转,把古典概念系统对由先前语言学惯例和文化符码构成的互涉文本的依赖展示出来。这些惯例和符码集合在一起时,就彰显出上下文这个策略上更具有局限性的传统概念。明显的无政府主义倾向是这样的后结构主义阅读的特点,特别显著的是这种阅读对无序性、不可读性、无限的深渊和无法确定的概念满腔热情。

  当然,我所谈到的这种后结构主义阅读源自耶鲁学派(毫无疑问,该学派至少在美国,如果不是在其他地方,是占主导地位的后结构主义团体)。他(她)们追随德里达,却最终受到了更具政治倾向的福柯和法国女权主义者(朱丽娅·克里斯蒂娃、露西·伊利格瑞(Luce Irigaray)、海伦·西苏(Helen Cixous)的追随者们成功的挑战。我要指出的是,后结构主义的各个分支在其发展中较早地分道扬镳了。[6] 德里达－耶鲁这条线过去和现在都在文学批评者当中享有巨大的影响

---

[6] 关于早期美国后结构主义的不同分支,见拙作 *Deconstructive Criticism: An Advanced Introduction* (New York: Columbia University Press, 1983)。该书亦强调了第一代耶鲁解构学派成员中显著的不同点。关于对美国解构的批判,特别是 J. 希利斯·米勒(J. Hillis Miller)的观点,亦见第十章和第十一章。

力,与此同时,女权主义和福柯这两条线为文化研究团体提供了基本要素。

　　我所描绘的这些深具影响力的后结构主义阅读实践应该也已经受到了很多批评。让我把这些批评的要点在此总结一下。令其信誉受损的是,耶鲁风格的解构与早先的新批评十分相近。它偏爱经典的文学文本,保持了崇拜伟大的作品,特别是晦涩的现代文本的习惯,排除了大多数其他的话语。它偏重文本本身而轻视作者、读者和环境。它强调文本的自由法则、无序性和不确定性,因而进一步发展了新批评对文学"意义"和语言学涉指意义的削弱。怀着对其前辈的留恋,它偏重严格的阐释、多重回顾性的阅读和对象征性语言的修辞分析。它系统地回避社会与政治题材,绕开对体制、意识形态和文化的批判。文学评论家们如此之快地接纳了后结构主义,部分原因就在于这些与新批评的相容性。然而,它不屑统一性而注重异质性与曲解性,也就是不连续性、不同性、不相容性和矛盾,因而与新批评有着极大的和明显的不同。再者,后结构主义骄傲地让自身从属于弗雷德里克·尼采,马丁·海德格尔(Martin Heidegger)和西格蒙德·弗洛伊德(Sigmund Freud)这样的对西方人文主义传统抱有敌意的批评家,而所有这些人都遭到了新批评家们的忽视——如果不是反对的话。后结构主义者们以各种方式强调误读,强调批评本身就是一个叙述文本,强调对曾经稳定的概念体系进行解构性的脱胎换骨,因此激起了广泛的愤慨的回应。后结构主义的互涉文本这一概念,既是不可逃避的、决定性的历史材料和力量的档案,同时又是渗透和扰乱一切稳定话语的意识与无意识材料的无限大杂烩,因此也经历了同样的遭遇。这种激进的互文本说毁掉了艺术家作为具有极高意识的设计者这一为人珍视的概念,也破坏了上下文这一为人们承认的观念,结果使常规的历史批评丧失了功能。

　　让我来完成这一个三方面的描述。像文化研究的实践者那样阅读就在于运用许多种(往往是受到当前文学研究,特别是社会学启发的)方法,包括调查、访谈、背景查询、民俗描绘、参与者的观察、话语分析、细读,还有对体制和意识形态的批判。对每一个研究对象,这种文化研究典型的做法是关注生产、分配与消费的基本循环。它通过这种办法将所有的研究对象纳入文化的流动中,而商品化、常规化、吸纳、霸权以及抵抗和颠覆这些对抗力量的形成过程都会在这种流动中发生。按这样的设计,分析者置身于文化循环之中,而不是在其外或其上,卷入日常生活,又处在为从事反霸权活动的各种联盟推波助澜的位置上。文化研究特别与许多当代文学批评中的唯美主义、形式主义和寂静主义大唱反调,因而它一般说来是反对现行的统治制度的,而这反映了它的左翼社会批评之根。它尤其谴责艺术和人文学科将艺术孤立、丰碑化和神圣化,转而寻求对社会基础、体制参数和意识形态效应的详查与评估。它不偏爱精英样式与经典作品,更喜欢研究平民文化与通俗形式。它发现有研究价值的许多对象包括流行音乐与地下音乐、青少年亚文化、时尚、购物商城、流行舞蹈、电影、广告、闲话流言、种族、阶级和性别符码、杂志、电视、工人阶级、少数团体、后殖民文学,以及流行文学样式(即浪漫小说、惊悚小说、西部小说、哥特小说和科幻小说)。一个社会所有的文化物件、实践和话语都有可能为文化研究提供材料。在其最为自省的时候,文化研究亦关心知识分子的社会与政治责任,关心教育和文化知识普及教育的政治用途、体制,特别是国家、媒体,还有学校的功能、全球化环境下低级和大众文化的处境,以及知识-利益-权利的关联。

　　相当数量的负面批评表明,文化研究的阅读实践有许多可以质询的地方。一个主要的抱怨集中于它对方法和题材的政治化:文化研究将意识形态分析变成强制性的,而它倾向于仅仅是某些基于对抗性地位和阶级属性的话语。它的许多材料和方法隶属于社会学,与文本分析或者文学研究关系不大。一般说来,它对资本主义和市场社会抱着敌视的态度,与批评家和反对派站在一起为抵制、颠覆和反抗霸权活动欢呼呐喊。它放弃了学术的客观性,转而偏爱参与性的行动主义。它在很大程度上忽视了西方文化的伟大传统与著述。它似乎对社会潮流与时尚着了迷,关注最新近的电视节目、广告、摇滚乐、妇女杂志,或者是浪漫小说。从其研究对象的广度和范围来讲,它显然过于雄心勃勃,甚至有帝国主义的味道。在教育材料和方法的选择上,它把课堂教学政治化,从事灌输活动。尽管想在大学里求得一席之地,它却对学科化、系科化和职业化持批评态度,与体制相敌对。

　　我个人对文化研究也有自己的抱怨。它对联合少数派的迷恋暴露出一种仅仅是摆出绝望姿态却又乐在其中的反叛情绪。我们需要一种对文化抵抗更为丰富、调整得更好的描述来适应数不清的增强活力的活动。我反对学术上的效忠誓言和强制的政治性科目，我认为批评这件事与政党路线终究是不相容的。[7]（我要立刻加上一句，我从未对"政治上正确"发出过任何抱怨。）不论美学与政治经济学和伦理学缠绕得有多深，文化制品明显具有其美学的一方面，而这是文化研究可能忽视的。文化研究通过强调商品化和霸权的潜藏的过程有效地对神圣化了的文化进行了去魅，却常常把亚文化的、反文化的和少数团体的抵抗神化了，夸大它们的真正影响和补偿性的象征意义。我另文批评过文化研究中最为重要的伯明翰（Birmingham）模式，指出生产本身就兼容了消费和分配：结论是自动地赋予生产以方法论意义上的优先权并没有正当的理由。具有讽刺意味的是，优先考虑生产是资本主义社会特有的行为，而进一步讲，这样做已经与到了消费者阶段的资本主义脱了节。[8] 特别是为了担负着文化研究未来的全美国各系的同行们，我想用几点忠告结束我这一段对文化研究的批判：第一，并非所有的事情都是文化研究；第二，文化研究当下并购联合所有形式的历史学术研究的意愿是慷慨却短视的；第三，听起来有些自相矛盾，文化研究的胜利并不要求它过于匆忙和有限地收场。

我认为可以为文化研究辩护的是，即便是从占统治地位的学术自由派角度看，它也为在许多地方发生的僵化和倾斜的现状提供了舒筋活血的平衡。比如，它在已经获得正式认可的贵族和中产阶级的"文学"研究之上添加了往往要么被忽视要么被贬低的其他阶层和群体的话语。通过这种做法，它有效地突出了这些相互对抗的文本所特有的不同价值观、利益和自我表达方式。（顺便说一句，文化研究的主张里丝毫没有排除对语言的细读或者对概念性系统的解构式分

---

[7] 我在响应爱德华·赛义德常常讲到的一个观点，例如，参见他的《世界，文本和批评家》（*The World, the Text, and the Critic*, Cambridge, MA：Harvard University Press, 1983）一书中《世俗的批评》一文。

[8] 关于"生产"这一概念的问题性，见我本人的 *Cultural Criticism, Literary Theory, Poststructuralism* (New York：Columbia University Press, 1992), chap. 8 and pp.265—267；另见 Jean Baudrillard, *The Mirror of Production*, trans. Mark Poster (St. Louis：Telos, 1975)。

有关近期美国文化研究的实用性概述，见 "The Culture That Sticks to Your Skin：A Manifesto for a New Cultural Studies", *Hop on Pop：The Politics and Pleasures of Popular Culture*, ed. Henry Jenkins, Tara McPherson, and Jane Shattue (durham：Due UP, 2002), pp.3—26。

析——情况恰恰相反。）它对资本主义社会批判的自觉提倡是无所不在的，大部分来说是潜意识的对商品文化的肯定所无法相比的。人们普遍认为商品文化是一种无害而永恒的自然形式，而不是近几个世纪以来的一种历史构成。如果批评的职责是批评，而不仅仅是对现状的默许，那么无论有时候是多么的不舒服，文化批评也是在履行它的责任。当然，人们会听厌了有关抵抗、颠覆和反霸权策略的话题，不过人们对由文学语言、讽刺的类型、文本统一性，还有异质性引起的惊诧也会变得厌倦。稍想一下就能明了，非灌输性教学是不存在的，仅凭这一点，那种认为文化研究从事课堂灌输的说法就不成立。据我判断，文化研究把当代流行文化作为学术研究的焦点毫不出人预料地并深刻地反映了后现代大众社会变化着的动态形式，而表现其症候的新艺术和娱乐形式让旧有的形式过时了。让我为这个简短的辩护做个结尾。大学不仅仅有义务研究当代文化话语并给予这项研究与历史文件研究相等的支持和威望，而且有义务鼓励创造新的学科与系科，特别是人文学科，而数十年来这样的创新还没有广泛地发生。

理论的整合：防卫措施

20世纪90年代中期，我签约做了《诺顿理论与批评文选》(*Anthology of Theory and Criticism*, 2001年) 的主编。当时我这样做主要是为了以一种耐久的方式和尽可能大的影响力对近几十年批评与理论领域里所发生的许多变化进行整合。在我看来，"理论"在当代发展中经过了四个显著的阶段：20世纪60年代和70年代理论的崛起，80年代高级理论或宏大理论的胜利，90年代的后理论和现在新世纪开端的"整合"(consolidation)。[9] 我想在本文的结语里讲的正是最后这个被命名的现象。

---

[9] 如我在随后的章节里解释的那样，"理论"在近几十年里不断扩大，包含了不仅仅是诗学、美学和阐释理论，也包括了修辞学、语义学、媒体与话语理论、性别理论，还有视觉与流行文化理论。关于对"理论"不断变化的定义，见 *The Norton Anthology of Theory and Criticism*, gen. ed. Vincent B. Leitch, ed. William E. Cain, Laurie A. Finke, Barbara E. Johnson, John P. McGowan, and Jeffret J. Williams (New York: W.W. Norton, 2001) 的前言。

坦白地说，我是理论坚定的鼓吹者。我也承认《诺顿理论与批评文选》建立了一个理论的经典，而它的目的也的确是这样的。对我来说，这一经典化工程在相当大的程度上代表了一种防卫措施，为的是保存近年来取得的重要成果，确保理论持续的传播，并促进文学系科富有成效的转型。

值得回顾一下的是，在20世纪70年代晚期和80年代中期之前，根据每个人在美国所处的地域，研究生是无法以批评和理论作为自己的专长的。只有在屈指可数的几个优秀的比较文学系里它才被承认是一个专业。比如1975年以前，这个领域几乎没有系科存在。把理论作为学术研究的主科或者副科会被认为是既古怪又危险的事。这就解释了如下这些重要机构对于我们这一代（战后"婴儿潮"）人所具有的特殊重要性：1976年开创的批评与理论学院，同年创立的批评交流学会，1980年开始的国际语义学与结构研究夏季研究会，还有70年代中期到80年代中期（即里根时代右翼文化之战出现并随后对国家人文基金加强政治监督之前的那些年代）许多针对理论的国家人文基金夏季研讨班。对于当时往往在这个领域里没有或很少接受过正规训练的理论研究者来说，这些都是公认的和受到敬重的会议与训练场所。它们对许多理论研究者们如同救生圈一样；我的个人经历就可以证实这一点。我追溯几十年前的这段背景知识是为了表明我大半的动机（也许还有参与诺顿文选工程的其他五位"婴儿潮"一代编辑的动机）：尽管理论在近期取得了"胜利"，一部扎扎实实的文集以及来自W. W. 诺顿这个大学教科书出版社的鼻祖的首肯才会更确保它留有一席之地。

我无法在此复述这部综合性的、拥有三千页篇幅的理论文集的内容，不过简要地说，它涵盖了这个领域自前苏格拉底时代到现在时期，对相似的文本——特别是中世纪理论、女权批评历史和当代理论——做了改进。我把这部文集视为一种珍珠荟萃，像聚合文化镶嵌画一样把零零碎碎的东西镶嵌在一起，因而也是大学教科书水平上后现代解体离散状态的一个例子。

当然，理论整合工程一个重要的背景就是始于20世纪80年代里根（Reagan）政府期间，又因2000年乔治 W. 布什（George W. Bush）当选所代表的保守主义复辟而重新获得活力的文化之战。保守派攻击理论和"政治正确性"，也就是对种族、阶级和性别的敏感性与分析，常常毫不掩饰地对国外思想和哲学的引进、流行文化的学术研究，还有据说从文学向理论的转移痛心疾首。因此，举个例子，我从一开始就说服 W. W. 诺顿出版社在这部文集里包括一篇关于这一领域的、带有详尽注释的大型书目和一个范围广阔的主题索引。我很明显地感觉到自己是在从事一项既是整合也是维护尊严的防卫工程。我可以详细谈一下文集里作为防卫整合行动而明确设计的其他一些特点，不过篇幅有限，我不得不就此打住。我最初和一直希望的是，任何查阅过这部文集的人都能得出这样的结论，即回到理论之前或者非理论的文学研究是不可能的了。

我认为，人们从广泛意义上看待的美国文化已经进入一个整合阶段，一次对力量的强化和展示。它伴随着一场进攻性的向外拓展的运动，在我看来，这场运动先于 2001 年发生的对世贸中心的攻击，但却因这次攻击变得更为变本加厉。无论怎样，我不想把在这一章里的思考与推测充作严谨的历史分析。但是，这些想法是我对置身学院文学生涯三十年期间所经历的见证。

第五部分

文学理论与文化研究

第十三章
理论的终结

傅玢玢 译

20世纪晚期到21世纪初期,各种理论学派与运动迅速繁衍、盛况空前,尤其是在北美,标志着理论的复兴。譬如在美国,这些学派与运动包含广泛,从形式主义、神话批评和纽约知识分子社会批评的成熟到马克思主义、精神分析和阐释学的新发展,再到读者反应批评、结构主义与语义学、后结构主义、女权主义和种族批评理论的崛起与扩展,还有后殖民理论、新历史主义、文化研究、酷儿理论和个人批评的出现。在世纪之交,这些运动与学派中较新的那一部分的许多分支或多或少是自觉自愿地在文化研究这杆包容广泛的旗帜下集结在一起,取代了后结构主义这杆此前居于主导地位的大旗。如今,这些分支呈现为一种日益疏散的前沿形式,具有数十种显著的亚领域特征:身体研究、残障研究、白人研究、媒体研究、原住民研究、叙事研究、色情研究、表演研究、工人阶级研究、流行文化研究、创伤研究、视觉文化研究等。

结果,理论在当前的框架下至少具有了半打不同的含义,每一种含义都有其独特的效应和被接受的历史。第一,理论笼统上指的是当代学派与运动的总和,再加上它们在文化研究里的分支。也就是说,理论泛指整个领域,并与批评是同义的。从20世纪80年代到现在,献身于世纪中期对经典文学作品进行道德和形式主义分析的保守派学者们向这样的理论发起了攻势。[1] 第二，理论确立了所有文学和文化研究领域所应用的总体原则和步骤——即方法——以及自省。反对普遍原则的新实用主义者们与这样的理论进行了一场规模不大却十分激烈的争斗，如今很少有人为理论最野心勃勃的方法论和科学性的主张进行辩护了。[2] 第三，理论被广泛地认作是一只工具箱，承载了灵活、有用和可以应急的手段与概念，其价值是由它们的生产能力和创新能力来衡量的。针对这种实用理论的批判规模不大，来自各种对客观解读的维护者，从固守理论以前旧日时光的顽固派，到形式主义的维护者们，再到更具有挑战性的阐释学主义者们。[3] 第四，理论意味着行业常识——即是不言自明和每一个专家都熟知的东西——以至于这个领域里人人都有一套理论，尽管有些人并没有意识到这一点。从这一观点看，理论是一种充满矛盾和盲点却靠着当下的现状支撑起来的社会历史构建。不过，这样把理论与行业形成的常识等同起来却自相矛盾地冲淡了理论的具体性、冲突和社会批评议题。第五，理论在更狭隘的意义上意味着结构主义和后结构主义，意味着列维-施特劳斯、拉康（Lacan）、福柯（Foucault）、德勒兹（Deleuze）、克里斯蒂娃等人及其追随者和模仿者的论著。随着结构主义和后结构主义之后低（或通俗）理论和后理论的到来，这种理论被频繁地称

---

[1] 比如，见阿兰·布鲁姆（Allan Bloom）著名的早期对理论的抱怨，*The Closing of the AMrican Mind* (New York：Simon & Schuster, 1987) 和约翰·M. 爱里斯（John. M. Ellis）后来的对理论的哀叹，*Literature Lost：Social Agendas and the Coruption of the Humanities* (New Haven：Yale University, 1997)。

[2] 见斯蒂文·耐普（Steven Knapp）和沃尔特·本·麦克斯（Walter Benn Michaels）里程碑式的新实用主义文本，"Against Theory", in W. J. T. Mitchell, ed, *Against Theory：Literary Studies and the New Pragmatism* (Chicago：University of Hicago Press, 1985), pp.11–30, 还有斯坦利·费希晚近的对理论进行纲领性扬弃的著作，如"Dennis Martinez and the Uses of Theory", in *Doing What Comes Naturally* (Durham：Duke University Press, 1989), pp.372–389。

[3] 除小 E. D. 赫希（Hirsh）众所周知的阐释学著作外，例见 Wendell V. Harris, *Literary Meaning：Reclaiming the Study of Literature* (New York：New York University Press, 1996), 和 Satya P. Mohanty, *Literary Theory and the Claims of History：Postmodernism, Obejectivity, Multicultural Politics* (Ithaca：Cornell University Press, 1997)。

为高理论或者宏大理论。[4] 对这种一时占了上风的理论的反对不仅来自保守的学者们,而且来自形形色色与之论战的自由派和左派理论家们。他们将这样的理论(特别是解构主义)斥为哲学上的理想主义、唯名论、蒙昧主义和寂静主义。这些罪名早期因出自某些马克思主义者、女权主义者、种族批评理论家和文化研究学者之手而闻名于世。[5] 后结构主义在后来的持续存在表现为两种形式:一为在称霸二十年之后被人们继续广泛的使用;一为迟来的朝着伦理学和政治学的转向。后者发生在1987年保罗·德·曼(Paul de Man)第二次世界大战中所写的反犹文章被揭露之后。而这一象征性时刻标志着后结构主义作为主导理论的没落和对新历史主义、文化研究与后理论讨论的广泛展开。第六,理论是对一种历史上崭新的后现代话语模式的命名。这种话语模式打破了长期存在的边界线,将文学批评、哲学、历史、社会学、精神分析和政治混合在一起。[6]

---

[4] Jeffrey Williams, "The Posttheory Generation", in Peter C. Herman, ed., *Day Late, Dollar Short: The Next Generation and the New Academy* (Albany: State University of New York Press, 2000), pp.24—43.

[5] 例见 Edward W. Said, "The Problem of Textuality: Two Exemplary Positions", *Cirtical Inquiry* 4.4 (summer, 1978), 673—714; Robert Scholes, *Textual Power: Literary Theory and the Teaching of Englosh* (New Haven: Yale University Press, 1985), 特别是第五章和第六章; Barbara Christian, "The Race for Theory", *Cultural Critique* 6 (Spring 1987), 51—63; Sandra M. Gilbert and Susan Gubar, "The Morror and the Vamp: Reflections on Feminist Criticism", 载于 Ralph Cohen, ed., *The Future of Literary Theory* (New York: Routledge, 1989), pp.144—166.

又见 David Gorman, "Theory, Antitheory, and Countertheory", *Philosophy and Literature* 21.2 (1997), 455—465。此文有益地对反理论的三种方式与"对立理论"进行了区分。后者是一场对后结构主义持怀疑与批判态度而奉诸如阐释学和讲话行为理论等其他选择为金科玉律的运动。注意,对戈尔曼(Gorman)来说,"理论"这一词根指的是后结构主义。另见 Daphne Patai and Will H. Corral, eds., *Theory's Empire: An Anthology of Dissent* (New York: Columbia University Press, 2005), 该书搜集了四十八篇关于反理论和对立理论的陈述。

[6] 据乔纳森·卡勒在其 *On Deconstruction: Theory and Criticsm after Structuralism* (Itahca: Cornell University Press, 1982) 中的观点,当今,"文学理论著作与其他写作紧密地联系在一起,形成了一个尚未命名却常常被简称为'理论'的领域……其中许多最为有趣的著作并不明确地谈论文学。它不是当今意义上的'哲学,'因为它包括了索绪尔、马克思、弗洛伊德、厄文·高夫曼、雅克·拉康,还有黑格尔,尼采和汉斯-乔治·伽达默尔……这种新的写作样式的确是由不同成分构成的"(第8页)。在其《后现代主义与消费社会》一文里(载于 E. Ann Kaplan, ed., *Postmodernism and Its Discontents: Theories, Practices* (New York: Verso, 1988)),弗雷德里克·詹姆逊提出了相似的观点:"上个时代仍然(转下页)

毫不奇怪，这种跨学科的大杂烩也被置于对后现代主义的广泛批判中，尤其是因为它损害了大学和各个学术科目在现代好不容易赢得的独立自主地位。

自 20 世纪 90 年代早期开始，我们就经常听到宣告理论终结、死亡或者过时的消息。不过对理论的悼亡既是对它采取了一种立场，也是对它进行了一种定义。[7] 如果理论指的是后结构主义，或者是所有当代思潮与学派，或者是后现代话语，那末我们可以设想一种历史意义上的消逝，一个结束。然而，这样的理论的某些特征会毫无疑问地继续生存下去，比如说，对二元论概念的解构，跨学科写作，还有对歧视性的性别与种族习见的批判。对某些人来讲，如此谈论理论的消逝暗含了一种希望理论消亡的愿望，而对另一些人讲，则是对理论令人兴奋陶醉的早期时光已经逝去而发出的怀旧性的哀叹。事实上，理论终结的情绪在当代阶段很早就出现了：当理论的古典启蒙工程在弗莱（Frye）的概要式的《批评的解剖》一书中达到顶峰的时候；再晚一些，当一批新学派和思潮占了形式主义的上风的时候；后来，当法国后结构主义彻底战胜了形式主义的时候；再有，当后结构主义被文化研究取代的时候；还有现在，当文化研究以

（接上页）存在着一种职业哲学的技术性话语……与之相比，我们依然能够区分其他学术领域那种非常不同的话语——比如，政治学的、社会学的，或者是文学批评的。如今，我们越来越多地有了一种被简单称为'理论'的写作，而这种写作要么包括了上述所有话语，要么就与这些话语毫不相干。"（第 14 页）最近，在 *The Literary in Theory* (Standord：Stanford University Press, 2007) 中，乔纳森·卡勒评论道："理论已经取得了胜利，如今它已无所不在……"（第 256 页）。再者，"拥护也好，哀叹也罢，我们已经不可抗拒地存在于理论之中了"（第 96 页）。]

当代理论和后现代主义常常与社会建构主义，带有立场的认识论、文化相对主义和（与文学经典相对的）流行文化联系在一起。在这一点上，两者对右翼和左翼的保守思想家们构成了威胁，也往往成了这些人的靶子。

[7] 关于各方面的观点，见 Martin McQuillian et al., eds, *Post-theory: New Directions in Criticism* (Edinburgh：Edinburgh University Press, 1999)；Judith Buttler, John Guillory, and Kendall Thomas, eds., *What's Left of Theory？*（New York：Routledge, 2000）; Michale Payne and John Schad, eds., *Life After Theory* (London：Continium, 2003)；Terry Eagleton, *After Theory* (New York：Basic, 2003)；Jennifer Howard, "The Fragmentation of Literary Theory", *Chronicle of Higher Education*, 16 Dec.2005, A12—16。又见 Terry Eagleton, *The Function of Criticism: The Spector to Post-Structuralism* (London：Verso, 1984)，该书对从 18 世纪 20 年代到 20 世纪 80 年代现代资本主义社会中批评与理论不断变化的角色进行了评价。

其经典的 20 世纪 70 年代英国的形式，而不是后来的散乱无章的北美版本，在回顾中表现出一种比较有条理的政治性和规划的时候。悼念理论既表达了对其早期某些例证的辩护，又表达了在当前因为前途未卜而焦虑的时候对更好时光的期盼。

现在倒是值得考虑一下终结这个概念。这个词具有多种含义：枯萎、黯然失色；饱满；完结、终止、灾难、死亡；转折点或者停靠点；目标与靶子。它引发一系列现象：有限性、起始和中间、可期待的变化、怀旧、哀悼。它意味着残留物、亡魂、不朽。当终极指的是规划好了的或者计算好了的消逝，它令人想起循环模式和有效期，把史学与时尚混合在一起。时尚本身令人想起厌烦、机会主义、可变性、肤浅。终结，像起始一样，看起来是多样与复杂的，而这也正是"理论的终结"所处的境遇。

理论的过去表明理论是有未来的。它从古至今，显现出悠久的历史发展轨迹：从前苏格拉底时代到漫长的中世纪；从文艺复兴、启蒙时代、浪漫主义时期到维多利亚、现代和后现代各时期。当然，这些历史时期也因为新的发现和迫切的问题而经常被重新定型。不过，不论是理论的概念、问题和争鸣的历史，还是其对有效方法和实用规矩的探索，或者经久不衰的理论文本的影响力，或者对相邻学科的借鉴，或者对现行状况的批判，似乎都不可能消失。正像河床一样，理论变化着又持续着。

从最口头的意义上讲，人人皆有一套理论，哪怕是潜意识的。如此定义的话，就无所谓理论的完全消亡了；消亡只是独立身份的丧失，某些功能的消失，一次重组或者重新命名。这就是当前正在发生的。

也许，今天的主要问题是，文学与文化理论在未来的学院和大学里会被设置在哪里并进行研究学习？在什么样的条件下？量是多少？面有多宽？是在大多数还是仅仅几个高校的人文系科里？是在基础教育课程里，介绍性课程里，还是在高级理论课程里？这些问题引起了有关大学未来的更广大的问题。学术产业化对雇佣临时劳动力上了瘾而对人文教育不感兴趣。这种产业化会在实际上减少对理论的教学，又连带着把全职终身教职这一令人尊重的团体缩减成徒有虚名的空壳吗？[8] 在人文和艺术中扩展服务性教学会把研究的使命及其对理论的承诺完全置于次要的地位吗？反过来讲，正在出现的跨学科研究阵势有可能进一步传播理论吗？即使已经消亡了，被人悼念过了，理论难道不会像鬼魂一样以出人意料的方式去而复归吗？

在此，理论市场扮演着一个角色。20世纪70年代之前，至少在北美，很难说有这种东西存在。可是从20世纪80年代早期到20世纪90年代早期，随着许多大学教职都给了理论家（标签如此），尤其是在英文和比较文学系科内，理论的就业市场就出现了非常戏剧性的增长。此后，与文学、语言和写作修辞里的其他专业相比，对理论的需求减少了。这种需求看来一直稳定在与对诸如18世纪文学等前现代历史时期的需求相同的水平上。然而，近年来大量的教职均把理论列为第二或者可被优先考虑的长项。这种需求为就业提供了机会。更能说明问题的是理论在研究与出版中扮演的角色。在大多数专业中，没有使用和表现出某种知情懂行的理论倾向是很难发表东西的。结果，无数没有贴理论家标签的学者在出版的著作和教学里都懂得并在运用理论。所以，理论的市场并不单单是特定的专家和专业教职的事，而是或多或少与整个行业有关。出版和聘用在许多专业里都与理论连在一起。这种情况已经有四分之一世纪之久了。理论的制度化解释了为什么它有时被看作一种新的道统，尽管理论中存在着那么多不同的种类和充满争议的派别，以至于我们很难令人信服地把理论看作一种联合起来的或者具有联合力的力量，更不用说是令人窒息的力量了。理论在就业市场上的神圣地位有助于确保它的未来。

毫不奇怪，世纪末引发对过去的回顾。人们计算得失，询问对未来的预期。例如，近年来像《诺顿理论与批评文选》（2001年）这样的理论选集就展示出一种回顾式的趋向，以庞大的形式和体系展现了理论完整的世系。所有这些账目清理都使这一工作承担了防护、加固和树碑立传的责任。它把理论有限公司的招牌亮了出来。这是一家控股公司，又是一家关注其极为分散的子公司运作的

---

[8] 有关经济中高等教育部分的处境，见笔者的 "The Politics of Academic Labor", *Critical Inquiry* 31, 2 (2005), 此文调查了有关这个题目的许多资料。

未来的公司。时尚与市场模式已经从晚期资本主义焦虑不安的无意识中跳到了前台。理论像是个时尚交替的利基市场(Niche Market)[9]。研究生们,尤其想知道并常常打听：谁走红了？谁过气了？什么最新潮？

于是有了这样的闲言碎语。有些理论经纪人说新历史主义气数将尽,有些则宣称文化研究气数将尽。而其他观察者说美英理论的鼎盛时期——即20世纪70年代和80年代及其遗产——正在逝去并移向海外。纯文学主义正在回归。酷儿理论已经成了主流。后殖民理论已经过了全盛时期。批评性种族理论肯定劲头十足。

这样的猜测作为精打细算的投资与撤资的前兆,将理论具体化并商品化了。这一点也不令人奇怪。这正是我们这个自由市场资本主义时期处理学术业务的方式。在这样一种语境里,就会出现也必然出现有关消逝、悼念、末日之后、有限性的讨论。的确,人们会谈论到有效期、可销售性、兴衰循环、新兴发展、最新的潮流。时代的消费主义无意识唤起这样的话语。

理论是其时代的一部分。比如说,20世纪中间三分之一时期的美国新批评与凯恩斯主义(Keynesian)时代扩大了规模的高等教育的出现相谐一致。这一时代以大企业＋大劳动力＋大政府、大众传媒、现代主义先锋派的企业化、势力庞大的政党和紧密联系的核心家庭为标志。20世纪晚期的后结构主义则与分散多元形式的蔓延和新自由资本主义的崛起息息相关。新自由资本主义以其最小政府＋非规则化＋非工会化的形式、媒介的增长、无数改革主义新社会运动和一夫一妻制的灵活化为标志。近年来的文化研究则应和了高等教育进一步的非组织化和全球化的发展。这一时代的特征为解体中的政府、临时性而无保障的劳动力、机动的跨国商务机构、脆弱的单一户主家庭、不断繁殖又结成大集团的媒介,以每周七天、每天二十四小时的密度传播着的无所不在的流行文化,和全球化了的文学(英语文学、法语文学、西班牙语文学、汉语文学等等)。[10]

---

[9] 利基市场(Niche Market),又译为壁龛市场、小众市场、缝隙市场等。——译注
[10] 今天的全球化也意味着国别文学让位给由不同地区、语言、民族和少数族群组成的松散的集合体。毫不奇怪,获得承认的文学样式的数量增加了,而文学的等级制度也改变了,从而扩大了文学的定义。以美国文学为例,见 Paul Lauter, gen. ed., *The Heath* (转下页)

理论反映其时代，在进行批判的同时，亦或是在忽略职责、不加分析的时候，对各种时代力量作出回应。最近，后冷战时期的交错蔓延式的研究模式取代了现当代理论的先锋主义学派与运动体系。这一变化同时突出了三种这样的力量：知识与研究的迅速去学科化；启蒙运动所取得的各个领域最大自主性这一目标的崩溃；所有研究领域的利基市场化，为生存和在未来占有一席之地，为发表、资助和合法性而陷入新达尔文主义式的苦斗。不过从高级理论到后理论再到通俗理论的转变表明理论并未走向死亡，相反，理论是以一种新型病毒形式对其所在的时间和空间作出反应，它在物质利益上是参与者，表现了社会的症候，具有批判性，又是投机的，是个被人偷偷掉了包留下的丑怪婴儿。

（接上页）*Anthology of American Literature*, 5th edn (Boston：Houghton Mifflin, 2004) 和 Mark Shell and Werner Sollors, eds., *The Multiligual Anthology of American Literature* (New York：New York University Press, 2000)。绍尔（Shell）和索罗尔斯（Sollors）提供了以二十种语言写成的原文和译文，范围从里那皮语、马萨诸塞语、内瓦荷语、法语、西班牙语、阿拉伯语到汉语、德语、意大利语、波兰语、威尔士语和意第绪语。

本书第十五章，"文学的全球化"，对此展开了全面的讨论。——编者注

第十四章
理论，文学，与当今文化研究访谈

Chao-Mei 译

本章是芬兰奥卢大学（Oulu University）的马提·萨佛兰能（Matti Savolainen）教授用英文对里奇教授的访谈，之后他将访谈翻译成芬兰文在芬兰的《文化研究》杂志（*Kulttuurintutkimus*）上发表。

马提·萨佛兰能（MS）：20世纪六七十年代，理论和理论话语在美国迅速发展、繁盛一时，有些学者甚至完全专注于理论，放弃了阅读文学作品。同时，欧洲大陆体系的理论大量涌入美国，尤其是法国的理论。如今，您觉得对理论的狂热是已退潮了，还是只是稍微冷静、沉淀下来了，还是理论只是在某些角落确立了自己的位置？我们可不可以从地点的角度来看当前的情况，就是说某些名校的文学系在追求理论，而美国其他地方则跟六七十年代以前没什么两样？

文森特·里奇（VBL）：记得在70年代我曾私下发了个誓，就是不再碰文学，要完全专注于理论研究。那时候大陆体系的理论，像是法国和德国的理论，尤其是结构主义和后结构主义，正大举进入文学系。那时，发誓要全身心投入理论研究的大有人在。接下来，80、90年代入道的一两代人，他们的情形就不大一样了。70年代如今被归为是"大理论"（grand theory）的时代，紧接其后的就是后理论（post-theory）的时代。整体而言，当代对理论的接受度可以分成几个阶段，从60年代到当前,不同时代的知识分子对理论的盛兴反应不一。

如果你要在美国研究生院的层次上学习理论,那么有些大学是优于其他大学的。他们有更健全的专业课程设置,也有更胜任的老师。有些高校博士点的理论专业很强,像加州大学的欧文分校(Irvine)、康奈尔大学、佛罗里达大学、杜克大学。

然而,理论并不是局限在这些地方,而是到处渗透,触及每个角落。今天,如果你要在美国修习十几门本科或研究生的文学课,那么,你在每门课程里都一定会碰到一些理论。理论无所不在,只不过一些大学比另一些大学更刻意地把理论融入课程规划中,其研究更具系统性。

我一直都在教理论课程。然而,即使在教文学课时,我也会教理论,而且还会以理论为主轴,很多教授都是这样做的。理论的确是胜利了,文学和文化研究话语都少不了理论。也许是后理论的散播时期让理论显得稍微弱化,但理论并未完全消失。情况恰恰相反。

MS:乔纳森·卡勒(Jonathan Culler)曾建议文学系走点哲学的路或是哲学化一点,就像雅克·德里达(Jacque Derrida)那样,尽管哲学系本身并不接受这个方法。您在普渡大学(Purdue University)曾参与一个文学与哲学结合的项目。您觉得这种结合有什么优缺点?

VBL:目前英语系的确都在教授哲学文本。我认为这或多或少是美国特有的现象。美国的哲学系,除了少数以外,都在做分析系统的哲学,而忽视了现代欧洲大陆系统的哲学。不过还是有些哲学系,约六七个,在努力于有系统地、深入地教授大陆体系的哲学。理查德·罗蒂(Richard Rorty)就曾提到过这个问题。他工作生涯的前二十年是研究分析哲学的,之后改而研究新语用哲学(neopragmatic philosophy)和欧洲大陆系统的哲学,尤其是海德格尔(Heidegger)、阐释学(hermaneutics,也译为诠释学),以及后结构主义。70年代晚期开始,他提到说文学系之所以会承担起教授哲学的任务、涉猎哲学文本,是因为哲学系不够聪明,限制了哲学的范围。虽然他稍早曾在80年代公然宣称不愿接触纯理论哲学,可是,晚年还是加入斯坦福大学的比较文学系。

1987 年到 1995 年间，我曾在普渡大学担任文学与哲学博士专业的两位主任之一。博士生们选课必须一半是文学，一半是哲学。资格考试也有两次：一次是传统的文学领域，另一次是传统的哲学领域。博士班一般都是十个学生，几乎所有人都是 20 世纪文学的专家，研究方向大多是文学和文化理论。在哲学这方面，考试有四个选项可选，大部分学生都选哲学史，尤其是从康德（Kant）到萨特（Sartre）。有些人会选一些"价值理论"（values theory），也就是美学加上社会和政治哲学或是加上伦理学。在我任职的那八年中，很少有人，可以说是几乎没有，选考认知学、形而上学，或是语言逻辑或者分析哲学。

当然，普渡的教授与行政双方都认为这是一个跨学科的项目。文学教授定期和哲学教授一起开会，讨论课程设置、阅卷、担任博士导师和答辩委员会会员。但是每个人的主要身份还是在自己的领域里。每个学生都得明确自己的主攻方向和学习研究领域，以及要找哪方面的工作，是文学的还是哲学的。你刚刚问我这种安排的优缺点在哪，这就得要你自己去衡量了。

在 90 年代我快要离开普渡大学的时候，我们一些人想要修改文学与哲学博士项目的方向，要往文化研究的路线走，让学生不但可以选修文学和哲学的课，还可以上社会学、媒体研究、电影研究、艺术史、政治科学，或其他任何领域的课，只要他们的理由充分，有助于本身文学和哲学的研究即可。哲学教授很强硬地拒绝这个新的修改方向，包括四个担任博士答辩委员会委员的四名大陆系统的哲学教授，而哲学系其他二十几个教授更是极力反对。没错，这个博士项目是个跨学科的项目，但每个人都有自己主要的学科认同，这一点永远也不会改变。在文化研究（在美国这是比文学与哲学研究更像是跨学科的研究）刚显示出它的发展潜能时，却有人未经深思就拒绝了。所以我不会以普渡的特例作为未来跨学科研究的范本。相反地，它暴露出一般跨学科领域可能会面临的问题。

MS：在《20 世纪 30 到 80 年代的美国文学批评》（*American Literary Criticism from the 1930s to the 1980s*）这本书中，你提到 80 年代马克思主义批评在学术界受到尊重，只是其运用大多不再有多重大的政治分量或者实际的社会目标。但是，在文化研究和媒体研究领域里几乎所有的理论和项目都至少带有马克思主义的痕迹或暗流。你对马克思主义在文学研究与文化理论里被普遍地内化吸收（naturalization）有何看法？

VBL：马克思主义在美国的情况和其他国家，比如芬兰，不一样。从19世纪末期到20世纪末期，马克思主义长期受到压制，这也是为什么在《20世纪30到80年代的美国文学批评》中，我的现代美国批评从美国的马克思主义开篇，以文化研究（某种程度上它代表了马克思主义的再起）作为结束。美国官方打压马克思主义的结果，就是我们有了很长时间的非马克思主义的左派政治传统，包括无政府主义、社会主义、共团主义/工会主义（syndicalism/unionism）、共产主义，以及进步论（progressivism）。现在，我们的左派知识分子，像乔姆斯基（Chomsky）、贝尔·胡克斯（bell hooks）、爱德华·赛义德（Edward Said），他们都是非马克思主义的左派分子。我们的政治左派往往只是组织松散的联盟，其中也包括了马克思主义者，但大部分都不是。90年代新秩序（new order）的胜利以及资本主义全球化的结果，很多人都觉得马克思主义好像已经没戏唱了。但是，我们可以确定的是马克思主义会再度兴起。雅克·德里达在他的《马克思的幽灵》这本书中就强调说，当前因为受资本家剥削的情况日益严重，全球已经有一个新的国际劳工联盟在成型中。马克思主义还有戏可唱。

在文学批评和文化研究的领域里，马克思主义提供了重要的分析工具，比如意识形态、霸权、基层/上层结构、生产模式、商品化这些观念。这些都是当代批评和理论的重要工具，当然肯定还有一些非马克思主义的理论。人们在后殖民评论及族裔研究中可能常常使用和霸权相关的一些常用观念，却忽略了这些都是马克思主义来的。最近的几十年来马克思主义已被大量的散播和内化。

当代美国一些重要的文学评论家都毫不隐讳地自称是马克思主义者。佳亚特里·斯皮瓦克和弗雷德里克·詹姆逊（Frederic Jameson）都是，还有年轻一代的评论家也勇敢地站出来说自己是马克思主义者。很多文学评论家都加入了马克思文学会（Marxist Literary Group；简称MLG）这个组织。在学者中，该组织有数百名成员，每年六月和十二月开会。一方面，我们希望马克思主义未曾被打压，希望有更健壮、更基础广泛的左派政党，即使不是马克思的左派政党。但是，我们要看到，马克思主义正以不同的形式活跃于大学校园中，而且我预估在可见的未来还会继续活跃下去。

MS：你对文化研究的体制化（institutionalization）有什么看法？这对文学研究有什么样的冲击？你觉得这会是一个威胁还是助力？另一个在讨论文化研究时常会浮现的问题就是：如何去看待文化研究是跨学科研究的观念？在什么程度上，这种跨学科性得到了印证？

VBL：关于文化研究我有几点看法：首先，据我所知，美国没有任何一个大学设立了文化研究学系。有文化研究项目、研究院、研究中心，但就是没有真正意义上的系科（在英国，情况就不一样了）。文化研究在美国已经体制化了，但是并未如所期望的那样受到重视。还有另外一个值得注意的问题就是，很多做文化研究的博士毕业后找不到工作，原因是在美国这类工作并不多。

如果你注意一下不同学校里文化研究的存在形式，你会发现它们就是这些学校现状的晴雨表。例如说，我刚才提过了，我在普渡大学的时候，我们的文学与哲学联合项目没办法向文化研究开放，哲学系的教授不肯。我们文学这边的人就只好在英文系里另设一个理论与文化研究组，而且在行政模式上刻意跟英文系这个大系里的已经存在的语言学组、创作组和修辞与写作组一样。像这样半独立的模式英文系里已经有先例了，为了要让英文系的教授们更能够接受这个组的成立，理论与文化组就仿造即存的这个模式。而英文系里的五十个教授，还是有些抗拒另外再成立一个理论与文化研究组。

现在回到理论与文化研究是不是一个跨学科的领域的问题：是，也不是。不是的原因在于这个组里的人都是拿英文或比较文学的博士学位，他们没受过其他学科领域的训练。（我们试着要成立一个是哲学系、英文系和其他像是政治系、社会系、艺术史系、传播系共同参与的跨学科单位，但却办不到。）但是，也可以说它是跨学科的，原因在于，如果看一看文化研究在英文系或其他项目、中心、学院里做的事，那它绝对是一个其他学科的混合，囊括了社会学、媒体研究、理论、哲学，以及其他学科。在我看来，文化研究是后现代学科的代表，也就是一个越界（crossover）、一个复合学科（hybrid discipline）、一个有创意的拼贴（innovative pastiche）。值得一提的是，每个学科都或多或少参与了另一个学科，使跨学科研究不止是一个起点，也是未来理想的终点。

MS：在像你主编的《诺顿理论与批评文选》（*Norton Anthology of Theory and Criticism*）这样一部皇皇巨著里，大家一般都理所当然地从柏拉图和亚里斯多德开始讲起，即使所选的章节不一样。看着你的目录，我觉得你是刻意要包涵中古时期，或是更通俗地说是从希腊罗马以后到十六七世纪，一般大家都很快跳过这一时期。但是，也许你是要效法厄恩斯特·罗伯特·克提尔斯（Ernst Robert Curtius）的精神，你是不是想要强调一直到现代文学里都有拉丁文学的传统？

VBL：在我成长的过程中，我常听到拉丁文。跟大部分这个时代里在天主教传统中长大的人一样，我在天主教学校里学习拉丁文（我在天主教学校待了13年）。一直到20世纪60年代，做弥撒都还是讲拉丁文。我们来看看20世纪美国的教育：在30年代，我爸爸在中学学习希腊文和拉丁文；我在60年代学习拉丁文；我的两个小孩在90年代受教育，他们没学拉丁文。他们都学习现代欧洲语言（德文和法文）。进入20世纪，拉丁传统已走入末路。我的感觉很复杂，既伤心怀旧，又乐见地方语言的胜利。

除了语言的问题以外，中古时期还有很多很有意思的作品，但研究中古时期的人都知道，这些往往进不了理论与批评选集。先前大部分编辑选集的人都忽略了这一点。

这里还有一点值得讨论一下。对我这个年代的人来说，"理论"的定义比前人的定义来得广泛。光是看四五十和60年代的一些具代表性的全集，把它们和后来的作比较，你就知道我说的是什么意思。我在为"理论"下定义的时候，所囊括的并不只是诗学和美学，还包含了其他学科和附属学科，这也说明了为什么中古时期变得很有意思。换句话说，我这一代的人，"理论"已经超越了美学和诗学，它还包括了修辞学、语言哲学、训诂学（exegesis）、语义学及阐释学。这说明了为什么我的选集不但选了托马斯·阿奎纳（Thomas Aquinas）和但丁（Dante），也选了奥古斯都（Augustus）和犹太圣经训诂学的理论家摩西·麦莫尼德斯（Moses Maimonides）。理论也包括了政治理论和教学法。我所说的政治理论可能是指什么呢？读写能力在一个社会的作用也是我们的文集里一些很有意思的选文所探讨的话题，不只有《理想国》（Republic）的节选而已。克里斯蒂娜·德·皮桑（Christine de Pizan）这个15世纪就抱怨过女人没有受教育、没有被赋予识字的权利、被禁止涉猎文学。这些议题都必须要出现在选集里。还有一些理论性的选文是讨论地方语言，提出了霸权与弱势语言和文学的相关议题。教育、教学法、语言、识字率和政治都或多或少成为文学史和文化研究里的重要环节，都必须出现在选集里。

顺便提一下，《诺顿理论与批评文选》是从高尔吉亚（Gorgias）开始选起，不是柏拉图。这位辩士的话语观点值得重新思考，而且也有必要把柏拉图放在理论家之中重新语境化（recontextualized）。

MS：我们看一下20世纪的部分，您是从尼采（Friedrich Nietzsche）、弗洛伊德（Sigmund Freud）、索绪尔（Ferdinand de Saussure）开始选起的。这一部分在很多选集里都有很大的改变，越到近代越是如此。很明显看得出来你是要包含非裔、第三世界及后殖民的视角（左拉·妮尔·荷丝顿 [Zora Neale Hurston]、弗朗茨·法农 [Frantz Fanon]、霍米·巴巴 [Homi Bhabha] 等）还有通常都受重视的法国理论家，像是列维－施特劳斯、雅克·德里达（Jacque Derrida）、米歇尔·福柯（Michel Foucault）和西苏（Hélène Cixous）等。虽然有法兰克福学派（Frankfurt School），但是也许德国作家少了点。让我很讶异的是，法国现象学和阐释学的传统几乎没有任何选文，的确有施莱尔马赫（Friedrich Schleiermacher）和海德格尔（Martin Heidegger），但是没有汉斯·格奥尔格·伽达默尔（Hans-Georg Gadamer）和保罗·利科（Paul Ricoeur）。至于符号学（semiotics）方面，也没看到翁贝托·艾柯（Umberto Echo）的名字。你可不可以解释一下为什么有些选了、有些没选？

VBL：我对阐释学的定义是很广泛的。所以在选集里要挑出代表人物，我就会包括了但丁、阿奎纳、奥古斯都，甚至弗洛伊德这些人。譬如说，很多重要的解读理论就是从弗洛伊德的《梦的解析》（The Interpretation of Dreams）这本书发展出来的。我们也选了赫希（E. D. Hirsch）、麦莫尼德斯（Maimonides）、施莱尔马赫、汉斯·罗伯特·姚斯（Hans Robert Jauss）。阐释学的传统并不限于现象学阐释学，还有"普通阐释学"（general hermeneutics）的存在。普通阐释学里有圣经阐释学、法律阐释学、文学阐释学，以及18世纪中在德国发展至今的现象学这个哲学传统的阐释学。

至于伽达默尔和利科，我们这些编者看了一些他们的选文，但却无法达成共识。如果要看这个选集选了多少阐释学的文章，我们有黑格尔（G. W. F. Hegel）、海德格尔（Heidegger）、乔治·普莱（Georges Poulet）、让－保罗·萨特（Jean-Paul Sartre）、德·波伏娃（de Beauvoir）、姚斯（Jauss）和沃尔夫冈·伊瑟尔（Wolfgang Iser），阐释学的传统已有足够的代表。虽然没有利科，还是有其他的代表性人物。做决定不容易，即使是像我们这本这么厚的选集也无法包含所有的人。

关于阐释学，我还有一个观点：阐释学在美国，尤其是20世纪的阐释学，在理论领域里是个较弱势的旁支，大部分是由有天主教背景的人在写或是在教。对于在这个宗教传统下生活的人来说，阐释学可能是最重要、最恒久，也最活跃的思想。但是在这个传统下的人必须面对像海德格尔之类的大师。只要看了著名的天主教哲学家及阐释学家约翰·卡普托（John Caputo）的书，就可以了解我所谓的在后现代天主教诠释理论（postmodern Catholic interpretive theory）的大背景中要面对大师及非天主教者所为。他的书试图向天主教徒解释海德格尔、福柯、德里达是如何扮演着重新赋予阐释传统新生命力的角色。我的书，《后现代主义：地方效应，全球流动》（*Postmodernism: Local Effects, Global Flows*）里面有一章就在讨论约翰·卡普托和后阐释学（posthermeneutics）的现象。

你刚才提到符号学的传统，还有你很讶异这个全集没有收入艾柯的作品。我有几点要说明。这个全集里有不少结构主义和符号学的文章，从索绪尔、罗曼·雅克布森（Roman Jakobson）、列维－施特劳斯到拉康、路易·阿尔都塞（Louis Althusser）、罗兰·巴特（Roland Barthes）、诺思罗普·弗莱（Northrop Frye）、茨维坦·托多洛夫（Tzvetan Todorov）及海登·怀特（Hayden White）。顺便说一下，奥古斯汀（Augustine）的符号理论也在这个领域内。我刚才没有提到的一个相关问题就是：这本全集是为谁而设计的？这本书的主要读者是文学专业的本科生。我个人的经验是艾柯的理论一般本科生无法消化，而且现今在美国他的影响力也比较小。科学符号学（scientific semiotics）也是同样的情形。

也许你要问的是另一个比较大的问题：20世纪初文学符号学（literary semiotics）在美国学术界中的地位如何？我认为符号学在文学文化研究的领域中不是主流。它最活跃的领域就是叙事学（narratology）。研究叙事学的人很多，他们有自己的组织和年会等等。但就一般符号学（general semiotics）而言，我认为只有媒体研究和电影研究保留了这个传统。社会符号学（social semiotics）则成了文化研究的一部分。你可以看看媒体和大众文化方面的选文，你就可以了解符号学现在已演化成什么样子。像现在巴特、劳拉·穆维（Laura Mulvey）和朱迪斯·巴特勒（Judith Butler）的作品就把对文化符号（cultural codes）的批评检视内化、常规化（routinized），再也不是被誉为文化先锋的符号学了。

MS：在这么多样、异质性也高的选集里，要做到政治正确是很难的。但我觉得你在这方面似乎算是相当成功的。有美非裔的评论（芭芭拉·史密斯 Barbara Smith、小亨利·盖茨 Henry Louis Gates Jr.、贝尔·胡克斯）、美国印第安裔的评论（葆拉·艾伦 Paula Gunn Allen、杰拉尔德·维兹那 Gerald Vizenor）、拉丁裔的视角（格洛丽·亚安撒督亚 Gloria Anzaldúa）、同性恋／酷儿理论（阿德里安娜·里奇 Adrienne Rich、伊芙·塞奇威克 Eve Sedgwick、朱迪斯·巴特勒 Judith Butler）。我也很高兴能看到唐娜·哈洛维（Donna Haraway）的《电子人宣言》（*A Manifesto for Cyborgs*）。你觉得政治正确对你的编辑工作有何影响？

VBL：在美国的语境中，"政治正确"一词已经变成右派的陈腔滥调，常常用来歧视丑化自由主义和左派分子的组织及价值。我不太喜欢这个词汇。但是，问题是：如果你现在要编辑一个像诺顿这样的一个全集，你必须作出选择、弄出一个目录来，到底应该怎么注意不同族裔、性别、性向以及社会阶级的再现呢？

我一开始的反应是，理论和批评，尤其是从60年代到现在后现代时期，已经受到族裔理论、性别和性向理论，以及社会阶级理论很大的影响。不管你想不想，要做现代理论就得要和政治正确搭上线。这是第一点。但是一旦你找好了诸多关于当代族裔理论、性别及性向理论和阶级理论的选文，这些领域在历史上的先驱又要怎么处理呢？这又是一个问题。早期有没有一些关于阶级、性别、族裔的理论是值得回顾的？在这个选集里你会发现一些 20 世纪前的选文和 20 世纪的相互呼应。例如说，克里斯蒂娜·皮桑的选文里就有一些性别议题在后世再度浮现。这只是诸多由历史看政治正确性的例子之一。

对此我有何观感？我觉得好极了！我们后现代理论家所关切的不止是冷战时期文学形式主义所建构的狭隘经典，还有其他族裔和性别族群里正兴起的经典。现今的美国印第安文学和黑人文学，包括了他们口传文学的部分，都可以名列日渐扩充的多元文学传统里。从 18 世纪到 20 世纪逐渐定型的狭隘现代文学，它的定义已经在各方面被质疑，我也可以毫不犹豫地说这是件好事。

MS：斯图亚特·摩斯洛坡（Stuart Moulthrop）是你的选集里最年轻的一位，出生于 1957 年，他在这个选集里的选文也是一篇具有结论性的文章。他的作品，《你说你要革命：超文本和媒体法则》（"You Say You Want a Revolution: Hypertext and the Laws of Media"），带领读者领略了文本、数码生产和网络的新形式。先不论这本选集，你认为这是以后文学研究会走的方向吗？一辈子大都在教学纳森尼尔·霍桑（Nathaniel Hawthorne）和弗吉妮亚·伍尔夫（Virginia Woolf）的老牌教授们，还有专长是研究维多利亚时期小说的教授要怎么办？

VBL：我在美国文学系里的经验是，当新的事物出现时，你就把它们加进来，什么都不会被排挤掉。原则上都是加入而不是排挤。在一些具代表性的英文系里，你会发现同时有三个或是四个时代的人，就看你如何定义一个时代。因为教职员的离职或新聘，每年的流动率大约是百分之五到百分之十，教职员固定都会离开或就职。在大部分的系科里，你都会看到不同时代的人同时在运作中。现今有人还用 50 年代的传统方式教授维多利亚时期的小说，但也有人用 21 世纪的模式在教超文本（hypertext）。但我的想法是，姑且不论教学，仅就研究和出版这个方面来说，"老一代"（older generation）人的研究，比如在 19

世纪美国研究或维多利亚时期小说方面,已经受到理论和批评的影响了。有的老教授已经在用福柯的理论分析狄更斯(Dickens)的小说了。我不觉得理论的快速变化在事实上让很多老教授陷入了困境。也许应该如此才对。还要考虑的是一些不一致的发展。有些系科,我就不提是哪些系了,他们在 70 年代极力抗拒理论的浪潮。其中一些直到 90 年代才觉醒过来,并决定要解决这个问题。也就是说,他们一直都把理论排除在课程规划和新聘教员的考量之外。你光看一个系科的师资,就可以知道这个系科过去的历史上什么被排除了和什么被强调了,这包括了对理论、时期和文类的考量。每一个系科都有它自己特殊的历史和组合。

你刚才还问了文学研究未来的走向。我觉得我们的经典和方法都会不断再扩充,同时也会分成不同的种类、区域和模式。文学的定义已经在不断扩大,而且会持续下去。文学将不但会包含经典文学,也会包含弱势民族文学和通俗文学(通俗浪漫小说、恐怖小说、科幻小说、神秘小说、侦探小说,还有西部小说)。在扩充的同时,我们也可以预想网络小说很快就会加入行列,还有其他的文学形式。后现代时期的特征就是文学和经典定义的扩大,但是那并不代表文类和形式的等级会被完全推翻。对文学历史学家而言,史诗(epic)和悲剧(tragedy)的地位仍然比抒情诗和小说高。以往从 18 世纪到 20 世纪文学史的特征是缩减(contraction),而最近几十年则是相反,在不断地扩张。一些反弹是难免的。文本的经典和分析方法越扩张增加,就越会引起保护行动(换句话说,也就是有人会尝试着要恢复经典和缩减分析方法)。但同时也不断会有重新思考(reconsideration)的举措。一般而言,他们会回顾历史传统,从中求新求变。酷儿理论就重新阅读了莎士比亚的作品,给予其新的评价,使其焕然一新。我想直接回答你问的关于文学研究未来走向的问题,十年以内,旧的经典和文类阶级仍将继续存在,但同时也会有一些"增强"、"重新思考"和从中求新求变的动作。会有新的话语产生也会有护卫文学研究传统的意图。更进一步的扩张和分支也会持续进行。

在美国的语境中,我比较担心的是文学研究学系里的一些半自主的项目,比如修辞和写作、语言学、文学创作、电影研究和文化研究,会慢慢分离出去。

如果他们都各自成立独立的系科，这虽然是好事，但是文学研究的系科本身会因为这样的分化而受到外来的压力要缩小其范围，甚至会为了应对这个新的现实而产生一些意识形态，结果可能是恢复以前更保守的文学研究方法。

MS：80年代经典之争达到巅峰，经典的形成是"很火"的话题，通用和永恒的价值观也受到了挑战。顺应这个情势，爱伦·布鲁姆（Allan Bloom）的《闭锁的美国心灵》（*The Closing of the American Mind*）和小赫希（E. D. Hirsch Jr.）的《文化素养》（*Cultural Literacy*）各以不同的方式表达了他们对西方文化，尤其是美国文化的忧患与焦虑。经典和经典的形成在美国还是个问题吗？这又和文化差异及多元文化这些较大的问题有何相关？

VBL：在美国，经典之争已经"结束"。经典已经有所改变也扩大了。但是，这方面的工作在未来仍会持续进行，最重要的是，围绕着经典这个问题我们还是有一些争议的。你刚刚提到，布鲁姆和赫希在80年代都有重要的著作发表，他们都在维护"伟大的传统主义"（great traditionalism），声称最重要的就是要研究伟大的作品。就现在而言，虽然说他们的中心论点都在维护传统，这两本书很不一样。布鲁姆的那本书对于大众文化是毫不留情的，对于音乐和电影尤其如此。在这前提下，对于文化研究而言布鲁姆是没有什么用处的。布鲁姆的书强调高雅文化和低俗文化（high culture and low culture）之间的差异，这就是安德里亚·胡森（Andreas Huyssen）所提出的"巨大分裂"（great divide）。我认为布鲁姆的书是反后现代的，因为他试图要保留所谓的伟大传统，并排挤了所谓的大众、通俗、中产和低俗文化。

至于赫希的书，它的主要动机是他对于大学预备教育的内容的特别关注，包括小学和中学生的教育。像这样的情况，也就是文学理论以大学预备教育及教学法为考量重点，以前也不是没有先例。瑞查兹（I. A. Richards）在40年代就做了同样的事。诺思罗普·弗莱也曾设计了一系列文学课程的教材。现在在美国的中学里的教材是伟大传统和多元文化传统的混合。如果你在中小学里学习美国和英国文学，就会两项都有，而不是只有其中一项。赫希仍旧在坚持认为，现今的教育通俗文化过度充斥，而文化传统却没有获得足够的重视。

如果考虑到二次世界大战之后的移民潮（美国移民潮的历史久远，而且情况相当复杂）这个因素，战后的移民潮比以前要来得多。不断有大量的移民从各个国家移入，每年的人数接近百万。美国的多元文化特质比这个世纪初我的祖先刚从爱尔兰和西西里岛移民过来时更为显著。我不觉得文学经典在短期内会有大幅变动，我也不觉得我们在20世纪末所推崇的后现代多元文化会被取代。我预期的是文学经典会再扩充和分化。虽然新保守主义分子的以反-反雇佣歧视（anti-Affirmative Action）为诉求的诉讼事件偶尔成功地减缓了它的进度，但是，"英语优先"（English First）这个极端国族主义（nationalist）、民粹主义（populist）、种族歧视（racist）、反移民的宣传口号阻挡不住这一改变的潮流。

MS：为了庆祝千禧年，荷兰的大报社《赫尔辛基日报》（*Helsingin Sanomat*）请一群人阅读瓦特·基尔皮（Volter Kilpi）的著名作品《在阿拉史塔隆的大厅里》（*Alastalon Salissa*, 1933），并记录了他们每周在星期六特刊里针对每章节交换意见的情形。如此一来，这个报社更加巩固了这首史诗在芬兰文学里的地位。他们似乎意图要找出在芬兰文学中一个在广度和语言创新上能比得上乔伊斯（Joyce）的《尤里西斯》（*Ulysses*）的现代主义作品。你能举出在美国任何一个类似要推动形成经典的举动吗？你觉得，比如说，《纽约时报书评》（*New York Times Book Review*）开始宣传一个20世纪的小说，而这个小说并未被广泛阅读，可能只是少数分子的最爱？

VBL：随着千禧年的结束和21世纪的来临，很多人都在回顾。再加上苏联解体和冷战结束（这些和欧洲、芬兰尤其相关），这代表的不只是千禧年或是20世纪的结束（此时芬兰人会回顾反思是什么让芬兰文化成为一个整体，有什么成就存在），同时还有对欧洲和芬兰的重新定义——尽管其结果可能是对现状的认可。在新的千禧年之初，全欧洲都有推崇国族主义的政策在进行，跟美国大不相同。但是还是有欧盟存在。芬兰本身就是处于这样的情况中。卡累利和卡累利人（Karelians），包括流散在外的，该何去何从？拉普兰人（Laplander）呢？欧盟呢？北大西洋公约组织（NATO）呢？《赫尔辛基日报》会试图回溯，以求巩固20世纪芬兰文学和文化的概念，我一点都不觉得惊讶。我觉得只要平衡得好，就是好事。当然，选择基尔皮的作品也是个具争议的话题。

这些回溯包含了很多方面，难免会有些排挤的动作。报社会涉入这样的工程也是合理的。为什么呢？因为报纸、杂志和其他印刷媒体很自然地就会和经典文学结盟。芬兰的官方报纸会回溯过去，从 20 世纪的芬兰文学中精挑细选以定义芬兰文化，这一点儿都不令人讶异。正如本尼迪克特·安德森 (Benedict Anderson) 在《想象的社群：对国族主义起源和散播的省思》(*Imagined Communities: Reflections on the Origin and Spread of Nationalism*) 中所言，报业的素养 (print literacy) 和国家的建立是密不可分的。

让我们来想一下，美国在 70 和 80 年代所掀起的典律之争让过去的文学被重新定位。这和千禧年或世纪末的观感没有太明显的关系，而是和多元文化主义及政治正确的口号、政策更有关联。尽管如此，它还是涉及了回顾、支持，还有筛选的过程。有女性文学、印第安文学、美非文学，以及其他的美国文学。他们都应该被重新发掘、定位、研究，并成为经典的一部分。或许我们可以说美国比其他国家更早就开始了筛选经典的过程？

美国在 1999 年时当然也有媒体编列好书一百部、十本最佳美国小说之类的事。虽然也有这样的例子，但是这和《赫尔辛基日报》的例子相比就不大相同。美国不像其他国家那样有个官方报纸，《纽约时报》只是给小部分人看的。比如说，在俄克拉荷马州《纽约时报》就没什么人提。我住在纽约的时候，它只是中高阶级分子（不包括基层和工人阶级）里较主要的报纸。

MS：我们来谈谈美国的文学在千禧年结束时是什么样的光景。很多当代作家成为研究论文的题目，而学术研究和文学生产的整个领域或者次领域都变得深受欢迎。关于这些你有没有什么意见？继七八十年代的美国黑人文学热之后，接着是对其他族裔文学产生很大的兴趣，比如印第安文学或是美国亚裔文学，很多女性作家也开始出现，包括雷斯莉·马蒙·西尔克 (Leslie Marmon Silko)、路易斯·厄德里克 (Louise Erdrich) 和汤婷婷 (Maxine Hong Kingston)。

VBL：我要强调的是在美国所谓的后现代全球化意指着美国文学由内到外彻底的跨国际化 (transnationalization)。换句话说，如果你问我当今的美国文学是什么,我会回答说当今美国文学是由无数种文学组成的。有印第安文学、美亚文学、拉丁美裔文学(Hispanic American)等等。在美亚文学里就有近二十四种传统:菲律宾裔文学、亚裔文学、日裔文学、韩裔文学等。在这些传统中,有些不是以英文写作,而是以亚洲语言写成的。比如说,在俄克拉荷马州,70年代越战后俄克拉荷马市就有一个由三万个越南人组成的社群,这个社群里就有人以越南文书写故事和诗作。要怎么叫这种文学为越南裔美国文学呢?同样的情形在意大利裔文学、亚美文学、墨西哥裔文学里也有。哈佛大学的马克·谢尔(Mark Shell)和沃纳·索罗尔斯(Werner Sollors)出版了一本全集叫《多语种美国文学全集》(*The Multilingual Anthology of American Literature*, 2000)。这是一部具有指标性、收集许多以非英语写作的美国文学。我所谓的美国文学已由内部跨国际化就是指这种情况。而在外部也有类似的后现代全球化现象,像是英语系文学(Anglophone literature)的产生、大西洋黑人艺术(the Black Atlantic arts)、法语文学(Francophone literature)、中美洲文学(Meso-American;Inter-American)。在中美洲文学里,有加拿大、美国、中美洲和南美洲各地的原住民文学。这些被统称为同一个区域的文学,相较于其所属的各国文学,彼此之间的相似度更高,这代表了一种向外的跨国际化趋势,至少我是这么认为的。所以说,没错,我的确在文学的现在及未来里看见了新的发展,新的作家也在不断涌现,这很明显。

MS:我们可否谈谈主流文学?如果品钦(Pynchon)的盛世已成明日黄花,哪些作家能取代他的地位?可能是唐·德里罗(Don DeLillo)吗?那保罗·奥斯特(Paul Auster)在论文研究的市场里地位又如何?

VBL:你要问的是,谁会是下一个伟大的美国作家?下一个大小说家?对吧?现在出版的很多文学研究,至少就专论而言,不只是专注在一个单独的作家身上。博士学生通常会被建议不要单单讨论一个作家,因为这样的书没有销路。这种书显得老掉牙,出版社也没兴趣出版。通常你会看到的是讨论学派和运动的书,像是美非女作家和亚美小说家;或是讲一些主题,像是现代文学中的性别颠倒或是性别越界。

如果一个人是讨论不同的文类，情况就大相径庭了。例如说，美国诗歌到 20 世纪中为止都集中在东北的一些大城市和东岸，尤其是纽约。而现在则是散布于各地，所以有爆充的情况。这是后现代艺术解组（disorganization）的一种现象。同样的现象也发生在现代流行音乐的产生。过去，一个摇滚乐团若要被大众所认识，他们必须找一个经纪人，一个大唱片公司，在酒吧巡回演出，并在各地巡回演出等等。但现在人们以相当低的成本就可以出自己的光盘，排定自己的演出，并在某些区域里扬名，这些都不费什么工夫。流行音乐的生产方式已经改变了，因此到处都有乐团在出自己的光盘。诗歌也是一样，现在有很多刊登诗歌的小杂志，也有很多诗歌朗诵的场所。诗歌的生产方式已经改变了。现在写诗和出版诗的人数是前所未有地多，光是看美国有多少文学创作的专业系科就知道了。现代也有很多当代诗的全集，说明了诗的扩散。而且我还未提到的是咏诗擂台赛（poetry slams）、说唱（rap）和其他类似的现象。同时，只有一位作家、并由大型商业出版公司出版的诗集已经慢慢销声匿迹；因为不景气，会赔钱。戏剧就不一样了。它必须要有剧院和剧团。虽然现今跟中世纪比起来有更多的区域性和社区戏剧，演出所费不赀。除了电视和电影戏剧以外，当代戏剧并未和诗一般蓬勃发展。小说的情况自成一格，我在这儿就先不提了。

你要问谁是下一个美国小说伟大的作家，或许我们应该先检视一下小说的定义？但是对我个人来说，现在美国文学圈里最有意思的是诗的扩散、戏剧的区域化与分化、族裔文学的兴起、通俗文学的扩展，尤其是理论在后现代时期的发展，而不是哪个作家最伟大。但是，你遗漏了托尼・莫里森（Toni Morrison）和其他像索尔・贝娄这样的诺贝尔奖级作家。我宁愿不要选谁是下一个伟大的美国小说家。我最后要加一句，保罗・奥斯特在欧洲似乎比在美国更受瞩目。或许欧洲的情况也是在考量伟大作家时的一个指标。

MS：你能不能预估一下美国未来文学理论和文学研究的发展？下一步是往何处去？现在有什么领域正在萌芽兴起？举例来说，依循劳伦斯・布依尔（Lawrence Buell）关于梭罗（Thoreau）的书《生态想象》（*The Environmental Imagination*）所发展出来的生态批评（ecocriticism）和对生态的关怀会逐渐加温吗？加里·斯奈德（Gary Snyder）也为这个方向提供了丰富的材料。

VBL：让我姑且在这儿先预言一下。未来会有更多网络文学和超文本的产生。文化研究则不可同今日而语，会更进一步的被体制化（institutionalized）。有些运动、方法、学派和群体会继续蓬勃发展，像是同性恋研究、后殖民研究、新历史主义、印第安文学、美亚裔研究和美国的拉丁裔研究。

若是从主流的角度来看批评及理论的发展，30年代到60年代的主流是新批评主义，在七八十年代则是后结构主义。从80年代到现在，文化研究一直都是主流。在这些主流中都有另类和反主流的存在。如果你要问的是下一个主流会是什么？文化研究之后会是什么？我就没办法告诉你了，我看不出来。我觉得文化研究还有发展的空间。

即便如此，在我们说话的同时还有新的领域和分支在发展中。身体理论（body theory）和酷儿理论（queer theory）就是两个例子。还有科学研究和休闲研究（leisure studies）。生态批评和视觉文化研究（visual cultural studies）也是如此。全球化研究也算。这些次新领域（或是次领域）发展的阶段都不同，也很快就自成一门。你还特别问了生态批评，我觉得它会成为全球化理论的一部分，同时也成为半独立的次领域。

我们也看到了新的纯文学主义（belletrism；这是杰佛瑞·威廉斯 Jeffrey Williams 用的词）已发展出不同的形式。很多著名的评论家已选择背离复杂的理论批评，而转向私生活和自传。亨利·盖茨和简·汤普金斯（Jane Tompkins）就是很著名的例子。新纯文学主义的另一个成因和在婴儿潮中出生的人（baby boomers）有关。当他们年纪大了要退休时，可能在文学观点上转趋保守，而回归到传统的文学典律。几年前我们看到弗兰克·兰特里夏（Frank Lentricchia）在《通用语》（*Lingua Franca*）这个杂志里站出来说他再也不做理论了，他要专注于阅读和教授文学。这个转变在未来的几年里会慢慢发展出来，这我也不觉得意外。

MS：芬兰约恩苏大学（The University of Joensuu）最近组织了一个跨领域的会议，叫做"文化身份及其全球表征"（Identity and Its Global Manifestations）。正如这个会名所指，目前的热门话题就是在全球化和本土的压力下如何建构身份。这也会导入我最后一个问题：你从北美洲的角度是怎么看待全球化这个议题？这个问题可能似是而非，因为全球化向来被等同为全球的美国化（Americanization），对很多像我们一样居住在欧洲或其他国家的人来说，美国化可能会是个威胁，虽然对你们来说这可能是个大胜利。你认为全球化是什么意思？它会对文学研究带来什么样的影响？

VBL：我不认为全球化纯粹就是美国化，这是对全球化的误解。现今全球化的领导者和先锋是多国企业、或是资金、或从象征的角度来说就是国际货币基金会（International Monetary Fund, IMF）。多国企业不只是美国企业。每天我日常生活里的各样产品和商品，就拿最具代表性的汽车来说，它的零件就是分散在各地制造，包括日本、美国、加勒比海地区、韩国等等。这些产品是多国产品，是由多国企业和各国劳力所制造。这些企业并不植根于单一国家的经济；他们在各国的经济体系里流动，只看哪儿有最高的利益。这是一场寻找底线的竞赛，要找的是最低工资和税率，以及最少的法律限制。最近数十年，一些所谓的美国企业向海外移植，搬到墨西哥和其他热门地点，当地政府会提供优惠方案（incentives），较低的开销、较廉价的劳工，以及可以选择不提供员工福利。他们都是全球化的领导者，无论如何都不是美国化。工人、物料和执行人员并不只是由美国外移，持股者也不是百分之百都是美国人。

同时，美国中央银行无法控制美元。美元已经成为国际货币，在全球市场里流通，尤其是在伦敦，常常被大量抛售，但这些都和美国华盛顿特区里的政治家没有关系（70年代石油美元成为国际货币就是一个类似的现象）。这是另一种看似纯粹美国化的全球化，但实际上并不是。还有，货币交易——非常典型的全球化例子——在最近几年已经在转移：全球货币市场每天有15亿的交易量，是产品和非金融服务业交易量的七倍。在70年代，比例是3.5∶1。在70年代，经济学家曾建议要向所有的投机交易收取少许的国际统一税，0.5% 到1%，以减少交易量，并让国家及政策宣导有更多的财务自主性来对抗疾病和贫穷。但这些从来没有实现过。

也许今天的全球化，或者是欧盟，对欧洲人来说是个比较严重、需要关切的问题，50年代的美国化问题可能就显得过时了？这就要看你个人是怎么想的了。

在全球化的同时有两个文化现象出现：同质化和异质化（homogenization and differentiation）。一个很好的例子就是"世界音乐"（world music）的兴起，伴随着各种地方音乐的复兴。另一个例子就是透过音乐录影带（MTV）和其他全球性的媒体掀起了青少年的时尚风潮，但是同时也有人在努力要恢复传统服饰和本土衣着。全球化造成全球性的同质化，但也成就了本土的异质化和独特性。这些现象同时发生。而如果你用美国化的概念掩盖了这两种不同的趋势，就显得很不合理。也许，这种把美国化等同于全球化的现象是受早期冷战留下来的影响。

同样，大量的美国资金正在全球化，但并非只有美国的资金如此。很多国家也乐于参与这个过程；很少有不乐意的。对于中国在过去十几年来所经历的破世界纪录的经济成长，又该怎么说呢？经济的全球化已大获全胜，相对较不受管制的资本主义不断跨越全世界各地的边界，销售产品与服务，做投资，改变当地传统习惯，让找寻底线的竞赛不断恶化（例如，剥削与不平等待遇），所有的事都以金钱衡量（例如说，IMF贷款、债务、紧急金援）。对很多人来说，日常生活的品质是改进了：有更好和更多元的饮食、衣服、房子、室内设计、医疗、教育、娱乐。但是对许许多多的其他人来说，他们无法摆脱贫穷。这样全球化的结果就是不平均和不平等。最后，美国军队强制执行所谓的全球"自由贸易"（free trade），他们是新世界秩序（New World Order）可见度最大的指挥者。但是，在稍早的90年代的伊拉克战争和最近2003的伊拉克战争里，这股势力也受到了欧洲、中东和亚洲一些国家的支持。

我现在可以想到的一些全球化在文学和文化研究领域的不同表现包括：后殖民理论，现代全球化理论，生态评论，世界女性主义（worldwide feminism），英语系文学（Anglophone）、法语文学（Francophone）和拉丁裔文学（Hispanophone）；还有正在兴起的跨国和地区性艺术，像是大西洋区黑人艺术、北非文学、中美洲文学、环太平洋文学等等。这些新的文学和文化现象可以说是美国化的现象吗？或者不是？

第十五章 文学的全球化

王顺珠 译

我的主要观点并非特别有争议。我认为，自 20 世纪 60 年代起，民族文学的概念，如美国文学、英国文学，已经发生了戏剧性的变化，而且这种变化今天仍然在持续。造成这些变化的关键因素有如下几种。首先，在女性文学、有色人种文学以及土著族群和移民文学被纳入公认的经典的过程中，各少数民族起着至关重要的作用。这就提出了这样一个令人头痛的多元文化的问题：少数民族的语言、方言、克里奥耳语和洋泾浜混杂语在民族文学中处于何种位置？其次，曾经被忽略或者受怀疑的文类，如日记、奴隶叙事、游记以及土著神话等，在近期都已重新受到重视，被接纳为重要的文学体裁。而且，迄今为止一直遭排斥的但却日渐壮大的大众文化文体，如浪漫／传奇小说、哥特式恐怖小说、侦探和科技幻想小说等，也都已被重新接纳，得到肯定，虽然这些体裁被接纳、受肯定的程度不如前者。另外，以前没有受到应有重视的区域，比如黑色大西洋、太平洋盆地以及"美洲"（从阿拉斯加至阿根廷），很长一段时间以来已经产生了跨国文学。而对这些跨国文学的欣赏与研究只是最近才开始的。最后，当代的全球化已经使人们注意到一种"后民族文学现象"，比如英语文学、法语文学、以西班牙以及汉语为母语的族裔文学。我的论点是，在后现代的全球化时期，我所经历的一生中，美国文学和英国文学已经进入两个阶段：第一阶段是一个史无前例的扩张阶段。这个阶段指 20 世纪中叶形式主义时期，为纯净文学巨著和宝贵的写作技巧而实行狭隘的收缩以后的扩张；第二阶段是一个解组分化阶段。这一阶段的标志是接纳边缘文学和跨国文学以及生成这些文学的社会历史语境,从而打破了传统的教学模式和文学系科的学术界限,使之因校而异。

今日之美国文学

今天的美国文学与近几十年的转变发生以前的60年代美国文学相比是怎样一种情形?60年代我在三所不同的美国大学攻读英美文学的学士、硕士和博士学位。在我看来,美国文学已经发生了重大的"内在"和"外在"的变化,请允许我为了便于说明而这么加以区分。

"内在"的变化包括对美国文学的不断增补。这些增补的作品,从女性作品和黑人作品开始到美籍西班牙人、美籍亚裔和土著印第安人的作品,在美国的高校里广为采用。[1] 由此产生出许多复杂的问题。且举两个突出的例子:美国土著印第安人的语言和非文字的口头"文学"(往往是宗教性的)形式就有数百种之多,那么经典是不是必须进一步扩充以包括非英语语言以及新的文学体裁?再者,文学的定义迄今为止是纯文学性的,这是不是需要进一步补充或者摒弃以接纳其他意义上的定义,比如社会学、人类学,当然还有历史学意义上的定义?

2000年,由两位著名的哈佛文学教授马克·谢尔(Marc Shell)和沃纳·索乐斯(Werner Sollors)编辑的具有划时代意义的《多语美国文学选集:原著加英文译本文选》(*Multilingual Anthology of American Literatures: A Reader of Original Texts with English Translations*)问世。[2] 选集中收集了多种非英语文本,如《瓦拉莫沃勒莫》(*Walam Olum*),一篇土著印第安人用德拉华/兰纳普象形文字写的史诗;一篇阿拉伯语的19世纪30年代的奴隶叙事;一篇法语的19世纪

---

[1] 有关美国黑人、土著印第安人、美籍西班牙人、美籍亚裔和女权主义文学的理论与批评,参见文森特·里奇总编的《诺顿理论与批评文选》的注释目录2532页。[Vincent B. Leitch, ed., *Norton Anthology of Theory and Criticism* (New York:New York, 2001), 2532 ff.]

[2] Marc Shell and Werner Sollors, eds., *The Multilingual Anthology of American Literature: A Reader of Original Texts with English Translations* (New York:NYUP, 2000).

30 年代的黑人短篇故事；一篇意大利语的 19 世纪 30 年代的美籍意大利人诗歌；一篇圣经的马萨诸塞方言[3]译本加注释；在天使岛拘留所的墙壁上发现的 20 世纪初的中文诗；那伐鹤人的民歌和颂歌；还有丹麦语、德语、希腊语、匈牙利语、挪威语、波兰语、西班牙语、瑞典语、威尔士语和依地语的欧美文本。有数首诗歌是用"德美语"写成的，这是一种类似于西班牙英语、法语英语、依地语英语的混杂语。20 世纪 60 年代美国文学的构成绝对只有英语，而今天的美国文学已增添了新体裁、新语言和方言，因而正在被重构为一种多语言多文化的实体。另外，一部力求重新发现被遗忘、被压制的新的文学史正在形成当中。

毋庸置疑，在美国，美籍西裔和美籍亚裔文学的概念，正如美国土著文学的概念一样，需要扩展。这里所说的美籍西裔文学包括美籍墨西哥、美籍波多黎各、美籍古巴文学，以及许多中美、南美族群文学。就我的统计，亚裔这一指代涵盖几十个民族传统和语言，不仅包括汉语、菲律宾语、日语和韩语这历史上所说的四大语言，还包括从南亚至东南亚的巴基斯坦语、印度语、柬埔寨语和越南语。

至此，我还没谈到在美国文学经典和学术研究中还或多或少地包括了种种非法的、地下的文化形式和次文化形式。这些文化形式范围广泛，从布鲁斯和说唱乐的歌词到行为诗歌、擂台赛诗歌到斜杠小说。斜杠小说是诸如《星际之旅》[4]之类的流行电视连续剧热爱者们所创作的同性恋题材的作品。近来，文化研究学者们发现并对这些边缘文学做出了肯定，指出：这些文化形式不仅表现了自身的创造力和创作力，也揭示了社会动力。值得说明的是，电影、电视和广告可以用文学分析的方法来研究，而且自上个世纪 60 年代以来，人们已经这样做了。不管怎么说，对这类边缘和亚文化话语的发现与欣赏目前似乎还一眼看不到尽头。

---

[3]   一种已经失传的东阿尔贡金语。——译注
[4]   关于《星际之旅》之类电视剧的热爱者们如亚职业妇女与劳动阶级所创作的斜杠小说，参见 Constance Penley, "Feminism, Psychoanalysis, and the study of Popular Culture", *Culture Studies*, eds. Lawrence Grossberg, Cary Nelson, and Paula Treichler (New York: Routledge, 1992), 479–494。

美国文学的"外在"变化反映了新的地理现实和意识。比如，一些当代泛非美国作家和学者把非洲人的迁移以及由此产生的文学看作是一种值得研究的连续性的多语言的跨国构成。[5] 这一迁移特指宽广的大西洋盆地，即所谓的黑大西洋贩奴之路。而且，"美国"一词还含指北半球。新近的"美国文学"这一概念不仅涵括从阿拉斯加到阿根廷（包括那些所谓的加拿大的"第一民族"）的多语土著文学，也包括这一地区所有用西班牙语、法语、英语和其他方言创作的作品。[6] 另外，一些注重夏威夷文学研究的学者和批评家还在波利尼西亚和亚洲地区发现了一种多语跨国文学传统，这种文学传统横跨"美太"，从大洋洲和波利尼西亚直至菲律宾和中国台湾。[7] 那些显然是在近期的全球化语境中形成的区域文学，诸如黑大西洋、太平洋盆地以及内美洲本土文学，已经改变了美国文学的经典，特别是它的地理范围、文体以及语言，从而取代了历史上美国文学一直以与英语和东岸（波士顿－纽约－费拉德尔菲亚轴区）密不可分的欧洲传统为主的基础核心。毫无疑问，这种改变与取代还将持续下去。

对于美国文学的教学来说，这些改变意味着什么呢？且以划时代意义的《赫思美国文学选集》(*Heath Anthology of American Literature*) 为例。该书于1990年问世以来，一直定期增补更新：所选经典不断扩充，收入了大量的工人阶级作家、女性作家、黑人作家、拉美裔作家、印第安人作家和亚裔美籍作家的作品；不仅涵括了新文体和对现存各种文体的评估，还包括了以前一直被禁的如虐待儿童、种族暴力以及同性恋等种种题材。[8] 随着2000年谢尔和索乐斯的《多语美国文学选集》的问世，美国文学只用英语的这一基础不仅被重新语境化，而且还正式或非正式地受到了质疑。另外，美国研究与文化研究的学者们还特别地强调了浪漫小说和科幻小说这类"亚文学"文体的价值与黑大西洋文学之

---

[5] Paul Gilroy, *The Black Atlantic: Modernity and Double Consciousness* (Cambridge：Harvard UP, 1993).

[6] John Carlos Rowe, "Postcolonialism, Globalism, and the New American Studies", *The Future American Studies*, eds. Donald E. Pease and Robin Wieman (Durham：Duke UP, 2002), 167–182.

[7] Robin Wilson, *Reimagining the American Pacific* (Durham：Duke UP, 2000).

[8] Paul Lauter, gen. ed., *The Heath Anthology of American Literature*, 2nd ed., vols. 1 and 2, eds. Richard Yarborough et al. (Lexington, MA：D. C. Heath, 1994).

类的区域文学的重要性。[9]

我从20世纪60年代就开始研究美国文学。在我看来，美国文学近期的变化是惊人的，具有一种启迪性力量，犹如一场大解放，反映了美国文学话语更宽广的历史、范畴与性质。在这种话语中，"文学"不再像20世纪中叶那样被限制在一个狭窄的文体范围，限制在那号称已被当今审美标准与品味严格印证为"最好"的言论与思想之中。[10]今天，教材与教师都有机会更开放地代表美国人民的文学。但同时，我也不得不花很大的精力来不断更新自己的美国文学知识。有时，这不免让人觉得累赘，因为这种更新不仅意味着要阅读以前忽略了的材料，还意味着要重新梳理编排有关文体以及语言等级体制的概念。正因为如此，很多学者都不得不花精力补课。更重要的是，对我和其他学者而言，迎头赶上的标准所涉猎的范畴不仅已远远超出审美尺度、传统的突破、感染力和理性深度，它还包括了社会和历史的再现。[11]

在过去的四十年里，进入美国的正式移民每年平均几乎有一百万人。虽然，美国政府还在继续推行"只用英语"的大熔炉式的同化主义观念和体制，而不是实行更令人可信的彩虹式语言政治，但事实上，这个国家现在已经是、而且很久以来就一直是有着多元文化、使用多种语言的国家。美国文学研究和教学有一个长期策略，就是用一元化的民族主义和公民培训与以种族、民族、阶级、性别、地区、宗教和性别取向划分的多元传统与社区相抗衡。[12]然而，当今的国民分歧似乎比以往任何时候都更大、涉及更多层面，而且这些分歧也更明显地反映在教材里和课堂上。对我以及其他学者而言，这种现象忧喜参半，因为

---

[9]　Janice Radway, *Reading the Romance: Women, Patriarchy, and Popular Literature* (Chapel Hill：University of North Carolina Press, 1984), 和 Andrew Ross, *Strange Weather: Culture, Science, and Technology in the Age of Limits* (New York：Verso, 1991).

[10]　有关社会各阶层的品味基础，参见 Pierre Bourdieu, *Distinction: A Social Critique of the Judgement of Taste*, trans. Richard Nice (Cambridge：Harvard UP, 1984)。

[11]　关于美国20世纪末衡量文学成就标准的改变，请参见 *Theory Matters* (New York：Routledge, 2003) 的第一章和关于美国文学批评的历史背景一书 *American Literary Criticism from the 1930s to the 1980s* (New York：Columbia UP, 1988)。

[12]　有关美国文学学术研究的批评史，参见 Peter Carafiol, *The American Ideal: Literary as Worldly Activity* (New York：Oxford UP, 1991)。特别是42—43页他关于作为国家工程的美国主义的学术研究的论说。

它涉及当下多元文化主义、后现代化和全球化视角的复杂的美国叙事。稍后，我将进一步探讨多元文化主义、后现代化和全球化的问题。

今日之英国文学

我曾于20世纪60年代致力研究的英国文学到今天已从内到外都发生了很大变化。这些变化以其产生的地域最为显著，语言和文体其次。近几十年来，联合王国的权力已正式下放，虽然这种下放是不情愿的。这突出地反映了一种分裂意识，反映了苏格兰、爱尔兰和威尔士与英格兰之间的分裂。而这每一次的分裂都见证了苏格兰、爱尔兰和威尔士对他们自己的文化传统和民族语言（苏格兰盖尔语，爱尔兰语，威尔士语）的兴趣复燃。无独有偶，今天民族复兴与传统语言研究在后殖民世界已是司空见惯。这不仅对文学研究产生了影响，也对政治与地理产生了影响。英国本身就有它自己独特的区域特性与方言。例如，约克郡和南方诸县的特性和方言就与伦敦不一样。任何英语专业的学生都能证明，"英国文学"与20世纪中叶"只用英语"的美国文学经典不一样。它有着悠久的多语言历史，其中古英语、盎格鲁-诺曼底语、古挪威语、中古英语以及各拉丁语文本传统起了各种不同的公认的作用，但其最主要的作用还是对非常久远的时代进行的学术性的历史研究。苏格兰语、爱尔兰语和威尔士语起的作用较小，但是它们也会不时有所复兴，比如目前的情形就是如此。但是只有雷蒙德·威廉姆斯（Raymond Williams）才注意到，在18世纪的英国，文学这一概念是通指图书馆书架上所有的书。而到了20世纪中叶，它已大大窄缩，专指某些值得一读的诗歌、戏剧和小说（而这些绝大多数是男性作家用英语创作的）[13]。不足为奇的是，近来英国文学经典不断扩展，不仅收入了以前一度被排斥在外的如科幻小说和神秘小说之类的流行体裁，而且还重新为书信、游记、日记、旅行指南、布道和民谣（后两者均为口头文学）等题材正名。当然我还没提对颂歌和配音等新的形式的接纳。正如今日之英国文学对形式、语言和方言

---

[13] Raymond Williams, "Literature", *Keywords: A Vocabulary of Culture and Society*, rev. ed. (New York: Oxford Up, 1983), pp.183—188.

的涵盖面更为宽广一样，英国文学经典也包括因战后的移民和殖民的解体所引起的进一步的演变与延展。

自第二次世界大战以来，来自西印度群岛、南亚、中东和非洲的移民浪潮不断冲击着英国的单一文化，已经使其成为一个文化越来越多元化的国家。这一点在英国当代文学中亦有所反映。虽然英国文学仍然是单语文学，但是其他语言、方言、克里奥耳语和洋泾浜已经渗入其边缘。另外，由来已久的英联邦一方面已经逐步衰弱，但另一方面还仍然存在着，甚至在近几十年里还进一步发展扩大，拥有了五十个成员国，从而赋予如澳大利亚、加拿大、新西兰、南非和许多其他国家的英语文学一种不定的（或多或少的）"英国"身份。还有，由居住在英国的南亚、非洲和西印度作家创作的作品构成的"有色人种英国文学"现已成为广为承认的英国文学一支。[14] 所以，今天的英语作家包括奇努·阿切贝（Chinua Achebe，尼日利亚）、杰默·科特兹（J. M. Coetzee，南非）、那丁尼·高尔蒂莫（Nadine Gordimer，南非）、维斯·纳帕尔（V. S. Naipaul，特立尼达）、纳固基·瓦提翁高（Ngugi wa Thiongo，肯尼亚）、迈克尔·翁达杰（Michael Ondaatje，斯里兰卡）、塞尔曼·鲁西迪（Salman Rushdie，印度）和德里克·沃考特（Derek Walcott，圣路卡）。而依据早先的标准，这些都是有问题的案例；毫无疑问，即使今天，在不同的地区这些作家到底是否可列为英国作家也还是有争议的。

正如与之平行的法语文学、拉丁语文学、葡萄牙语文学以及汉语文学一样，盎格鲁文学包括全球所有的用英语创作的文学。这种分类的形成是近几十年的事，并还在形成当中。由此而引起的主要问题是：文学的定义是什么？英语的定义是什么？比如，一部用英语创作的含有一些洋泾浜英语和音乐、舞蹈、服装的非洲典仪戏剧是不是英语文学？用其他独特的英语方言、克里奥耳语、土

---

[14] 2005 年 3 月 10 日我在网上做了个"有色人种英国文学"词条的搜索，结果令人难以置信，共有 380 万个条目。

语和地方形式创作的作品又算不算？[15] 英语文学是当下全球化的产物，它具有跨国、多种族、多元文化的特征。很大程度上，它是英国扩张、殖民以及近期的殖民解体的遗产的一部分。当然，这份遗产并不只是一个当下现象，它可以追溯到很多世纪以前。一方面，英语世界兼并了如黑大西洋和太平洋盆地之类的区域构成；但是另一方面，如此大规模的全球性的形式与这种独特的跨国性地域构成同时生成，前者并不对后者的生存构成威胁。正如口号所说的：地方与全球共存；往往是全球带动地方，地方改写全球。[16]

这些变化对于英国文学的教学来说，意味着什么呢？翻阅一下如1996年出版的《阿诺德后殖民英语文学选》（Arnold Anthology of Post-Colonial Literatures in English）这类先锋教科书时，我们就会发现英语文学从英国和美国一路向外延展至非洲、澳大利亚、加拿大、加勒比海、新西兰、南太平洋、南亚和东南亚。这本书的最后一节专门用来介绍"跨文化写作"，这些"跨文化写作"都承认"把移民作品贴上国家或者地区的标签禁锢起来是不可能的"[17]。书中选录了地方作家的作品，该书的非经典体裁包括一首阿科力（Acoli）的受辱歌、鼓乐伴诵、广播剧和家庭相册。如我所言，在很多场合"英国文学"已经逐渐地变成"用英语创作的文学"，而这一界定正在被越来越多的高校英语系所承认。无论是就英格兰、联合王国、英语世界而言，还是三者广而言之，今日之英国文学都是一个体裁、语言和传统的大杂烩——或者说是潜在的大杂烩。毫无疑问，时至今日该有一部"多语英语文学选集"产生了（如果它还没有产生的

---

[15] 正如乔伊斯（Joyce）和卡夫卡（Kafka）的作品所显示的那样，用主要民族的语言创作的少数族裔作家可以起到"自由经纪人"的作用，能够扩展、颠覆、改变主导语言、传统与体裁。参见 Gilles Deleuze and Félix Guattari, *Kafka: Toward a Minor Literature*, trans. Dana Polan (Minneapolis: University of Minnesota Press, 1986), 第三章。

[16] 有关全球与地方之间的互动关系，参见 Review 22.2 (1999) 第151—187页 Arif Dirlik, "Place-based Imagination: Globalism and the Politics of Place" 一文和注6中提到的 Rob Wilson 的作品，特别是他在第四章中的观点："因此，正如我在本文中指出的，任何地方或者地区的版本，都必须在全球化的后现代这张认知地图上展开。"

[17] John Thieme, ed., *The Arnold Anthology of Post-Colonial Literatures In English* (London: Arnold, 1996), 3. 或者如 David Damrosch 也在 *What Is Literature?* (Princeton: Princeton UP, 2003, 230.) 中指出："英国文学现在既是一个民族现象又是全球现象。"

话），而这部选集不仅要覆盖过去，还要包括异语共存、众声喧哗的现在。

很多近期的英语文学的学术研究都比 20 世纪 60 年代更果断地采用历史的（而不是形式主义的）、多文化的和全球化的视角。因此，相应地，英语文学的教学与教材也越来越多地采用女性作家、移民作家和少数族裔作家的作品，并吸收了更广泛的体裁，而这些体裁有些以前都是处于经典的边缘甚至是被排斥在外的。有趣的是，像乔叟、莎士比亚和弥尔顿之类的伟大作家比以前更受敬仰与重视。但是从当下的后形式主义批评角度对他们的作品的新的关注与质疑也比以往更加令人注目。就此而言，20 世纪 60 年代以来，所有的文学作品的境遇都是一样。性别研究在这当中起了什么作用？社会阶级的差异在这其中又是如何运作的？种族地位等级在不在起作用？其中存在或者允许哪些社会法规、准则和异常因素？作品有没有传播社会和政治的抵抗与颠覆因素（这些因素在文化中显然是得到传播的）？跨国的体裁、题材和人物，比如欧洲的或者其他的，又是如何起作用？贸易和旅游对此有何影响？谁有机会阅读他们的作品？从技术和政治角度上讲，这些作品是如何生产与分配的？图书馆的藏书是以什么模式存在的？60 年代当我还是一名学生时，人们还不是常常提问这些问题。当然，那些热门的关注与问题是从在大学学英语专业时形式主义盛行的年代传下来的。人物的动力是什么？作者怎样安排作品的结构？有哪些语言、意象、风格的特征，特别是有创意的风格特征值得注意？体裁起到什么作用？怎样看待一个作家的个别作品与全部作品之间的关系？与传统之间的关系？作品的文本可信度存在不存在什么症结与问题？作者生平或者文本遗产中有没有什么东西有助于个别文本的解读？从我的经验来看，这些来于早先时代的问题在今天的英国文学和美国文学学术研究中起的作用较小。

由于关于女性文学、少数族裔文学、流行和通俗文学[18]以及后殖民和盎格鲁文学的课程、模式与文本的延展，对于像莎士比亚这样的重大经典作家的研究在今天就占据了更独立的位置。今日之英国文学的主流已经分股，形成了无

---

[18] 参见 Scot McCracken, *Pulp: Reading Popular Fiction* (Manchester：Manchester UP, 1998)。该书对如何阅读侦探小说、浪漫小说、科幻与恐怖小说作了探讨。

数支脉,一方面将那些"伟大的"作品置于比一般支流文学稍高的地位,但同时又耐人寻味地将其作为总体文化话语的一部分,因而成为可供批评的而不是神圣不可侵犯的东西。随着战后时期流行文学的发展,在越来越多的学者中已经逐步形成了一种废弃经典的意识。现下乔叟与弥尔顿占据的位置似乎没有以前那样显赫,而为他们开设的课程似乎更专门化了。莎士比亚的情形则有所不同。因为他的作品之丰厚,因为新的历史主义的学术成就的出现,因为不断有新的制作演出,特别是电视与电影的制作,所以他似乎不仅比前两者更牢地根植于他所处的时代的流行文学土壤之中,而且也牢牢地植根于我们这个时代的流行文学的土壤之中。在天才作家这一观念得以存留的同时,今天莎士比亚这个名字似乎已不像三十年前那样超验,而是代表他所处的时代,向人们揭示他所处的时代,并成为他所处的时代的代言人。除了通常都是右派传单出现的那些冒牌作家之外,今天的主要作家在文化与课程设置中占据着一席重要的空间,虽然这一空间的范围比前缩小了。

文学经典:后现代化与全球化

过去的一个世纪里,美国高校与其他机构一样,其文学研究是建构在国家、时期、文体和重要作家的分类基础之上的。学生、教员、课程和教材所研究和专攻的方向有:19世纪美国诗歌、17世纪英国戏剧、莎士比亚(早期或者晚期)、现代英美小说,等等。外国文学和比较文学研究的情形也是如此,教授学者们所研所教的种类有:19世纪法国小说,20世纪意大利喜剧,歌德的作品或者浪漫诗歌比较(英国、法国、德国)[19],等等。国家、时期、文体、主要作家是

---

[19] 比较文学是依赖于民族文学与语言的中间学科。后现代化和全球化已经使这个中间学科变得岌岌可危。很多近期的学术研究都反映了这一点,特别是美国比较文学协会(ACLA)1993和2004年度学科总体状况的报告更为明显。参见 *Comparative Literature in the Age of Multiculturalism*, ed. Charles Bernheimer (Baltimore:Johns Hopkins UP, 1995)和ACLA 2004年度学科状况报告 http://www.stanford.edu/~saussy/asla/。也见 Gayatri Chakravorty Spivak, *Death of a Discipline* (New York:Columbia UP, 2003)。作为一名比较文学研究者,Spivak发出了如下的警告:"我希望,人们会把这本书当作一个正在死亡的学科的最(转下页)

压倒多数的模式。学术界最近的动态又是如何改变了这一切呢？

今天的文学研究与二三十年前相比，已经发生了很大的变化；但是另一方面，又似乎是变化甚微。我这里且以英语专业来说明变化的一面。今天的英语专业一般都接触一些民族文学和女性文学、黑大西洋作家和盎格鲁后殖民作家、流行体裁与亚文化体裁，而这些文学、作家与体裁或多或少是独立的领域。这与四十年前的情形是颇然不同的。但是，所有这些领域当然没有一个是多语言的研究，还是全部只用英语，只有些许接触"方言"而已。英语专业的必修课程还是遵循久经印证的模式：一门方法与理论课，一门重要作家课，两门文学概况课，加上四五门通常要覆盖几种不同文体的时期研究课程。因此，国家–时期–重要作家这一模式仍在沿用，但是在原有课程基础上作了变动、调整，以选修课的形式增加了诸如英国文学或者美国文学概况，18世纪小说，19世纪美国小说，现代英国诗歌，中世纪文学，当代美国戏剧等课程。学术系科和高校专业的改变是缓慢的，不情愿的。变化的来临，往往不是以变革的形式而是以增补的形式，倾向于采用一种平和的自助餐式的方式。然而，大量增补成就了改变。回顾过去，事情就是这样发展为今天的现状的。请允许我就文学经典这一点展开讨论。

在西方，文学研究的经典类型现在是、而且还将继续是诗歌、戏剧和小说，伴之以一份精心勘校的文艺复兴后期的中心文体与边缘亚文体的图表。例如，在诗歌领域，史诗仍然是主要的体裁；浪漫史诗稍次；重要的十四行诗系列再其次；单独的十四行诗为次要体裁；讽刺短诗非常次要；五行打油诗则被视为次文学体裁。随着近几十年来新文学体裁的增加与合法化，经典已经经历了诸多的史无前例的变迁。很显然，它已经扩充延展了。经典体裁的等级体制虽然已受到广泛的挑战，但是它仍然存在，明显地存在于课程设置和教员的职业无

（接上页）后一次喘息来读。"（第 xii 页）

顺便提一下一个与之相关的话题。很多学术研究已经对"世界文学"这个概念的前景表示了担忧。这种担忧的出发点往往是一个全球化的都市主体视角。参见注 16 David Damrosch 一书和 *Debating World Literature*, ed. Christopher Prendergast (London：Verso, 2004)。该书收集了 15 篇文章，其中有 Franco Moretti 的"世界文学推测"，是一篇令人惊心动魄的文章，他指出："世界文学的研究不可避免地是一场世界范围内争夺象征性霸权的斗争。"（158 页）

意识之中。值得注意的是，特别是在对当代题材的研究中，经典已经被巧妙地回避，沦为与之无关的东西，比如说科幻小说、战后流行诗、当代美国黑人戏剧、女性地摊花边小说或者英国神秘小说的研究，就（或者可能）是这样的情形。因此说，近来的文学与文体的增殖已经扩展、重新定位了经典，并使其灵活变通了：在一些情形中，它被扩展和民主化；在另一些情形中，它被回避；还有一些情形中，它被模仿、"大话"，特别在新兴文学选集的编创之中；其他情形中，它还仍然或多或少保持着它百年之久的地位。[20] 这是一个不均衡的发展，是我们后现代文化的一个重要标志。[21]

以上所述，是诸多变化累积而成，反映了文学研究的后现代化。我所说的"后现代"就是弗雷德里克·詹姆逊、戴维·哈尔维（David Harvey）与其他许多文化批评家所说的，有明显的后工业（或者第三阶段的资本主义）特征的战后文化。这种文化的表现特征独特而又繁杂。在此我谨列举一打广为印证的特点：高雅文化与低俗文化界限的模糊；现代空间自主性的侵蚀；再现危机的发生；新型社会运动（诸如令人瞩目的女权和人权运动）取代传统的政党而成为变革的势力；社会变得明显地——有时是正式地——多元文化化；庞大的政府机构、庞大的劳工组织和大企业的减缩（这毫无疑问是不平衡的）；夸张地说，主体的人变成了后人类的靠机械装置控制操纵的人，而且这个人通常是少数民族，同时占据多个主体位置；巨型综合大学取代大专院校；新学科，如女性研究、民族研究、后殖民研究和文化研究的兴起；以及宏大叙事遭受解构。还有在文学和文化批评家之间广为流传的一系列标志后现代的当下时髦用语，比如：差异，微型政治，异质性，彩虹联盟，解读群体，多语性，多元文化主义，混杂

---

[20] 参见广为引用的约翰·盖尔利《文化资本》一书，特别是第一章。John Guillory, *Cultural Capital: The Problem of Literary Canon Formation* (Chicago：University of Chicago Press, 1993)．该书探讨了经典在社会和语言阶层的构成与排斥中的作用，不遗余力地降低经典的内容的重要性，不管是以开放的观点新增补的还是地位笃定的老的保守的经典。

[21] 有关后现代文化的经典描述与批评，见弗雷德里克·詹姆逊的《后现代主义，或晚期资本主义的文化逻辑》[Frederic Jameson, *Postmodernism, or Cultural Logic of Late Capitalism* (Durham：Duke UP, 1991)] 和大卫·哈维《后现代的状况》[David Harvey, *The Condition of Postmodernity* (Cambridge：Blackwell, 1990)]。

化，互文性，白话理论，跨学科性，融合，模仿（pastiche）等。[22] 后现代的最大特征，如我在其他场合所指出的那样，是解组，或者更确切地说，是分化。这便是自20世纪60年代以来英美文学以及广义上的文学和文化研究领域或多或少发生的变化：异质因素的扩散，新形式和组合的形成，等级体制的解体，对不可比性与差异的包容，多元化的视角，这一切累积而成了一场变革。

在这样一种情形中，全球化的现象是以什么方式运作的呢？早在文艺复兴时期（如果不是更早的话），这种全球化现象就已随着欧洲的殖民扩张开始了。到了20世纪的后期，全球化进入了一个崭新的阶段。象征这一进程的标志多种多样，比如：核武势力的扩散、太空探索、全球性气候变暖和货币浮动，还有像联合国、世界银行、国际金融基金会、世界贸易组织以及多国联合公司这样的跨国组织的发展。这类机构加速了世界性的货币、物资、服务、人员和信息的流通，促进了自由市场经济和多元化文化（包括官方的和偶然的）以及文化熔合和都市化的形成。[23] 构成全球化现象的一个组成部分就是对于这一进程的各种不同的反应，或者是伴随这一进程的不同反应：从殖民解体运动、地方自主权、土著居民对环境保护的权利、移民族裔的联合和群体记忆的恢复，到国家的重建（如发生在苏联的情形）、保护性关卡的设置和进行经济重新分配的呼吁。所有这些现象在今天都可以用"全球化"一词以冠之。一年一度的世界社会论坛是许多"抵制全球化"势力的有建设意义的聚会。耐人寻味的是，在这个论坛的语境中，全球化一词往往带有很大的贬义，成了下列这些彼此相关的现象的同义词：侵略性的西方化、美国化、自由资本主义、现代化、殖民主义、帝国主义、帝权、霸权、猖獗的商品化和一元化等等。但同时，它又扮演着令人可

---

[22] 参见 Vincent B. Leitch, *Postmodernism: Local Effects, Global Flows* (Albany：SUNY，1996)，以及 *Theory Matters*，特别是前言第 vii—xi 页。

[23] 罗兰·罗伯逊（Roland Robertson）在他的《全球化：社会理论与全球文化》[*Globalization: Social Theory and Global Culture* (London：Sage, 1992)] 中探讨了从1400年至今全球化过程的五个阶段。我也在《理论至关重要》(*Theory Matters*) 的第八、九章中探讨了有关全球化的最新学术动向。

疑的宏大叙事的角色，成为一种言语行为、一种神话、一种幻想。[24]

就全球化而言，倡导者有之，批评者有之，怀疑者亦有之。然而，我认为，正如本章的题目所标示的那样，这一用语比喻性地描绘了近期英美文学的后现代构成的变化。这变化不仅包括内在变化，比如族裔文学和少数民族文学的出现及其独特的文类，也包括外在的变化，如各区域土著文学、跨大西洋文学和盎格鲁文学等跨国文学构成的兴起。文学领域与其他领域一样，全球化现象不仅向人们提出了熔合、多元文化、都市化和民族迁移等问题，同时也引起了身份政治、分离自治、殖民解体以及多语言主义等问题。[25]"全球化"这一当下重要用语指代同类化了的全球英语和霸主地位的盎格鲁语文学，就此而言，它代表着后现代经验的一个核心部分，有人为之哀叹，有人提出批评，而这种哀叹与批评又常常是不无道理的。但是，全球化这一定义低估了被压制的少数群族、亚文化族群的声音，低估了那些少数民族和主要民族语言和文化形式中被遗忘的他者的声音。它不该如此。

美国文学和英国文学以及"英语"专业面临着变成新自由主义全球化项目的一部分的危险。在这样一种情境中，无论文学研究的内容与意愿是什么，它都不可避免地沦为帝国权势的一种工具。但是，通过对其进行批判性的处理与接受，赋予其以潜在的抵制、讽刺、幽默与愤慨，它就可以被用以抵御任何简单的单向的霸权使命。[26]（英语）交换（exchange）一词之中包含"变"（change）字。培养逆向性阅读的能力，学会在雷声中、在笑声中说"不"的能力，或者任何一种批评性阅读的能力，都可以产生影响、改变现状。这样就可以把文学变成控诉垄断利益财团的财富积敛、影响、权势和知识的见证。文学研究，不可

---

[24] 与全球化的狂热者和鼓吹者不同的是，其怀疑者对倡导全球化叙事本身的动机与权力提出了质疑。参见 Paul Hirsh and Grahame Thompson, *Globalization in Question* (Cambridge：Polity, 1996),和 J. K. Gibson-Graham, *The End of Capitalism (as We Knew It)* (Cambridge, MA：Blackwell, 1996), 特别是第 6 章，其中的论点旨在"把全球化看作是资本主义的不可避免的碑文……"（第 139 页）。

[25] 参见《现代语言协会期刊》特刊"文学研究全球化" *PLMA* 1 (2001), 第 116 页。此刊共收集了 12 篇论文。

[26] Asjun Appadurai, *Modernity at Large: Cultural Dimensions of Globalization* (Minnesota Press, 1996). 作者在书中对全球化等于（美国）化的论点提出了不同的看法。

避免地涉及道德和政治冲突与争论。

　　近期扩展了的和后现代化了的英美文学经典所呈现的多元文化主义已经经过正式处理。在这种处理过的多元文化主义之下，还蕴藏着批判性多元文化主义进一步激进化的可能。这种激进的多元化寻求的可能不只是各民族主体之间正式的合法化的平等。这些民族主体今日之特征就是只说英语，以"自由代理人"的身份在残酷竞争的达尔文世界里生活和行动。激进多元化的追求可能更进一步，它所要描述的是一个具有生态意识并致力于促进生态平衡的公民-主体。这个公民-主体面对众声喧哗的社会和语言环境的冲击，受到合作的鼓励，有着毋庸置疑的而又并非盲目的民族主义情结，它献身于经济与社会公正，但同时保持自治、差异和批评的权利。这是一种幸福然而做作的多元文化主义的大合唱，就像比比皆是的由企业和商会资助的地方音乐节上，墨西哥街头乐队和钢鼓乐队之后演出的是美国土著印第安人的舞蹈。[27] 调和这种大合唱的一个途径就是坚持我们都是有性别和阶级身份的族群，坚持我们的这种身份不仅仅是私下的，也是公众的和多重的。社会不应该是无色的、同质的，但是社会必须有秩序，有一个不加标志的主导核心。这个核心应该戴上面具，应该享有特权，应该宽容别人。我认为，只有这样一种批评性的多元文化主义，才不仅是后现代的民族身份、民主和历史的意义与内容所在，也是后现代教育的意义与内容所在。

---

[27] 参见 Lisa Lowe, *Immigrant Acts: On Asian Ameircan Cultural Politics* (Durham: Duke UP, 1996), 特别参见第四章，作者有力地批驳了美国官方自由主义多元论者倡导的多元文化主义中脱离政治、脱离历史的倾向和平等包容的神话，批判了这种多元文化主义对揭露不平等现象的反对派的叙事置若罔闻。